COYOTE 土狼星 II 崛起 RISING

[美] 艾伦·斯蒂尔 著　华龙 译

新星出版社　NEW STAR PRESS

COYOTE RISING by Allen Steele
Copyright © 2004 by Allen Steele
This edition arranged with Sterling Lord Literistic, through The Grayhawk Agency Ltd.
Simplified Chinese edition copyright:
2024 Chengdu Eight Light Minutes Culture Communication Co., Ltd.
All rights reserved.
著作版权合同登记号：01-2022-5713

图书在版编目（CIP）数据

土狼星．Ⅱ，崛起／（美）艾伦·斯蒂尔著；华龙译．-- 北京：新星出版社，2024.6
　ISBN 978-7-5133-5586-5

Ⅰ．①土… Ⅱ．①艾… ②华… Ⅲ．①长篇小说 - 美国 - 现代 Ⅳ．① I712.45

中国国家版本馆 CIP 数据核字 (2024) 第 082236 号

光分科幻文库

土狼星Ⅱ　崛　起
〔美〕艾伦·斯蒂尔 著；华 龙 译

责任编辑	杨　猛
监　　制	黄　艳
责任印制	李珊珊

出 版 人	马汝军
出版发行	新星出版社
	（北京市西城区车公庄大街丙 3 号楼 8001 100044）
网　　址	www.newstarpress.com
法律顾问	北京市岳成律师事务所
印　　刷	北京天恒嘉业印刷有限公司
开　　本	910mm×1230mm　1/32
印　　张	12
字　　数	312 千字
版　　次	2024 年 6 月第 1 版　　2024 年 6 月第 1 次印刷
书　　号	ISBN 978-7-5133-5586-5
定　　价	66.00 元

版权专有，侵权必究。如有印装错误，请与出版社联系。
总机：010-88310888　　传真：010-65270449　　销售中心：010-88310811

献给

金杰·布坎南[1]

创造世界的时候她也在场

---

1. 金杰·布坎南，出生于1944年，美国著名科幻编辑、作家。1968年起就活跃在科幻迷组织当中，70年代初开始为科幻出版商供稿。80年代成为ACE图书公司的编辑，后来长期担任主编直至退休。由她编辑出版的科幻小说屡获大奖，成绩突出。2014年，布坎南摘得雨果奖最佳编辑奖——译注（如无特别说明，本书中注释均为译注）。

本故事纯属虚构。故事中出现的名字、人物、地点和事件均系作者杜撰，如与真实存在的人物、商业机构、事件和地点有所雷同，纯属巧合。

目 录

序 幕　1

第三卷　圣徒与陌生人

- 1 - 航天发射场的女疯子　21
- 2 - 无信仰者本杰明　55
- 3 - 加西亚峡谷大桥　123
- 4 - 汤普森渡口　153

第四卷　大反击

- 5 - 屠羊溪事件　175
- 6 - 幽林谷　239
- 7 - 解放日　287
- 8 - 勇敢者的家园　349

鸣 谢　373

序　幕

月球，雨海 / 2260年2月24日

"你去过地球吗？"

一开始，费尔南多·巴蒂斯特并没意识到有人在跟他说话，他目不转睛地望着月球的风景在磁悬浮轨道外飞驰而过。雨海是一片灰色、平坦的荒原，到处都是古老的陨石坑。他能分辨出远方"氦-3联合采集机"庞大的躯体，那是台巨大的履带式机械，挖掘起粉末状的风化层，从中捕获挥发物质。此时正是月球长达两周白昼的正午时分，被列车车窗偏振的强烈阳光，在阿佩恩山脉高耸的山峰上投下长长的影子。

所有座位都坐满了，但时间已经很晚，几乎每个人都在打瞌睡；灯光调暗了，只有乘务员顺着狭窄的过道走动着。紧挨着费尔南多坐的是个小男孩儿，他没打瞌睡，提问的就是这个孩子。他一头乌黑的直发，五官棱角分明，看样子祖上是西班牙人，不过他的脸蛋儿是灰土色的，就是那种在月球出生、长大的孩子的肤色。巴蒂斯特猜他顶

多十二三岁。他的腿上放着一本摊开的书,书的屏幕上投射出一幅恐龙的全息图,但他没看恐龙,而是盯着巴蒂斯特。

"当然去过,"巴蒂斯特轻声回答着,以免惊扰了周围人的酣睡,"虽然最近没回过地球,但我出生在那里,在伯利兹的一个小镇。"

男孩儿点了一下头,然后继续去看书了。巴蒂斯特看着他,只见男孩儿漫不经心地点了一下书页右上角,那头霸王龙往前走了几步,仰起了头,无声地咆哮起来。男孩儿似乎感觉挺没劲,点了点书的边缘,屏幕变化了,另一头侏罗纪巨兽出现了。巴蒂斯特对恐龙所知不多,认不出那是什么。

"你去过那里吗?"他问道,"我是说地球。"

男孩儿摇摇头,什么都没说。但巴蒂斯特注意到,男孩儿的眼睛瞅了瞅自己这身炭黑色制服上的徽章。大多数月球人在宇航联军军官跟前都很沉默谨慎,但这孩子的年纪还没大到会有人教他这种事儿。男孩儿对坐在身边的这位太空人很好奇,可显然有人教过他别去打扰陌生人。

巴蒂斯特又望向窗外。他第一次注意到地球就悬在地平线上。也许正是它,那颗白云缭绕的蓝绿色星球,引得这个孩子向坐在身边的宇航联军军官搭话。他满足了男孩的好奇心,也许他应该就此打住,可是从阿基米德环形山出发的这趟旅程挺长,他就是从那儿上车的,在他们驶入此行的目的地哥白尼中心之前可能还有半个多小时呢。一路上他几乎都在睡觉,并没打算取出自己的平板书去研究那些发送给他的材料。也许来点儿轻松的谈话能缓和一下紧张的气氛。再说,跟一个小孩儿聊聊天能有什么坏处?

"我最近没去过地球了,"他说,"但我知道有个地方跟它很像。"

男孩儿刚刚又翻了一页书,这看似漫不经心的话立刻引起了他的注意。"你说什么?没有哪个地方像是……"然后他一皱眉,"哦……静海中心。我父亲曾经在假期带我去过那里。那可不太一样。"

"你说得没错。"巴蒂斯特笑了,"那不太一样。穹顶只是巨型花园,里边有修剪整齐的树木和驯服的动物,跟泰迪熊一样毫无威胁……你这样的小伙子早就过了玩泰迪熊的岁数了,对吧?"

男孩儿咧嘴乐了,他早就不需要泰迪熊当伴儿了,尽管他的年纪还不足以让自己领略月球那宏伟的穹顶下繁茂的树林所蕴含的奇迹。

巴蒂斯特双臂交叉,放低声音说:"不,我说的可是完全不一样的东西……一个距离这里很远的世界,太遥远了,如果今天出发,等你到达时,留在这里的每一个人都会变得很老,也许都已经去世了。"

男孩儿盯着他看了半天,没明白他在说什么,然后那双深褐色的眼睛瞪得大大的,"你是说?"

"没错。我说的是土狼星。"

男孩儿似乎重新意识到自己是在跟谁说话:一位太空人,这类人可是远航去过外太阳系星系的。让月球移民地引以为豪的是,现在月球上生活着超过七百万人口,还有超过两百万人分散生活在地月轨道之间的太空里,然而火星仍然只是一处前哨站,仅有几十万居民,居住在木星的那些大型卫星上的人就更少了。一般人碰到一位穿制服的宇航联军军官的机会不多,而且巴蒂斯特已经看出,男孩儿认出了自己肩上的金色镶边,还有他左耳垂下的银色挂件,这孩子应该已经知道身边的人不仅是名军官,还是一艘飞船的舰长。

"我……"男孩儿犹豫了一下,"我要去哥白尼中心跟家人碰头。然后我们打算动身去那里,我是说土狼星。"

"真的吗?"巴蒂斯特挑起一边眉毛,现在轮到他惊讶了,"一位未来的土狼星移民,嗯?"

男孩儿点点头。

"你们要搭乘哪艘飞船呢?"巴蒂斯特又问。

"是这一艘。"男孩儿触了触他那本书的边缘。恐龙消失了,他合上书,手指在索引条上忙碌起来,然后又把书打开,点了点书页上角。

一艘星际飞船的全息图显示出来。"叫什么'精神号'……嗯……"

"'洒向群星的社会集体主义精神号'。"巴蒂斯特伸手掩饰住了自己脸上的笑容。没必要告诉这小男孩儿实情,或者说至少不用和盘托出……"我听说过它,最新型的移民飞船,一艘很棒的飞船呢。你紧张吗?我是说,你就要离开家乡了。"

"有点儿。"男孩儿随意旋转着全息图,"精神号"沿着轴线转动着,显示出圆柱形舰体后部安置的径向驱动引擎上展开的翼缘,还有前部圆钝的舰首上升起的巨大的碟状遥测天线。"月球一直都是我的家。我甚至从来没去过地球。现在……"

"现在你要一路前往大熊座47星系了。"巴蒂斯特伸出食指敲了敲嘴唇,"这挺让你害怕,是不是?"

男孩儿没说话,只是直直盯着那本书上的图画。

"那跟我说说,你叫什么名字?"

"汤玛斯。汤玛斯·康萨克……叫我汤姆就行。"

"很高兴认识你,康萨克先生。我是巴蒂斯特舰长。"他冲着汤姆挤了挤眼睛,"眼下你可以叫我费尔南多……不过只能是咱俩之间这么叫,好吗?要是有别人在场,你就只能叫我舰长,或者是巴蒂斯特舰长。"

男孩儿点点头。

"来,我给你看样东西。"

巴蒂斯特伸手从前面座位靠背的袋子里掏出自己的书。他伸出拇指按在封面的身份验证牌上,书滴滴响了两声,他在索引表上找到一个加密的前缀,点了点,然后把书摊开放在大腿上。一幅恒星系的全息图像出现了:一颗小小的恒星,有四颗行星环绕在周围。他用食指的指尖点了点,小小的星系从书中升了起来,几颗行星绕着恒星缓缓旋转着。

"那就是大熊座47星系。"巴蒂斯特指着那个小小的类太阳恒星说着,"它是G0级恒星,距离地球大约四十六光年,比我们这个太阳的光度略微弱一点,这就是说……"

"我知道,"汤玛斯急切地扭动着身子说,"我们在基础天文课上学过。我得了合格。"他骄傲地说。

"真的啊,那你算得上一名专家了。"巴蒂斯特点了点右边那页的上边缘,星系的第三颗行星放大了,成了一颗有光环围绕的木星式的星球,还有六颗大卫星环绕。"这就是熊星,土狼星的主星。"他指着这颗气态巨行星说,"这是大熊座47星系的第三颗行星。现在跟我说说……哪一个是土狼星?"

汤姆瞅着那些卫星,然后指了指第四颗。

"好极了。那再跟我讲讲'亚拉巴马号'的事情。"

"那是第一艘星际飞船。它于2070年离开地球。"

"棒极了。太厉害了。那船上都有谁呢?"

"是来自美利坚联合共和国的一些人,由罗伯特·E. 李舰长带领……"

"嗯……差不多吧,不过不够准确。"巴蒂斯特合上这页,打开另一页。一张"亚拉巴马号"的平面图显示出来:这是一艘略小一点儿的飞船,还不到"辉煌命运号"级别的星际飞船的一半大小,设计也算不上优雅,球形的主燃料箱装在船艉,前端探出巴萨德冲压发动机的圆锥形采集器。"罗伯特·E. 李是舰长,他手下的船员大约有半数都是忠于美利坚联合共和国的,但另一半则是异见知识分子,李舰长成功地率领这些异见分子盗走了这艘飞船。'亚拉巴马号'被骑劫,在共和国垮台的过程中是最重大的事件。你们的历史课还没教到这儿吗?"

汤玛斯面现窘迫。"我的历史课学得不怎么样。"他承认道,"我得了不合格。"

"好吧,现在嘛……我们得补补课了,对吧?"巴蒂斯特翻开另一页，一张古老的照片显示出来，是平面的，没有全息图像：李站在"亚拉巴马号"的一艘太空穿梭机放下的舷梯上，正跟一位上了岁数的绅士握手。"那是李舰长和罗兰·肖，共和国的国家安全局局长。这张照片是在梅里特艾兰拍的，佛罗里达的金里奇航天中心，就在李带着四十七位异见知识分子逃跑之前，他想方设法把他们偷偷运送到了'亚拉巴马号'上……这故事可有的讲呢。当时没人知道，肖也是这个阴谋的一部分。他藏在幕后秘密工作，帮助李把那些人弄到'亚拉巴马号'上。"

"他怎么样了？"

"肖？他因为严重的叛国罪被捕并处以死刑……"

"不，我是说李舰长。"

"你赶到我前头去了。"男孩儿显然是着迷了，于是巴蒂斯特也就投其所好，"'亚拉巴马号'设法趁着片刻之机逃走了，从那之后，再也没人听到过李舰长和他船员的消息。他们到底是死是活，谁也不知道。他们仍然在去往大熊座47的路上呢，也就是乌玛星那颗恒星，据我们估计，最起码在公元2300年以前都不会抵达……不过对于他们来说，似乎时间会短一点。"

"这就是我不理解的地方。"

"好吧，当你接近光速运动，时间就会过得很慢。由于'亚拉巴马号'的航行速度是光速的百分之二十，这也就意味着，尽管当它抵达土狼星时已经过去了二百三十年，可对于船上的每一个人来说，好像就只过去了二百二十六年。相差四年多一点。"

汤玛斯看上去被这个知识点弄得有点疑惑，巴蒂斯特笑了，"不过现在'精神号'的航行速度是光速的百分之九十五，也就意味着它只需要花四十八年就能到那儿了。对于飞船上的每个人来说，就好像是只过了大概十五年半。按地球时间估算，你将会在2308年抵达，大约比'亚拉巴马号'晚八年。"

汤玛斯的眼睛瞪大了,"你是说,我能见到李舰长?"

"有可能。"巴蒂斯特耸耸肩,"他的飞船还没到呢,而且从那时起发射过的四艘移民飞船也都没到。记住,无线电波是光速运行的。由于没有东西的速度比光速快,所以在未来的很长一段时间里,这边也就不会有人听到任何来自土狼星的消息。所以我们也不会知道,直到我们……也就是直到你……"

"你是舰长,对吧?"汤玛斯说这话的时候眼神没瞅别的地方,"我是说,'精神号'的舰长。"

没必要再藏着掖着了。巴蒂斯特合上书,放到一边,"你真是太机灵了。"

"我看到你的制服时就认出来了,"汤玛斯目视前方,"所以我才想跟你说话……先生,我是说,巴蒂斯特舰长。"

过道那边,一位女子睁开了眼睛。巴蒂斯特迎上了女子好奇的目光,她迅速望向窗外,假装不感兴趣;她的同伴还在轻轻打着鼾。

"好吧,一起待的时间不太多了,让我们继续做朋友,好吗?我还是费尔南多,你还是汤玛斯。没问题吧?"巴蒂斯特笑着说。

"当然没问题。"男孩的声音非常轻柔,现在他确实知道自己的旅伴的身份了,但似乎比之前更紧张了,"我能再问你点儿事情吗?"

"你可以问任何你想问的。"

"是不是……"汤玛斯迟疑了一下,"是不是很危险?就是我们要去的地方。我是说土狼星。"

"将会很艰难,确实。"他仔细斟酌着用词答道,"就像我说的,很多以前你认为是理所当然的东西,到那儿以后都没有了。你必须努力工作才能让自己有家的感觉。土狼星是一个全新的世界,就像当初在地球上开拓一片无人居住的地方一样。你会拥有蓝天、净水,你用不着操心气闸、辐射或是……"

"我知道,我父亲就是这么跟我说的,但是……"男孩儿停住了,还是不愿意看着巴蒂斯特,"我不是那意思。我有没有可能……送命?"

这该怎么回答呢?所有可以获得的信息都表明,土狼星适宜居住。"亚拉巴马号"离开地球的时候,船上有一百零四名乘客,那之后又有四艘飞船出发,每艘上载着一千名乘客。等四十八年后他们到达之时,土狼星上的移民地应该已经建立起来了。实际上,在"精神号"飞行即将结束的时候,很可能会碰到返航地球的"辉煌命运号",那是宇航联军的第一艘飞船。

然而,目前还没有人确切知道那边到底什么样。

"你在那儿不会死的,"巴蒂斯特坚毅地说着,"你会很安全。我向你保证。"

他抓住男孩儿的手,坚定地握了握。汤玛斯笑了,轻轻点点头。这一刻,他们之间形成了一条纽带。

这时候,列车一顿,开始减速,几秒钟后,顶灯亮了起来。他们周围的乘客纷纷从睡梦中醒来,打着哈欠在座位中间伸着腿。巴蒂斯特盯着窗外,他能在远方的地平线上看到一团银蓝色的光晕,距离还很远,但正在靠近——那正是哥白尼中心,月球上最大的太空港。一团光斑从环形山的山壁内侧升起,一艘太空穿梭机正在升空,去跟月球轨道上的某艘飞船会合。

"等到站的时候,我家人准在等着我了。"汤玛斯说道,"我能不能……你愿意见见他们吗?"

"这可能不是个好主意,"巴蒂斯特摇了摇头,"我觉着这应该是咱俩之间的秘密。"然后他挤出一丝微笑,"能保守这个秘密吗?康萨克先生?所有咱们今晚聊过的事情?"

"当然。"男孩点点头,消化着这件事,"我能保守秘密,费尔南多……我是说巴蒂斯特舰长。"

"谢谢你。"巴蒂斯特看向远处,不过始终关注着他的旅伴。就在列车停稳前的那一刹那，巴蒂斯特看到汤玛斯的手偷偷伸向了他放在前面座椅靠背袋子里的那本书。巴蒂斯特并没有露出什么声色，只是取出那本书放在了自己腿上。

土狼星仍然保守着自己的秘密。他也有一两个自己的秘密。

宇航联军的月球总部位于哥白尼环形山北侧山壁内，大统领的办公室占据了环形山边缘高处的一间套房。南壁太远了，看不到，然而透过套房那面从地板直至天花板的落地大窗，巴蒂斯特能将伸展在环形山底部的庞大的太空港一览无余：机库、干船坞、仓库、燃料库，以及从一座发射台通向另一座发射台的公路网，发射台上有若干艘月球飞船等候升空。

大统领的高级助手——一位穿着银镶边马甲的年轻副官——颇有礼数却略带敷衍地迎接了他，然后副官准备去通知上司，并要求他在这里等待，紧接着就消失在了通向里间的门里。一晃二十分钟过去了，但巴蒂斯特没有急躁。他之前只到过这里一次，而眼前的景色太壮观了，所以他坐在一张面对着窗户的沙发上仔细观赏，目送一架去往海格特的太空穿梭机无声地飞入漆黑的天空。真可惜，他不能把列车上碰到的那个小男孩儿带到这儿来，是叫汤玛斯吧？那孩子肯定会爱上这片风景的。

门开了，那位副官告诉他说，大统领要见他。巴蒂斯特拎起旅行包，站起身，跟着副官进了里间的办公室。

巴蒂斯特进门的时候，副官闪到一旁，然后一转身出去了，门在他身后静静地闭上。显然，领导想单独见见巴蒂斯特。

"费尔南多·巴蒂斯特舰长听凭调遣，长官。"他打了个立正，挺直了身子，双臂垂在身侧，双腿绷得笔直，目光紧盯着投射在大统领办公桌上方的宇航联军徽章。确实，这也是他在大统领办公室里能见到的为数不多的物件之一；天花板上的灯光朦胧，地球的光芒透过百叶窗给办公室投进一束束光亮。

"来啦，舰长先生。你的举止就像是一些三流skiffy[1]剧里的人物角色。"房间另一头传来一阵干笑声，"我讨厌那些东西，你不讨厌吗？廉价传奇故事的剧情，写那些玩意儿的往往只是个游客……那还算好的了。"

"我不太了解，长官。我不常看skiffy剧。"巴蒂斯特保持着挺拔的姿势。

"嗯……也还好。话说回来，那些东西挺有娱乐性。"一个身影从暗处飘了出来，"如果你一直保持这个姿势，脖子会抽筋的……我得跟你说，这可没法儿打动我。"

巴蒂斯特放松下来，摆出轻松些的姿态，这样他能更清楚地看到大统领了：个头不高、身躯粗壮的男人。他剃了个很干净的光头，一副窄窄的山羊胡勾勒出一张宽阔的嘴，一双乌黑的眼睛深陷在眼窝之中。大统领莱昂纳多·萨摩扎，宇航联军在月球上级别最高的军官……别看他有一股子和蔼可亲又很有教养的气质，其实人们对他有一种广泛认同的看法，那就是，甭管是谁激怒了他，他绝对不会手下留情。"你见他的时候要小心，"有人曾在私下里警告过巴蒂斯特，"莱昂纳多请你喝一杯的同时也会把你的'命根子'割下来。"

"你想喝一杯吗？"大统领现在就站在几英寸[2]远的地方，抬头盯着巴蒂斯特的脸，"我打算来一杯，不过我不喜欢自己一个人喝。"

巴蒂斯特勉强挤出一个笑容，"谢谢，长官。您喝什么我都乐意奉陪。"

"啊哈！"萨摩扎又端详了他一会儿，然后转身离开，"我们之前

---

1. Skiffy是sci-fi错误发音产生的错别字，科幻迷常用来调侃。Sci-fi的正确读音是[ˈsaɪ faɪ]。Science fiction的简称sci-fi是著名的科幻迷弗莱斯特·J.阿克曼于1954年创造的，是从"高保真音响"的简称hi-fi学来的。如今人人皆知的简称名词Wi-Fi，也是这个类型的发音。
2. 1英寸等于2.54厘米。

从未见过面。"他边说边朝着房间另一头的小橱柜走去,"但这次任务,你得到强烈推荐。十二年的深空经验,第二次泰坦星[1]探险的指挥官……令人印象深刻。非常深刻。"

"谢谢您,长官。我很高兴得到您的赞赏。"

"啊哈!"萨摩扎打开小橱柜,打量着那一小堆玻璃切割细颈瓶藏品,最终挑了一只。他一言不发地给两只玻璃杯斟上了浅棕色的酒,然后给每一杯都加上冰块和水。"当然,这次行动嘛……喔,可比泰坦星平淡得多,你不觉得吗?"

泰坦星简直就是一场梦魇。他的飞船派下去的第一艘着陆器在进入大气层时就被风暴卷走了,坠毁在了这颗未被卫星勘测过的行星表面,有一半船员因此丧命。巴蒂斯特之后又派出第二艘着陆器去搜寻幸存者,救援行动几乎同样惨遭失败,他的大副在这一过程中牺牲。不过审查委员会并未对巴蒂斯特舰长予以任何谴责,三个月后,无产阶级联盟隆重地授予他"勇气之心"奖,那是西半球联盟的最高等级军事荣誉勋章。两年之后,宇航联军提名他担任"精神号"的舰长。

"一点也不觉得,长官。"巴蒂斯特接过酒,抿了一口。波旁威士忌。他讨厌这种酒。"土狼星也许不像泰坦星那么凶险,但我确信它绝对会奉上自己独有的挑战。"

"我确定它会的。"大统领朝着摆在窗前的两把椅子做了个手势,"实际上,这也是我希望见见你的原因。你有没有审阅一下我们发给你的材料?"

巴蒂斯特迟疑了一下,"没太细看,长官。我在上火车之前不久才刚刚收到。我一直都忙个不停。"

"当然。"萨摩扎坐下的时候笑了,"总是在最后一分钟又有新情况。我相信你最起码已经看过摘要了。"

---

[1] 即土卫六。

"是博学者委员会对土狼星社会状况做的一份评估。"透过百叶窗，巴蒂斯特看到另一艘太空穿梭机正要着陆，外面的太空港十分繁忙。"我很抱歉，长官。我还没有深入研究。"

"啊哈！"萨摩扎晃动着玻璃杯里的冰块，眉头一皱，"一般来说，我无法接受一名高级军官没有看过涉密报告。不过我料想你可能有其他事务缠身，所以我请了一个人来让你了解最新的情况。"他回过头说道，"格里戈？请你过来，好吗？"

巴蒂斯特抬眼望去，看到一个身影从办公室漆黑的阴影中走了出来，此人身材很高，披着一件黑色的长袍。等他迈步走近，罩在他脑袋上的兜帽下显出一双闪着红光的眼睛，长袍里传出精密机械运行的动静。

"见到你很荣幸，巴蒂斯特舰长。"那声音是平稳的蜂鸣声，元音的发音倒是有转有折，没有口音，但给人很怪异的感觉，"我和我的同事们带着极大的兴趣追溯了你的职业生涯。"

这是一位博学者。巴蒂斯特发现自己在这种生物面前和其他人一样，也很紧张：这种人选择把自己的思维下载到机械形式里面去，从而舍弃他们的人类身体，以赛博格的形式获得真正的永生。巴蒂斯特认为他们私下都是反社会者，这些人宁愿跟AI交流，也不想直视另一个人的眼睛。他们看上去全都一个样，而这也设法缓解巴蒂斯特的紧张情绪：都穿着同样的黑长袍，有着同样的骨架式形体。不过就在西半球联盟批准给他们合法的公民身份之后，这些人中的很多博学者都去为宇航联军工作了，在那里，他们成了一支后人类智能军团。太空对于他们有着某种奇特的吸引力。

"精神号"中补充了五名博学者。他们不需要呼吸、吃饭或是任何其他那些已经被他们抛弃的生物功能，在星际飞船飞往大熊座47的半个世纪中，他们会保持清醒，一直值守，而巴蒂斯特和其余每一位自然人在此期间都会处于无梦睡眠状态。博学者们在那期间会做什么、想什么,那就只有上帝才知道了;他们的智能跟那些没有转化的自然人相比完全不可同日而语,就如同人类跟蚂蚁的差距。也许他们都是幽灵,尽管巴蒂斯特并不相信那种事儿。

"舰长,请允许我向你介绍博学者格里戈·赫尔。"萨摩扎懒懒地冲着那位博学者做了个手势,"博学者赫尔是研究小群体社会动态学团队中的高级成员。"他瞅着赫尔,"请你继续。"

"谢谢,长官。"博学者从办公室一头飘过来,停在了萨摩扎身边。尽管旁边还有一把椅子,赫尔却并没有就座。没错,巴蒂斯特反应过来了,让博学者显得如此另类的一件事就是他们很少坐下;他们不需要休息,或者至少不像有血有肉的自然人那么需要。"正如大统领萨摩扎所说,我的团队已经从历史学方面对移民地进行了相当深入的研究,不论是太空中的还是地球上的。我们的一个主要发现就是,一旦一群人的数量发展到一定的规模,他们就会产生一种强烈的意愿,割断与故乡的纽带。"

巴蒂斯特耸耸肩,"有点道理……特别是如果你指的是土狼星。在那里建立一个自给自足的移民地,是美利坚联合共和国建造'亚拉巴马号'的最根本原因。"

"没错,确实如此,舰长。"博学者的声音是单调的呜呜声,"但请记住,'亚拉巴马号'被叛徒劫持……当时他们被称为'异见知识分子'。这些人离开地球的那一刻就坚定地要获得政治上的独立,因此有各种理由相信,如果他们的移民地幸存了下来,他们将会进一步巩固他们的独立性。"

"四年前发射'辉煌命运号'的时候,宇航联军预估过这种情况,"大统领跷起二郎腿,"这也就是为什么我们在那艘飞船上设置那么大一支联盟卫队,就是要确保……喔,尽量防止最初那批定居者的暴力冲突。"他呵呵笑了两声,摇了摇头,"我应该说'将尽量防止',这就是用星际思维讲话的缺陷之一……'亚拉巴马号'现在仍然在前往大熊座47的路上呢，而且嘛，尽管有更快的速度，'辉煌命运号'仍然落后于它一大段距离。所以我们在这儿讨论未来的事情，仿佛它们已经发生了。"

巴蒂斯特点点头。等到"辉煌命运号"抵达的时候，"亚拉巴马号"的船员建立的移民地已经差不多四年了……"精神号"会在"亚拉巴马号"到达的八年后抵达大熊座47，这期间西半球联盟还会有三艘飞船跟在"辉煌命运号"之后到达。所以他们实际上是在以一种冗长的形式进行时间旅行。

"如果是那样，"他说，"'辉煌命运号'……应该没有……将不会有……太大的困难控制住最初的那批移民者。"

"显然会是这样的。"赫尔说，"然而，我的团队推断出一种极为可能发生的状况：最初的移民者可能与新来的人对抗。实际上，我们认为最后到达的移民甚至可能支持最初的移民者。"

"你们确定？"巴蒂斯特挑起了一边的眉毛，"不是冒犯，可这听上去基本都是猜测。有相当多的因素是我们不了解的……"

"历史表明，这是一种模式，在过去一再上演。那些最先到达新边疆的人认为那片地方属于他们。他们对那些跟随他们而来的人很不满，特别是如果那些人代表着某个强权。"赫尔停了停，"这确实是一种令人钦佩的倾向，但对于我们的目标来说可不是好兆头。"

"博学者赫尔的报告已经在最高层级研究了。他的发现非常有说服力。"萨摩扎的语调不再那么友好。意识到大统领现在极为严肃，巴蒂斯特抹掉了脸上的那一丝笑容。"抛开时间因素，我们绝不允许土狼星有一丁点儿的机会脱离联盟的控制。在那么远的地方建立一个可行的移民地，这对我们来说至关重要。"

巴蒂斯特再次点了点头。地球的自然资源已经耗尽，全球变暖的长期影响让所有国家的土地都不再适宜居住，有些地方的海岸线都消失在了不断上升的大海之下。只能靠着发展太空资源——从月球的风化层提取氦-3，开采月球以及附近小行星的矿产——才让人类种族免于灭绝，即便如此也极为勉强；太空轨道上的移民地和月球、火星上定居点的人口数量只是人类种族的一小部分，将火星地球化的计划成了一场灾难。如果人类没有找到另一处家园，那必将遭受缓慢而无情的灭亡厄运。

西半球联盟不是唯一意识到这一事实的政府。巴蒂斯特看过那些情报：欧洲联盟最近发起一项计划，大力建造自己的星际飞船。尽管径向驱动是机密，可欧洲航天局搞清楚如何复制它只是时间问题，比如他们的间谍可能会把这个秘密偷走。总有一个办法，使欧联有能力发射自己的飞船进入星际空间，这日子不会太远了。

然而，尽管轨道天文台搜寻了几个世纪，距离地球五十光年内，能够让人类生存的星球也只有土狼星一颗。因此，联盟不得不在"亚拉巴马号"抵达大熊座47星系之前，就集结发射了一小支星际舰队。没时间等"亚拉巴马号"传回第一波无线讯号了；他们现在就得向土狼星出发。

"我不觉得先头部队会有什么麻烦，"大统领继续道，"我们已经向土狼星派了差不多一百个士兵，但愿他们不会派上用场……无意冒犯，格里戈。"博学者没有说话，但他的金属脑袋微微向前一探，相当于点了点头。"不过，我们或许还是会向当地派驻更多武力，以免你到达的时候遇上暴动。"

"那您想要我怎么做，长官？"

"我们正在更改你们的任务参数，"萨摩扎的手指漫不经心地敲打着手中的玻璃杯，"我们需要你们稳住移民地。在女统领埃尔南德斯的领导下维持移民地政府，确保联盟控制权的稳固。要达到这个目的，我们要增加军事特遣队——再增加三百名士兵，从你们最初携带的人员当中替换掉同样数量的平民——还要把一些货物换成旋翼机、掠行艇、远射程火炮。当然，仍然要带上平民，不过现在你们这艘飞船的主要目的会放在军事方面。"

巴蒂斯特什么都没说,尽管他感觉到自己的胸口有什么东西在凝固。几分钟之前,他还认为自己要做的事情无非是再送一千名移民去土狼星。九百三十五名平民,他们大多数都是通过公共抽奖的方式赢得了"精神号"上的席位,再加上五十名联盟卫队的士兵与军官,这些军人在飞船上的主要目的是保护移民们,防止那个新世界上可能发生的任何形式的危险。等到了那里,他和他的船员,连同那五个一路协助他们的博学者,都会返回地球,然后在地球上享受舒适的退休生活。毫无疑问这是一趟漫长遥远的星际航行,但有不少好处:完成任务后可以在任何他想去的地方安置一个美好的家,一笔慷慨的酬劳,也许甚至还能有个大统领那样的位子……

现在一切都变了。他被要求——确切说是被命令——率领一支远征军去土狼星,协助镇压一场博学者认为可能会发生的暴动。这可不是当初找他要执行的任务。

"我明白,这是该计划的一项重大改变,也不是你被选来的目的。"萨摩扎同情地看着他,就像一位父亲要让自己最心爱的儿子去做一件令人作呕的事情,"相信我,如果我们认为你没有能力执行,也不会让你去做。你已经证明你能当机立断作出决定,费尔南多。我们希望……我们相信……你有能力做好这件事。"

该死!他没有退路。退出,丢的可就不只是脸面,还会丢掉他这辈子工作所获得的一切。如果他拒绝,大统领肯定会点头同意,然后耸耸肩,告诉他说,自己能理解……然后,他的下一份工作就是开货船去火星,他的余生就只能干这活计了。

"我明白,长官。"巴蒂斯特说,"我会尽我所能。"

"谢谢你,舰长。"萨摩扎笑了,"我想要的也就是这个。相信我,你不会孤立无援。我要派我最得力的干将之一跟随你。"

不等巴蒂斯特询问是谁,赫尔迈上一步。"我期待着与您合作,巴蒂斯特舰长。"他说着,从长袍下面伸出一只爪子一样的手,"相信我们将共同经历一次有趣的航行。"

巴蒂斯特挤出一抹笑容。"肯定会的。"他说着,向博学者那只冰冷的爪子伸出了温暖的手掌,"敬土狼星。"

"敬土狼星。"

第三卷

圣徒与陌生人

"五月花号"塞得满满当当,因为有102名乘客被送到了船上,还有他们的货物和补给。有这么一种观念,在大众的心里没有什么比它更加令人印象深刻,也没有什么能比它更郑重其事地编织进美国神话,那就是,最早的美洲移民是不分彼此、团结一致的一群人……这是令人愉快的幻想,但移民们会以"尔等须知真理"的名义打破这个幻想。

——乔治·F. 威利森[1]《圣徒与陌生人》

---

1. 乔治·F. 威利森(1896—1972)美国历史学家,《圣徒与陌生人》是他的代表作之一。"五月花号"是具有代表性的由英国移民驶往北美的船只,上面载有35名清教徒,67名非教徒,共102人。

- 1 -
航天发射场的女疯子

阿莱格拉·迪塞尔维奥在土狼星度过的第一夜就碰到了航天发射场的那个女疯子。当时看来似乎是意外,但几星期乃至几个月之后,她逐渐意识到绝非如此,有一种无法掌控的力量将她们的命运联结在了一起。

"远航号"飞船的太空穿梭机降落在自由镇外一片开阔的草地上。着陆坪上长着的高高的草丛已经被火清理干净,打造出了一片接近半英里[1]直径的平地,鸥翼式飞船经过漫长的降落过程停靠在上面。当阿莱格拉顺着机身底部的舷梯坡道走下来时,她抬头望向空中,第一次看到了熊星:一颗巨大的蓝色行星,银色的光环围绕着它,悬挂在蔚蓝的天空中。空气很新鲜,夹杂着仲夏时节马唐草的气息,温暖的微风轻抚着从剃过的头皮新长出来的短头发茬,这一刻她才真正意识到自己做到了。航行结束了,她来到了土狼星。

丢下手中的行李包——这是她从地球出发时允许携带的唯一一

---

[1]. 1英里约等于1.61千米。

个行李包——阿莱格拉激动地跪伏在地哭了起来。

足足八个月，她一直在等待自己抽奖的结果，又紧张地盼望了两个月，她才终于分配到了下一艘驶往大熊座47的飞船席位，登上宇航联军在厄瓜多尔安第斯山脉的太空电梯之前，又在基多那里干坐了一个星期，然后花了三天到达月球轨道，在那里登上了"远航号"……随后是四十八年没有梦境的生物停滞状态，醒来之后浑身冰冷，赤裸着身子，身上所有毛发被剃得干干净净，每一样熟悉的事物都远在四十六光年之外，她认识的每一个人要么早就死了，要么也已经遥不可及。

她太开心了，简直要大喊出来。感谢你，上帝，她心中想着，感谢你，感谢你……我到这里了，我自由了，最糟的都过去了。

她全然想不到自己错得有多离谱。直到她跟一个发了疯的老妇人交上朋友之后，她才会再次产生感谢别人的想法。

自由镇是土狼星的第一个移民地，由"亚拉巴马号"的船员在公元2300年建立，或者按照勒马尔历法，是土狼星元年。不过按地球上的公历推算，如今应该是2306年，最初的移民也早就遗弃了他们的聚居地，在地球来的第二艘飞船"为了社会集体主义的更伟大事业在群星中探寻辉煌命运号"抵达之后没几天，最初的那批移民就消失在了荒原之中。没有人知道他们为何逃走——或者说至少那些知道其中缘由的人都没说过——但眼前的事实就是自由镇只够一百人居住。而"辉煌命运号"带了一千人来到新世界，第三艘飞船——"勇往直前为新边疆传播社会集体主义号"——又带来一千人，所以等到"在社会集体主义精神照耀下向着银河远航号"抵达土狼星的时候，新佛罗里达的人口就已经膨胀到了很严峻的程度。

第一批定居者建造起来的木屋，目前由"辉煌命运号"和"新边疆号"宇航联军的军官占用。没用多久，方圆十英里范围内的每一棵树就都被砍伐了,用于建造新房屋。四通八达的道路扩展开,延伸到了曾经是沼泽的地方。等到这一带最后一株黑檀树和赝桦消失,大部分的野生动物也就都迁徙走了。曾经捕食家禽家畜的扑鹰和溪猫很难再被看到,就连围绕在聚居地周边的自动枪械系统,也很少有人听到它的枪声和莽鸟在夜间被击中发出的尖叫声了。可要想给每个人都修房子,木头还是不够。

只能寄希望于新来的人自食其力了。按照社会集体主义精神,集体所能提供的帮助只有临时的窝棚和每天两顿的饭食,除此以外,每一个人就都只能靠自己。宇航联军确保那些赢得大抽奖的人免费来到土狼星,但不承诺负担到达之后的任何义务。集体主义理论认为,一个正常的社会就是每一个人都要通过个人的努力来获得回报;但自由镇毕竟只是个边疆小镇,不管是谁,想要那些先来的移民者从家里腾出点地方或提供一些木板的话,似乎就只能得到他们的冷眼。所有的人生来平等,然而有些人显然比其他人更平等。

就这样,阿莱格拉从地上一爬起来,就发现自己要接受一个现实:她本以为自己会生活在自由镇那里,但现在看来只能住在航天发射场了,说白了,就是从着陆坪向周围蔓延出去的露营地。

她循路到了一间顶棚铺着苜蓿草的小竹棚,她在这里排了一个小时的队,然后分配到一顶小帐篷,之前用过的人已经在上面打了许多补丁;此外,还分到了一只脏乎乎的睡袋,闻上去一股霉味儿;还领了一张配给卡,让她有资格去吃饭。吃饭的地方原本是自由镇的农庄会堂,后来被改成了社区中心。柜台后面那位烦透了的联盟卫队士兵告诉她,想在什么地方搭帐篷都行,然后暗示说如果她跟自己睡的话,他很乐意分享自己的房间。她拒绝了,他便不耐烦地冲着门口甩了甩大拇指,然后招呼队伍里的下一个人。

航天发射场就是个贫民窟,再没别的词可以形容它了。一排又一排的帐篷,顺着无数足迹踩踏出的泥泞小径凌乱地分布着,到处都是垃圾和烧火的灶坑。勤劳的人已经搭起了竹棚，那是从地球带来的种子长出来的；另一些人用飞船上的旧货柜充当住房，他们在它上面切割出门窗。脏乎乎的小孩儿在晾衣绳中间追赶着饥饿的狗，绳子上晾着的东西看着像是抹布，好半天阿莱格拉才意识到那是衣服；缭绕的炊烟里混杂着积肥的味道。有两间赝桦搭建的棚屋并排而立，两扇门上分别手写着"男"和"女"的字样，周围弥漫着屎尿浓重的臭味，然而这并没有阻止人们在附近搭建帐篷。她听到的说话声大都是盎格鲁口音，但她的耳朵还是能捕捉到其他口音——西班牙、俄国、德国，以及各种阿拉伯和亚洲方言——所有这些声音混杂在一起，形成了不绝于耳的嗡嗡声。

每一个地方，每一个人，似乎都在卖东西，就在他们窝棚前面的凉棚里卖。杆子之间绑着麻绳，拔了毛的鸡挂在上面。衬衫、夹克、裤子都是用她以前从没见过的某种动物皮缝成的——后来她搞明白了，那是沼泽鼠皮——都摆在摇摇晃晃的台子上。一坛坛的香料和腌菜就摆在腌制好的肉旁边，她不认得那是什么动物的肉。还有存着来自地球的数据和娱乐内容的平板电脑，卖家声称它们的电池还很新，存储卡也绝无病毒。一个木头笼子里关着一只溪猫，侧卧在里面，正在给六七只幼崽喂奶；它们的主人说要把小猫喂到半大后，才能杀了母猫，然后让这些小崽儿近亲繁殖来获取皮毛：这是一个巨大的商业机会。

有个小个子男人，眼神鬼鬼祟祟的，贴到阿莱格拉身边，四下看了看，然后朝她递过来一只小小的塑料瓶，里边装着半瓶油质的透明液体。他神秘兮兮地说："这东西叫斯汀，是拟蜂分泌的毒液。只要在舌头上滴一两滴，你就会觉得自己回家了……"

阿莱格拉摇摇头，继续往前走，她的肩头扛着行李袋，胳膊下面还夹着叠好的帐篷，后背又酸又疼。家？现在这儿就是家。地球上没有什么东西值得让她回去了，哪怕她能回去。

她在几间小棚屋中间找到一块光秃秃的地皮，可还没等她放下东西，就从最近的棚子里钻出来了一个男人，问她是不是刀具行会的成员。等她表露出对此一无所知，他就粗暴地告诉她说，这是行会的地盘。阿莱格拉不想吵架，顺从地拿起东西顺着路又走了下去，直到她发现另一片空地，这一次，在一片帐篷中间的这块地方挺像是属于她的。正当她开始竖起立柱，两个上岁数的女人走了过来。没有任何解释，其中一人砸倒她的立柱，另一个人则抢过她的包扔到了路上。等阿莱格拉开始反抗，前面一个女人气愤地把她打倒在地上。这是新边疆团伙的地盘，她以为自己是谁？想要霸占这儿？一小群人聚拢过来看热闹。看到没有人打算站在她这边，阿莱格拉迅速收起东西走了。

接下来的几个小时里，她在航天发射场的街道间徘徊着，寻找能搭帐篷的地方。每一次她找到个看着还算像样的地方——在第二起事件之后，她都要很小心地问问最近的邻居——都会发现这地方已经被某个团体占了。

情况很快就明了了，航天发射场已经被等级分明的行会、团伙、帮派瓜分了，其类型嘛，从之前的飞船乘客中间形成的各种社团，到那些用大砍刀守护自己地盘的帮派，不一而足。有几次阿莱格拉被告知说很欢迎她留下，但必须每周缴税，不管她最终找到什么活儿，通常是她挣到的三分之一，要是找不到活儿，那就每天从配给卡里的三顿饭当中分出来一顿。有一间挺大的、看着很舒服的棚屋，里边都是单身女人，有老有少，最后她发现那是本地的一所妓院；那位女士说，如果她想留在那边，就得靠躺在床上支付租金。至少她很有礼貌。阿莱格拉答复说，自己会考虑她的提议。但她俩都知道，这可能是她最绝望的时候才会考虑的一个选项。

黄昏时分，她的脚都走酸了，饥肠辘辘，几乎就要放弃了，可在这时，阿莱格拉发现自己走到了镇子边缘。这里靠近一片沼泽——这边的马唐草长得齐胸口那么高，距离一丛球状植物不远，有人警告过她要远离这种植物——而且只有一户居民，坡顶的棚屋，窗户用废弃的赝桦板钉了起来。前门上的房檐挂着养花的罐子，植物从里面垂下来，烟囱里飘着烟雾，可看不到人。走得更近些，阿莱格拉听到有鸡叫声，来自屋后一片用绳子围起的围栏；她似乎还听到有人在哼歌儿，棚屋里传出低低的、走调的歌声。

阿莱格拉犹豫了一下。这么一间远离其他所有人的小棚子，离沼泽地这么近，谁知道有什么人潜藏在这儿，这让她有些紧张。然而黑暗正逐渐笼罩镇子，她知道自己也没法儿再往远处走了。于是，她在离那间棚屋十米外找了块地儿，不声不响地开始搭帐篷。如果有人抗议，那她就不得不商量出个暂时的解决方案了；就算是用几顿饭换一晚上，那她也很乐意。

搭帐篷的时候没人来骚扰她，尽管歌声停止了，过了一会儿甚至那些鸡也安静了，可没人反对她待在这里。乌玛星落下的时候她正好忙完，乌云遮蔽了那颗高悬头顶的巨行星。看起来要下雨了，于是她爬进帐篷，把行李也拖了进来。

阿莱格拉摊开睡袋，打开行李包在里边搜寻，最后找出了一支荧光棒，那是离开"远航号"之前有人给她的。夜里很冷，于是她找出一件毛衣套上。行李袋底下还有两根营养棒，她剥开一根。尽管很想把另一根也吃了，可她明白必须留到明早当早饭吃。事情就是这样了，没有人能告诉她，在她能正儿八经吃顿饭之前都会经历什么。事实已经摆在眼前，航天发射场有它自己的准则，这儿的体制就是要阻止新来的人利用它。

不管怎么说，她终于自由了。这多少有些意义。她总算是逃离了地球，现在她……

外面传来一阵脚步声。

阿莱格拉身子一僵，然后缓缓抬起眼睛。

她特意没有把帐篷门帘全拉上。借着荧光棒灰黄色的光芒，她看到有人透过防虫纱往里瞅：那是一张女人的面孔，满脸皱纹，平直的头发将脸的轮廓勾勒出来，头发灰白，以前可能是一头金发。

她们无声地对视着，雨滴开始打在帐篷的塑料顶棚上。那个女人的眼睛是蓝色的，阿莱格拉观察着，那双眼睛的颜色似乎很深，就好像有什么东西滤掉了虹膜里所有的色彩，只剩下一种蓝色的残影。

"你干吗到这儿来？"那个女人问道。

"我……我很抱歉。"阿莱格拉说，"我不是要……"

"抱什么歉？"那双眼睛变得锐利起来，可声音却空洞洞的，跟她的脸一样，既不显得苍老，也不显得年轻。她说的是英语，而不是盎格鲁语，这让阿莱格拉很意外，她不得不花点时间在脑中把这种古老的方言翻译过来。

"抱歉占用这片地方，"阿莱格拉谨慎地用她在学校里学过的英语答道，"我……"

"占用哪片地方？"这不是提问，而是质询。

"就是这里……您的地方。我知道也许不……"

"我的地方？"一抹笑容一闪即逝，代之以阴沉的怒容，"是的，这是我的地方。东分水岭，大赤道河，中央大陆，子午线海，所有他航行过的地方……那都是瑞吉尔·肯特的地方。我的儿子住在自由镇，但他从不来看我。航天发射场里都是小偷和混蛋。但这里……"那一抹笑容又浮现出来，"每一件东西都是我的。小鸡、星星，还有这两者之间的一切。你是谁？你怎么在这里？"

这一大串话让阿莱格拉一时之间手足无措，她只听明白了最后几句。她说："我叫阿莱格拉·迪塞尔维奥。我刚到这里，是从……"

"是瑞吉尔·肯特派你来的吗？"她的语气之间愈加逼迫。

阿莱格拉心中灵机一动，意识到这是个机会，她没有问那个人到底是谁。重要的是这个女人的反应。"不，"她说道，"不是他派我来的。我是自己来的。"

那个女人盯着她。雨越下越大,她听到远处的什么地方传来雷声。雨水顺着缝隙渗进帐篷,溅在她的睡袋上。女人的眼睛一直盯着她,哪怕雨水正在淋湿她的灰发。最终,她开口道:

"你可以留在这儿。"

阿莱格拉松了口气,"谢谢你。我发誓我不会……"

那张脸消失了。阿莱格拉听到脚步声渐渐远去,然后听到一扇门吱呀一声打开,又砰的一下关上。那些鸡又咕咕地叫了一阵,然后猛地静了下来,就好像被吓得住了嘴。

阿莱格拉等了一会儿,然后赶紧拉上了帐篷的门帘。她用包营养棒的食物包装纸把漏的地方堵上,然后脱下靴子钻进了睡袋。尽管衣服脏了,可她还是不想脱掉。夏季风暴在她周围肆虐起来的时候,她睡着了。她没关掉灯光,尽管常识告诉她要节约里面的化学燃料。

她安全了。但从她抵达之后,这是第一次,她真正感到害怕了。

第二天一早,阿莱格拉只看到她的邻居一次,而且很短暂。她一醒来就听见那些鸡在咕咕叫,她钻出帐篷,看见那个女人站在房子后面的围栏里,从围在腰间的围裙里抛洒谷物。阿莱格拉向她打招呼的时候,她转身回了屋里,还用力摔上了门。阿莱格拉想着要不要过去敲门,但还是决定不那么做;那个老妇人显然想独自待着,阿莱格拉要是再侵犯她的隐私,恐怕好运就要到头了。

于是她换了衣服,在光头上裹了一条围巾,开始长途跋涉前往自由镇。她很不情愿走开,尽管这附近没有其他帐篷,但她不确定是不是驻扎在了某个团伙的地盘上。可她的肚子在咕噜噜叫,除非万不得已,她可不想耗掉最后一根营养棒。而且不知道为什么,她总是感觉人们往往会远离她那个古怪的邻居。

通往自由镇的道路满是垃圾:拆了的包装纸、碎瓶子、空罐头、各种零七碎八的东西。如果航天发射场的居民勤快点儿填埋掉垃圾或是回收利用，也不至于这么触目。她经过了一片农田，那是夏天早些时候种植的农作物，男男女女跪在地上劳作着，在一排排的作物中间拔掉苜蓿草。土狼星的季节长度是地球的三倍左右，按照地球时间算，这里每个月有九十一天或九十二天，按照本地勒马尔的历法，一年还是十二个月，此时是哈玛利尔月的月末——夏季的第二个月；农夫们得忙着收夏季作物，好让他们能赶在秋天之前再种一茬儿庄稼。最早的移民拼死拼活才能让自己在面对土狼星第一个漫长的冬季时有东西吃，而那时总共也就一百来张嘴要喂。

远处从发动机传来的咆哮声引起了她的注意，抬头望去，只见一艘太空穿梭机正在着陆坪降落。"远航号"又送乘客来土狼星了，这下新佛罗里达的人口又会增加上千人。社会集体主义在西半球联盟可能挺管用，但那是建立在美利坚联合共和国的残躯之上，在那里，早已建设好的城市和高科技基础设施让它获益匪浅。但土狼星基本上还没开发，从地球带来的那一点点微不足道的先进设备都是不可替代的，无法平均分配给每一个人，所以移民们不得不尽其所能靠土地生存。根据她在航天发射场的所见所闻来看，乌托邦政治理论已经崩溃了——太多的人过于迅速地到了这里，迫使新来者不得不按照一种封建等级制度生存下去，在这种制度下，弱者要看强者的脸色行事，每一个人都被踩在移民政府的铁蹄之下。如果她不想当妓女，或是余生靠当农奴生活，那她最好找到一条谋生之路。

阿莱格拉到了一片沼泽边上，这里长着日本竹子。最近已经有人收割过了，残留的桩子分布在大约一百英亩[1]的土地上，地上散落着七零八落的碎片。一阵冲动，她离开道路蹚进了沼泽，在里边到处搜寻，最后找到一根一英尺来长的竹竿，相对来说还算完整。她把它夹在胳膊底下，回到了路上。

---

1. 1英亩约等于4046.86平方米。

刚开始用竹竿也能行。她所需要的是一把锋利的刀子。

自由镇跟航天发射场大不相同。街道宽阔整洁,最近才用砾石铺过,两边排列着木头房子。没有小贩,没有货摊,在镇子中心附近,她发现了一些小商铺,货物展示在玻璃窗里面。然而,身旁经过的每个人都没瞅她一眼,除了身穿蓝制服的监察官,他们看着她,疑虑重重。她站到一间吹制玻璃制品的作坊门前,门半开着,她看着里边的人将炽热发白的操作杆伸进炉膛,这时候有个穿蓝衬衫的家伙走过来拍拍她的肩膀,摇了摇头,指了指通向社区会堂的路。对方没说什么,可信息足够明确:只允许她一路去社区会堂,不能在任何不属于她的地方逗留。

早餐是带点儿热乎气的粥,里边有土豆和鱼肉块,就像是蛤蜊杂烩汤,但味道像发酸了的牛奶。拿着长柄勺给排队者打饭的老头告诉她说,这是炖河蟹汤,她应该全都吃掉——只放了一天,还很新鲜呢。阿莱格拉问午饭的菜单都有什么,他咧嘴一笑,在她的盘子里放上了一片陈面包。差不太多……不过等到吃中饭的时候,就是放了一天半的食物了。

长长的木桌顺着社区会堂的走向摆着,她在桌边找到个位子,尽量不去对上坐在附近的其他人的目光,尽管她认得几个来自"远航号"的人。从地球来的这趟旅行中,她没跟谁交朋友,现在也不急,所以她把注意力放在了墙上的老壁画上。那是未受过训练却颇具天赋的手用本地染料绘制而成的,它描绘的是土狼星轨道上的"亚拉巴马号"。显然是自由镇最初的居民逃离之前留下的作品。没人知道他们去哪儿了,尽管据信他们在中央大陆的某处开辟了另一块移民地,得从新佛罗里达跨越东峡河才能到达那里。

阿莱格拉正寻思着要找到他们得费多大的力气,就听到身后传来一阵机器声:伺服电机在变速,一台电源设备发出微弱的哀鸣。然后

传来一个经过电子过滤的粗哑声音,用盎格鲁语问她:

"很抱歉打扰,您是阿莱格拉·迪塞尔维奥吗?"

她抬起头,看到一件黑斗篷下面有一颗银色的头颅正看着自己,她的脸被那双红宝石般的眼睛映得一片黯淡。一位博学者,也可以说是后人类,他曾经也拥有血肉之躯,后来舍弃了人类属性,将思维下载到赛博躯体之中,成了一个永生的智能体。阿莱格拉讨厌他们。博学者们操控星际飞船,但此时此地碰到一个还是挺意外的。更糟的是,它是来找她的。

"是我。"她放下勺子说道,"你是谁?"

"曼纽尔·卡斯特罗。新佛罗里达移民地的副总督。"爪子般的手从它的黑袍里伸了出来,"请不要起身。我只是介绍一下我自己。"

阿莱格拉并没打算站起来。"很高兴见到您,博学者卡斯特罗。现在呢,如果您不介意……"

"噢,现在嘛……没必要无礼。我只是希望能欢迎你来到土狼星,确保一切所需都如你所愿。"

"真的吗?那好吧,你可以先从给我一个地方住开始。这个镇子里的一栋房子就不错……一间屋子足够了。再来点儿新衣服……我只有一件可换的。"

"很不幸,自由镇没有空房了。如果你乐意,我可以把你的名字加在排队的名单上,如果有新房屋就立即通知你。至于衣服嘛,恐怕你不得不继续穿着带来的那些了,直到你从事公共服务工作积攒了足够多的小时数,才能兑换新衣服。不过,我这里有一份找新雇员的工作清单。"

"谢谢,不过我……"她心里冒出个新主意,"这里有什么空缺吗?我想我能在厨房帮把手,如果他们需要助手的话。"

"稍等。"卡斯特罗停了片刻,他的量子计算机大脑进入中央智能系统查询数据,"啊,是的……你很幸运。社区厨房需要一名新洗碗工来做早上到中午的活儿。每天干八小时，早六点到下午两点。不需要有工作经验。每小时挣一个半小时的工分。"

"什么时候开始？"

"明天上午。"

"谢谢你。我接受了。"她回过头继续吃饭，可博学者并没有离开。他耐心地站在她身后，身体发出静静的机械声。阿莱格拉把勺子放进变味儿的粥里，等着卡斯特罗离开。在她周围，大家已经安静下来，她感觉到有许多双眼睛盯着她，很多人都在看着、听着。

"根据你的记录，我了解到你在地球的时候很有名望，"卡斯特罗说道，"你是位出名的音乐家。"

"不尽然，我是作曲家。我不表演。"她直视着前方，拒绝去看他那双深不可测的玻璃眼。

又是一阵停顿。"啊，是的……那我明白了。你给康涅狄格大河剧团写乐曲。实际上，我想我还有一部你的作品呢……"

从那张金属格栅的嘴里传出一阵熟悉的旋律：《太阳升起在圣奥克》，一段弦乐四重奏小步舞曲。这是她在一个冬日的清晨写的，当时她住在伯克希尔山脚下，心中奋力捕捉圣奥克山脉黎明时的曙光带来的感觉。一段精妙而又缥缈的乐曲，被一个已经彻底放弃人类属性而存在于世的东西用电子音重新合成出来。

"没错，这是我写的。非常感谢你让我想起这个。"她回头望过去，"我的粥要凉了。要是你不介意……"

音乐戛然而止。"很抱歉。我恐怕无法像模像样地模仿那首曲子。"停了片刻，"如果你想再写音乐，我们会很高兴的。这里的文化贫乏得可怜。"

"谢谢。我会考虑的。"

她等着，坚定地盯着自己的汤碗。过了一会儿，她听到博学者的袍子发出窸窸窣窣的声音，还有双腿走开时发出的柔和的嗡嗡声和敲击声。周围依旧一片寂静，犹如交响乐章之间短暂的安静，然后嘀咕声又渐渐响了起来。

有那么个片刻，这些声音似乎填进了她内心的一片空虚，为了填补这片空虚，她曾经奋力拼搏了很长时间……但紧接着，又一次，音乐从她身边滑过。她什么都听不到了，什么都看不到了。

"嗨，女士，"有个坐在她旁边的人低声道，"你知不知道那是谁？"

"当然，天呐！"另一个人嘀咕着说，"曼纽尔·卡斯特罗！还从没有人像那样冲着他……"

"你说你是谁？我没听清……"

"抱歉。"她起身的时候，手里的盘碗叮当作响。她把餐具拿到一个木头手推车那里，把它们哐啷一声放在车上，声音大得连自己都有点意外。想起放在桌上的那根竹竿，她又回去把它取走了，然后对周围那些猜疑的面孔毫不理会，迅速走出了食堂。

跨越了数十光年，她的过去还是挥之不去。她迈步走上那段漫长的路，返回航天发射场。

当她回到自己的帐篷时，发现它还在原地。然而，它还是招来了关注。一名监察官跪在帐篷前面，撩着门帘往里瞅。

"抱歉，"她走到他身后说，"有没有什么我能帮你的？"

听到她说话，那个监察官回头看了看。是个小伙子，留着短短的金发，长相英俊，就是有点胖；按地球时间算恐怕他也就二十来岁，差不多是阿莱格拉岁数的一半。他放下帐篷帘子站起身来，拍了拍膝盖上的土。

"这是你的？"与其说是询问，不如说是陈述。挺奇怪的，他的脸看起来有些面熟，尽管她相当确定以前从没见过他。

"是的，是我的。有什么问题吗？"

她的态度明显让他有点意外，他眨眨眼，退后几步，稳住神。也许他还从没遇到过这样的挑战。"我上次路过的时候还没有。"他说着，态度像是例行公事，却还算客气，"我想知道是谁把它搭在这儿的。"

"我昨晚到的。"阿莱格拉望向附近的那个棚屋，看不到她的邻居，不过她注意到前门半敞着。"昨天才从'远航号'上下来的。"她继续说着，让语气柔和下来，"我找不到别的地方了，所以……"

"每一个'远航号'来的人都被安置在那边。"年轻的"蓝衬衫"指向航天发射场另一边，他这么做的时候，她注意到了他制服右边袖子上的臂章。"没人告诉你吗？"

"没有人告诉我任何事……我想，你是要我搬家。"她可不打算重新收拾行李再穿城而过。而且这里离自由镇比较近，能省掉她早上徒步上班的不少时间。"我跟住在隔壁的那位女士说过了，她似乎并不介意我……"

"我知道。我刚跟她谈过。"他冲着那间棚屋投去谨慎的眼神，有那么一刻，那扇门仿佛动了一下，好像有人在门背后偷听。监察官伸手摸了摸自己的脸。"我能单独跟你谈谈吗？"他低声道，"你不会有麻烦的，我保证。就是……我们需要谈谈。"

搞得神秘兮兮的……阿莱格拉点了点头，"蓝衬衫"带着她绕到帐篷另一边。他又蹲下了，而她跪坐在了地上。从这里只能看到棚屋顶，就连鸡圈都给挡住了。

"我叫克里斯，"他伸出手，平静地说，"克里斯·莱文……我是总监察官。"

这个年轻得都能当她儿子的家伙居然手握大权。"阿莱格拉·迪塞尔维奥，"她说着，跟他握了握手，"你看，我很抱歉，我太……"

"没关系。"克里斯挤出一副皮笑肉不笑的表情，"我相信你现在注意到了，可在那边的那个女人……好吧，她一直独居，很少离开那间房子。"

"我明白。"

克里斯随手扯着双膝之间的杂草。"她叫塞西莉娅……塞西莉娅·莱文,不过大家都叫她茜茜。她是我的母亲。"

阿莱格拉感觉血气一下子涌到了脸上,她突然回忆起那个老妇人提到过她有个儿子在自由镇。"我很抱歉。我不知道。"

"你不可能知道,你也是刚到的。"他摇了摇头,"看,我母亲她……实话说了吧,她不大好。她病得很重,实际上……也许你注意到了。"

阿莱格拉点点头。她想起这男人的母亲在头天夜里就站在瓢泼大雨之中,胡言乱语地说什么小鸡和星星之间的一切都属于她。没错,这就是不正常的行为。"听到这些我很难过。"

"没办法,妈妈过去几年经历了太多,她……"他顿了顿,"这故事很长了。不管怎么说,这就是没有人在这边搭帐篷的缘故。人们害怕她……还得跟你说句实话,是她把他们赶走的。所以说,你真是不一般啊。"

"到底怎么回事?"

克里斯抬起眼睛,她看到那双眼睛跟他妈妈简直一模一样:蓝色的,却显得很空洞,尽管并没有那么幽暗。"她让你留了下来。相信我,如果她不喜欢你,你的帐篷不会还立在这儿。哦,她可能会让你过一晚,但只要你一离开,她就会一把火烧了它。之前每一个想要在她隔壁驻扎的移民,都是这个下场。"

阿莱格拉感觉起了一身鸡皮疙瘩。她想要站起身,但克里斯拉住她的手腕。"不,不……镇定。她不打算那么做。她喜欢你。她亲口跟我说的。"

"她……喜欢我?"

"嗯哼……或者说至少像她这些日子喜欢其他任何人一样的喜欢。她相信你是个好女人,专门来跟她做伴的。"

"她今天早上甚至都不跟我说话!"

"她很害羞。"

"噢,天可怜见……"

"你看,"他说着,话语声中带了几分严厉,"她想让你留下,而且我也想让你留下。在这儿没人会打搅你,她也需要有人关照一下。"

"我……我做不到。"阿莱格拉说,"我刚刚在自由镇得到了一份工作……在社区会堂洗盘子。我抽不出空……"

"那太棒了,我很高兴你已经找到工作了。"他顿了顿,意味深长地笑了,"报酬不会太多,只是等到了冬天,你这帐篷就冷得够呛了。不过我能想办法。留在这里,不工作的时候照看我妈,这样你就等于有自己的房子了……有柴火炉子,甚至有自己的厕所。这可比跟你同船来的那些人好得多啊,而且你永远不用操心去对付那些帮派或是地皮税。任何骚扰你的人都得在号子里蹲六个月,在公共劳动队伍里过段苦日子。明白我说的吗?"

阿莱格拉明白。她被安排来照料总监察官这位发疯的老母亲。只要跟这位茜茜·莱文做伴,阿莱格拉·迪塞尔维奥就永远不用担心会在黑暗中冻死,被当地的混混敲竹杠,或是在她的帐篷里被人欺凌。她将会有个避难所,受到保护,还有她渴望的隐居生活。

"我明白你说的。"她说道,"就这么定了。"

他们握了握手,然后克里斯挺身站起,伸手拉她起来。"我会跟我妈说的,你会留下。"他说,"不用急。她愿意的话,会向你作自我介绍。但我觉得你们会成为好朋友的。"

"谢谢。我们会处理好的。"阿莱格拉看着他转身走向棚屋。门砰的一下被推开,有那么一刹那,她瞥到茜茜的脸。"还有件事……"

"什么?"克里斯停住脚,回过身看着她。

"你们在这里多久了?我是说……你们是乘坐哪艘飞船来的?"

克里斯犹豫了一下。"我们在这儿已经三个土狼星年了。"他说,

"我们是乘'亚拉巴马号'来的。"

阿莱格拉目瞪口呆地盯着他,"我以为第一拨的移民全都离开了。"

他郑重地点点头,"他们都走了。我们是留下来的。"

"所以为什么……"

他头也不回地走了。很显然,这个问题他不想回答。

时间是凭借她头发的长度来计算的。阿莱格拉在社区食堂工作了一星期之后,她脑袋上长出了一层绒毛;也就是这一天,她从水槽里拿了一把小小的削皮刀带回了家。少这么把刀不会有人注意到,而她为自己要干的活儿弄到了第一把工具。等到属于自己的棚屋盖起来之后,她就不需要在脑袋上裹头巾了,她花了些工分从自由镇的杂货店买了一把梳子(顾客允许进入)。她刻好第一支长笛的时候,就得时不时把头发从脸上拨开了。把一小片马唐草塞进竹竿里,装到吹口下面,就成了簧片,练习几下之后,她就能演奏简单的曲调了,尽管吹得不怎么好。

一直到夏末,她那头栗色的头发终于长到了当初在地球时那么长,垂到了脖项之间,也就是这时候,她终于跟茜茜·莱文有了第一次真正的对话。

过去的几个星期,她那位遁世的邻居都避着她;阿莱格拉来到土狼星的第一夜,她们短暂的碰面就是她俩之间唯一的一次对话。每天天亮之后,阿莱格拉出发去自由镇时,都会看到茜茜在喂鸡。阿莱格拉会招招手,喊喊她的名字——"早上好,莱文夫人,你好吗?"——她确信自己的声音能传过她们之间那段小小的距离,可茜茜从没招呼过她,顶多稍微点点头。之后,阿莱格拉就去上班了,等到下午回来,她全然见不到自己那位邻居。只要有机会,阿莱格拉就会冒险去敲敲门,可不管她多有耐心,在门外等多久,茜茜从来不接待她。

然而，有一些迹象表明茜茜正在逐步接受她。有一天，木匠行会来了一群人，拉着一车木材，花了一下午时间为阿莱格拉搭建了一间棚屋，里边有一个烧柴的炉子，是用破损的燃料电池壳子改制的，还有些基本的家具，屋后还有一间小小的厕所。领头的人说："不收费，女士。算总监察官的账上。"大约半个月之后，她回到家发现门廊上放着一只柳条篮子，里边是新鲜的鸡蛋。阿莱格拉把鸡蛋仔细地放到炉子上方的小橱里，然后拿着篮子去茜茜家。还是没有人回应她的敲门声，最后，阿莱格拉放弃了，回家之前，她把篮子留在了隔壁。几天后，那篮子又出现了……这次送鸡蛋时天才刚亮，阿莱格拉都还没睡醒呢。

这种相处模式持续了一段时间。然后，一天下午，阿莱格拉回家一开门，发现有一只死鸡倒挂在天花板上。这只鸡没拔毛、没清理，就是一只死鸡，脖子断了，两只脚用结实的麻绳捆着悬在房梁上。阿莱格拉看到以后不由自主地尖叫起来，她一度觉得听到了隔壁传来疯狂的笑声。

她不知道这算是礼物还是威胁，但她不打算问；她也不知道怎么打理这只鸡，于是第二天早上把它带到了社区会堂，一个跟她关系不错的厨子帮忙把鸡清理了。这只鸡成了一顿香喷喷的午餐，阿莱格拉还把羽毛留着做了枕头。然而，她有意识地跟茜茜保持了一段距离，三周过去之后，她才又在门前看到了鸡蛋。

阿莱格拉做的第一支长笛声音不怎么好，于是她又搜集了一些竹子重新开始做，这次尝试了不同种类的簧片：赝桦皮、鸡毛、苜蓿草叶，任何她能找到的东西。她以前从来没有自己做过乐器，这方面她所知不多，也就是在新英格兰的时候看过匠人制作，所以要反复尝试，摸清对错，这是最关键的问题。最终，她发现沼泽鼠皮效果最好，要好好加工之后再紧紧绷上。等到茜茜又开始在她门前放鸡蛋的时候，阿莱格拉用几个鸡蛋从航天发射场的一个做手套的匠人那里换了一平方英尺[1]的皮子，并向他保证她绝不会去做服装方面的生意。

一天，刚刚入夜，她坐在门廊上，吹着最近做好的这支长笛。乌玛星已经落下，熊星正从东方升起，她把鱼油灯拿到门廊，温暖的辉光将她的影子投在门廊粗糙的木板上。夜晚有些凉意，空气中已经弥漫着秋天的味道了。在不远处，她看到航天发射场燃起了篝火。这是乌列尔月的第四个星期，土狼星夏季的最后一个月，下一个泽斐尔日就是首次着陆日了，是移民地最盛大的节日。居民们早都铆足了劲儿等着庆祝，可她对此毫无热情。她唯一渴望的就是独自待着，不受打扰地雕琢她的艺术。

新长笛的音色很好：既不过于尖锐，也不过于低沉，她能毫不费力地吹奏音阶。现在她知道怎么制作长笛了，再照这样做一支应该不成问题。

这一天她心血来潮，她吹起一段曾为康涅狄格大河剧团写的曲子。她吹到第一节差不多一半的时候，附近传来一阵哼唱的旋律，她一回头，看见茜茜·莱文正站在旁边。

阿莱格拉吓了一跳，差点儿扔下笛子。茜茜没注意到，她倚着凉棚立柱，眼睛闭着，脸上浮现出柔和的笑容。在黯淡的灯光下，阿莱格拉能清晰地看到她嘴边的皱纹和眼角如同乌鸦爪子一样的鱼尾纹。跟以往一样，她的头发如同一蓬乱草，形成了一团褴褛的光环笼在脑袋上。即便如此，此时此刻的她似乎十分安详。

阿莱格拉的手指在长笛上颤抖着，尽力演奏完了曲子，茜茜一直随着它哼唱着。等茜茜跟完一段旋律，阿莱格拉发现她拥有一副美妙的嗓音。她又重复了第一节，好让自己再听茜茜哼唱一段。演奏完，她放下了乐器，但很小心，没有说话。让一切顺其自然吧……

"这首歌很美。"茜茜静静地说着，并没有睁开眼睛，"它叫什么

---

1. 1平方英尺约等于0.093平方米。

名字？"

"《鹿田河》。"阿莱格拉答道，"你喜欢吗？"

她点点头，很轻，一如既往，"我想我记得它。是不是在电影里出现过？"

"不……不，这我可不知道了。"可能有其他曲子跟它有点像，阿莱格拉的风格深受早期作曲家的影响。"这是我写的。我是为……"

"我想我曾经在一部电影里听到过。一个男人在维也纳遇到了一个女人，他们坠入爱河，尽管她就要死了，然后他们……"她猛地停住，睁开眼睛，目光望向远方，陷入了回忆之中，"那是部伟大的电影，我真的很喜欢。吉姆和我一起看过……噢，我不知道看过多少遍了。对于那只鸡的事情，我很抱歉，就是想开个玩笑，但我想，你并不觉得那很好玩儿。"

突然转换的话题让阿莱格拉手足无措。一时间，她吃不准茜茜正在讲什么，"喔……不，不好玩儿，不过……"

"那只鸡叫碧翠丝。她太老了，再也不能下蛋了，而且还欺负别的母鸡，所以我不得不……"她的双手握在一起做了个拧脖子的动作，"太可惜，太可惜了……我希望至少你能用她做点什么好事。"

"我带她去干活的地方了，"阿莱格拉说，"就在社区厨房。我们……"

"那个谷仓。"

"是的，谷仓会堂。我的一个朋友把她拾掇干净，然后用它——我是说我们将她——做成午餐了。"她寻思着自己该不该说这事儿，碧翠丝对于茜茜来说显然意味着什么。

"太好了。至少你没把她丢掉。那就太……太残忍了。她下蛋很厉害的，那样做太无礼了。我希望你没把那些蛋丢掉。"

"噢，当然没有！"阿莱格拉摇着头说，"每一个我都吃了。它们真是美味。太感谢你了……"

"是你做的？"茜茜一探身，从她手中一把夺过长笛。阿莱格拉害怕茜茜会弄坏它，伸手想拿回那件乐器，但当她看到茜茜小心翼翼地摆弄它的时候，她停住了手。

茜茜仔细看着竹棍上雕刻的图案，然后没等阿莱格拉反对，就在吹口上吹了起来。一阵刺耳的呼哨声响起，她身子一哆嗦。"还是你吹得更好。你能给我做一支吗？"

"我……我很乐意。"阿莱格拉想到自己屋子里还有半打做得不怎么样的笛子，立刻想着拿一支给这位邻居。但是，不……这邻居显然想要一支声音听起来跟阿莱格拉这支一样的。"我已经计划再做一些了，所以会把第一支给你……"

"你打算再做一些？为什么？"

"喔，我想着拿它们去卖，挣点额外的……"

"不，"茜茜的声音没有提高，可她的语气很坚定，"不不不不。我不允许你在这里卖任何东西，那会招来其他人的……"她瞅了瞅篝火的方向，那边传来醉醺醺的笑声，"我不想让他们在周围晃荡。如果他们来了，准会把瑞吉尔·肯特招惹过来。"

"噢，不，我不会在这里卖的。"阿莱格拉最近跟航天发射场的几个货摊主关系还不错，自由镇甚至有一家店铺的主人对她的作品表现出了兴趣。和茜茜一样，她也不希望有陌生人出现在自己的门前。然而茜茜说的话引起她的注意。"谁……谁是瑞吉尔·肯特？"

茜茜脸一沉，一时之间阿莱格拉害怕自己说错了话，但茜茜只是把长笛交还给她，然后双手揣进了自己那件破围裙的口袋里。

"如果他回来，"她静静地说着，"你就会知道的。"

她转身回去了，走向她的棚屋，然后又停住脚，回头看着阿莱格拉。"如果你教我吹笛子，我会再给你一些鸡蛋的。你能教我吗？"

"我很乐意，茜茜。"

"你怎么知道我的名字？"她惊讶地扬起了眉毛。

"克里斯告诉我的。"

"克里斯，"她面现怒色，"我儿子。一无是处的胖子……"她住了口，揉了揉眼睛，"你说你叫什么名字来着？"

"阿莱格拉。阿莱格拉·迪塞尔维奥。"

她思忖了一会儿。"真是好名字。听起来有点像音乐。我看过的那部电影是叫……"她摇了摇头，"别管啦。我叫塞西莉娅……我的朋友叫我茜茜。"

"很高兴见到你，茜茜。"阿莱格拉说，"欢迎随时过来坐坐。"

"不会再有鸡了，我保证。"然后她就走了。

阿莱格拉看着她，直到她消失在自己的屋子里，这才长长地呼出了口气。

至少茜茜跟她说话了。

三天后的夜里，她见到了瑞吉尔·肯特。

阿莱格拉并不想参加首次着陆日庆典，但很难避开这事儿。她那天上午去干活的地方报到的时候，厨房里的人已经为晚上的节庆忙碌开了。头天夜里宰了几头猪，正放在会堂后面的烟熏室里慢慢熏烤；一大锅一大锅的土豆和豆子在厨房的炉子上煨着；屋后，正从一辆大车上卸下一小桶一小桶的马唐草啤酒。早餐结束之后，厨子们开始烤面包和浆果派，她就帮忙用崭新的白色亚麻布铺桌子，中间摆上新采来的野花。

女统领路易莎·埃尔南德斯在午后造访。她是个体格结实的女人，身穿蓝色的长袍，脑袋上罩着兜帽，帽子下面露出赤褐色的短发，这位移民地总督很少在公众场合露面，这还是阿莱格拉第三次亲眼看到她。她在门旁转了转，一语不发地看着准备工作，博学者卡斯特罗在她身边用低低的声音说着什么。有那么一刻，阿莱格拉的眼光注意到女统领正在屋子另一头观察她。她们的眼神碰上了,对方的嘴唇露出一丝淡淡的微笑。她朝着阿莱格拉轻轻点了点头,阿莱格拉感觉浑身一哆嗦,赶紧返回身去收拾桌子;等她再看过去的时候,女统领已经不见了,曼纽尔·卡斯特罗也不见了。

女统领知道她是谁?她不得不假设对方知道。她希望自己运气够好,女统领不会来打扰她。

最让她惊讶的是一件装饰物:一面美利坚联合共和国的国旗,从塑料袋里小心翼翼地取出,展开,悬挂在会堂高高的椽子上。阿莱格拉问起那是从哪儿来的,一个厨子告诉她,那是"亚拉巴马号"从地球逃亡前不久,有人当作礼物献给罗伯特·E. 李舰长的。第一批移民把它丢下了,现在受移民地委托,它由女统领埃尔南德斯保管,只在"这个日子"里做公开展示。

在土狼星的一年当中——也就是1096天,或者说是三个地球年——移民地谨慎地分发着少得可怜的饮食。这里没多少别的节日,也没有哪个节日像这个日子一样重要,需要这样精心操办。这一天,航天发射场的居民们聚在社区会堂共享一顿盛宴,纪念"亚拉巴马号"的抵达。然而当她往家走的时候,发现那些店主都关上了防风暴的窗板,而且在门上钉了板子,她还注意到小孩子都不见了,监察官和联盟卫队的士兵数量明显增加。

她突然明白了。这一天允许底层人随便吃东西,随便喝啤酒,在联盟政权纵容而又毫不放松的监视之下庆祝自由,实则是"自由"的一件可怕的复制品。短暂的松一松缰绳,让平民开开心、满足一下,同时得体地提醒他们:这只是暂时的。

尽管如此,当她走过航天发射场的时候,却发现没有一个人意识到其中的微妙之处。没有人在干活儿,刚过中午,首次着陆日庆典就已经开始了。街上,统治着航天发射场的各种行会、团体在秋日下痛饮欢宴。手工制作的旗子在帐篷和棚屋上空飘扬,醉鬼跌跌撞撞到处走，脖子上淌着汗珠，眼睛里透出疯狂，甭管见到谁都说是自己最好的朋友。营地中间的小路上满是空瘪的啤酒罐，空气中弥漫着烟气、酒气和尿臊气。她偶遇了一群人在冲着什么东西喝彩，走到近处，阿莱格拉才看到是两个浑身赤裸的男子满身是泥，正在排水沟里摔跤。

着实被恶心到了，她想赶紧走开，可胳膊又被什么人拉住，那家伙觉得她在等待一个吻。她使出全力脱身开来，但那家伙可不会那么轻易放弃。"来吧，甜心，你其实不想走，"他嘴里都说不出明白话了，一路跟着她，"一块糖怎么样，我只有这个了……"

"一边儿去，威尔。"一个熟悉的声音说着，"别惹她，要不然今天晚上你就在小黑屋里过吧。"

阿莱格拉转头看了看，发现克里斯·莱文在她身后，还有两名监察官跟着他，其中一个已经扭住了醉鬼的胳膊，另一个正在踹他的屁股。他一头栽倒在泥地里，咕哝着脏话，然后自行爬起来摇摇晃晃地走了。

"这事儿很抱歉。"克里斯瞅了瞅身后的喧闹，"你没受伤吧？"

这种关心人的语气有些奇怪，特别是想到他的手下刚才对那个醉鬼的所作所为。"你没必要……"

"抱歉，但我觉得我有必要。"他转向手下的人，"你们继续巡逻。我陪她走回去。"他们点点头往前走了。"注意小溪那边！"他冲着他们喊着，"如果发现任何情况，就马上告知我！"

这引起了她的好奇，显然他说的是沙溪，就是紧邻这两处聚居地东边的那条小河。克里斯看到她脸上的迷惑，平静地说："你没什么可担心的。看，你要是不介意，我想让你今晚陪着我母亲。你可能得错过宴会，不过……"

"没问题。我本来也不打算去。"从目前已经见识过的场面来看，她最不想去的地方应该就是社区会堂了。

"我正希望你这么说呢。"他似乎从心底里松了口气，"如果你愿意的话，我可以给你们送晚餐过去……"

"十分感谢。"他们躲开几个顺着街道趔趔歪歪勾肩搭背走过的醉鬼，其中一人的肩膀撞了克里斯一下，转过身就冲着总监察官破口大骂，但意识到对方是谁后，又赶紧换了一嘴奉承话。克里斯怒视着他们从嚣张到老实，然后领着阿莱格拉走了。"还有件事，"他嘟囔道，伸手到自己的夹克里，"我觉得你应该留着这东西。"

她看着他递过来一支小手枪，那是一支和平守护者马克三型射镖枪，联盟卫队的标配。"不，抱歉……我有我的底线。"

克里斯一愣，然后明白这事儿跟她争论是没结果的，便说道："你说了算。"他把手枪插回枪套，又从腰带上取下一只通话器，"但至少拿着这个。万一你碰到麻烦，就呼叫我们一声。我们会尽快派人过去的。"

阿莱格拉收下了通话器，把它放进自己那件猫皮马甲的口袋里。"你是不是希望今晚会有很多麻烦？"

"那倒不是。一旦人们开始痛饮，事情就可能会有点失控，不过……"他耸耸肩，"没什么是我们控制不了的。"然后他顿了顿，"但有可能今晚我妈……好吧，可能会有什么她不想见的人去看她。"

"瑞吉尔·肯特？"

她说这话的时候笑了，表示这是个笑话，然而克里斯严肃地看着她。"她跟你说过什么？"他低声问道。

他的问话让她挺意外，于是赶紧收起了自己的表情。这之前，她一直以为"瑞吉尔·肯特"是茜茜发疯的一种表现，是她想象出来的一个人，代表她不信任的每一个人。因为移民地没有人用这名字，她已经查过花名册了，但克里斯显然是把他当作一个真实的人。

"说过一点点。"她回答道，这也不全是瞎话，"足够让我知道她讨厌他。"

克里斯沉默了一会儿。"他今晚可能到镇子里。"他说，"去年的这个时候，他带了一小队土匪到了沙溪。他们冲进自由镇的军械库，抢走了一些枪，然后在门上留下一张纸条，署名瑞吉尔·肯特。"他摇了摇头，"你不需要知道上面都写了什么，有意思的是，在他们动手抢劫之前，他还去看了妈妈。他想让她跟他走。她拒绝了，当然……她跟我一样鄙视他。"

"当然。不能怪她。"

这话让他眉毛一挑，"那你知道他都干什么了？"

她耸了耸肩，"就像我说的，知道的不太多。她可没把什么事都告诉我。"

"也许吧。"他们往前走的时候，克里斯低头看着地下，"他曾经是我最好的朋友，那时候我们还是小孩子呢。但他后来杀了我弟弟，而且……不管怎样，有些事你就是没法原谅。"

看起来他确实无法原谅。现在她对于他谈论的那个人，心里有点儿底了。"如果他出现，我会让你知道的。"

"那太感谢了。"这时候他们走到了镇子边儿上，离她的棚屋只有几百英尺[1]远。"你知道，她确实越来越喜欢你了。"他说道，"这真是了不起……我是说对于她。她曾经住在自由镇，就在我爸爸为我们盖的房子里。我仍然住在那里，但她执意搬走了，因为她不想再看到任何人……甚至是我。但你设法在一定程度上走近了她。"

阿莱格拉说："我们有很多共同点。"至少，这绝不是谎言。

阿莱格拉打了个盹儿，然后换上一条长裙和一件毛衣。透过窗户望去，只见乌玛星西沉，熊星正从东方升起。她通常在这时候开始做晚饭，但今天晚上可以闲着了——如果克里斯真能说到做到，从社区会堂送来吃的。于是她拿起自己的长笛，还有头天夜里做好的那支，

---

1. 1英尺等于30.48厘米。

出门坐在门廊上欣赏黄昏。

暮色降临的时候，航天发射场那边静了下来。毫无疑问，每一个人都去自由镇享用盛宴了。她等着，终于听到邻居后院的那些鸡咕咕叫了起来，然后她拿起长笛开始演奏。这次不是她自己的作品，而是一首传统的英国圣歌，她在伯克利音乐学院学习的时候学的。不知为何，这首曲子似乎很适合此刻。

过了一会儿，她听到茜茜的房门吱呀一声开了。阿莱格拉没往那边看，继续吹着曲子，没多久，她身边传来围裙的窸窣声。"太好听了。"茜茜静静地说着，"这是什么曲子？"

"《耶路撒冷》。"阿莱格拉笑道，"这首很容易吹。你想试试吗？"

"噢，不……我不会……"茜茜赶紧摇了摇头。

"不，我说真的。这很简单。这儿……"她拿起新做的那支笛子，"我给你做了一个。试试？"

茜茜盯着它，说道："我……可我得开始做饭了……"

"不，你不用忙了。今晚他们给我们送。烤猪肉、土豆、新鲜蔬菜、馅饼……不少呢。"她笑了笑，"相信我，很不错。我亲手帮着做的。"

茜茜盯着她，阿莱格拉意识到也许这是多年来第一次有人给她送饭。有那么一会儿，她都害怕她的这位邻居又会逃回那间没有窗户的小屋，摔上门，一连几天不再露面。

然而茜茜脸上浮现出一丝谨慎而又接受的神情。她拿过长笛，坐在了门廊上。

"让我看看你是怎么做的。"她说。

没用多长时间，她就学会了怎么用手指去按那些孔，尽管教她如何掌握好第一个音调费了点力气。不过茜茜并没放弃，她似乎下决心要学会如何演奏，一门心思注意着阿莱格拉，这位年轻点的女士耐心地向她演示指法的基本技巧。

有人带着两个盖着的篮子过来的时候,她们停了下来。阿莱格拉把篮子拎进屋里,茜茜不愿跟着她进去,阿莱格拉说,还是进屋吃吧,外面有点脏。上了点岁数的女子这才静静地站起来,她的双手交叠在身前,看着阿莱格拉点燃油灯,给两人布置餐桌。阿莱格拉只有一把椅子,她正要坐到床上,茜茜突然消失了。片刻之后,茜茜又回来,还搬来了她自己那把快散架的椅子。她把椅子放在桌边,坐下,看着阿莱格拉为她放上盘子。

她们不声不响地吃着,透过敞开的门,她们能听到远处传来首次着陆日庆典的声音。今天夜里变冷了,阿莱格拉关上了门,然后往炉子里放了些木柴生起火。茜茜头也不抬、全神贯注地吃着,一直没说话。她吃净了盘子,还想再来一份。阿莱格拉回忆着,除了鸡肉和鸡蛋,她有多久没吃别的东西了。阿莱格拉在心里记下了一件事,要开始从厨房往家里带些剩菜,营养不良可能是造成茜茜这种心理状况的原因之一……

"你干吗到这儿来?"茜茜问道。

这问题很突兀,毫无征兆……而且,阿莱格拉意识到,这也是她们第一次见面的那天夜里她问的同一个问题。但她们不再是陌生人了,更像是两个朋友在一起享受一顿不错的晚餐。从那时以来发生了多大的变化啊。

"你是说,我干吗到这里?"阿莱格拉耸耸肩,"就像我跟你说的……我在镇子里找不到任何地方,所以我就把……"

"我不是这意思。"

好一会儿,阿莱格拉没有说话。她把刀叉放在盘子里,双手叠在一起,目光转向窗户。原野上,远远的,她看到了自由镇的灯光,刹那间,那景色像极了她远远抛在身后的那些城市的灯光,那些她曾拜访过的地方的灯光:亚特兰大、达拉斯、巴西利亚、墨西哥城……

"很久以前,"阿莱格拉开口道,"我……好吧,我算不上富有,也没什么名望，但我有不少钱，也相当广为人知。我是说，因为我干的是这种活儿。"

"因为做音乐。"

"因为做音乐，没错。"她心不在焉地摆弄起自己的叉子，拨弄着盘子里残存的肉汤，"我走过很多地方，因为我是作曲家，所以大家总是需要我。我认识的所有人都是艺术家，他们也很富有，很有名望。"至少在社会集体主义的允许下，能有多富就有多富；她已经学会了如何利用欧洲银行掌控的信托基金藏匿自己的海外版税，就像很多人做的一样，以此来规避联盟强制的薪金上限。但这太复杂了，也没有必要让茜茜知道这些。"有那么一段时间，我对自己的生活很满意，但接下来……我不知道。在某个时刻，我不再享受生活了。仿佛我认识的每一个人都成了陌生人，他们只想更有名望，赚更多的钱，而我想要的只是实现自己的艺术价值。然后，有一天，我发现我什么都创作不出来了……"

"你作不出音乐了？"

阿莱格拉没有抬头。"作不出了。噢，我还是能演奏，"她从桌上拾起自己的长笛，"但我创作不出任何新东西了，只剩下我的旧作品的变体。等到每一个人都明显看出我遇到了瓶颈，顿时所有那些我以为是朋友的人都离我而去，我成了孤家寡人。"

"你的家人呢？"

她感觉自己的眼角湿润了。"没有家人。我从来都没有时间忙这事儿。太忙了。我曾经爱过一个人，但……"她觉得仿佛有一团气在喉咙里涌动，便深吸了一口气，"好吧，没过多久他也离开了。"

阿莱格拉从腿上拿起餐巾，抹了抹眼睛。"所以我决定把一切都撒下，竭尽全力能走多远就走多远。宇航联军为那些想要来这里的人们设置了公共抽奖。中奖是完全随机的，但我碰到一个人，他知道如何操纵系统。我给了他我所拥有的一切，换来了中奖号码，然后只带着我的这个行李包就上船了。而且……好吧，不管怎样，我已经到这儿了。"

"那你为什么到这儿呢？"

阿莱格拉盯着桌子对面的茜茜。她没有听自己说话吗？就像在地球上一样，她做的每件事都毫无意义——只是自我放纵的另一种实践。然而阿莱格拉无法让自己去责骂这位邻居，茜茜心绪不定又不是她自己的错，有人在很久以前伤害过她，而现在……

"抱歉。我想我需要去趟厕所。"阿莱格拉把椅子往后一推，站了起来，"你可以把盘子收拾起来放到那边，我明天再洗。"

"好的。"茜茜仍然盯着她，"如果有什么吃的东西剩下，我能给我的鸡拿去吗？"

"当然。为什么不呢？"她尽量不笑出来。她最好的朋友是个精神病人，对待自己那些该死的家禽好得胜过其他任何东西。"我这就回来。"她说着，开门走了出去。

夜色比她想的更深，一片浓云遮住了天空，让熊星投下的本就暗淡的光芒更加模糊不清。她有点后悔没带上灯，不过厕所就在屋后十几英尺远的地方，她摸黑也能找到路。

在后院走到半路，她听到踩在干草上的轻轻的脚步声，就在她身后不远的地方。

阿莱格拉停住脚，慢慢转身……一根杆状物顶在了她的胸口上。"小心点儿，"一个声音十分平静地说着，"别动。"

她在黑暗中分辨着模糊的影子。这根杆子是一把步枪的枪筒，这一点她很确定，尽管看不清别的。"当然，好的。"她低声道，甚至意识到那声音说的是英语，"请别伤害我。"

"我们不会的，如果你配合。"

我们不会？那就是说附近还有其他人。

"塞西莉娅呢？"

"我不……"阿莱格拉过了一会儿才意识到他说的是茜茜,"她走了。我不知道她在哪儿……也许去庆祝了。"

这时候,她的眼睛已经适应了黑暗,那具身影她辨得更清楚了:是个留着大胡子的小伙子,大概二十出头,穿着一件猫皮做的墨西哥式塞拉普披肩,眼睛被宽边帽挡着。她小心地让自己的手放在看得见的地方,尽管他没把枪移开,但至少在看到她没有武器之后,他退后了一点。

"我很怀疑这点,"他咕哝着说,"她可不常去城里。"

"你怎么会知道的?"她问道。

一阵沉默。"那你知道我是谁。"

"我恐怕想得到……"

"行了,伙计。"她的身后传来一个声音,"我们得快点撤……"

"镇定。"那个入侵者犹豫了一下,他的脑袋短暂地转向她的小屋。"她在那里吗?"

她没回答。

"把她叫出来。"

"不。抱歉,我不会的。"

他深吸了口气,"看,我不打算伤害她,还有你。我就是想聊聊……"

"她不想跟你聊。"阿莱格拉记起了克里斯给她的通话器,就放在床头柜上,她午睡时放在那儿的。就算她能拿到,也不确定局势能有什么不同。监察官离他们挺远,而这些人听上去像是急着离开。"如果你想跟她说话,你就得自己进去。"

他朝着小屋走了一步。"卡洛斯,该死!"她身后的那家伙厉声道,"我们没时间干这个!咱们走!"

卡洛斯。现在她知道他是谁了,她之前只是猜测:卡洛斯·蒙特罗,最初那批居民当中的一个。十几岁的时候就独自一人顺着大赤道河航行，绘制中央大陆南部海岸线的海图，那是在"亚拉巴马号"抵达一年之后。跟其他移民一样，"辉煌命运号"出现的时候，他也消失在了旷野里。现在他回来了。

"所以你就是瑞吉尔·肯特喽。"她低声道，"很高兴认识你。"

"我猜他们发现了我的纸条。"他轻轻地笑了两声，"我想克里斯对我没什么好话。"

"她母亲也没有。拜托，别招惹她。"

"看，我不想为难你的。"他放低了手中的枪，"你能不能传个口信……"

"该死！"这时候第二条身影进入了视线；阿莱格拉看到他比卡洛斯大不了多少，却并不惊讶，他也穿着一件南美式披风，带着步枪。他一把抓住朋友的胳膊，拉着就走。"时间到了，伙计！赶紧撤，要不就完了！"

"住手，巴里。"卡洛斯甩掉他的手，又看着阿莱格拉，"告诉她，苏珊很好，她很棒，温迪也是。告诉她，我们很想她，如果她回心转意，她只需要……"

着陆场方向迸发出一团明亮的闪光。一时之间阿莱格拉以为有人在放焰火，然后航天发射场那边传来一阵闷雷，同时一团火球在聚居地上空升起。她突然知道那是什么了——"远航号"的一架太空穿梭机爆炸了。

"成了！我们离开这儿！"巴里转身就跑，蹿进了棚屋后面那片漆黑的沼泽地里。"走！"

可卡洛斯迟疑了片刻。现在阿莱格拉能清楚地看到他，他的脸上挂着残忍的笑容，最后看了她一眼。"还有件事，"他说着，不再刻意压低声音，"你可以把话传给克里斯或是任何其他人……土狼星属于我们！"他伸出一根手指指着爆炸的地方，"瑞吉尔·肯特就在这里！"

然后他走了，大步跑进了沼泽地，没过一会儿就不见了，只剩下那些愤怒而又恐惧的人发出的叫喊声,还有燃料燃烧的难闻气味。

阿莱格拉双手环抱,走回了屋里。她转过墙角时,意外地看到茜茜站在门外。她望着远处的大火,脸上没有表情。阿莱格拉看到她手中握着长笛。

"他回来了。"茜茜用嘶哑的声音低声说着,"我知道他会的。"

"我……我看到他了。"阿莱格拉走近了些,想要安慰她,"他就在外面。他让我告诉你……"

"我知道。我听到了……每一个字。"

然后,她拿起长笛,放到嘴边,开始吹奏《耶路撒冷》的开头。毫无瑕疵,一个音符都没有错。

那艘太空穿梭机烧了一整夜,到了早上只剩下一副黑乎乎的骨架躺在着陆场中央。幸运的是,火势没有扩散到航天发射场其他地方;阿莱格拉后来才知道,镇子上的人知道各自的家没有危险之后,也就不愿意费劲救火了,那天夜里剩下的时间,大家都在燃烧的太空穿梭机周围跳舞,不时把空啤酒罐扔到大火里。那是首次着陆日的高光时刻,人们会把这天发生的事情聊很久很久。

那天晚些时候,克里斯·莱文过来看他母亲。她正在喂鸡,不想跟他说话。她房子的门一直紧闭着,哪怕他使劲砸门。过了一会儿,他放弃了,转过去拜访阿莱格拉。她告诉他,她们在她家过了平静的一晚,没有意识到有任何麻烦,直到她们听到爆炸声。不,她们没看到任何人;他知不知道是谁干的?克里斯似乎并不完全满意她的回答,但也并没有质疑。阿莱格拉把通话器还给了他,他再次离开了。

接下来的几个月里,随着温暖的日子逐渐逝去,漫长的秋季降临了,她继续做着长笛。一旦做得足够多,她就把它们卖到商铺和货摊去。大多数买了的人都不知道怎么吹,于是她又开设了课程,开始是在航天发射场,然后是在自由镇。等到了隆冬时节,她已经在社区中心开设每周一次的培训班了。她挣得也足够多，终于能让她辞掉洗盘子的工作。她的一些学生挺有天赋，没多久，她已经训练出足够多的乐手来组建土狼星管乐队。

一天早上，她一觉醒来，看到沼泽上铺了薄薄一层雪。冬天来了，但她并不寒冷。相反，多年来，这是第一次，她聆听到了缪斯的声音，她已经多年不曾听到过了。她拿起长笛，放到唇边，想也没想，便开始吹奏一支陌生的旋律；对她来说，这听起来就像一首救赎之歌。当她吹完，眼里涌出了泪水。

两天后，她把它教给了学生们。她将这支曲子命名为《塞西莉娅》。

她从未考虑过那些让她搬到自由镇的邀请，她还是待在航天发射场，住在镇子边缘那间小小的单间小屋里。每天早上，天亮之后，她就坐在门外等待她的邻居喂完鸡。然后，不管天气暖不暖和，地上有没有雪，她们都会在一起练习。两个女人，吹着长笛，看着乌玛星在航天发射场升起。

等待着，等待瑞吉尔·肯特的归来。

- 2 -
无信仰者本杰明

（摘自本杰明·哈兰的回忆录）

在我背叛先知三天以后，来自义军镇的狩猎队在肖山的山脚下发现了已经饿得意识模糊、奄奄一息的我。至少别人是这么跟我说的，因为我那部分的记忆一片空白。

猎人们用树枝做了个担架，然后把我绑在上面，拖到了他们隐秘的居住地。我睡了两天，偶尔清醒一阵，常常在噩梦中尖叫，那些梦我都不记得了。

我和另外三十一个人进入了中央大陆的荒野，包括他们的首领，启示者佐尔坦·希洛。我是唯一一个逃离出来的。据我所知，其余人都死了，包括我爱的那个女人。我试着去救他们，但我做不到。确实，也许只有上帝能救他们……如果佐尔坦是可信的，那上帝准是有自己的计划去处理他。

我从这儿开始讲我的故事，所以你从一开始就知道了，这事儿最后以悲剧收场。这是一个黑暗的故事，没有别的说法。佐尔坦的教义是要寻找精神转化；我希望我能够相信他们实现了他们的目标，然而这已经无从得知了，其实那一刻我本该跟他们在一起，可我为了活命而逃走了。尽管我的动机很原始、很自私，可我是唯一逃生的。

从那以后已经过去了很久，但我至今都不曾说过发生了什么。不止是因为回忆起所经历的一切让我很痛苦，也因为我必须给自己时间去理解到底发生了什么。负罪感是一种可怕的负担，但凡认为自己正派的人，都不应该因为抛弃了自己所爱的人而受到那样的责备。

这是我的证言：佐尔坦·希洛，上帝在土狼星的信使，他在土狼星最后的日子是这样的，由我，本杰明·哈兰所述，我也是他的追随者当中最后一位幸存者。或者，就像佐尔坦所说的，我是无信仰者本杰明。

先知在一个寒冷的冬日清晨从乌玛星上坠落，宣告他到来的不是天使的号角，而是一架轨道太空穿梭机的音爆。那艘航天器缓缓落地的时候，我正站在白雪覆盖的着陆场边缘，等着卸下几天前到来的那艘星际飞船上的货物。我总这么想，如果当时知道船上有什么人，我可能就请病假了，但事实是这也没多重要，因为不管怎样，佐尔坦可能早就发现我了。就像耶稣需要犹大来圆满他的命运，佐尔坦需要我……而我需要这份工作。

在航天发射场，报酬丰厚的工作很难找。我已经在土狼星六个多月了，按地球时间算，就是一年半多一点。我的飞船，"远航号"——全名是西联星舰"在社会集体主义精神照耀下向着银河远航号"——是宇航联军抵达大熊座47的第三艘飞船。凭着抽奖赢得的号码，以及在新世界过上更好生活的许诺，我处于生物停滞沉睡了四十八年，逃离了西半球联盟，却发现即便远到这里，那些运作这场表演的人还是操控着一切。就这样，我发现自己蜷缩在漏雨的帐篷里，吃着河蟹，反思着像我这么聪明的人怎么竟被骗得这么惨。这时候我才看清一个事实：我其实并不太聪明，这种体制就是来占失败者便宜的。于是便对社会集体主义以及它驾驭的那匹坐骑不屑一顾了。进一步想想，咱们干脆把那匹坐骑吃了吧——如果咱们有那么一匹马能吃的话——让那些提出集体主义理论的人见鬼去吧。

土狼星五年巴其尔月的第一个星期,当时宣布说地球来的第四艘宇航联军飞船——西联星舰"为了寻找社会集体主义飞向群星的壮丽航行号",简称"壮丽航行号"——已经进入本星系,很快就会来到环土狼星轨道。一听到这消息,为了找个给它的太空穿梭机卸货的工作,自由镇的社区会堂门前排起了长队,我排在第一个。货真价实的第一个,我身后得有三百来人呢,都等着联盟卫队的士兵打开门让我们进去。在天气暖和的季节,我们在集体农场干活,但这是土狼星长达274天的冬季刚刚过半的时候,工作不好找,所以我就在寒风中满怀希望地站了三个小时,就为了有机会得到个拖拽货柜的工作。

于是,那天早上我就来到了航天发射场的着陆场,在雪地里跺着脚,给我的手呵着气,看着跳板从太空穿梭机腹部落下来。先下来的是驾驶员和副驾驶员;也许他们想着会有一支铜管乐队来迎接他们呢,因为他们站在那里,盯着这十几个家伙,这些人裹着满是补丁的大衣,看着就像是半年多都没好好吃东西了。一名卫队军官从人群中站出来向他们敬了个礼,咕哝了几句,然后就带着他们走了。可怜的家伙——在太空里飞了差不多半个世纪,结果只看到一群食不果腹的农民。我真为他们感到遗憾,但更羡慕他们。作为"壮丽航行号"的航行组成员,在重新登船开始返航地球之前,他们能睡暖和的屋子,吃好吃的东西。他们只是歇歇脚,而我们其他人都被钉死在这儿了。

接下来走出的是乘客,从容不迫的一队人,有男有女,还有孩子,每个人都剃了光头,脚步迟滞,一看就是刚刚从无梦的生物停滞状态中醒来。他们的行李包塞满了允许他们从地球带来的为数不多的个人物品,他们的大衣和帽子又干净又新,谁都想不到他们来到了什么样的地方,或是他们让自己陷入了什么境地当中。一个接一个,他们走下坡道,在明媚的阳光里眯着眼,迷惑地看着四周,然后跟着他们队伍前面的那个人往前走，其实那人也不清楚自己要去什么地方。土狼星迎来了新鲜血液。我发现自己居然在盘算他们有多少人能挺过头一年。因为饥饿、寒冷、疾病和猛兽，我们已经失去了超过四十个移民。自由镇外完全不缺墓地。

大约有三十人下了舷梯之后，队伍中断了一下。一开始我以为所有人都下来了，随后想起来太空穿梭机能乘坐六十人，肯定还有人；太空穿梭机不会空着一半就从飞船上飞下来。我转向身旁的伙计，杰米·霍琦，营地里的一个兄弟，正要向他说"怎么停了？"之类的话，就见他的眼睛瞪圆了。

"我的天啊，"杰米嘟囔着，"你快看！"

我转头看去，只见一个身影走出舱门，身披一件白色的长袍，戴着兜帽。起先我以为那是一个博学者——就是我们需要的又一个该死的后人类——但很快就意识到我错了。其一，博学者都穿黑色；其二，他背后有一个大包，就像是袍子底下背着一件尺寸超大的包袱。他的脑袋低垂着，我看不到脸。

在他身后是长长的一队人，有男有女，所有人都穿着一样的长袍。有几个人把兜帽戴起来了，但大多数人都让帽子耷在脑后。跟别的乘客不同，他们没带行李。不过真正让他们特立独行的是那种令人窒息的镇定。没有犹豫，没有迟疑，他们跟随着他们的首领，仿佛很清楚自己要去哪里。有人真的面露笑容，我见过各种各样从太空穿梭机下来的人，但从没见过这样的。

第一个家伙走下坡道，停了停，转过身。他身后的每一个人都驻了足，默不作声地看着他俯下身。太空穿梭机的喷射流已经让积雪融化了，露出烧焦的草地和烤硬的泥土；他抓起一把土，站起身来，看着身后的那些人。他说了些什么，我没太听清——我只听到"许诺的土地"——然后坡道上的每一个人都开始高喊：

"阿门！"

"感谢您,启示者!"

"哈利路亚!"

"赞美主!"

"噢,真棒。上山去念叨吧。"杰米看着我说,"我们现在需要的是一帮……"

然后他的嘴张着就合不拢了,我也如此,因为那一刻,那个领头的掀开了袍子,让袍子落在脚下,所有人这才看清这是什么人——或者说是什么东西——来到了土狼星。

他的背上伸展开两只巨大的长着褐色绒毛的翅膀。它们完全展开,露出锯齿状的翼缘,显出薄薄的皮膜下纤细的骨骼。一个转身后,他的脸露了出来。细长的眼睛深陷在头颅之中,下颚被扩张了,有足够的空间装上一对锋利的獠牙;在他那张阔嘴的上方,鼻子缩短成了动物式的鼻吻状。他的双耳超大,微微有些尖。跟其他每一个人一样,在进入生物停滞之前,他身体上的毛发都被剃净了,然而现在他粗壮的胸口上已经长出了短短的黑色胸毛。双臂很粗,满是肌肉,双手变成了爪子的形状,手指上还有尖爪。

众人纷纷后退,低低的议论声扩散开来,只有那个怪物保持着镇静。确实,那情形就好像他在品味这一刻。然后他笑了——很温和,就像是他在宽恕我们——接着弯腰,双手合十,仿佛是在祈求。

"很抱歉。"他有着一种古怪而又温和的嗓音,"我并不是想吓到你们。"

有人发出神经质的笑声。他报之以一笑,獠牙又露了出来。"如果你们认为我很怪异,"他说着,冲着身后的舱门甩了甩大拇指。"那你们还得好好看看后面那位。"

嫌恶之情化作一阵大笑。"嗨,伙计!"杰米喊起来,"你能用那对翅膀飞上天吗?"

他的脸上闪过一阵恼怒,旋即又换上一副自谦的笑容。"我不知道。"他说,"让我试试。"

他示意众人给自己腾出空间,然后从随行人员中间向前迈了几步。只见他微微一探身,蝙蝠一样的翅膀展开了,几乎有八英尺长,那样子不由得引发一片惊叹。

"他永远别打算飞起来。"有人低声道,"这里空气太稀薄了。"这是实话,他说得没错。土狼星海平面的大气压跟地球上的丹佛市或是阿尔伯克基[1]一样。噢,扑鹰在这儿飞没问题,蚊子也行,或是这星球上的其他任何本土鸟类和虫子。但一个长翅膀的人?没门儿。

那怪物应该是听到了,但也没在意。他闭起双眼,咬紧了牙,深吸一口气,绷住……翅膀软软地拍打起来,然而没能让他升高哪怕一英寸。

他睁开一只眼睛,盯着杰米。"我已经上去了吗?"然后看看自己的脚,还在地上,"啊,怎么回事……费了半天劲儿,可什么结果都没有。"

不过这时候所有人都在高声喝彩。这是我们几个月以来见到的最有意思的事情了……而且,相信我,在土狼星上没有多少能让人开心的事情。那个蝙蝠人的跟随者也叫起好来,看来他们开得起玩笑。他任凭众人笑着,然后收起双翅凝立不动了。

"现在,我们已经见过了,"他说话的声音响亮,足以让所有人听到,"让我做一下自我介绍。我是佐尔坦·希洛……启示者佐尔坦·希洛……普世转化教会的创立牧师。不要害怕……我们不是来寻求捐助的。"这话换来几声哄笑。"这是我的教众,"他继续说着,冲着身后的人做了个手势,"我们更愿意自称为普世救赎者,不过要是你们愿意,可以把我们叫作穿白袍的家伙。"

几声窃笑。"我们是一个小小的宗派,我们到这里来寻觅宗教自

---

1. 这是美国的两个城市,海拔均超过1600米。

由。正如我所说,我们不是来要钱的,也不是来寻求皈依者。我们想要做的就是能在平和中实现我们的信仰。"

"普世转化是什么意思?"人群后面有人叫嚷着。

"你确实认真听了。"这又引来一片笑声。"严肃地说,等我们设置好营地之后,欢迎你们所有人前来拜访。也请转告你们的朋友。我们同样感谢你们可能向我们表达的任何好客之意……这对我们来说,是全新的感受,主知道我们能够将得到的所有帮助都发挥作用。"

他停下来环顾四周。"作为开始,这里有没有什么人能向我们说明一下,我们应该把自己安置在什么地方?不需要任何人帮我们搬东西……我们自己能搬。只需要有人带我们四下看看。"

直到现在,我都不知道我为什么举起了手。也许是因为我被那个看起来像只蝙蝠,说话像是喜剧演员的家伙施了魔法。也许我就是有兴趣想搞明白这些人都是什么人。我甚至可能想看看他们有没有什么能让我讨来的东西,或者借,再不就偷呗。也有几个其他志愿者举手,但希洛先看到了我。几乎就是随手一指,他指到了我。

一切就是这么开始的。就是这么简单。

普世救赎者随身带来很多东西,比宇航联军通常规定允许带的要多得多。他们的物品都用印版清楚地盖上了他们的教派纹章——红色的圆圈围绕着一个白色的盖尔人[1]十字——下面写着每个人的名字。如我所见,每个教会成员至少带了两个包裹,此外,在太空穿梭机的货舱里还有好几个巨大的货柜。真如希洛所言,他们礼貌地谢绝了任何想要帮他们扛行李的人。有两个教会成员留下来守着那些货柜,直到有人回来替换他们。所以我就这样跟这些普世救赎者走到了一起,然后我们一起进了城。

---

1. 盖尔人,英国少数民族,又称戈伊德人。

很难描述那些日子里的航天发射场有多么触目惊心，诸如恶臭、贫困，或是肮脏之类的形容词都不足以描绘它；贫民窟、人间地狱，这么说有点儿接近，但还是不够准确。佐尔坦似乎并没注意到这些问题。他迈步穿过航天发射场，仿佛自己是教皇的使者，浑不在意那些贩卖手工衣服的小贩投来的不善的眼神，自顾自优雅地从那些拉生意的妓女面前走过。开始，我还跟着他一路走，指点着浴室和垃圾堆的位置，但他基本什么都没说。他用深沉的目光打量着镇子，观察着每一件事物，却不曾停步。过了一会儿，我发现自己跟不上他了。我落到了他的教众当中，走在一位小个子的身边，这位的兜帽仍然戴着。

"他不怎么说话，是吗？"我低声道。

"不。"听到声音我才发现这是一个女人，"佐尔坦喜欢说话，只是得等到他有话要说的时候。"

我转头看了看她，发现自己正盯着一双这辈子见过的最美丽的蓝绿色眼睛。这姑娘顶多也就二十岁的样子，只有我年纪的一半大，身材很娇小，仿佛会在寒风中凋谢，然而她身上透出一种无比镇定的气质，似乎能让她在冬季的寒冷面前刀枪不入。她看着我的眼睛，露出精致的笑容，很让我喜欢。

"别急，"她又说，"你会等到的。"

"那肯定得让我跟着转悠好大一圈。"我并不想让这话听上去有冒犯，但效果不尽人意。

她没在意。"你现在跟我们在一起，不是吗？"

"好吧，没错，但我正努力给你们找个能安营的地方。"现在差不多走到镇子中心了。"如果我们继续走下去，什么也找不到的。"

走在我们身后的一个男人说："那边怎么样？"像这个姑娘一样，那身带兜帽的袍子让他看起来像是僧侣。他指着两处营地之间一小片裸露的地面。"我们会……"

"噢，不，你们不能。"我摇摇头，"那属于刀具行会。紧挨着他们的是新边疆团伙，那些人是乘第二艘飞船来的。在这儿扎营，你们就得打仗了。"

那姑娘摇了摇头。"我们可不希望跟任何人发生争执。"然后她又看向我，"你说'团伙'是什么意思？"

我开始解释，在航天发射场，事情是如何运作的。"那当权者对这些作何说辞？"她问道，"我们被告知这地方有一个政府来着。"

"政府？"我忍不住哈哈大笑起来，"那就是个笑话。航天发射场是由中央委员会管理的……就是女统领埃尔南德斯和她的团队，也就是乘坐'辉煌命运号'来的宇航联军军官。我们很少看到他们到这里来……他们都在自由镇。对他们而言，这里的每一个人都只不过是廉价的劳动力。只要我们还没把那地方砸了或者烧了，他们就不会管我们的死活。"

那姑娘脸色一阵煞白。"那卫队呢？"她问道，"他们难道不是应该保护移民地吗？"

"看看四周，"我冲着周围这片贫民窟一挥手，"你觉得这里有法律吗？我认识一些家伙，他们只是因为没有及时付租金，就被割断了脖子，而卫队并不……啊，多管闲事。监察官也一样……就是"蓝衬衫"，我们这么叫他们。他们为委员会工作，他们的主要工作是维持现状。"

"那你们为什么不离开？"走在我们身后的那个男人问道，"要是这么糟糕，为什么你还待在这儿？"

我耸耸肩。"我们能去哪儿？"不等他回话，我继续道，"噢，当然，新佛罗里达够大，能再搞个移民地，还有一整颗星球尚未开发呢……但只要你出了防御系统的边界，那就彻底孤立无援了，不等你眨眨眼，外面的那些东西就会要了你的命。"

"所以没有人离开过？"

"最初的移民走了。那是很久以前了，再没人见过他们。常言道，既来之则安之。人越多越安全。这观点不能说全对，可至少有点道理。"我晃了晃脑袋，"向社会集体主义致以崇高的敬意。"

他们相互对视了一眼。"我看你们并不信仰集体主义理论。"那姑娘非常平静地说着。

"我可不是信徒，不是。"

"那你相信什么？"

佐尔坦·希洛停下了，转回身看着我。我后来才明白，他几乎一字不漏地听见了。不过此时此刻，因为这个简单的问题，大家都停下了；他们想要听听我的答案。

我答道："我……我什么都不信。"突然受到关注，我有些窘迫。

"啊……我明白了。"他的眼睛紧紧盯着我的眼睛，"甚至上帝都不信？"

一阵寂静。尽管冰天雪地，我却感到一阵燥热。"我……我……我不知道。"

"所以你没有信仰。"希洛几乎是伤心地点了点头，"可惜啊。"然后他转头看着四周，"那告诉我……我们应该在哪里安置帐篷？"

就我目之所及，这些人根本没有地方能扎营。所有能找到的地方，都有团伙霸占着。"从这儿往南有几亩地。"我说着，指了指带他们走的这个方向，"你们那艘飞船上下来的人都安置在那边了。"

"谢谢你，但我们更想有点自己的空间。还有别的地方吗？"

唯一的空地就是在沼泽附近了，那边的高草还没砍掉呢。茜茜·莱文和阿莱格拉·迪塞尔维奥住在那边；但茜茜是个疯子，而阿莱格拉是个隐士，所以人们都离她们远远的。我琢磨着那片地方对于普世转化教会来说算是个好地方了。

"那边，"我说，"顺这条路过去，那边只有两个人。"

希洛点点头："那太好了。我们就去那边。"

"那你们可有的受了，那边还没清理呢。"

"我们会想办法。你知道为什么吗?"见我没有回答,他笑了,"因为我相信你。"然后他转向追随者,"来吧……那就是我们要去的地方。"

这些人行动起来犹如一个人一样,没说一个字,没问一句话,希洛朝着我指的方向迈步前进时,他们就跟着希洛往那边走。我惊讶坏了,看着穿白袍的僧侣一个接一个从我身边走过,走向那个我随便一指的地方。就他们对本地的了解而言,我可能是把他们送往了莽鸟的巢穴,但他们信任我……

不,他们信任的是他,绝对的、绝无质疑的忠贞,他说的一切都是正确的。我一直盯着他们看,刚刚那个姑娘停下脚。她转过身,回到我身边。我再一次发现自己被那双明亮的绿眼睛吸引住了,还有那种匹夫莫敌的气质。

她问道:"你想过更好的生活吗?"

我直愣愣地点了点头。

"那一起来吧。"

"为什么?"

"因为我也相信你。"然后她拉起我的手,带我走了。

普世转化教会到土狼星之前,就为在荒野里生活做了很好的准备:三十一顶穹顶帐篷都带有自己的乌玛星能加热器,每顶帐篷能住三个人;全新的睡袋;各种手动、电动工具,还有几台便携式RTF发电机来点亮电灯,他们将这些灯挂满了营地;有九十天的速冻干燥蔬菜食物配给;适宜冬夏两季的衣服;平板电脑里存着小小的图书馆,都是有关于野外生存、耕种、手工制造各个方面的书籍;还有应对几乎每一种意外情况的医疗用品。

所有这些宝贝都仔仔细细地装在货柜里;等我向他们指明了镇子外面那片还没有人占用的沼泽地,就有十五个男人返回着陆场,从太空穿梭机卸下那些板箱，拖着箱子穿过航天发射场，从那些好奇又羡慕的围观者身边走过。当我问起他们是如何想方设法规避宇航联军严苛的重量限制时，他们只是笑了笑，没给出什么明确的答案。过了一会儿，我想明白了，这教会把各个环节都打点通了。跟航天发射场其他那些人悲惨的生活状况相比，普世救赎者是准备好了要过帝王般的生活。

可他们并不懒惰，简直跟懒惰不搭边儿。东西一到位，他们就脱掉长袍，换上防风大衣，拿起工具去干活了。六七个男人用长柄镰刀和斧子清理掉蜘蛛灌木和马唐草，同时另有几个人拿起铁锹开始挖灶坑，女人们支起帐篷搜集木柴。尽管他们还没有适应土狼星稀薄的空气，可他们很少休息，也从不抱怨。他们一边劳作，一边笑着。如果一个人需要喘口气，另一个人就立刻接上他或她的活儿干起来。

所有这一切进行的时候，启示者希洛就在他们中间走动着，他穿着一件羊毛短上衣，衣服后背有两条长长的开缝，让自己的翅膀得以伸出来。他不时地绰起一把斧子砍几下，或是拿起铁锹帮把手，不过他干的活不多；相反，他监督着每一个人，指导他们应该在什么地方怎么干他们的活儿，有时候停下来跟某个教众平静地聊几句。佐尔坦个人的帐篷是第一个立起来的，帐篷刚搭好，没一会儿他就消失在里面了。似乎没人介意，好像他的追随者忙得四脚朝天的时候，唯独他有权溜号儿。

过了一小会儿，我发现自己也加入了进来。我告诉自己说反正今天也没别的事可做，而且帮着他们从太空穿梭机卸货也有报酬。不过事实是这些人让我着迷，我想跟他们在一起……

好吧，不是这样，不全是。是他们中的一个让我着迷：就是我之前遇到的那个姑娘。她叫格丽尔——他们都没有姓氏，我也从不知道她姓什么——当她脱掉那件没有线条的长袍时，我看到的是一个平生所见过的最美丽的女子。是的，没错，我是想到了性，但如果我只想着上床,那大可以直接去甜蜜屋花钱找个妓女快活一两个钟头就行了。但格丽尔不一样,她毫无保留地接受了我,尽管我只是个穿着一身脏衣服的陌生人,而且她还说她相信我,虽然我已经告诉她的首领,我不信上帝,或者更进一步说,我也不信那个首领本人。

当你碰到一个像格丽尔那样的人,你只会想着成为她世界的一部分。所以我把自己的不情愿抛在一边,拿过一把铁锹,在那一天花了好些时间帮几个人挖了些茅坑。这并没有让我更接近格丽尔,因为她跟女人们在一起搭帐篷。但我明白,我必须得慢慢来,向她表明我可不是一只四处徘徊的溪猫。

这招似乎管用。只要我停下来休息的时候,就能发觉她在附近;她会朝我这边看,露出羞怯的笑容对我表示赞赏,然后又回去干她自己的活儿。我想着要爬出坑,过去跟她聊几句,但跟我一起干活的这些男人——鲍里斯、吉姆、雷纳尔多、德克斯——没有任何要放松一下的样子,所以我想,我要是那么做就得坏事儿了。我刨呀刨,挖呀挖,手上磨出了泡,牙齿沾上了土,我告诉自己,我只是在帮助新来的人,其实我真正想做的就是再看看那双可爱的眼睛。

他们一直忙到乌玛星落下,暮色笼罩。这时候大部分地方都清理干净了,帐篷也全部搭好了,营地中央用石头围了一圈,噼里啪啦地燃起了篝火。入夜时分,大部分移民都会顺着大路走到自由镇去,他们在社区会堂外排起长队,等着分一些剩河蟹粥的施舍。普世救赎者们也在熬粥,但不是用本地的甲壳纲动物做的那种发酸的垃圾食物;这是用咖喱熬的稠稠的大米和红豆。没有人郑重其事地邀请我一起吃饭,只走来一个女人递给我一个碗、一把勺子,两个男人往旁边挪了挪,让我加入了围着火堆的圈子里。让我完全没想到的是,居然有一瓶红葡萄酒在圈子里传递,每个人咂一口再传下去,但看上去并没有人想喝醉。相反,这过程倒像是某种仪式,就像在教堂里领圣餐。

谈话很轻松,大都是关于这里稀薄的空气给每个人生活工作带来的麻烦,还有隆冬时节刨地有多艰难。很快,星星出来了,他们都停下话头,欣赏着熊星在天空中升起的胜景。格丽尔坐在火堆对面,她时不时抬头看看,遇到我的眼神时就笑一笑,但我们之间什么都没说。我可不急着献殷勤。说实在的,这感觉就像我和朋友们在一起。

自始至终,佐尔坦都盘着腿坐在火堆边缘,他的追随者围着他,但他一副高高在上的冷漠姿态,身处于闲谈之中却又不怎么插嘴,蝙蝠一样的身形,笼罩在阴影里的容貌,在跃动的火焰下尤显诡异。等每个人都吃完了,酒瓶也绕了一圈了,他轻声清了清喉咙。

谈话声马上止住了,所有人的眼睛都转向他。

"我想,"他说道,"到时间做祈祷了。"

他的教众放下餐具,垂下头,阖上眼。我也把头低下一点,但没闭眼;我从很小的时候就不再祈祷了,也看不出有什么理由重新开始祈祷。

"主啊,"佐尔坦开始了,"感谢你把我们安然无恙地带到这个世界,感谢你允许我们在这里找到一个新家园。我们为在土狼星度过的第一天感谢你,感谢你保佑我们的同伴。我们祈求,您能让我们在圣转化期间显现的幻象所展现出的精神之中继续走下去,让我们在这里的事业取得成功。"

我以为他结束了,抬眼看去,却发现所有人依然垂着头。一阵窘迫,我赶紧想再低下头……然而这时候我看到希洛的眼睛睁着,他正越过火堆看着我。

那一刻,只有我们两个人:牧师和无神论者,怪物和人,被熊熊烈火分隔开,却又被寂静联结着。再没有别人看着我们了,没有其他人能看到我们眼神交汇的那个地方。

"我们感谢你的礼物,"佐尔坦说着,眼睛始终没有离开我,"本杰明·哈兰,他自称是无信仰者,可他跟我们一起劳动,现在又与我们相处。我们欢迎他,希望他在以后的日子里同我们在一起。"我的表情肯定逗乐了他，因为他露出了一丝笑容。"感谢所有这些恩赐，"他最后说，"我们将以你的名义献上我们的虔诚。阿门。"

"阿门。"众普世救赎者低声念着，然后他们睁开眼睛抬起头。很多人都望向了我，同时露出笑容。

我被这种关注弄得有点不安，赶紧四下张望……我发现格丽尔也盯着我，她的脸很庄重，眼里充满疑惑。

"嗯……阿门。"我低声念道，"谢谢。我十分感谢大家。"我拿起盘子站起身来，"我要把这东西放到哪儿去？我是说，这个得……你知道，得洗洗。"

"你是说没人跟你说过？"德克斯问道，"你今晚洗盘子。"

大家都笑了起来，气氛为之一变。"噢，算了吧，"佐尔坦说，"别为那个操心了。你是我们的客人，跟我们待一会儿。"

"不，实际上呢……我得回营地去了。"

"为什么？你今晚还有别的事情要做吗？"

他是怎么知道的？他怎么意识到没什么事情需要我急着处理的？我来土狼星之前就是个流浪汉，来了之后改变得也不多。我的家就是"远航号"营地里的一顶帐篷，没有人会闯进去，因为我没啥东西，顶多就是一个脏兮兮的睡袋，几件衣服，一个坏了的手电筒，谁都不会想去偷这些东西的。我生活在社会的最底层，只要能赚钱，我什么零活儿都干，要是找不到活儿就靠施舍过活。如果我哪天夜里冻死了，也不会有人挂念我，我的尸体会被埋在公墓，至于我那点儿遗物嘛，谁想要就归谁。

"好吧……"我又坐了下来，"如果你坚持。"

"我不坚持什么。任何你做的事应该都是出自你的自由意志。但我们刚到这里，需要一个向导，一个在土狼星待过一段时间的人。你已经证明你有意愿帮助我们。"他咧嘴一笑，"为什么不加入我们？我们有足够多的东西再分享给一个人。"

确实，他们有。我看过他们的供给，让我时不时就幻想着怎么能偷点出来而不被他们发现。现在呢，佐尔坦在邀请我搬过来跟他们一起住，那就没有偷的必要了。我所要做的就是扮演友好的当地人，再也不需要去砍竹子或是挖土豆了。

然而，毫无疑问，这是邪教。不只是这样，他们还追随着一个长得像蝙蝠的家伙。整件事都很诡异，我实在没想好是不是应该穿上那件白袍。

我说："这会不会让你们不安，我可不是……我是说，你们中的一员。"几个人眉头一皱。我赶紧又说："没有冒犯的意思，可我已经跟你们说过，我不是信徒。见鬼——我是说该死——我甚至都不知道你们这些家伙信仰什么。"

这让气氛缓和下来一点。皱起的眉头变成了笑容，几个人咯咯笑出了声。雷纳尔多开口道："我们大多数人加入的时候都不是信徒，我们很快就明白……"

"你没有必要分享我们的信仰，"希洛抬起一只手打断了雷纳尔多，"这里没有人会改变你的信仰，或是想让你发生变化，只要你不说，或是做任何事情来贬损我们的虔诚。实际上，我们中间能有一个无神论者，我觉得很好。"他的脸上咧出一个大大的笑容，露出了他的獠牙。"无信仰者本杰明……你知道，我挺喜欢这种叫法的。"

又是一阵笑声，但绝无恶意。我发现自己也跟着他们笑了。我开始喜欢佐尔坦了，尽管是那么一副外表，可他似乎是个挺随和的人。而且，一旦你了解了他们，他的那些人也并没有那么怪异。我又朝着格丽尔看了一眼，再次意识到我最想认识的就是她。

"好了，如果你要找的是贡嘎·丁[1]，那你算找对人了。"我站起身

---

[1] 出自吉卜林的诗《贡嘎·丁》。约瑟夫·鲁德亚德·吉卜林（1865—1936），英国作家、诗人，幼年生活在印度，1907年获得诺贝尔文学奖。诗中描写的贡嘎·丁是在英国移民军队里作苦工的印度人。

来，拍了拍屁股上的土,"我明天回来,现在我回去拿我的东西。"

"就这样?"佐尔坦怀疑地盯着我,"你没有任何问题吗?"

再一次,我成了关注的焦点。每个人都盯着我,等着我的回答。这就像是佐尔坦用某种方式在对我进行测试,想搞清楚我是什么来头。噢,我的问题有一大堆呢,但我不想毁了这笔交易。于是我挑了一个最显而易见的问题。

"我当然有,"我说,"你是怎么成了现在这个样子的?"

笑容纷纷消失了,代之以敬畏的表情。有些人转过眼睛去看那堆火,其他人抱起双手看着地面。有好一会儿,我觉得我搞砸了,尽管格丽尔没看别的地方,佐尔坦也没有。

"好问题。"他平静地说道,"也是一个需要答案的问题。"然后他摇了摇头,"但不是今晚。明天回来,也许我们会告诉你……如果到时候你已经准备好听取真相。"

他又沉默了,我对他的觐见也结束了,可以走了。我笨拙地嘟囔了一声再见,然后离开了温暖的篝火,在寒风中深一脚浅一脚地返回我那间邋遢的小帐篷去了。然而我并不觉得丢脸,实际上正相反。我一头扎进了这场出色的骗局里,而我要做的就是随波逐流。

或者至少我是这么想的,只是不知道最终会逐流到哪儿去。

第二天一早,我打包好自己的东西,收起帐篷,向着"远航号"团伙招呼了一声就算是道别了。营地头领看到我离开,很意外,但也没说什么;他从来都没有很喜欢我,我也是彼此彼此。他会有一段时间收不到租金了,但一艘新来的飞船刚到,他终归能找到个想占我那块地方的可怜鬼。我在那边为数不多的几个朋友很是意外,有几个人想打听我要去的地方,但我避而不谈,我不想让任何人插一脚。杰米想跟着我,但我抄近路转到捕猎者行会那边把他甩掉了。等到他跟那帮人道完歉,我已经走上了通往镇子边缘的那条土路。

我再一次出现的时候，那些普世救赎者一点都不吃惊，实际上他们都在盼着我呢。雷纳尔多和厄内斯特瞅了一眼我想要立在他们帐篷旁边的那顶破破烂烂的小帐篷，连声叫嚷着说那根本不适合居住，之后我就跟他们住一起了。克拉丽丝看到我的衣服时，鼻子翘了翘，让我把衣服都烧了，他们有富余的。不幸的是，他们没有多余的睡袋，但阿瑟帮了把手，把我的拿去洗了。然后大家都一致地认为，我的身上和我带来的那些东西一样，有一股子味儿；不等我有机会反对，水就已经烧开了，他们在一个可折叠的洗衣盆周围拉起一圈防水帆布，然后我就享受了这么久以来的第一次热水澡，久得我都想不起来洗澡是什么滋味了。就连洗澡这事儿我都不用自己费力，安杰拉给我洗脚，多莉娅为我冲头发，她们俩对于我双腿之间发生的变化都毫不在意，倒是我自己窘迫难安。

等我沐浴完毕出来，感觉就像刚出生那天一样干净，换上的这身新衣服太新了，我一走路都会出现褶皱。招待还没结束呢，就在我沐浴的时候，格丽尔给我做了早餐。很清淡——有一碗热燕麦片粥、两片刚烤出来的面包、一杯蔬菜汁——但这可比我过去一年吃过的东西都好太多了。我盘腿坐在火堆前的地上吃着，格丽尔坐在我身边，静静地看着我狼吞虎咽。我克制住了想要舔干净碗的欲望，吃完之后，我转身看着她。

"这是我这些年来……"我捂住嘴挡住一个饱嗝儿，"……吃过的最棒的早饭了。谢谢。"

"不用客气。谢谢你回来。我们很高兴有你跟着我们。"她顿了顿，又说，"佐尔坦也是。他让我转告你的。"

"嗯哼。"尽管我们周围的教会成员都在拼命干活，继续建造营地，佐尔坦却不见踪影。"不过他在哪儿？"

"在跟拜伦进行圣餐仪式。"格丽尔冲着他的帐篷点了点头，就在二十几英尺外。它占据着营地中央的位置，我注意到它的门帘闭着。

"他每天都要花一些时间跟我们中的一个人单独在一起,做冥想。我们尽量尊重他们的隐私。"

我想起来前一天大家都在干活的时候,他消失了一段时间。"谁来决定是谁去,啊,我是指跟他冥想呢?"

"当然是他啊。他挑选出某个人跟他分享圣餐,就把这人带进自己的帐篷。"她指了指自己的左小臂,"你会知道那是谁,因为他们会在自己的手臂上缠一条黑色的带子,那表示他们今天剩下的时间就不必干活儿了,因为要去凝思佐尔坦给他们上的课。"她狡黠地冲着我挤挤眼,"所以我们中有人被佐尔坦召唤的时候,当然就很高兴了。"她悄悄地又加了一句,仿佛是让我知道了一个秘密,"这意味着能放一天假。"

圣餐,我去他大爷的。我一眼就看出他就是个吃白食的人。尽管如此,我也不得不承认,每天给他的一名追随者施舍一点均等的特权是一种明智之举,因为这能让队伍一条心。但我没说出来。"我觉得他现在肯定很忙。我得在其他时间去找他了。"

"嗯……"她犹豫了一下,"有件事你得知道,你不能主动接近他。等他要跟你谈话的时候,他会……不过你必须得等到那个时刻,然后再跟他谈。"

我点点头,尽量摆出一张扑克脸:"还是那句话,我有很多东西要问他的,毕竟他昨晚没理我那茬儿。"

"比方说?"

"好吧,首先,他为什么长得像个……"

格丽尔立刻伸手捂住了我的嘴。伊恩正巧走过,他朝我投来阴沉的目光,然后赶紧走了,抱着一大捧刚割下来的马唐草去了那边燃烧着的篝火旁。格丽尔看着他走开,然后把手从我脸上拿下来。"我们今天一早发现了一些古怪的东西。"她的声音比平时稍微响亮了一点,"是一种植物。我们希望你能告诉我们那是什么。"

我又看了看佐尔坦的帐篷，他之前的举动表明他的听觉非常敏锐。"当然，"我说着，从地上站了起来，"所以我才会在这儿。"

格丽尔告诉我在哪儿洗碗洗盘子，然后带着我穿过营地，一直走到一片尚未清理的沼泽地。我们慢慢走着，避开周围干活的人。

"你绝不能当众说这话，"她把声音压得低低的，"这是很神圣的事情，是我们信仰的根本。实际上我都不应该跟你说这么多的……佐尔坦会告诉你的，等到他感觉你准备好了。"

我耸耸肩说："也许吧，不过昨天你们的人从太空穿梭机下来的时候，有好几十人看着呢。他们都看到了他……相信我，航天发射场的闲话传得很快。哪怕我不问，也会有人问的。"

"我知道。我们在地球时也面临同样的问题。"她摇了摇头，"外人要理解转化是需要一段时间的，理解它如何成为我们信仰的核心也很不容易。这也是为什么我们不愿意说这事儿的原因。"

"当然……不过佐尔坦邀请我加入你们，对吧？尽管他知道我不是信徒。"

她点头表示赞同。

"所以如果他这么做了，而你们的人也接受我，那让我知道这事儿不就很合理吗？"

她眉头一皱，眯缝着眼睛思考我的问题。

"我保证，这事儿只有你和我知道。此外，我已经把我的东西都拿到这儿了。我说到做到，我可没打算什么时候再回去。"

"好吧……"她瞅了瞅四周，"只要你不告诉其他人，我就告诉你。"

我保证我不会。这时候，我们已经离营地中心挺远了，周围没有别人。格丽尔在一顶空帐篷后面跪下，用隐秘的声音向我讲述了佐尔坦·希洛的神圣转化。

事情发生在迪克西[1]叛乱期间,那是2241年,有一小群南方民族主义者怀念美利坚联合共和国——还有那之前19世纪60年代的美国内战——因此,这群人打算举行一场起义,反对西半球联盟。历时好几个月,迪克西军在南方实施了恐怖主义行动,还在孟菲斯和亚特兰大的政府办公室安放炸弹,甚至刺杀伯明翰的政府官员。最后,安全机构成功捣毁了他们的组织网络。大部分领导者被捕,幸存的迪克西分子撤退到了田纳西州东部的山区,他们在那里与前来逮捕他们的联盟卫队作战。

有一个被派去执行扫尾行动的卫队士兵,就是下士佐尔坦·希洛,他是位年轻的新兵,以前还从来没参加过战斗任务。他所属的巡逻队在麦克明维尔镇附近巡逻,搜寻藏在这一带的迪克西分子,但当时遭到了伏击,队伍里的其余人都被杀了。希洛下士身受重伤,想方设法驾着一辆车逃走,不过就在镇子外面,他的车子撞进了一片树林。

"这是第一阶段,"格丽尔说道,"战士佐尔坦,对上帝一无所知的罪人。"

"好的,"我说,"我明白这部分了……"

她抬起一只手。"那时候,他被救世主发现了,将他带到了痛苦与领悟之屋。"

救世主是以欧文·杜恩医生的名字出现的。普世救赎者在他们的神话中给他留了一个特殊的位置,很像是施洗者约翰和撒旦的混合体,但我后来了解到,事实根本没那么诗意。杜恩医生前些年从纳什维尔搬到麦克明维尔,当时他开了一家小小的私人诊所。表面上他不过就是个乡村医生,治骨折,做接生。人们不知道的是,他秘密继续着一些研究,正是这些研究导致他被范德堡大学医学院开除。

---

1. 迪克西泛指美国南方。

杜恩对于创造超能变种人很有兴趣。不像拘泥于基因工程的那些科学家，他相信将完全成熟的成年人改造成为后人类是可能的，只要使用他在范德堡研究出来的纳米塑形手术技术就行。医学院认为他的研究不道德，事实也确实如此。客气点说，杜恩是个江湖骗子，然而更准确地来说，他是个发了疯的生物医学研究者。直说了吧——尽管这词儿有点儿被用滥了——他就是个疯狂医生。

在离开范德堡之前，他从学院的试验室偷了一些试验性的纳米材料，等定居到麦克明维尔后，他就悄悄继续进行他的研究，希望最终能取得重大突破，帮助他在科学界重获声望。为了实现这个目标，杜恩把他所有的收入都用于秘密购买市场上的医疗设备——包括细胞再生器，就是医院里用来克隆新组织的那种——他把这些安装在房子的地下室。这些都无法满足他的时候，试验开始笼罩上了一层哥特式的气息——他时常去附近的公墓挖新埋的尸体。杜恩后来被逮捕接受审判，连他自己都承认说，他的所作所为会让人想起《弗兰肯斯坦》，尽管这些行为带来的是积极的结果。经过很长时间的研究之后，他搞清楚了如何将死掉的供体身上的血肉和骨骼重建成任何他想要的形式。

当然，最主要的障碍是他需要一个活人来完成研究……但他做这项研究的目的，使得不会有什么志愿者加入。于是，当杜恩在他家附近的树林里发现受伤的希洛下士时，立马意识到这是天赐的机会。

佐尔坦昏迷不醒，奄奄一息，但从他的左肩膀取出子弹、进行紧急手术、让他康复，都不算什么难事儿。在这期间，杜恩医生一直让这位大兵保持昏迷、被皮带绑在地下室的手术台上，这样就基本不会有人发现他；而联盟卫队自然以为希洛下士成了一名逃兵。杜恩克隆了希洛的组织样本，直到他有足够多鲜活的人体组织和软骨用于他的目的。等确定这个士兵恢复了健康，能够做进一步的手术后，杜恩就开始忙碌起来了。

"这是第二阶段。"格丽尔告诉我,"救世主将佐尔坦的外形转化成了他在梦里才能看到的样子,神的化身,他认为这是完美的适应性形态。"

"一只蝙蝠?"我盯着她。

"如果你这么看他,那也没错,他就是那个样子。我们相信救世主是在神的影响下做的,然而他可能受到一些误导……上帝指引他制造一个像路西法的人,借此来考验那些与他见面的人的意志。"

"谁这么想的?"

格丽尔一笑:"佐尔坦。就在神圣转化期间。"

后来调查这一事件的人员发现,杜恩是从古斯塔夫·多雷[1]为《地狱篇》作的插图获得的灵感,但丁[2]描绘的魔鬼占据了地狱的中心。可杜恩对佐尔坦做得最糟糕的事情是让这个大兵在手术中一直保持清醒,因为杜恩想要研究他的反应。实在有必要的时候,杜恩就用局部麻醉。结果就是,希洛清楚地知道这个过程中发生的每一件事。医生甚至让他面朝下趴在手术台上,然后极为细致地给他的肩胛骨移植新的软骨和肌肉,耐心地建造血管和神经,最终还从佐尔坦的大腿和上腹部切除脂肪组织,因为克隆肌体的材料不够了。杜恩也真够厉害的,就凭着他那种病态的方式,移植的翅膀不但没有受到排斥,而且佐尔坦还逐渐能够熟练运用它们了。

等到这个阶段成功,杜恩就开始折腾这个大兵的脸和手。他所做的一切,唯一的目击者也只有佐尔坦。煤渣砖砌成的地下室没有窗户,最近的邻居也住在半英里[3]之外。当佐尔坦的尖叫声被一位某天下午来给这位好医生送礼物的病人听到的时候,这个大兵已经几乎失去

---

1. 古斯塔夫·多雷(1832—1883),法国艺术家,为许多世界名著绘制过插图。
2. 但丁·阿利吉耶里(1265—1321),意大利诗人,《神曲》是他的代表作,分《地狱篇》《炼狱篇》《天堂篇》三部。这里说的《地狱篇》即此。
3. 1英里约等于1.609千米。

了理智。

"就在他经受磨难的时候,"格丽尔继续道,"佐尔坦到达了第三阶段,他遭受这一切的时候,听到了上帝的声音,告诉了他这一切的目的所在。"

"什么?"

"上帝给了佐尔坦一个任务。"她用神秘的语气说着,紧紧盯着我的眼睛,确保我能明白她说的每一句话。"他要把主的话传播给所有能看懂他这副新形象的人,告诉他们,人要进行一种普世转化……不是身体上的,而是灵魂上的。"这时候她笑了,"通过救世主的所作所为,上帝选择佐尔坦成为他的先知。"

换个角度来看,佐尔坦·希洛其实是疯了。这对我来说已经够明显的了,就算她还不那么清楚。在杜恩的地下手术室度过的无数个小时、日夜、星期,他一直被固定着一动不动,而医生一直在重塑他的身体,他的理智渐渐滑到了崩溃的边缘。不用说,如果我经历过他所经历的那些改造,也许已经去跟上帝聊天了。意识总能找到办法来对付痛苦。

"你知道的,"我尽量和气地说道,"很有可能佐尔坦……"

"发疯了?"

"我可没这么说。"

"可你就是要这么说。"格丽尔居高临下似地看了我一眼,"我们以前都听过这种话,当我第一次见到他的时候,我自己也这么想过。不过,本杰明,你必须听他讲讲。你需要敞开心灵,让他……"

我们身后的帐篷一阵响动,另一个教会成员回家了,也许是要找点东西。这让格丽尔意识到不应该这样跟我谈话,她住了口,拍拍我的胳膊,然后站起来,从帐篷前走出去几步。

"我给你看看我们找到了什么,"她大声说道,"也许你知道那是什么。"

我点点头,跟着她走过那片清理出来的区域的边缘。距离营地几码远之外,马唐草长得齐胸高,被大雪压弯了腰。我们拨开它走进去,直到格丽尔停下脚,指着几株长在地面上的球状植物。它们就像是巨型洋葱,厚厚的褐色叶片被寒霜渲染得层次分明。

"球状植物,"我说道,"你们应该离它们远点儿。"

"危险吗?"

"现在不危险,但在春天,它们会开花。"我指着球形顶部伸出的那些枯萎的花梗,"等到开花的时候,它们就会吸引拟蜂……相信我,你可不想让它们蛰一下的。"

"谢谢你。我会告诉其他人。"格丽尔看着那些植物,"为什么它们这么大?那是果子还是什么?"

"啊……嗯。它们是食肉的。"我走近一株球状植物,"秋末的时候,就在第一场雪之前,沼泽鼠会把它们的内部当作庇护所。冬眠,你知道吧?它们在里边团在一起抵御寒冷。但冬天里总有一两只死掉,成为这种植物的美食。就像是某种……"我找着合适的词儿,"共生关系,我想他们是这么说的。"

她一哆嗦:"太可怕了。"

"大自然嘛。"我耸耸肩,"这里的事物就是这样运作的。"

佐尔坦运作的方式其实与此大同小异。通过诱惑,他想方设法引诱她和其他追随者到他的翅膀下寻求庇护。等到了时候,等他们被牢牢俘获,他就吃掉他们。

不幸的是,我到后来才想到这种比喻。可到了那个时候,一切都太迟了。我自己也变成了沼泽鼠那样的可怜虫。

冬季按着土狼星的方式一如既往地过去,一天比一天冷。对于那些不曾生活在这里的人来说,很难意识到这个世界的冬天要持续多久——比地球上要长三倍,有时候会让你觉得,春天似乎永远都不会来了。

航天发射场的居民都起得很早，人们从各自的棚屋上清理新的积雪，查看一下有没有人在头天夜里死掉，再一步一步艰难地走到自由镇的社区会堂去取一碗稀粥。然后，这一天剩下的时间就都归自己打发了。

尽量待在暖和的地方。尽量别干任何引起监察官或是联盟卫队注意的事情。尽量活着。尽量不要发疯。

对我来说，这日子倒不算太难，因为我跟普世救赎者打成一片了，或者说至少有那么一段时间。他们带来了足够多的食物，他们的加热帐篷在航天发射场绝对算是奢侈品，无人能及。他们静静地做着自己的事情，这一小群穿着僧侣袍子的朝圣者，与旁人绝无往来，除非去镇子里交易一些他们可能需要的物品。他们抵达后的最初几周，很欢迎有人来参观他们的营地。他们尽心尽力让参观者们有宾至如归的感觉，但没多久，事情就显而易见了，那些人来营地纯粹是为了找点施舍。眼看着他们的补给品越来越少，普世救赎者们不情愿地停止了他们的慷慨之举，麻烦也就是从这时候开始的。

冲突摩擦的最初迹象来自凯特琳，一个比较年轻的教会成员，当时她想在一个货摊用一块电池换一对猫皮手套，几个刀具行会的人骚扰了她。那个手套师傅试了试电池，说电量只有百分之十了，但凯特琳坚持说电池是满的，这时候两个刀具行会的人正好在附近闲逛——或者说更像是尾随这姑娘——他们走了过来。争吵中，他们中的一个家伙抓住了凯特琳，说想看看她的袍子下面都藏了什么。凯特琳设法跑掉了。她跑回去告诉大伙儿发生了什么，那天晚饭的时候，佐尔坦宣布禁止任何人单独外出。

几天后，一些新边疆团伙的家伙溜达进我们的营地，声称没什么特别的目的，就是想要看看那个"怪胎"——就是佐尔坦，还想要点吃的。厄内斯特告诉他们，启示者希洛正在冥思，而且我们也没多余的食物了。他们一听就发作了,其中一人把厄内斯特推到地上,另外两个想要扯掉一台发电机拿走。

这时候我看到了普世救赎者为了保护自己会变得多么厉害;没一会儿,入侵者就被挥舞着铁头竹棍的教会成员包围了,那帮家伙被揍得鼻青脸肿狼狈而逃。

但那天夜里,佐尔坦头一次宣布,要开始在夜里放哨,每个人轮流守卫营地。

然而我也不能昧着良心说普世救赎者就没有问题。到了马基达尔月初,也就是冬季的第三个月,他们的食物供给开始短缺,于是教会成员被迫在每天早上去自由镇,到社区会堂吃早餐。如果他们作为一个集体聚在一起,情况还不至于那么糟,但他们中有些人趁机自行跟其他移民坐在了一起……一旦变得熟识了,这些教会成员就迫不及待地告诉其他移民,启示者佐尔坦·希洛是上帝选择派来土狼星的信使。

这时候,我已经获许知道了神圣任务的细节。据佐尔坦说,上帝告诉他要寻觅一群门徒,带着他们去一个从未有人去过的地方,在那里传播普世转化的教义。所以,他带领他的追随者来到了土狼星。他们献出了自己所有的一切——银行存款、房产、个人财产、工作——全都献给了教会,这为他们换来了"壮丽航行号"的席位,还有他们给海格特的宇航联军官员的贿赂,让他们能携带足够多的物资来到新世界。因此也就一点都不奇怪了,他们来的时候为什么如此阔绰。他们中的一些人用自己的房子换了这些帐篷,用家庭财产换来这些大米和豆子。

没错,加入普世转化教会的人来自各行各业。伊恩曾经是AI系统工程师,雷纳尔多是学校的老师,克拉丽丝是获过奖的剧作家,德克斯是律师……很多人都来自富裕人家,而我很惊讶地发现多莉娅的丈夫——应该说她的前夫,她加入教会后他们分手了——是无产阶级联盟的一员。格丽尔曾经是科罗拉多大学历史语言学的学生，跟其他人一样，她在那儿的时候听说了那位前联盟卫队士兵在一个疯子手里惨遭折磨，幸存下来，然后宣称人类种族正处于变化为更新、更美好种族的边缘。他们中没有穷人，没有无知者，但他们都在寻觅生命中更伟大的意义，某种能信仰的东西：灵魂的复苏，远比社会集体主义那些虚假的承诺更崇高。有无数人一听佐尔坦传达的信息，便掉头就走，但这一小群人选择抛弃自己所有的一切追随他。他们在教会得到了满足，找到了存在的目的，难怪想要跟遇到的人分享这种启示。但他们却忘记了佐尔坦早先的承诺——不会尝试让任何人皈依他们的信仰。

然而他们在土狼星并没有找到新的信徒。到这里来的人都已经做出了自己的牺牲，他们的生活艰难，而且大多数人都不喜欢女统领埃尔南德斯和她的那些亲信对待他们的方式。有些人不打算再这么忍下去了，漫长的冬季里，航天发射场流言四起，说各色人等都有突然消失的，在卫队和监察官发现之前，他们收拾起自己的东西走进了荒野。但大多数留下来的人并不准备加入佐尔坦的这个异教团体，它可是由一个长得像魔鬼，还自称是先知的人操控着。普世救赎者离开地球的时候可谓寂寂无闻，但到了冬末，新佛罗里达的每个人都知道他们的信仰了……不过没有人想跟他们有任何瓜葛。

尽管我住在他们的营地，但不是他们教会的成员。佐尔坦和我保持着友好的关系，但从不让我进他的帐篷，就像他经常对其他每一个人做得那样，尽管航天发射场里我认识的其他人都不知晓这种差别。我搬出"远航号"营地以前就和营地里的人关系一般，而现在就算是这些人，对我的态度也变了；在镇子里碰到他们的时候，他们不再跟我打招呼，反而尽可能快地从我身边走过，拒绝跟我有眼神的交汇。起先我认为那是嫉妒——毕竟我住得挺舒服，也没有什么其他的职责，顶多也就是跟那些新来者讲讲要避开什么植物或是动物——但直到我见到杰米·霍琦的时候，才明白真正的原因。

有天傍晚，他在社区会堂外排队，我走到了他的身后。我通常在营地吃晚饭，但碰巧那天在自由镇有点事儿，于是就决定不回去了，直接到会堂吃饭。我排到等饭的队伍里时，杰米回头看到我站在那儿，立马转回了头。

"怎么样？老兄？"我问道，"住的还暖和吗？"

"还行，当然。"他目视前方。

"白天开始变长了。"乌玛星还没落呢，那已经快到下午七点了。"恐怕春天就要来了。"

"可能吧。"

我想找点儿话说。他大衣的左肩膀有点磨损，我看到一缕缕绒毛从裂缝支棱出来。"你知道吗，我能帮你拾掇拾掇。"说着，我拍了拍他的夹克，"我认识个营地里的姑娘，她缝补的手艺不错……"

"我自己能弄。"杰米甩掉了我的手，"如果我想信教，我也能找到自己所信的。"

"嗯？嗨……我就是想帮个忙罢了。我认识个缝补衣服很拿手的人……"

"你知道我在说什么。"

我知道，但我不想就这么算了。"杰米，"我静静地说道，"我告诉你，我可能是跟他们住在一起，但我不是他们中的人。你知道我是什么意思吧？"

他好像想了想，最后他转过身用那种眼神看着我。"如果你不是他们中的一员，"他说道，"那你为什么把帐篷搭在那里？"

"免费的食物啊。没有租金，没有骚扰。"我耸耸肩，"我跟你说啊，跑到这群人中间是我这辈子经历过的最棒的事儿了。"

我想尽力表现得轻松点，但不奏效。他沉着脸，嘴唇厌恶地一撇："没错。所有的食物你都能吃，你只要去拍那只蝙蝠的马屁就行了呗。"

我的脸一热。"嗨，等一下。"我说着，走近一步，"如果你认为……"

"不，你等一下。"杰米伸手把我推开，"也许我很饿，但至少没有人给我洗他妈的脑子。我能对你说的就是，即便这事儿还没发生在你身上……那也是迟早的事儿。"

航天发射场的那帮人最喜欢的就是围观打架。我双眼的余光已经瞥到有人开始聚拢过来，在我们周围围了一圈。在这群人之外，我瞅到有一名监察官在附近徘徊。可他并没有要制止这事儿的意思，从他的脸色来看，好像巴不得在晚饭前看场好戏呢。没人会站在我这边，他们都知道我是谁，他们都希望杰米把我揍个嘴啃泥。

我发现自己无比期盼此时此刻能有几个普世救赎者跟我在一起，最好是两个大块头，就像鲍里斯和吉姆那样的，还带着铁头竹棍。但他们不在，我知道佐尔坦的命令，谁都不应该独自离开营地，就连我也一样。

"放松，伙计。"我谨慎地把双手揣在兜里，放低声音，"我可不是要跟你没事找碴儿。"

"是吗？那好，去跟你们那帮人说，别跟我们没事找碴儿。"杰米并没有让步，却也没再激化。我们之间总还是有点儿感情的，他住了手。"我不想知道关于上帝的事儿，我也不想变成蝙蝠。如果他们找不到别的地方搅他们那泡见鬼的屎，我们就去亲自搞一场小小的寻找复活节彩蛋活动。"

周围传来难听的嘀咕声——"你去告诉他们，伙计""我们要揍扁了他们"等等——这时候我才第一次意识到，我们身处于什么样的危险之中。不远处那个监察官一脸卑鄙的笑容更加证实了我的猜测：如果一群暴徒冲进普世救赎者的营地，不会有任何人阻拦他们。监察官不会，联盟卫队也不会。佐尔坦和他的追随者已经成了众矢之的。

"我听到你说的了，"我说道，"就这样了？"

杰米沉默了片刻。"是，就这样了。"他退了回去，把脑袋歪了歪，"走吧。赶紧离开这儿。"

一场架没打起来，围观人群很失望，开始散去。看到他们挤来挤去想要恢复之前在队伍里的位置，我不由得为他们感到遗憾。他们就像是迷宫里的老鼠一样被摸透了，唯一担心的就是会不会有一小帮朝圣者想要给他们指明出路。一直到这个时候，我才明白普世救赎者的到来对我的影响有多大。他们想要的可不仅仅是吃饱穿暖，他们想要的更多。

我已经没了胃口，于是走上了回航天发射场的路。突然有一只手拉住了我的胳膊，回头一看，是杰米走出了队伍。我以为他想再跟我争执，所以身子不由一挺，但他立刻摇了摇头。

"放松点，我没什么别的意思。"在他身后，几个人瞅着我们这边，但没人起哄了。会堂的前门刚刚打开，队伍正朝里挪动。"听我说，我很抱歉，"他继续道，几乎是在耳语了，"是我的错，我不应该挑事儿的。"

"是啊，当然。没什么……"

"那什么，我能不能给你些忠告？就你和我？"

我点点头。

"赶紧离开那儿。收起你的帐篷，打好你的行李，赶紧走人。我们欢迎你回来。"

"谁会欢迎？"

"你的朋友，伙计。那些关心你的人……"

"我知道他们是谁。"然后我就转身走了。

那天晚饭之后，大家都还围坐在火堆周围，我把发生的事情跟他们说了。几星期前，他们还不相信会有人做出伤害他们的事情，甚至甘愿打不还手骂不还口。可新边疆帮会的事情让他们提高了警惕，当我讲到杰米那番毫不掩饰的威胁时，他们就不那么得意了。

格丽尔坐在我身边。我讲话的时候，她把一只胳膊搂在我肩上，几分钟后，又搂在了我的腰上。她可能只是想安慰一下，但似乎不是那个意思。我搬到普世救赎者这里之后，格丽尔和我变得很亲近，但我逐渐接受了一个事实，虽说她显然很喜欢我，可我们的关系顶多也就是友情。佐尔坦的信徒中间倒也并不是绝对禁止性，不过在他的教义中，禁欲是一种美德，所以过了一段时间，我也就放弃了想跟她亲热的想法。然而她正依偎在我身上，在她的触摸下，我很难不兴奋。

就算佐尔坦注意到了，他也因为太心烦意乱没在意这事儿。我说的时候，他静静地坐着，双手握着放在双膝之间，躬身向前，双翅折在后背，盯着火焰。我讲完后，围成一圈的人们陷入了不安的沉默之中。每一个人都等着他做出反应，但他沉默了好一会儿。

"谢谢你，本杰明。"他最后说道，"我很高兴你让我们知悉这些……我也很高兴你能全身而退。勇敢面对那样一个朋友，肯定很艰难。"

"他不是我的朋友，"我说话的时候感觉嗓子很干，"我以为他是，但……事情变了。"

佐尔坦悲哀地点了点头。"现在很多事都变了。"他抬起眼看着众人，"不要犯错误……如果本杰明的警告没错——我相信他没错，那我们在这里就不再安全了。我们夜里能设置更多的卫兵，如果不是绝对必要，每个人尽量远离镇子，但从长远来看，这么做毫无意义。"

"我不同意，启示者。"佐尔坦身后站着一人，是伊恩，他倚着自己的棒子，长袍上的兜帽罩在头上抵挡寒风，风吹得火苗猎猎作响。"如果有人想攻击我们，我确定我们能保护自己。我们有三十个男人和女人……"

"对抗多少？"鲍里斯说话了，他坐在火堆对面，一脸忧郁。"航天发射场差不多有三千人。就算只有一小撮人来挑事，我们也无能为力。如果本杰明说得没错，我们就不能指望来自监察官或是联盟卫队的任何帮助了。"

"但他们本就是该保护我们的。"克拉丽丝通常都是人群中最安静的，但这天她佩戴着那条黑色的带子，表明她跟佐尔坦用过圣餐，也许这种状态给了她勇气讲出心里话。"他们为什么不来管？如果他们看到……"

"上一个首次着陆日的时候，你们不在这里。"我开口了，众人都静了下来。"那是纪念'亚拉巴马号'抵达的节日……是乌列尔月四十七日，夏末。去年，当最盛大的宴会在社区会堂举行的时候，一些瑞吉尔·肯特的游击队员潜入航天发射场，炸了一艘太空穿梭机。"

"我不懂。"伊恩一阵迷惑，"谁是瑞吉尔·肯特？他们为什么要炸掉太空穿梭机？"

"是'亚拉巴马号'上的一群人。他们偷袭了自由镇。他们从中央大陆渡过东峡河来到了这儿，主要目的是盗取枪支。上一次来的时候，有个自称瑞吉尔·肯特的人在船棚的门上留下纸条，宣称对炸弹事件负责，还说他们会继续下去，直到西半球联盟让自由镇回到合法的所有者手中。那一切发生的时候造成了一场小小的骚乱……所有人都围着太空穿梭机跳舞，看着它燃烧。卫队对此无能为力，监察官也一样。所以，如果他们连那样的事儿都无法阻止，又怎么能……"

"有意思，"佐尔坦被激起了兴趣，"你说他们从中央大陆过来？"

"'辉煌命运号'来了之后，他们就跑到那里去了。"我耸耸肩，"据我听说，没有人确切知道他们到底在什么地方。那是个大岛，比新佛罗里达要大四倍，有足够多的地方藏人，所以卫队没办法……"

"知道这事儿太好了，"雷纳尔多说道，"但这也没法帮我们击退……"

"你没看到重点。"佐尔坦抬起一只手，"首先，我们没有办法保护自己……至少没法对抗实施私刑的暴民，如果我们再留在这里，这种后果就无法避免。第二,就算我们设法留在这里,那也只会是因为我们甘愿受辱。"

他望着众人,说道:"但这并非我们的任务。主诏令我们要传播普世转化的教义,这才是我们来此的原因。尽管对我来说已经很清楚了,我们的努力化作了乌有。"

几个人倒吸了口气,其余人难以置信地望着他们的首领。我感觉到格丽尔在发抖,伸手搂住了她。她紧紧靠在我怀里,能看出来她害怕了。

"是的……化为乌有。"佐尔坦的声音庄重起来,"自由镇和航天发射场全然无视上帝的言语,就像索多玛和蛾摩拉[1]曾经那样。毁灭即将降临在这个地方,我们无能为力。因此,就像罗德和他的家族一样,我们必须迁移。"

"去哪儿?"雷纳尔多问道。

"这还需要问?"佐尔坦抬眼看看他,"你没听我们的兄弟本杰明说的吗?他向我们指出了道路。"

这一刻,我明白了。"噢,不,等等……"

"安静!"他厉声道。

我这是第一次听到他提高声音,像其他人一样,我吓得收了声。

佐尔坦站起来,翅膀像巨大的褐色风帆一样迎着夜风展开了。那一刻,他变成了长着蝙蝠翅膀的救世主,映衬着身后天空中那颗巨大的行星挺身而立。如果有什么事情让我终生难忘,那就是这一刻。

"道路显而易见,我们的命运一目了然。我们应该去中央大陆。"

他那些教徒的脸上纷纷变了颜色:难以置信、不确定、恐惧。然后,犹如被按下了一个开关,他们全都接受了。先知发话了,他收到

---

[1]. 索多玛、蛾摩拉一带是《圣经》中所说的罪恶之地,罗德受上帝眷顾带领家族逃离了那片罪恶之地。

了幻象，这幅幻象会引领他们远离危险，走向早已预示给他的命运。他们已经跟随他跨越了四十六光年来到这个星球，当然还会很乐意由他率领着再走几英里的路。

只不过这可不是区区几英里路，或者几百英里。而且他们也不明白这会让自己陷进什么样的境地。"你们不能……"我踌躇着说道，"我很抱歉，不过……启示者，我想你们没理解……"

"理解什么？"

"你们没有……我是说，中央大陆是一片未测绘的地域。我们手里唯一的地图也是在太空轨道上扫描绘制的。唯一勘探过那片地方的人也是去往了那里的'亚拉巴马号'的移民……"

"那我们会找到他们的。"

"怎么找？没人知道他们在哪儿。"

他伤心地摇摇头，就好像这不过是个微不足道的细节，而我是个老提傻问题的小孩子。"你永远都是无信仰者。你已经跟我们相处了这么久，还是没领会真理。"他慈爱地望着我，火堆周围传来那种心知肚明的笑声，"上帝会向我们展示出道路，本杰明。他将引领我们，他将保护我们。"

然后他转向他的那些信徒，下令说："今晚休息，明天我们开始做准备。尽管如此，也得加倍谨慎……不要让任何营地外的人知道我们的计划。幸运的话，我们会在几天之内离开，那时候不会有任何人知道我们走了。"

他又看向我。"本杰明，欢迎你跟我们一起走，实际上，我们会很感激你的引导。不过，你并没有这样的义务。"他顿了顿，"你会跟我们一起走吗？"

"我……我打算好好想想。"

"那是自然，请便。"

他垂下头，带着他的追随者做简短的祈祷。然后会议结束，人们纷纷起身，又开始做平日里睡觉前的那些琐事了。我没什么可做的，于是走向了跟厄内斯特、雷纳尔多共用的帐篷，这时格丽尔拉住了我的手臂。

"你想去哪儿？"她问道。

"喔，今天不是我洗碗或是放哨，所以……"

"多幸运啊，也不是我当班。"她靠近了些，"你知道吗？胡安尼塔和玛丽打算今晚跟克拉丽丝与贝瑟尼过……所以猜猜那样的话我会得到什么？"

"嗯……你自己住一顶帐篷，我想是。"

她的眼睛闪着光，摇了摇头："不，我跟你一起住一顶帐篷。"

然后她带着我走了，带着我去了我们单独相处的那个地方，度过了一段算是漫长而又令人回味的时光。第二天一早乌玛星升起的时候，我下定了决心：我还回去干吗？

三天后的清晨，我们离开了航天发射场。出发的时候没人看见，男男女女安静地走过寂静的镇子，背上驮着捆好的行李包。我们尽可能带走所有的东西，但还是刻意留下了一些东西。一旦发现我们遗弃了营地，毫无疑问，镇民们会为了那些被丢弃的帐篷加热器、电动工具、发电机打起来，这就有利于我们平安无事地离开航天发射场。

我们走上通往自由镇的路，然后跨过土豆田，向沙溪走去。溪水依然结着冰，过河不会有什么麻烦。田地上笼罩着厚厚的冰雾，我们就仿佛行走在挂满珍珠的迷雾之中；十英尺以外的景物无法看清，所以，等我们到达溪边的时候吓了一跳，只见一个孤独的身影站立在堤岸边，披着黑色的斗篷，戴着兜帽。

"早上好啊，"金属脑袋上的格栅嘴里传出电子式的声音，"我看你们是打算离开。"

我在土狼星这么久，也只见过曼纽尔·卡斯特罗几次，而且还是远远看上一眼。他是"辉煌命运号"上的博学者，也是移民地副总督、女统领埃尔南德斯的心腹——如果有人觉得机械化的后人类还有心的话。

佐尔坦在队伍排头，他的袍子罩在收起的翅膀上。其余人纷纷停下脚步的时候，他向前一步，脱掉兜帽，让卡斯特罗能毫无遮拦地看到他。他们真是古怪的一对：一黑一白，一个赛博格，一个妖怪。"容我直言，是的，我们要走。我希望您不要把这当作一种侮辱。"

博学者发出一阵奇怪的咯咯声，十分接近于大笑的声音。"我应当那么想，但我不会。启示者佐尔坦·希洛，难道那不是侮辱吗？我很抱歉我们直到现在才会面。已经有人告知我说，你们在航天发射场的存在已经……引起麻烦，我们该这么说吗？"

"如果有任何麻烦，那也并非我们的错。"佐尔坦顿了顿，"我希望你并不是来这里阻拦我们的。"

"绝对不是，我只是在这里享受日出。"卡斯特罗从斗篷下面抬起一只手爪，朝着微黄的乌玛星挥了挥，黯淡的光芒透过雾气照下来。"很美，不是吗？这是一天之中，我最喜欢的时间。"

我瞄向周围，想着会看到卫队士兵从大雾中钻出来。如果卡斯特罗带着士兵来这里，那么这次的迁移就算是玩儿完了，我们除了有几个人带着铁头竹棍之外，其他什么武器都没有。不过，博学者确实孤身一人。

"你不介意？"佐尔坦问道。

"一点都不。"卡斯特罗摇了摇头，"时不时，总有各种各样的人想方设法离开移民地。如果他们是我们所珍视的人才，我们会尽力挽留。通常来说，我们总是允许潜在的颠覆分子选择离开。我们让他们觉得自己已经逃脱了，但相信我，没有多少事是中央委员会不知道的。"

格丽尔和我惴惴地相互看了对方一眼。他们怎么知道我们有什么计划？有谣言说监察官在移民中间有线人，可我们已经竭尽所能不向任何人提起我们的计划了。另一方面，也许博学者只是假装知道一些他其实并不知道的事情。

"我们不是颠覆分子。"佐尔坦的声音里透出戒备，"一直以来，我们想要做的就是在这里平安地定居。"

"我无意讨论你们的意图。然而，如果你们决定留下，就会有麻烦，我们将会被迫采取措施对抗那些可能伤害你们的人，或者，甚至是对抗你们。所以，在这一切发生之前就离开挺好的。没有人会阻拦你们，启示者。你尽可以按着你的意愿行事。"

"谢谢你。"佐尔坦微微一躬身，"你真是太宽宏了。"

"我只不过是为移民地最有利的方面着想罢了。"奇怪的笑声再次响起，"我猜你们是要去中央大陆。很多人离开这里之后都是去那儿的。"

普世救赎者们不安地动了动，相互看了看。我们已经决定，如果被卫队阻拦，我们会说自己打算去新佛罗里达最北端建立一个小小的定居点。然而佐尔坦选择了实话实说。"那正是我们的打算，是的。等跨过这条小溪，我们计划沿着水流徒步而行，一直走到夏皮罗山口。会在那里建造木筏，用它们穿过东分水岭，直至东峡河。"

"噢，不……不。那是最糟的路线。夏皮罗山口很危险。相信我，你们的筏子会被激流冲毁的。"

"你难道还知道别的路线？"我问道，往前走了几步，让博学者能看到我。

卡斯特罗用他的玻璃眼看了我一眼，然后又看向佐尔坦。"这是你们的向导？"佐尔坦点点头，博学者又摇了摇头，"你们跨过沙溪，就径直向东，一直走到北河湾。顺着它往东南走，大概会在明天下午走到分水岭。你们会在那里找到门罗山口——地图上标着呢，如果你们带了的话——然后找的一条渡过东峡河的路。"

他是对的。门罗山口更近，我之所以决定走夏皮罗山口，是因为蒙特罗探险队三年前就是走那里离开新佛罗里达的。"我们会找到另一条路是什么意思？"

"正如我所说，在你们之前还有别人离开。你们会找到他们的，相信我。"

我可从没打算信任博学者卡斯特罗，但如果他说的是真的，那就能省去好几天的行程。不得不承认，在我听来，任何一条离开新佛罗里达的路都不如夏皮罗山口冒险。我看着佐尔坦，勉强点了点头。他什么都没跟我说，但再次转向卡斯特罗。"谢谢你。我们欠你一个人情。"

"完全不必。不过请告诉我一件事……你们期待在那边找到什么？肯定别指望找到最初的移民了。他们的态度很明确，不想跟我们有任何瓜葛……除了在半夜里从我们地盘上偷走他们能偷的任何东西。"

"我们希望能够改变他们的思想。"佐尔坦笑着说，"既然你正在给我们施以援手，那也许能告诉我们，在哪里能找到他们？"

如果博学者能咧咧嘴笑一笑，那他肯定会的。"如果我知道……喔，事情就不一样了。我很抱歉，但你们不得不自己去搜寻他们。不管怎样，祝你们幸运。再会。"

话说完，他退进了雾里，犹如一个黑色的幽灵飘然而去。我们听到他的金属脚踩在冰封土地上发出的咔咔声，然后他就不见了。

佐尔坦又等了片刻，然后转向我们，说道："如果法老让以色列的孩子非常顺利地离开埃及，那么埃及也就不会有那么多灾难了[1]。我看现在我们能顺利离开，真是一个不错的迹象。"

---

1. 《圣经·出埃及记》中，摩西要带领以色列人离开埃及，法老不同意，摩西代表天神让埃及遭受了十项灾难，法老这才同意。

我想，这或许确实是一个征兆。摩西和他的人民有四十年时间流落荒野，并不是因为埃及人使他们如此，而是因为他们自作自受……

但我并没有说出自己的心思，也许，这就是我背叛他们的第一个举动。

冰层还很结实，我们顺利地跨过了沙溪，平安无事地到了对岸。我们没有顺流而下，而是按着博学者的建议，径直向东。伊恩之前用营地的一台发电机，从货摊换来了一张从太空轨道上绘制的地图和一个电子罗盘，我们靠着这个一路前进。作为大家的向导，我受托拿着地图和罗盘，但没过多久他们就发现没那个必要了：小溪对岸的高草和蜘蛛灌木中间已经辟出了一条小路，到处都有蓝布条系在赝桦的树干上做的标记。正如卡斯特罗所说，我们之前已经有人走入新天地。

我们行进了一整天，时不时休息一下。等到入夜时分，我们已经走到了北河湾，这儿有一条宽阔的水流与沙溪平行。越过它望去，能分辨出东分水岭那巨大的石灰岩石壁，就在东南方十五英里的地方。我们倒是很想加把劲儿继续走，但现在每个人的脚又酸又痛，疲惫不堪，于是佐尔坦招呼众人停下。我们搭起帐篷，搜集木柴，随着乌玛星落下，熊星在东方升起，我们都聚拢在了温暖的篝火旁，吃着豆子，仰望着星空。晚饭后，佐尔坦带着他的信徒做祈祷，祈求主在前方漫长的旅途上施以帮助。

我则在为别的事情祈祷：希望寒冷的天气再多持续几周。我们之所以要仓促离开移民地，还有个原因。新佛罗里达的草地时常有莽鸟出没：那是一种巨大的食肉鸟类，移民都知道它们就潜伏在高草里，会攻击任何经过它们地盘的不够聪明的物种……在航天发射场和自由镇外，设置了一大圈宽阔的离子束枪防御带，都是运动感应的，整个新佛罗里达都是莽鸟的领地。但莽鸟在冬季会向南迁徙，因此有好几个月的时间可以徒步穿过这个岛的北部地区而不用担心它们。再者说,莽鸟根本不怕人,我们的竹棍对它们毫无用处。

我志愿夜里放哨,直到迈克尔在午夜过后来换班,我才回到跟格丽尔和克拉丽丝共享的帐篷里。格丽尔的身体让我感到温暖,自从我们共度的第一夜以来一直如此,但我很久都睡不着。我不由自主地想起佐尔坦和卡斯特罗之间的谈话。

博学者问启示者期望在那里找到什么。为什么佐尔坦回避他的问题?他到底期望在这里找到什么?

很久以后我才知道真相。

黎明寒冷而萧瑟,地面又笼上了一层霜。尽管我们距离移民地只有大约二十五英里,可航天发射场似乎已经是被我们远远抛在身后的一个安乐窝了。早餐是温乎乎的粥,放在篝火的余烬上热了热而已,然后佐尔坦带领大家祈祷,接下来我们把辎重背到酸痛的肩膀上,沿着小路继续走,顺着溪流走向东分水岭。

天色明亮而清爽,等到乌玛星高悬在万里无云的蓝天上时,整个世界似乎都暖洋洋的,所有人的精神都不由一振。普世救赎者行进的时候唱起了传统的赞美诗《勇往直前,基督教的士兵》《破旧的十字架》《先贤的信仰》……

与此同时,东分水岭离我们越来越近了,不再是地平线上一条细细的紫线,现在变成了一面宏伟的崖壁,西河湾从中凿刻出一道窄窄的峡谷。

我们进入了东分水岭的阴影下,距离门罗山口足够近了,都能听到激流低沉的汩汩声。这时候,我们走到了一个标识牌跟前:一块木板,钉在一棵被雷劈倒、烧焦了的黑檀树桩上。我在队伍前面,所以走近了去看上面涂的字:

欢迎来到汤普森渡口,议价通行——交易和贸易皆可在这里停下——放下枪——大喊之后等待,非法闯入者即刻击毙!

我用手遮住阳光,抬头望向石灰岩的石壁。除了微风吹动岩石上悬着的光秃秃的乱枝,什么动静都没有。这标志看着很旧了,油漆都已经斑驳脱落,说不清在这儿挂了多久了。

"哈喽!"我喊起来,"有人吗?"问话在崖壁上回荡着。

我等了一会儿,然后迈步越过标志牌。

一声尖啸从我右耳边飞过,然后一颗子弹从标志牌上打下一块碎片。紧接着,上方的乱石崖壁回荡起空洞洞的枪声。我本能地一缩身子,高举双手。

"嗨,住手!"我喊起来,"我没有武器!"

"你不认字吗?"一个声音喊了过来。

"我认字……你听不见吗?"我直起身子,让双手一直放在看得见的地方。我双眼的余光察觉到那些普世救赎者纷纷缩下了头,或者藏身在了蜘蛛灌木后面。除了佐尔坦,他镇定地站在原地,有点恼火,但却还是泰然自若。

"我们不是来找事儿的!"我看不到枪是从哪儿打过来的,但不管是谁对我开的火,他都是神枪手,否则我的脑袋早开花了。"我们就是想……"

"我们为和平而来。"佐尔坦几乎都没提高声音,可他的音量足够响亮,能让崖壁上的任何人听到。"我们无意伤害。我们只想通过水道。"然后他转向其他人,平静地说道,"出来吧。让他们能看得到你们。"

他的追随者们不情愿地从藏身处出来,行李都丢在那里。每个人看起来都很害怕,有些似乎准备原路逃跑,但一如既往,对首领的忠诚战胜了内心的恐惧。很快,他们都重新回到了开阔地,摊着双手,一览无余。

一分钟过去了，在山口附近的乱石中间出现了一条身影：一个长发男孩，穿着一件尺寸超大的猫皮外套，裤腿塞在联盟卫队的旧靴子里，朝我们缓缓走来，怀里抱着一支卡宾枪。他顶多也就十二岁，可那双充满怀疑的眼睛看起来倒像是二十几岁。

他问道："你们是谁？"他先是看了看我，然后看着佐尔坦。

"启示者佐尔坦·希洛，普世转化教会的。"不等我开口，佐尔坦就说道，"这些人是我的门徒，这位是我们的向导，本杰明·哈兰。我很抱歉如此失礼，我们没想到会有人在这里。"

"嗯……是呀，好吧，你们够傻的，不是吗？"他的目光扫过每一个人，给我们提示道，"你们有能交易的东西吗？或者你们只是……"

然后他停下了，微微一低头，好像听到了什么我们听不到的东西。我认出了这个动作的含义，这孩子有皮下植入装置。他低声说了些什么，然后又看着我们。"好吧，来吧。拿上你们的东西跟着我。"他咧嘴一笑，"自己留神啊。我哥哥在上边呢，他已经一个星期没朝任何人开过枪了。"

听着像是小孩子吹牛皮，但我可不想再尝试。"你先请。"我说着，扛起行李，让他带路。

这条小路把我们带到了门罗山口，小道在这里变成了一道窄窄的沙洲，逐渐被侵蚀成石灰岩。我们慢慢走着，越过光滑的岩石，躲避着冰冷刺骨的水花，错走一步就意味着跌进几英尺下翻腾的激流当中。那孩子时不时停下来往后看着，确保没落下任何人。我心想，他和他哥哥其实没必要在这儿值守，因为这道峡谷本身就是天然的防御工事。不管他们保护的是什么，看来肯定价值连城，不然就是他们纯粹不喜欢人们不请自来。

我们从峡谷钻出来之后，发现自己站在了东分水岭的另一面。高耸的白色石壁下是一片乱石滩,西河湾汇入了东峡河,仅仅几英里之外,在水的对岸,就是中央大陆的岩石河滩了。

汤普森渡口是个小小的村庄,有很多用赝桦搭建的高脚小屋,石头烟囱里冒着烟。山羊和猪在铺着马唐草的小小围栏里闷闷不乐,我能听到附近的什么地方传来小狗的叫唤声。一个小小的码头突堤伸入水道,一条大木筏拴在旁边;兽皮做的小艇底朝天扣在河滩上,旁边的木架上搭着渔网。我闻到了咸味儿、鱼味儿和烧木柴的味儿,在傍晚昏暗的阳光里,眼前的一切犹如一幅画一样安详。

但是紧接着,身后传来脚踩在碎石上发出的声音,我回头看去,只见通往崖壁顶部的小路上站着一个年轻人,手里攥着步枪。看到我盯着他,他抬手在脑边一挥算是打了招呼。这就是刚刚开火警告的那个哨兵,我们一进入山口,他就盯上我们了。我冲他点点头,意思是说:没什么,都是朋友,就是以后别再拿我当靶子练了。

那孩子带我们来到了镇子中心的一间屋子,挺大的黑檀木屋,烟囱上绑着一个碟形天线。"稍等,"他说,"我得去找老大。"但他刚走上后廊台阶的一半,门就开了,首领现身了。

他有六英尺多高,肌肉发达,皮肤看起来饱经沧桑,那身衣服和垂到胸口的灰白胡须也同样久经风霜,整个人看着就像是被他生活其间的这个世界锻造出来的,全身散发着砂石的气息,透出潮水和海盐的味道。

"谢谢你,加斯。"他低声道,"我来接手吧。"他走到栏杆边,"咱们有话直说。我叫克拉克·汤普森,这是我的地盘。你们已经见过我侄子加斯了,那是拉尔斯,我的另一个侄子……他们算是接待委员会成员。"

"很高兴见到你,汤普森先生。"佐尔坦走上前去,"我是启示者佐尔坦……"

"已经知道你是何许人也了,启示者。我们离航天发射场不近,可消息传得很快。"汤普森咧嘴一笑,他少了几颗牙,"就算不是因为你几天前离开了镇子,这副尊容也很难不听人说起。"

周围传来一阵笑声。我转头四顾,看到大概有二十来人,都是从毗邻的屋子里出来的:一些男人,几个女人,三四个孩子,个个都跟克拉克·汤普森和他那俩侄子一样结实。有几个男人拿着枪,他们并没有瞄着我们,不过这是我今天第二次被荷枪实弹迎接了,可第一次的感觉我还没忘记呢。

佐尔坦保持着镇静。"如果你知道我们是什么人,那你也就知道我们为什么到这里了。"

汤普森点点头,但什么都没说。

"我们只想找条路过水道。我们会用我们出得起的任何东西来交易……"

"听到这话很高兴。如果你们不是这样,那俩小子是不会带你们到这儿的。但只有几个人知道这地方,而且他们现在大部分都在这儿。所以,是谁告诉你怎么到这儿的呢?"

"博学者卡斯特罗。"我说话的时候,汤普森眉头一皱。我听到身后的人群传来一阵嘀咕声。"他告诉我们说,如果有人要离开,并且他觉得这些人留下来弊大于利的话,就会让他们离开。我猜我们就是这类。"

"也许是这样……不过曼纽尔·卡斯特罗可不会让我想到任何跟人道主义精神有关的事儿。"汤普森摇了摇头,"该死,要是我知道他的动机就好了,可他有自己的算盘。"他漫不经心地望向分水岭,好像是在整理思绪。

如果他拒绝安排我们渡河,我们就没什么选择了,只能回去。我心想。看这个定居点的大小,显然我们没法留在这儿。

"好吧,"他最后说,"我们送你们过河。我们从不拒绝任何人,我现在也不打算破例。"

"谢谢。"我尽量不表现出松了口气的样子。

"这是我的生意。只是还有一个问题……等你们到了中央大陆，你们想去哪儿？"

"我们想去找最初的移民。"佐尔坦说完，站在周围的所有人爆发出一阵大笑。他等着笑声散去，然后继续说道："如果你们能提供给我们任何帮助，我们会很感激。"

"那边的事儿我们可帮不上你多少，牧师。我们也只见过他们几次，他们可并不怎么友善。"

这肯定是瞎话。汤普森的渡口是新佛罗里达除了自由镇和航天发射场之外唯一的聚居地，如果"亚拉巴马号"的移民来，肯定是在这儿做生意。当人们聚在一起做生意的时候，他们交换的往往可不只是货物。不过，现在得顺着这位首领来，所以我没说什么。

汤普森指了指不远处河滩上的一片地方。"你们可以在那边扎营。晚饭算我们的……希望你们喜欢河鲜杂烩汤，因为菜单上只有这个。讨价还价的事儿就回头再说吧。"他转向他的小侄子，"来，加斯。告诉你婶婶，我们有客人了。"

这事儿就算告一段落。加斯跟着叔叔进了屋，人群开始散去，普世救赎者们带着行李到了汤普森说的那片能让我们搭帐篷的地方。我筋疲力尽，瘫倒在台阶上。乌玛星正向着东分水岭山后落去，水道上吹来一阵强风，但此时此刻我们已经找到了一处歇脚的地方，他们看起来还算殷勤好客。

然而，我不由得琢磨起来，我是不是应该接受杰米的忠告。

晚饭就在那间屋子里，主屋点着鱼油灯，就悬挂在房椽下，石头壁炉里用漂流木燃着火，暖烘烘的。显然汤普森渡口的居民每晚都聚集在这里，因为我们结队走进门的时候，发现当地人已经在一张长长的黑檀木桌边坐下。桌子摆在房屋中间，他们给我们留了座位。

很快，一位友善的老妇人就端了一大锅鲈鲉鱼粥从厨房出来了，大家都管她叫莫莉阿姨。她一边跟人聊着天，一边盛出一碗碗粥，给每个盘子里放上一片厚厚的家常面包，然后递给最近的那个人，这人再把盘子传递下去。直到所有人都有，莫里阿姨低下头感恩祈祷之后，大家这才开吃。

桌上只少了两个人——佐尔坦和雷纳尔多。佐尔坦的帐篷一搭起来，他就消失在里面了，一直到他的追随者们都搭完营地了也没再露面。我再一次对他的遁世之举感到不解，哪怕这看上去并没有干扰到其他任何人。今天轮到雷纳尔多的左臂戴上那条黑丝带，他又问莫莉阿姨要了一晚粥，然后端着粥悄悄出了门，显然是拿去佐尔坦的帐篷。克拉克·汤普森看着他离开，但没说什么。晚饭后他拍了拍我的肩膀，示意让我跟他去隔壁屋。

"启示者太无礼了，就那样连个面都不露。"他一关上门就直言，"我得说，我可不欣赏这样。"

"他就是那样。抱歉。"四面墙壁摆满了桶，层层堆垒，到处都堆满了盒子、板箱、盘起来的绳子，这堆东西中间放着一张桌子，两把椅子，上方挂着一盏油灯。"他每天都有一段私人时间，用来跟他的追随者做冥思。"

"啊，好吧……"汤普森把灯调亮了一点，然后坐在桌子后面，"下一次我老婆给他做好了饭，而他决定要冥思的时候，我就给他吃鱼头汤。"

"以我对他的了解，他肯定会因此感谢她的。"

他发出一阵古怪的笑声。"你不是他的信徒吧？噢，我能看出来你只不过是跟他们一起旅行而已……你应该不是真正的信徒。"

"有这么明显？"

"就跟你鼻子长在脸上一样明显。你一走进镇子，我就看出来了。其他人全都默不作声，就像一群绵羊跟着那头公羊犹大。你是唯一一个开口的。"

"我是他们的向导。这只是我的工作,你知道,我不……"

"那是你的事儿,朋友。"汤普森抬起一只手,"我不关心你为什么跟这些人混在一起。我想要知道的是,为什么卡斯特罗把你们引到我这条路上来?"

"我已经把我知道的都告诉你了。"我坐到另一把椅子上,"如果这里边有什么问题,那对我来说也一样意外。"

"噢,这事儿还真有问题。"他打开一把小折刀,开始漫不经心地修他的指甲,"我们有三十多人住在这儿,每个人都是从航天发射场来的。我老婆和我,加上那俩孩子,都是'辉煌命运号'的乘客。当我们看明白那个贱人埃尔南德斯心里想什么时,就立刻拿着我们能拿的东西跑了。开始就只有一间小屋,但没过多久就有人跟着我们来了。"

"从其他飞船来的?"

"嗯。都是想逃走的人,没错。我们从无到有修建了这个地方,去年夏末修建好了那个渡口。一开始,也就是能让我们去水道另一面打猎,但总是会冒出来一些人想要从这里通过,前往中央大陆……通常都是你们这样的家伙,厌烦了航天发射场的人。到现在为止,我们都以为联盟并不清楚我们的存在。"他喘了口气,"可现在你告诉我们,曼纽尔·卡斯特罗不仅知道我们在这里,他甚至还乐意提供确切的方向。"

"也许他不把你们当作威胁。"

"也许吧。"汤普森默不作声地盯着我看了半天,好像是在思考该不该相信我。然后他靠在椅子上打开了身后的一个板箱,取出一个陶瓷罐子,拔掉上面的软木塞,把罐子递给了我。"熊闪酒,"他低声道,"有点像威士忌,不过是用谷物糊糊蒸馏出来的。当心,这东西很冲。也不用害怕,不会让你瞎了的。"

他说得没错,味道真够冲的,简直都能用这玩意儿纵火了。这酒够烈的,让我的喉咙一阵灼烧,但到了肚子里却暖洋洋的。

"喜欢吗?"他问道,"现在你猜猜,我们在这儿又没法儿种粮食,怎么能做出粮食酒呢?"

我想了一会儿,回答:"你们是做买卖换来的。"

"我们当然做买卖。他们在自由镇种庄稼,可这东西不是从那儿来的。"他朝着水道的方向轻轻点了点头,"我们是从那边得到的,那边的人有时候会过来。但我的渡口没运过谷物。"

"你刚才说,你们在去年夏末才刚刚开始运行渡口。"

"嗯哼,没错。"他用小刀敲了敲罐子,"所以,你觉得这东西是从哪儿来的?"

我意识到他在说什么了。"最初的那些移民?"

"对喽。"他点点头,"你说你是他们的向导,按我的理解,就是说你有张地图。你现在带着吗?"

我伸手从大衣里掏出地图。汤普森把罐子挪到一边,我把地图在桌上摊开。

"好的,"他说着,指了指我们的位置——新佛罗里达东岸。"我们在这儿,那边就是明天早上要送你们去的地方。"他的手指移到了中央大陆遍布礁石的西岸,"往南大约一英里,你们可以从那儿爬上岩壁……别担心,你们不会走岔的。就在山脊的顶上,你们会找到一条通往东南方的小路。"

"它通到哪里?"

"我的孩子们和我探索过,它大约有三十英里。不过最近没走过了,所以我不清楚从那之后它是不是又延伸了。但重点在这儿。"他指到内陆更远处的一片高地,那片次大陆的大部分都被这片高地覆盖着。"那是吉利斯山脉,肖山就在这一片。从我知道的情况来看……相信我,我知道的也不多……在肖山另一面的某个地方就是'亚拉巴马号'的船员驻扎的地方了。"

跟土狼星大部分地图一样，我这张也不太详细；它是根据从太空轨道上拍的照片制作而成的，这颗星球百分之九十五的地方都没勘探过呢，更别提命名了。尽管如此，还是看得出吉利斯山脉在南段分成了两支，有一条水流形成了一道宽阔的河谷，夹在肖山和东南方的另一座山脉之间。可以想见，最初的移民很有可能会在那里定居，因为那儿有淡水资源和充足的地盘，还有三面环抱的高地做保护。

"我明白了。"我的手指在山脉南部画了一圈，"所以我们要做的就是绕着肖山……"

"啊，再想想。"汤普森的手指从东峡河指向山脚，"离那儿大约有一百五十英里。一路上勉强算得上是一马平川，所以你们大约能在一星期内走到，也许两星期。但你们要是决定绕着山一路走，再走峡谷，那样会？我想想……大概还要走两百，或者三百英里？"

"我猜差不多。我们能做到的。"

"你猜？"汤普森从地图上抬起眼，"让我提醒你一些事情……我们现在是马基达尔月中旬，这意味着要开春了。莽鸟很快就要开始往北方迁徙，低地是它们出没的地方。我注意到你们的人没有携带任何枪械。"

他是对的。要跨越大约四百英里不曾测绘过的地区，手上只有铁头竹棍做防卫……对于那些用喙一啄就能把你脑袋揪下来的生物来说毫无用处。不仅如此，我们的食物也少得可怜，或许能靠着搜寻食物挺一阵子，但在野外的时间越久，生存的机会也就越小。

"肯定有人做到过，要不然你怎么知道？"我问道。

汤普森笑了。"这就是我要说的。"他指了指肖山，"如果有一条新路，那肯定是直接翻山。就算没有，这也是最直接的路线了，能省掉你们上百英里的行程。"

我看着地图。没有标识说明那山有多高，或是山势有多陡峭。然而克拉克·汤普森说到了关键,如果我们能翻越肖山,那就能下到"亚拉巴马号"移民可能藏身的山谷里。毫无疑问,这很冒险,但却是我们最好的选择。

"谢谢。"我拿起罐子又啜了一口熊闪酒,"为此,我要怎么报答你?"

汤普森靠在椅子上,想了想。"如果你们能做到,找个时间回来告诉我一声就可以了。"

"那样你就知道你的烧酒是从哪儿来的了?"

"不,"他静静地说,"那样我就能知道确实有那么一位天神,一直在关照着那些献身宗教的傻瓜呢。"

所谓渡船,就是一个大木筏,用几根黑檀树的原木捆在一起,中间装着一个从越野车上拆下来的绞盘。树藤绞成的粗缆绳一直扯到东峡河对岸,缆绳两头的锚固定在两岸的砾石上;缆绳绕在绞车上,拉尔斯和加斯在筏子两侧稳稳地转动曲柄,筏子就被缓缓拖过水道。要渡过东峡河,这可能算不上最迅速或是最容易的方式,但却是最稳妥的。如果划船渡河,渡口位于水道最窄处的浅滩偏北十五英里,急流很容易把小船冲向下游。

克拉克·汤普森可能挺同情我们,但他也是个商人。大木筏来回跑了三趟,才把我们每个人都送到了中央大陆,而这为他换取了我们的六顶帐篷和三个数据板;他已经有足够的灯具和暖和的衣服,不需要这些了。不过他也挺大方的,给了我们一些鱼干,还趁着没人看到的时候偷偷塞给我一坛子熊闪酒。我跟他握手道别,他祝我好运。我最后望向他的时候,他站在码头上目送我们离去。

等所有的普世救赎者都到了河对岸,白天也过半了。根据克拉克的说明,我带着他们顺着遍布礁石的河滩一直走,走到一处很久以前发生过滑坡的地方,滑坡在这里的石灰石岩壁上劈开了一道窄窄的沟壑。经过一番漫长而又陡峭的攀爬，我们穿过了这道裂口，到达了高高的山脊顶上。现在身后的下方横亘着东峡河……而面前是伸展开的中央大陆，一片辽阔的草原一直蔓延到森林，遥遥可见吉利斯山脉，犹如一道破碎的紫色线条绵延在地平线上。

我一找到克拉克跟我说的那条小路的起点，就坐在一块大石头上，铺开地图，掏出指南针。等我看好了方位，便把东西都放回口袋里，重新扛起行李，开始带领众人顺着山坡下山。

大家都很高兴，我记得很清楚。我们逃出了新佛罗里达，天色明亮而温暖，前方的道路清晰可见，很容易走。差不多一到山脚下，普世救赎者们就唱起了《先贤的信仰》，我也跟着哼唱起来，尽管我并不知道歌词。最主要的是，我一直想着格丽尔。她走在佐尔坦身后几步远的地方，但不论我什么时候回头看她，她好像就在我身边，她的脸上总是带着笑容，她的眼睛就像我们第一次见面那天一样明亮。过了一会，佐尔坦允许她跟我走在一起，我们并肩走在荒野之中，一对恋人的面前只有最为光明的未来。

那真是美妙的时光，我永远不会忘记，不会后悔。跟所有的美妙时光一样，它也并不长久。那是噩梦之前的一段美梦。

新佛罗里达的大部分地区都是平原，开阔的草场上溪流纵横，中间点缀着湿地沼泽，还有一片片的树林。冬季里，地面冻结，湿地干涸，人们能够毫不费力地走遍它。

中央大陆可不是那样。第三天结束的时候，我们已经离开大草原，进入了一片巨大的雨林，越走越密，赝桦和蜘蛛灌木消失在一种遮天蔽日的大树之下，它有点像榆树，只是树干更粗，叶子更阔，上面缠绕着巨蛇一般的藤条，外皮都剥落了。甚至在中午时分，也是浓荫蔽日，森林的地面上很冷，野草被寒霜打得弱不禁风。

我们再也看不到山了，没过多久，我们连乌玛星都看不到了。第四天，我们找不到路了。我不知道是我们转错了方向，还是那条路就此到了头。我只知道，在还算清醒的某个时刻，我意识到这条路就这么消失了。我们掉头往回走，耗了一个小时去找我们之前的足迹，但那条路再也找不到了。现在只剩下我口袋里的地图和指南针，没有它们的话，我们早就彻底迷路了。

一天又一天过去，我们在密林里穿行，用棍棒在茂密的枝叶间劈出前行的路。夜里，我们挤在一起抵御寒冷；能找到的枯枝要么冻住了，要么太腐烂，没法生火，只能用一小堆小枝条和树叶来生火取暖。帐篷也不像以前那么多了，我们不得不在睡觉的安排上大打折扣，原本睡三个人的帐篷里挤上四五个人，至少这能帮我们取暖。格丽尔和我学会了怎么把我们的睡袋拉链拢在一起，我们互相搂着睡觉，跟分享我们帐篷的人挤在一起。

不过佐尔坦一直都是自己睡一顶帐篷，为了让他能继续每天分享上帝的圣餐。那段时间里，他可能跟主有一些有趣的对话，但即便有过，他也并没有跟我们分享。他变得沉默了，很少开口，尽管仍然请其他人跟他一起冥思，但早上他不再带着我们祈祷，大概一个星期以后，晚上也不做祈祷了。从这时候起，大家也不再唱圣歌了。一天早上，为了弄清楚该轮到谁背帐篷，伊恩和雷纳尔多拳脚相加。没有旁人看着的时候，克拉丽丝和安古拉也不再聊天了。

但精神的逐渐崩溃还不是最糟的，在雨林里日复一日无休止地找路也不是，甚至寒冷都不算是最糟的。所有这些痛苦我们还都能扛得住，只有一件事不行。

饥饿。

我们从航天发射场出发的时候，尽可能多地驮着食物，还有帐篷、衣服、睡袋。准确说是三十二个人当中有三十一个都驮着，佐尔坦从来都不扛东西——因此我们能带不少吃的，而且在汤普森的渡口又备了不少口粮。等到食物开始不够吃的时候，我判断我们距离最初那些移民定居的地方只剩下几天路程了，不管它还有多远，我们要做的就是在一段时间里继续缩减配给。如果情况再恶化下去，我们就只能就地取材找吃的，我知道有几种本地植物可以食用。

有一个事实我没考虑到，我们是在死寂的冬天里，穿行在一片未知的地域。首先，我们消耗掉很多热量，不只是因为徒步跋涉，还要保持温暖。我们早上吃一顿，天黑了再吃一顿，三十个人，一天两顿，这还不算歇脚的时候有人啃一块饼干或是开一个豆子罐头。我们很快就耗尽了补给。我开始没注意到食物的消耗速度，因为我的心思都在想着怎么让我们走出森林，而且我还指望着佐尔坦发挥点作用，让他的人守规矩。但佐尔坦什么都没说。几乎过了两个星期之后，我才猛然意识到我们的行李正在变轻，而身后是一条丢满了塑料袋和空罐头的小径。

其次，中央大陆的雨林里找不到我在新佛罗里达学到的那些能拿来吃的植物。马唐草、苜蓿草、约翰逊氏蓟……全都被发育不良的茂密的灌木丛取而代之了，甚至连这些植物都进入了漫长的休眠期。能找到小鱼的溪流都结了冰，能捕猎的动物要么冬眠，要么去了南方越冬。我们所能做的，也就是找点干燥的引火物生火。

大部分普世救赎者在离开地球以前都是城里人。他们到目前为止做的还都不错，背上驮着四五十磅的行李，穿行在异星的丛林里；他们的信仰提供了动力，而他们的经验毫无用武之地。但是当我们停止供应早餐，晚餐也开始做削减的时候，距离肖山的山脚仍然还有一天的路程。大家都精神低落，佐尔坦几乎完全不与人接触了。

要是你没有亲身经历过这一切，就无法了解被慢性饥饿折磨的滋味。我不是说省去一两顿饭，甚至禁食；我说的是，当你意识到自己的食物越来越匮乏的时候，当你品尝到食物耗尽带来的那种绝望的时候。我的胃因为空荡荡的而不住作痛，它本该是很充实的啊，一道无形的铁箍紧紧勒在头上，挤压着我的太阳穴。我们必须得找点吃的东西,得赶紧。

就在到达肖山之前,我们来到一片浅湿地。冰层很薄,我们不得不绕过它,但这时候我注意到在它中心的小岛上长着一小丛球状植物。我宁愿往锅里扔一只死耗子,也不愿煮沼泽鼠吃。然而,沼泽鼠的肉是可以吃的,而且它们现在正在球形植物里冬眠。于是我拉了几个人,蹚过湿地,每一脚都得踩碎冰面,让靴子里灌满刺骨的泥浆,一直走到了那个岛上。

其他人在我身后等着,我掏出刀子切开面前这株植物厚厚的叶片。我想掏几只睡眠的沼泽鼠,然后让那几个伙计把它们砸死。剥了皮、炖一炖、吃掉……原本是这么计划的。

有件事我疏忽了,有时候拟蜂也会在球状植物里冬眠。这是土狼星上演化出来的一种更有意思的共生系统:拟蜂在夏季保护球状植物,那时候为它们传递花粉;到了深秋,沼泽鼠聚集在球状植物里,拟蜂返回它们地下的巢穴。然而,有时候,落单的一两只拟蜂会在球状植物里寻找庇护,也许是为了避开那些想要接近沼泽鼠的掠食者。

我就碰上这事儿了。我刚割开这株球状植物,一只拟蜂就被惊醒了,从切口钻了出来。还不等我反应,它就落在我左手背上狠狠蜇了一下。

我的手肿了起来,但这还不是最糟的。拟蜂的毒液中含有一种毒素,类似于麦角酸,它会使其他昆虫麻痹,但对于人,会产生幻觉。在航天发射场,甚至黑市,流行交易一种名为"斯汀"的东西——就是从捕获的拟蜂身上提取的毒液,然后作为廉价的毒品销售。

我从没吸过毒,所以对接下来发生的事情毫无准备。接下来的半小时里,我的眼前一片色彩缤纷,一切似乎都慢了下来,仿佛空气中有微弱的电子嗡嗡声,别人对我说的话全都毫无意义。等到同伴把我拖出湿地的时候,我就像精神病患者一样胡言乱语。我模模糊糊记得我想把衣服都脱了,坚持说那才是享受这个可爱冬日最好的方式,每个人都要赤裸着身子纵情狂饮,痛饮克拉克给我的熊闪酒。我还告诉佐尔坦,他应该用翅膀飞回汤普森渡口,再给我们捎来几坛子酒。一切都是那么的快乐、美妙、赏心悦目。这些人都是我的朋友,我们迷路了也罢,即将饿死也罢,这没什么大不了的。

过了一段时间,眼前的幻象开始变成一条隧道。我突然感觉异常疲惫,于是坐在一根木头上,说:"我需要休息一下。你们跟大伙儿先走吧,伙计们,我过会儿就跟上来。"然后我就晕过去了。

当我醒来的时候,发现自己在帐篷里。天已经黑了,我能闻到篝火的烟气。外面什么地方传来低低的说话声。我不是独自一人,昏暗的灯火下,佐尔坦盘腿坐在帐篷另一边。

"欢迎回来。"他已经脱掉了袍子,双翅收拢在赤裸的双肩后面。"我们很担心你。感觉好点了吗?"

"好点了。"还没那么好。我的脑袋里隆隆作响,喉咙又干又渴。他什么都没问,递给我一个水壶。我拧开盖子就喝。"我们在哪儿?走了多远?"我问他。

"我们还在你晕倒之前的那个地方。"他的脸在朦胧的光影里看起来很吓人,我已经很久没注意过这张脸有多狰狞了。"你这种状况,我们没法继续走,所以就停下来过夜了。"

"噢,上帝……抱歉,我不是故意……"

"没关系,不是你的错。"佐尔坦把水壶接过去,拧上盖子。"实际上,我很羡慕你。对我来说,你似乎拥有了一段时间去获得神示。"

我的意识太乱了,无法搞清楚他在说什么。"是呀,好吧……被蜇一下你就会那样了。"我的左手很疼,已经包扎上了,肿也消了。我们带的急救包里有抗生素,如果这事儿发生在别人身上,我可能会及时用上,防止毒素发生作用。很不幸,这些人对拟蜂知之甚少。"是我的错。我应该警告你们的。"

"为什么?你怎么能警告某个人要小心上帝呢?"佐尔坦摇了摇

头,"他做的是他选择做的,在你希望最渺茫的时候向你说话。"

"我不明白。"

"你了解神圣转化。我认为你肯定了解,因为你从未问过我关于它的事情,从你跟我们在一起的第一晚至今就从没问过。我的追随者肯定告诉过你……也许是格丽尔,因为你们俩很亲近。"我没说话,他继续道,"当上帝降临在我身边的时候,我正在痛苦与领悟之屋,他告诉我说,我的生命中有一项任务:尽可能召集一批信仰他的话的人,带着他们去另一个地方,到那里传播这些话,告诉人们,普世转化正在来临。"

他挪了挪身子,伸开双腿。"我以为我们会在航天发射场收到征兆,但它没有出现,而且事情很明显,我们被那些打算杀死我们的人包围了,于是我意识到我们的任务要在别的地方得以实现。于是,就像摩西和以色列人那样,我们走向荒野……现在,事情在我眼前变得清晰起来,上帝通过你,说出了我们真正的目标。"

"佐尔坦……启示者希洛……我是被一只拟蜂蜇了。这会让人反常,干些怪异的事情,就是这样。我没听到上帝,我只是出现了幻觉。"

"也许你认为你经历的是幻觉,然而在那段时间里,你告诉我们说,你爱我们所有人,我们应该自由地与另一个人分享我们的爱。"我表示反对,但他举起一只手,"你说你是受了拟蜂的影响,也许是……但我认为是上帝通过你在说话。"

"然而我不是信徒。我告诉过你,你自己也说过我不是。"

"你已经把我们引领到了这个地方,上帝又通过你讲话。"他极其亲切地盯着我,就好像我是个被他发现的迷失之子。"现在我知道主为我们安排了什么,"他异常平静地说着,"我们要死在这里。"

"不,我们不会。"我摇着头说,"我们会挺过去。我们要翻过那座山,然后……"

"你无法拒绝。我们一起消亡,这是上帝的意志。也许不是现在,但很快,非常快。"佐尔坦深吸了一口气,然后重重一叹,"本杰明,你现在是我们的一员了。是时候加入我们了,包括你的身体和灵魂。"

他伸手到身后摸了摸,取过一个柔软的皮囊,拉开拉链伸手进去,出来的时候,手里捏着一根黑色的饰带。我以前见过很多次其他人佩戴着这东西。带着极大的敬畏,他将它摆在我们之间的地面上。

"脱掉外套,"他平静地说着,"然后卷起你衬衫的左衣袖。"

我摸索着拉下大衣的拉链。现在脑袋还是感觉像塞满了棉花,意识并不配合身体行动。这就是我的入会仪式了。好吧,为什么不呢?我已经跟这些人走了这么远,且不管我刚才对佐尔坦说了什么,我们八成会死在一起的。好歹也走了这么远了。

"把它缠在你的手肘上,"佐尔坦说着,把带子递给我,"尽可能系紧。"他又伸手进那个袋子里,"这费不了多少时间,然后我们就完成了。"

我已经把带子缠在了胳膊上,但他说的最后一句话让我一愣。我看着他捧出一个小小的金圣杯。他小心翼翼地把它放在地上,昏暗的灯火下,杯子边缘微微泛着猩红色的痕迹,就像是有什么他怎么都洗不干净的东西。看着像是……

"什么……你在干什么?"这时候我看到他手里又拿起一件东西:一根银色的皮下注射针头,一卷小小的手术用输液管,橡胶抽血泵。然而即便到了这个时候,我还是没太明白。我得让他告诉我这是在做什么。

也许他觉得没有必要告诉我。他的眼睛缓缓从圣杯上抬起,迎上我的目光。"你愿不愿意将你自己分享给我?"他低声道。

这时候,事情变得清晰起来。他的追随者为什么要缠着带子,他们为什么能休一天假。那块黑布掩饰着他们胳膊上的针眼,失去血液之后,让他们有一天的时间休息恢复。

在教堂里，圣餐是以象征性的仪式来进行的。一圣杯的红酒代表救世主的血，一片烤面饼代表他的肉体。一个人是否相信圣餐转化体的奇迹并不重要，这是表示崇敬的行为。然而佐尔坦歪曲了这种仪式，将它改头换面以适合他的自我形象。他对于象征性的东西没有兴趣，他也不期望跟他的追随者分享他自己。他需要的是效忠，彻底的服从，他想当一个神。所以他把他们带进自己的帐篷，对他们说任何他们想听的话，然后……

"本杰明，"他爬近了些，针头举在他的右手里，"你愿意将你自己与我分享吗？你愿意将你的血献给……"

"滚开！"

我用尽全力踹了他一脚，右脚直接踹在他肚子上。佐尔坦呻吟一声，仰面摔倒，我趁机爬到帐篷口拉开门帘。爬出去一半的时候，我感觉到他用手抓住了我的左脚踝。我看也没看就往后踹，应该是蹬到了他身体的某个部位。佐尔坦痛得大叫起来，坐在篝火周围的人纷纷四顾，我手脚并用，从他的帐篷里拼命往外爬。

刚站起身来，摇摇晃晃，就听见有人叫着我的名字，是格丽尔，她正朝我走来。我不想让她碰我——我不想让任何人碰我——所以我跌跌撞撞拔腿就跑，逃离火光和那些帐篷，直跑到在一棵树下，我才跌跪在地。

想要呕吐，可肚子里没什么可吐的，我只能干呕。等到我的五脏六腑不再痉挛，我跌倒在一堆干树叶里。黑暗降临，我失去了知觉。

我醒来时发现已经有人铺开我的睡袋给我盖上了，也许是格丽尔。她是那天早上唯一眼里有我的人，即便她也保持着距离。没有人跟我说话，他们静静地收起帐篷，打好行李，我就像是一个赖得太久、不受欢迎的客人。

也许我本来就是。大衣兜里的那张地图和罗盘不见了，可能是他们趁我昏睡的时候拿走的。我问他们是谁拿了，没人搭声，回应的只是投来的目光和纷纷摇头。尽管很明显，现在是佐尔坦要带领我们穿过森林，可他显然也没拿东西。有可能是我把它们掉在湿地里了，但当我想回去找的时候，佐尔坦招呼其余人跟着他走。所以，我不只是被排斥了，这些普世救赎者还希望撇下我。我别无选择，只能跟上他们，扛着我的行李，走在最后。

即便没有地图和罗盘，佐尔坦也知道他要去哪里。这时候，找到肖山的西坡就不是什么难事儿了。这天结束的时候，我们终于从森林里走出来了，大山浮现在我们眼前，三千英尺高，顶峰覆盖着白雪。我们在山脚下扎营，但没有人邀请我一起住他们的帐篷。剩下的食物只有一些大米，但没有我的份儿。当我想加入到火堆周围的队伍里时，鲍里斯走到我跟前，用他的棒子挡住了我。我退回到我那个摊开的睡袋边，独自坐在那里，在寒风中发抖，肚子饿得咕噜噜直响。

等到每个人都去睡觉之后不久，格丽尔来到了我这边。她小心翼翼地回头看了看，然后跪在我的睡袋边，伸手从袍子底下取出一只碗。"赶紧吃，"她低声道，"我不能让其他人看到我这么做。"

碗里只有一小把米饭，但那也比什么都没有强。"谢谢，"我嘟囔着，接过碗的时候，我的牙直打战，"你……"

"佐尔坦说你不再是我们的一员了。你拒绝与他分享圣餐，那让你成了异教徒。不允许我们给你帮助。"

"他是这么说的？嗯？"我把冷米饭塞进嘴里，"你让他喝过多少次血了？或者你都记不清了？"

她喘了口气。"不是那样的，本杰明。你可能认为那只是喝血，但那是神圣崇拜的一种形式。与先知分享我们的本体，我们通过那种方式变得更加紧密，不只是与他，也是与上帝……"

"噢，算了吧。他的所作所为没有什么神圣的。佐尔坦就想扮演吸血鬼，那很好，但别让上帝掺和进来。他就是利用你们去……"

"不!上帝派他到我们中间来圆满祂的使命……"

"那你知不知道佐尔坦昨晚跟我说了什么?他说他想让我们所有人死掉!"我不再费心压低声音,"这不是圣餐。这不是崇拜。你们被洗脑了,孩子。他是打算……"

"格丽尔,离他远点儿。"

我抬头一看,佐尔坦从阴影里出现了。我不知道他在那里站了多久。他的翅膀藏在袍子下面,我看不到他兜帽下的脸,然而,那一刻,将熄的篝火映在背后,让他看上去就像是那个极度疯狂的欧文·杜恩医生想象中的恶魔。

格丽尔站起来,但我抓住她的手腕。"别听他的。"我说,"他疯了,毫无理性。他什么都不能为你们做,如果你们不……"

"格丽尔,离开他。"佐尔坦保持着冷静,"我们一直以来都知道他是个无信仰者,现在他暴露得更加彻底。"

"什么?异教徒?就因为我不会奴颜婢膝?"我挣扎着站起来,扔掉空碗,但仍然抓着格丽尔的手腕。"你号称是先知,实际就是个下流坯,希洛。如果看到你,耶稣都会感到恶心的……"

"够了!"佐尔坦冲着我伸出一根爪子般的手指,"汝被诅咒!汝被驱除出教会!汝之躯体不再属于教会!"

"是啊,没错!"他身后出现了其他的普世救赎者,他们纷纷从帐篷里钻出来,被我们的声音吸引过来。"所以我被诅咒了,被驱逐出教会了,而你们永远都不能让我……"我停下来,摇了摇头,"但我有你没有的东西,希洛,此时此地,你离开我便一事无成。"

"什么?"

"我是唯一一个知道怎么翻过大山的人。"

他瞪着我说:"上帝会为我们指引道路。"

"也许我没有地图和指南针了,但我想你们也没有,我是唯一一个时刻关注我们要去什么地方的人,而你们只顾着唱圣歌。不仅如此，克拉克·汤普森还告诉了我如何找到'亚拉巴马号'的移民，而没有告诉你。所以，除非上帝拿出旅行计划，否则，伙计，你们就完蛋了。"

当然，我是在虚张声势，汤普森的指示并不确切。不仅如此，我还在赌，佐尔坦并没有从我身上偷走地图和指南针。我一整天都没看到他或是其他人拿出来过，这让我确信它们确实丢了。

"你说你想死在此地。"我孤注一掷了，继续说着，尽力跟他们说个清楚，"那很好……那能证明什么？如果没有人知道原因，那你们的死就一文不值……一文不值啊！伙计，这算什么神圣任务？"

格丽尔颤抖着要甩开我，我松了手，但她没走开。没有人说话，他们在寂静中等着他们的先知斥责这个异教徒，无信仰者，被诅咒的灵魂，此人居然敢挑战上帝选中的土狼星使者。

好半天，佐尔坦一语不发。他进退维谷，而且他心知肚明。"主用神秘的方式做事，"他最后说道，"你可以带领我们越过大山，本杰明。"

"谢谢你。"我松了口气，犹豫着说，"我给你们当向导，作为交换，我还想再要一件东西。"

"什么？"

"你的帐篷。而且你不能在里面。"我弯下腰收拾行李，"外面太冷了，我坚信，如果你跟他们分享一块地方，没有人会拒绝的。"

佐尔坦没有答话，他只是走到一旁。我抱着一大堆东西从他身边走过，没有理睬他那些追随者，径直走向他的帐篷。

然而等我回头看的时候，格丽尔并没有跟着我。她已经走到他的身边去了，他伸手搂着她。这一刻，我知道我失去她了。

我们花了两天时间爬肖山。本应该只花一天的，但山坡太陡了。无路可循，我们不得不自己找路，绕过花岗岩的岩架，越过坍塌的地方，沿着之字形路线爬上东坡。我们登得越高，天气就越寒冷，很快，我们的每一次呼吸都变得很痛苦。等我们越过树木线，那大约是上山路途的四分之三了，我们发现自己艰难地穿行在齐膝深的积雪里，有时候甚至得爬行。

每个人又冷又饿，极其虚弱。当我们停下来宿营时，并没有平坦的地方能搭帐篷，也没有干木头能生火。我们设法用平底锅在便携炉上融化雪水，把剩下的大米煮得半生不熟就吃了——在这样的高度，不可能把水烧开——但有几个人有高山反应，吃不下东西。没有谁的衣服是干的，有些人出现了严重的低温症迹象。我们在山上度过了寒冷的一晚，钻进睡袋挤在一起，风卷着雪扑打在我们身上，熊星闪耀在我们头顶，犹如一位愤怒的天神怒视着我们的眼睛。

等到早晨终于来临，大家发现克拉丽丝不在我们中间了。雷纳尔多在十英尺之外找到了她，夜里不知什么时候，她裹着睡袋滚下山坡，落到一处深深的积雪里。她还活着，但也只剩口气儿了。她的脸色苍白，嘴唇发紫，尽管我们想办法让她保持温暖，可她再也没恢复意识。乌玛星升到山顶的时候，克拉丽丝死了，地面太硬了，我们没法给她掘墓，也没人有力气扛她的尸体，我们唯一能做的就是用睡袋装好她的尸体，在上面堆几块石头。佐尔坦低声做了一番祈祷，然后我们继续往上爬，将她留在了身后。

我们在第二天下午晚些时候到达了山顶。风景太壮观了——几千英尺下是一条巨大的峡谷，周围环绕着吉利斯山脉，远远的东北方能看到邦斯泰尔火山那巨大的火山锥——但谁都没有兴致去欣赏。这时候，有几个人瘫倒在自己的行李上，或是相互靠着，他们的脚都冻麻木了，伊恩得了雪盲症，靠德克斯给他引路，其他人大都无精打采，语无伦次地嘟囔着什么。

雪上加霜，一团厚厚的云从东北方卷了过来，预示着一场暴风雪将要来袭。我们必须得尽快离开山顶。我还是假装认得路，其实我只是做了一番最可能的猜测，然后就带着队伍开始下东坡。

日暮后不久，我们就下到了树木线，但还是找不到任何能搭帐篷的地方。队伍里体格稍微健壮些的人用落在地上的树枝搭起了几个单面坡的棚子，把帐篷铺开盖在上面。没法生火，也没剩下什么吃的了，当第一片雪落下来的时候，我们就一起挤在棚子下面。夜里，就连熊星都遗弃了我们；天空一片黑暗，星星消失在横扫山岭的暴风雪中。

除非万不得已，没有人跟我说话。他们需要我带路，但也仅此而已，所有的兄弟情早就不复存在了。格丽尔也离我远远的，这伤我最深，因为尽管我对其他人都不在意了，可还是爱着她。但在这漫长的最后一夜里，尽管就睡在几英尺之外，她却仿佛远在天边。

破晓时分，雪还在下，棚子上的积雪足有一英尺厚。夜里又有三个人死了：鲍里斯和另两个我现在已经记不起名字的人。然而我们找不到下山的路，能见度不超过五英尺，队伍中大部分人都生了冻疮，患上了低温症。

这时候，真正的祸事来了。

"我们必须得吃东西。"佐尔坦说这话时，我正帮着雷纳尔多从棚子下面拖出那几具尸体。"如果不吃东西，我们就会死。"

"是啊，当然。肯定是这样。"我说。大雪之中我几乎都看不到他，他坐在一根原木上盯着我。"我知道有那么个地方，就在山底下，是个很棒的小餐厅。也就几英里远了。里面有高级的排骨。来吧，咱们走。"

这实在是个糟糕的笑话。可我还是这么说了。已经死了四个人了，毫无疑问，还会死更多。最有可能是伊恩，也可能是多莉娅，他俩都昏迷了，而我们也没什么办法能救他们。这时候，哪怕有一小把生米，听着都像是一顿盛宴。但当我望向佐尔坦的时候，我看到他正盯着那几具尸体，那眼神让我感觉很不舒服。

"把他们放在那儿吧。"他说着,指了指旁边的一个地方,"找几把刀子来。"他看着雷纳尔多,"看看你能不能找来干木头,我们需要生火。"

"你在说什么?"我低声道。

好半天,佐尔坦没有答话。最后他说:"我们需要吃东西。如果不吃,我们都得死。"

"你告诉过我说,上帝想让我们死。"我说道,"难道那不正是你的……"

这时候,他抬起目光,这一刻,我在他眼里看到了某种我以前从未见过的东西……

不。这么说不对。这种东西一直都在那里,我只是拒绝承认罢了,尽管我知道这是真实存在的。佐尔坦·希洛疯了。他一直都是个疯子。自从他的后背接上翅膀的那一刻起,他就疯了。然而,他把这件事用"预言"这个假面具隐藏了起来。

如果你身处绝境,为了活命,食人是可以接受的。为了延续生命,以前有不少人这么干过,而且那种时候他们大都并没有发疯。这种事很令人难以接受,却是很现实的选择:吃掉死人才能维持生命,要不你也得死。然而,在那一刻,看着佐尔坦的眼睛,我意识到这其实是他长久以来心里所想的事情。只要有机会,他宁愿品尝我的肉,而不是他的追随者。他不打算等到我冻死或是饿死了。这就是他让我留在队伍里的原因。我不给他我的血,因此他要吃掉我的身体。别问我是怎么知道的,我就是知道。

"好吧,"我说,"你是对的。应该这么干。"我转向雷纳尔多,"你去拿刀子来……我想是放在鲍里斯的包里。我去找些木头。"

雷纳尔多愣愣地点了点头。他已经开始糊涂了,在大雪之中回过身朝着最近的棚子艰难地走过去。我看着他走开,然后转身朝山坡下走去。

走了几步之后，我开始跑了起来。除了这身衣服和脚下蹬着的靴子之外，我身上再没什么别的东西了，没有行李，没有包袱，没有灯具，没有炉子。但是如果我回到放着那些东西的地方去，毫无疑问，我就再也别想出来了。

而且，我也失去了格丽尔。我逃命的时候，尽量把这件事儿甩在了脑后。

当听到佐尔坦喊我名字的时候，我都已经几乎逃出去了。我想继续跑，但有什么东西让我停住了脚，让我回头看去。佐尔坦仍然待在原地，他根本没动，根本没想来追我。那个蹲在大雪中的妖怪，他知道我在干什么。

"本杰明，"他说着，声音几乎都听不见了。"你相信吗？"

我想说点什么，但却没有开口。相反，我又开始跑。

我是怎么幸存下来的，我永远都不知道。按理说，我本该死在肖山上。我吃雪，吃树皮，钻到枯叶堆里睡觉，一直往山下跑，直到我发现了通向山底的路。

三天后，一支狩猎队在那里发现了我。如果佐尔坦在旁边，他可能会说是神意拯救了我。但在我看来，其实是恐惧，以及我撇在身后的一切救了我。

一位名叫冈田邦子的医生护理我直到康复。我左脚的两个脚趾生冻疮坏死了，她不得不为我做了切除手术。不过除了严重的营养不良，我还算得上是毫发无伤。我在她的照料下又过了一个星期，直到体力能支撑我下床，拄着拐杖蹒跚着在她的屋里走动。等到冈田邦子医生帮助我走到门廊上，我才发现这地方高悬在地面之上十五英尺。

最初那一批移民在一片古老的黑檀树林的树杈上建造了他们的新定居点，距离一条从吉利斯山脉流下的宽阔溪水不远。从冈田邦子医生的门廊前望出去，我看到了一个由树屋组成的村庄，房屋之间用索桥相互连通，森林的地面上遍布着牲口圈、砖窑、谷仓。我甚至看到了他们酿造熊闪酒的蒸馏器。毫无疑问，联盟还没有找到这地方，黑檀树林不止能保护他们免遭莽鸟之害，还能在太空轨道飞船的相机和红外探测器面前提供伪装。

等身体一好，我便同意去见见义军镇的市议会。

一走进房间，我就认出了他们的首领：罗伯特·E. 李，"亚拉巴马号"的前任舰长，就是偷走地球第一艘星际飞船，并带着一群异见知识分子来到新世界的那个人。他的胡须已经白了，这让他看起来跟他那位著名的祖先李将军越发神似，但他的这张脸显然是我小时候在历史课本上看到过的。李看到我时的那份惊讶不亚于我看到他时的惊讶，议会其他成员也是如此。尽管我并不是第一个想方设法找到义军镇的航天发射场难民，但我是唯一一个在冬季越过肖山的人。不止如此，很显然，我还是独自一人完成的，而且只有身上的这身衣服。

我对他们讲我的故事时有点费力，他们讲的那种英语已经是两百年前的形式了，盎格鲁语是他们最近才开始学的。等消除了语言障碍，我就跟他们说，他们只说对了一半，我不是独自一人上山的，但就我所知，没有其他幸存者了。李和其他人听着我的故事，等我讲完了，他们让我先行离开，他们要召开一次行政会议。

没过多长时间，我又被带回了会议室，李告诉我说，议会投票一致同意接受我成为他们镇的新成员。我当然也接受了邀请。

一个月之后，我能自己走路了。这时候正是早春时节，雪已经融了，再去攀登肖山也足够安全了。我的新工作是放羊，我请了几天假，召集了一支小小的队伍顺着东山坡登山。但我们进程缓慢，因为我不得不时常停下来让左脚歇一歇，还得尽量记起我来时的路。

不过搜寻了几天之后，我们还是找到了树木线下方的那个地方，就是我最后看到普世转化教会那些人的地方。

两个棚子，都已经快要塌了，旁边摆着一圈石头，那里曾经生过一堆火。火堆里，我们找到了烂掉的睡袋和背囊，扯碎的袍子和报废的灯具，还有几本《圣经》，褐色的书页在寒风中抖动。火堆的里里外外散落着烧焦的碎骨头，不远处，我们找到了一堆残缺的骨架，有些没了胳膊腿，有些头骨破碎，就好像是从后面被人用到处散落在地的棍子打的。

我没办法辨认那些残骸的身份。天气、动物、虫子已经弄得尸体面目全非，而我也不敢去细看。过了几分钟，我跪在地上哭了起来，直到一位同伴拉起我走开。

我肯定他们都没活下来。不可能再有人逃出大山，甚至格丽尔。就算是今天，她的命运也是我不敢去细想的。

然而……

在我的同伴们埋葬他们之前，仔细清点了一下人数。他们数出来一共二十七具尸体。不算克拉丽丝，她的尸体留在肖山另一面了，再除去我，少了两个人。而算上佐尔坦·希洛，离开航天发射场的普世救赎者一共是三十一人。我们没找到任何像是翅膀的东西，或是长着獠牙的头骨，或是手上长着像爪子一样的手指。

尽管如此，时至今日，那些冒险进入吉利斯山脉的人，还是会带回来很多故事，说在树林里隐隐约约看到朦胧的人影。有时候他们会瞥到一条身影，长着蝙蝠一样的翅膀；有时候他们又说那显然是个年轻的女子。这些可能只是故事，大山里神秘莫测，就像人迹罕至的荒原一样。

我不知道答案。但每天夜里，上床睡觉之前，我都要向上帝祈祷，希望我永远都不会知道答案。

- 3 -
加西亚峡谷大桥

土狼星五年,阿德那基尔月六十六日,亚纳尔日,初秋季节一个美丽的早晨。

这里是东分水岭,一道石灰岩山壁顺着新佛罗里达的东岸绵延不绝,将那片平坦的沼泽湿地与东峡河隔绝开来。水道另一侧就是中央大陆,这片赤道大陆跨越了土狼星子午线的北半圈,像这颗星球大部分地区一样,它基本上还未被勘探过,但这一切即将发生变化。曾经只是大片水域的地方,如今出现了一个奇异的物体,是这个世界上从未见过的东西。

一座桥。

这座桥将近两英里长,桥面的净宽度为一百一十英尺。这座桥基本上是用本地木材和石头建造的,事实上,唯一的金属构件就是粗大的钢制螺栓,用于连接黑檀木桁梁,构筑起六段桥拱架,这些桥拱架支撑着混凝土桥面。拱架和支撑拱架的桥塔坐落在巨大的石灰岩桥墩上,每两段拱架之间用铰合的方式架起一段桥身,桥身仿佛漂浮在水道上方一般。这座桥看起来很脆弱,但别被它的外表欺骗了:它的设计足以抵御冬季最猛烈的风暴，或是春季最汹涌的潮水，它撑得住诸如行人、大车、越野车之类的重量……如果必要的话，甚至连一支军队都能顺利通过。

不过此时此刻，这座桥空荡荡的。去年马基达尔月的时候大桥开工，自那时以来，这还是头一次，桥上空无一人。脚手架已经拆除了，一同消失的还有曾经围绕在桥塔底部、桥墩周围的那些临时沉箱；工人曾乘着竹筐，顺着桥塔之间长长的悬索来来去去，那些竹筐、悬索还挂在那里，但很快也会撤掉。大桥竣工了。现在只剩下一件事要做，就是开桥庆典。

大约有八百人聚集在河岸的崖壁之下。过去的一年里，在东分水岭的阴影下成长起一座小镇：宿舍、杂货店、库房、工棚……铺展在石灰岩采石场附近那一大片荒草地上，工人们在采石场凿下一块块石头用来建设桥塔。今天，桥镇却空无一人，所有人都走上了那条从分水岭中间炸开的新路，现在他们从那里眺望着峡谷，望着中央大陆台地顶上的那一小簇人群：那是森林营地的工人，他们砍伐黑檀树，再加工成巨大的桁梁，用来建造桥拱架、支撑桥塔。

超过一千四百名男男女女辛苦劳作了近七个月，如果按着地球公历算法，几乎相当于两年了。他们为这座桥付出的不只是汗水和体力，还有鲜血：有七个人在建造事故中丧生，有的是从桥塔上跌落，有的是在河道里溺亡。但今天不是为了哀悼，而是为了庆祝。红色、蓝色的角旗从桁架上垂下，野花编织的花环缠绕在栏杆上。在桥镇的食堂里，摆好了一排排长桌，宰杀了几十只鸡、几十口猪，午间的宴会准备就绪，大车从航天发射场运来一桶桶马唐草啤酒，就等着开封了。食堂外面搭建起了一个小小的舞台，土狼星管乐队将在此表演一支交响曲，是阿莱格拉·迪塞尔维奥特意为这场盛事创作的。不远处已经清理出一片场地，用来进行垒球比赛。人群熙熙攘攘，急切地等着庆典仪式结束，好让他们能开始那场期待已久的盛大派对。

一小队有头有脸的人物站在桥头。移民地政府管理者——女统领路易莎·埃尔南德斯，她是一个身材粗壮的女人，披着紫色的织锦斗篷，兜帽耷在后面。副总督——博学者曼纽尔·卡斯特罗，他那身黑色的长袍遮住了那张骷髅般的脸和金属构架的身体。克里斯·莱文——总监察官，他是乘坐第一艘星际飞船"亚拉巴马号"来到大熊座47星系的最初那批移民之一，他的眼睛到处扫视，好像在寻找可能出现的危险。各个行会的头领，他们的成员都应征参加建筑工作，其中不少人有些微醺，因为上桥之前已经品尝过一些啤酒。

在他们中间，有一条沉静的身影，身材单薄，微微有点驼背，那张瘦削的脸上留着花白的大胡子。虽然天气暖和，他还是穿着一件旧礼服大衣，金丝边眼镜后面是一双浅褐色的眼睛，犹如猫头鹰一般望着远方。

詹姆斯·阿隆佐·加西亚，是加西亚峡谷大桥的建筑师和总工程师。他并不是那种想要领导这种具有历史意义事件的人，他更想把自己看作一个诗人，而并非工程师。换句话说，物理是他的诗体，数学是他的韵律。对他来说，被赋予了他名字的这座大桥，就是一首描述重力与支撑力、张力与压力的诗，一首优雅的十四行诗，其对句用方程式予以表达。也许在其他人的眼里，这座桥是一座建筑，可对他来说，它是一首只有他自己才能听到的歌。

这是他的杰作。不过他恨它。

桥头拉起了一条红丝带，中间还打着一个大大的蝴蝶结。詹姆斯·加西亚——还在地球的时候，那可是一辈子以前的事了，曾经被人叫作"疯狂吉米"——他低头看了看，轻轻捏了捏左手大拇指，指甲上显示出数字：1329：47：03。差不多正午时分了。他应该在这时候发表演讲的，说几句场面话，表达他对于这件大事的想法。演讲这种事情可不符合他的性格——面对这样的场合他总是很害羞，说不出话——然而现在他的左耳下就挂着一支麦克风，连着音响系统，他说的每一个字都会被所有人听到。大家都在等着他，但他延误了，耽搁了这场庆典。

越过河道，有那么一瞬间，他看见一道闪光。一次、两次、三次，就在中央大陆台地一块突出的岩石上，正好就在大桥东端下方。加西亚抬起一只手，好像是要遮挡一下阳光。那团闪光又亮了两次，然后不见了。

他转向站在身边的那个女人，稍微点了点头。女统领一笑，转向博学者卡斯特罗。那双红宝石般的眼睛对上他的视线，然后袍子下面伸出一只金属手爪，递过一把剪刀，它为了剪彩仪式还特意被涂成了金色。

加西亚接过剪刀，迈步走向丝带。看到这个场面，附近的围观者爆发出一阵欢呼，过了一会儿，河对岸的人群也应和着欢呼起来。加西亚淹没在一片鼓掌喝彩声中。不管怎么说，这是他的时刻，如果没有他，这一切都不可能存在。

他举起剪刀，撑开虎口的时候，他的双手都在颤抖。他很想一剪刀下去剪断那条丝带就结束了。但是，不，有些话必须得说，这是历史性的事件，历史必须得到尊重。

于是，他开口了⋯⋯

为了对詹姆斯・阿隆佐・加西亚那天说的话有较为恰当的理解，以及他为什么要那么说，我们必须回顾一下。并不需要回到土狼星移民的开端——那个故事已经在别的地方讲过了——而是回顾最初的定居者消失之后，从地球来的下一波移民的事情。那能解释为什么要建造一座跨越东峡河的桥，以及为什么是"疯狂吉米"来建造它。

西联星舰"辉煌命运号"不期而至之后不久，也就是"亚拉巴马号"的人遗弃他们最初的定居点并逃离新佛罗里达的时候，他们用本地的原材料造了大船、小艇、独木舟当作交通工具。依靠土狼星二年蒙特罗探险队发现的路线，他们沿沙溪顺流而下，直抵夏皮罗山口，一路穿过东分水岭，到达东峡河。等到路易莎·埃尔南德斯带领一小队联盟卫队士兵进驻自由镇的时候，那些居民已经过了水道，消失在中央大陆的荒野之中，再也没人见过他们了。

西半球联盟一接管新佛罗里达，女统领的心思就放在了追踪"亚拉巴马号"人员这件事上。可不管她多费心思，那群人的下落始终是个谜，尽管土狼星的每一平方英里土地都在太空轨道监测之下，可这颗星球的其他任何地方都没有人类定居的迹象。远距离探测器探测不到无线电信号，太空穿梭机实施的低空飞行行动也一无所获。

博学者卡斯特罗怀疑那些移民在中央大陆的某处建立了新的定居点，他提议派出一支军事探险队进入毗邻的那片大陆。然而，女统领否决了。她的首要目标已经达成，所以也就没有什么真正的理由去追踪他们。她现在最关心的事情是确保"辉煌命运号"上的一千人生存下去。由于自由镇地方太小，没法给他们所有人盖房子，于是就在着陆场不远的土地上建起了第二座镇子。他们在土狼星度过第一个漫长的冬季时，大部分移民都不得不住在帐篷里，靠着从地球带来的微薄的配给糊口，士气低落，少得可怜的联盟卫队士兵也就勉强能维持一下秩序。因此，埃尔南德斯不想抽调任何部队人员外出，那些消失的移民所在的位置也就一直是个谜，至少眼下如此。

随着时光流逝，女统领开始意识到，她的麻烦才刚刚开始。在接下来的一年半里，这是按着勒马尔历法计算，又有三艘飞船抵达——"新边疆号""远航号""壮丽航行号"——每一艘都给新佛罗里达送来了一千名移民，然后三艘飞船又返回地球。大多数人并不适合外星移民生活，尽管绝大部分人都是通过公共彩票抽奖得到的席位，甚至还有不少人是通过贿赂上了船，另外有件事也不是什么秘密，有些人是政治流亡者或是潜在的罪犯。航天发射场不断扩大，很快就变成了由各种行会、团体、帮派统治的贫民窟。新来的人被安排去集体农场干活,然而过了一段时间之后,即便是女统领自己也不得不承认——尽管只是跟她最心腹的助手曼纽尔·卡斯特罗聊天——社会集体主义并不适合新世界的建设。

有一个事实让情况进一步恶化——新佛罗里达是一片草原,一片辽阔的草地和沼泽地,只有零星几片树林能提供木材来建造房屋。一年之内,附近地区所有的黑檀木和赝桦都被放倒了,尽管从地球成功引入了日本竹子并用于建造住宅,但它并不适合土狼星漫长的冬季。显然,他们必须从别的地方寻找当地资源。

于是女统领的目光投向了中央大陆。不仅是因为它比西方的大达科他岛更近、更便于进入,还因为它那片低地覆盖着茂密的雨林。沿吉利斯山脉的地质考察表明,群山之中蕴藏着可观的铁、钛、铜,甚至金银,都是新佛罗里达稀有的金属矿藏。中央大陆是一片处女地,等待着被征服。

他们需要的就是一条通向那里的路。

东峡河是个障碍。从太空轨道上观察,它看起来像是一条普通的河,可是在蒙特罗三角洲,就是水道汇入大赤道河的那个地方,你才能意识到它足有五十英里宽。不止如此,只有四条山口穿过东分水岭,从哪一条通航都不容易,山口峡谷都是水流在坚硬的石灰岩上慢慢切割出来的,人们只能在冬末春初时节过去,那个时候,由于融雪,潮水大涨……但即便是那个时候,也只能有去无回,因为水流太猛了,无法回头。

一群不满现状的人厌倦了航天发射场的生活,在门罗山口附近建立了一座小小的定居点,修了一个能把人送去中央大陆的渡口,其中包括一队邪教教徒,女统领很高兴他们离开了。然而,汤普森渡口对她的目标来说还不够,她需要更切实可靠的过河手段,而且要牢牢处于联军控制之下,那样她才能派出伐木队和采矿队去中央大陆,带回木材和矿石。事情明摆着,船只得看天气和季节的脸色,飞行器的负载有限,而且在环境恶劣的地区无法降落。

显然,她需要一座桥。这时候,她找到詹姆斯·阿隆佐·加西亚来帮忙。

2246年,海洋采矿业发展到了一定程度,大洋空间责任有限公司决定在佛罗里达州沿海的大西洋大陆架建造一个永久定居点,这样成本上更划算。那个时候,唯一成功的深海居住点也不过是个小小的安置点,只能同时供不超过五十人在里面生活;大洋空间公司想在海面三百英尺以下的地方建造一座小城市,能够为超过一千人提供穿着衬衫就能生活的环境。不止如此,还要让它内部能够承受一个大气压,使人们可以呼吸氧–氮混合气,而不是氧–氦混合气[1]。整个城市还得十分舒适,不用住集体宿舍或是拥挤的公寓,而是让人们拥有独立的生活住所和宽敞的步行购物街,甚至有全息剧院和小型高尔夫球场,此外,居民们还要完全实现自给自足。

没几个人认为这事儿可行。很多人断言这样的定居点到头来只能是一场灾难,他们绘制图表,进行模拟,画饼状分析图来阐述观点。然而六年以后,"宝瓶号"敞开了气闸,迎接潜水艇送来的第一批居民。尽管有着灾难性的预言,可那些碳纳米管制成的圆顶从未在水压之下坍塌,它的热液动力系统也一直运行正常,开放式生命支持系统也从未出过问题。

实现这个奇迹的建筑师就是詹姆斯·阿隆佐·加西亚。"宝瓶号"完工时他三十一岁,然而他从未造访过他的作品——他晕船。

---

1. 地球表面大气压力是一个大气压,空气是以氧–氮混合为主。深海之下,每增加十米深度,压力就增加一个大气压,在高压环境里,如果空气中含有氮气,氮气会溶解在血液里,浮出海面的过程中会在血液中产生大量气泡,极易致死。因此深海高压环境通常呼吸氧–氦混合气。然而,深海舱的内部空间如果保持一个大气压力,那么同时外壳和本体结构要承受高压,这是工程技术的难题。

2253年，火星移民地需要一种高效的手段跨越水手峡谷。那之前，要想跨过那道巨大的裂谷，唯一的方式就是乘坐飞艇。半刚性的飞艇只能承载少得可怜的乘客，装载有限的货物，还颇受火星天气状况影响。必须找到一种解决方法。

2258年战神日，官方宣布跨越诺克提斯迷宫的爱丽丝·B.斯坦利大桥正式在火星上落成。长度超过十英里，一系列五百英尺高的双塔型桥塔支撑起斜拉索公路桥，悬挂在近一英里的深渊上空。这座桥之宏伟，甚至能在低轨道用肉眼看到。又一次，无数预言说这座桥会在第一场大沙尘暴或是地震中毁掉，然而斯坦利大桥在大自然施加的各种灾难中屹立不倒。

它的设计者，三十七岁的工程师詹姆斯·阿隆佐·加西亚，是在佐治亚州雅典城的家里通过全息传送画面参加的开桥仪式。他声称是流感让他没法前往火星，然而参与这项工程的每一个人都知道，只要一想到要离开地面，他就绝对无法忍受。

"疯狂吉米"这个外号，可不是随随便便得来的。人们对于城市工程师总有一个刻板的印象——肩宽背厚，一只手里拿着一张蓝图，另一只手里拿着量角器。加西亚可不是这么个形象：那张十分瘦削的脸犹如苦行僧，看上去更像是罗伯特·布朗宁，而不是罗伯特·摩西[1]。那些跟他有私交的人——这类人不是很多，非常小的一个圈子——往往用两个词来描绘他：天才和疯子。他二十一岁毕业于佐治亚大学，拥有物理学博士学位。工作后他很少离开家门，出行也只乘坐磁悬浮列车。他总是穿着一身黑衣裤，他最喜欢的衣服是一件他在爷爷阁楼里发现的礼服大衣。他每天的睡觉时间不超过五个小时。他对女人没什么明显的兴趣，唯一的风流韵事就是二十三岁的时候，

---

1. 罗伯特·布朗宁（1812—1889），英国诗人、剧作家。罗伯特·摩西（1888—1981），美国著名建筑师、城市规划师，对纽约市的城市建设贡献巨大。

在一次家庭聚会上碰到了十七岁的远房表妹，当她对他的求婚嗤之以鼻之后，他彻底崩溃了。尽管他自称是无神论者，可跟他最亲近的人都知道，他相信转世，他相信自己的前世曾经是一条狗。

然而，没有人能否认加西亚无与伦比的才华，尽管他不问世事。他能用诗一般的语言感知复杂的工程问题，对于他来说，一个方程式就是一个对句，一个算法就是一段韵文。"宝瓶号"是用数学术语对埃德加·爱伦·坡那部《海底之城》的致敬，斯坦利大桥是将圆周率作为一种有形的物质进行的思考。这些东西，还有其他作品——他为朋友们精心设计的家居住房、似乎违反重力法则的摩天大厦、偶尔作为消遣设计的公共纪念馆——都展现着他的天赋。

尽管他是天生的完美主义者，可他远远无法让自己变得完美。加西亚对于那些跟不上他节奏的人没什么耐心。很多微不足道的原因都是他解雇助手的理由，比如感觉助手的工作耽误了几分钟。有一次，他撤出了一个他已经忙活了好几年的项目，只是因为委托人不怎么欣赏他为前门设计的遮阳棚。很多同事都认为他傲慢自大，只有极少数人清楚，他那种乖僻的举止其实源自内心深处的不安全感。虽然是个天才，可加西亚是个孤独的人，除了建筑，他无法用任何有意义的方式跟这个世界进行交流。

甚至到了现在，历史学家对于加西亚迁居到土狼星的缘由也没有一致的看法。当然不是为了冒险，说一千道一万，他终究是个遁世者。有人推测，他是在建成斯坦利大桥之后想要寻觅另一个外星挑战。如果是这样的话，那他为什么要远行四十六光年，把他所熟悉的一切都抛在脑后？建筑评论家乔纳斯·奈克耐尔相信，可能是他拒绝为西半球联盟在哈瓦那设计新政府中心之后，对于无产阶级联盟失去了热情。有一种论断有据可查，说加西亚很不喜欢社会集体主义，这种体制不允许他多挣钱——就像他为欧洲和太平洋联合体做项目时那么多。或者呢，也许像有的人推测的那样，加西亚跟那些在他之前去往土狼星的人一样，只是到了人生的某个节点，想要有一个新的开始。

其实真正的原因很简单：他没得选。无产阶级联盟意识到土狼星迟早会需要建筑大师，需要那么个能对付最困难的工程问题的人。只有一个人符合这样的条件，于是他就被拉了壮丁。如果有人提前警告加西亚，他可能会逃离联盟。就像西半球联盟许多有钱人那样，他早就把自己的私人财产存在了瑞士银行，联盟也有意睁一只眼闭一只眼，只要他缴税并且不在公众面前炫富就行。集体主义理论有一个信条，个人应该为了更伟大的社会利益有意识地做出牺牲，所以当无产阶级联盟认定土狼星需要詹姆斯·阿隆佐·加西亚的天赋时，有一天早上他一醒来，就发现自己所有渠道的信用资产都被冻结了，他的旅行许可被拒绝，他的联络人不再接电话，然后一位统领大人和两名监察官等候在他的办公室，带着一份他不能拒绝的提议。

就这样，在土狼星五年巴其尔月六日，詹姆斯·阿隆佐·加西亚走下了联盟太空穿梭机的舷梯。乘坐"壮丽航行号"同行的还有数百位移民，都在生物停滞中度过了四十八年航程，可随后的日子加西亚跟他们就完全不一样了，他从没在航天发射场忍受过一个寒冷的夜晚。他在土狼星落足的那一刻，监察官就将他请上了一辆早已等候多时的车，迅速将他带到自由镇，在镇子中心为他安置了一座三室的原木屋。那天夜里，他拆行李的时候，加西亚迎接了第一批访客：路易莎·埃尔南德斯和曼纽尔·卡斯特罗。他们亲自为他送来晚饭，联盟卫队的一名士兵在外面站岗，他们三人进行了一场会晤。会议只进行了一个小时，他们离开之后，加西亚站在新房子的门廊上，静静地望着熊星在夜空中升起。

加西亚的待遇远远高于普通移民。行李重量限制对他一律作废，他的电脑、书籍，甚至古董绘图板都从地球运来了。当他显然需要一件更暖和的外套，而不是那件礼服大衣的时候，他得到了一件裘皮大衣（他只在最冷的日子里穿）。他不在社区会堂吃饭，而是在自己家里用餐。不论何时他需要任何东西——平板电脑、新床单和毯子、咖啡壶、新靴子——都是有求必应。跟生活在航天发射场水深火热的几千人相比，加西亚活得简直就像一位王子……而需要他回报的就是把他的天赋用于移民地。

他的处境并非无法忍受。地球上也没有什么人是他离不开的。他的房子相对来说挺原始，可住着也还舒适。所以他就开始着手女统领布置给他的第一项工作，给航天发射场做一个总体规划，以缓解定居点人口过剩的问题。他只花了六星期时间就设计出了一个以圆形街道为依托的邻里社区布局，有完整的排水系统，有商业区、学校和公共活动场所，若干道路通往自由镇、附近的农场和着陆场。尽管这东西连大学一年级的学生都做得来，可当他把这个呈给女统领的时候，她将他赞为天才。

也就是这个时候，她告诉他，她需要一座大桥。

从一开始，加西亚就知道建造一座跨越东峡河的大桥要比看上去困难得多。世上没有两座一样的桥，不管它们表面上看着有多相似，每一座桥都有其独一无二的挑战性，虽然斯坦利大桥是有史以来最大的桥梁之一，可加西亚很快就意识到，这座新桥将会让他的创造性伸展到新的境界。

马基达尔月过半的时候，也就是冬季最后一个月，加西亚加入一支四人勘探队，沿着沙溪去勘察河道和东分水岭。这位建筑师从不旅行，这次他实在是勉为其难才加入队伍的，然而他知道，他必须得亲眼看看那条水道，而不只是依靠别人做的报告。

勘探队的另一位成员是克里斯·莱文，总监察官。莱文是勘探队领队的不二人员，不止是因为他设计并建造了这支队伍乘坐的单桅龙骨船"亨茨维尔女士号"，还因为他三年前参加过那支屡遭意外的蒙特罗探险队,当时他们跨越了东分水岭。

沙溪水势仍然很高,这条船穿过夏皮罗山口时没遇到什么困难。等他们抵达东峡河,勘探队便转头向北,又花了几天时间勘察夏皮罗山口和汤普森渡口之间绵延七十英里的地带。这是一次缓慢而又艰难的航行,水流顶着他们,让航行处处受阻,加西亚时常晕船,还要尽量忍受船上的其他人。在水道上走了两天之后,加西亚便选择彻底离开这条船了。莱文和他的大副,联盟卫队的邦·考特兹中尉驾船先行,加西亚和地质学家弗雷德里克·拉洛克斯在高耸入云的东分水岭岩壁脚下,顺着河滩徒步而行,一路追随"亨茨维尔女士号",夜里船靠岸的时候便汇合一处。

这是个聪明的决定,因为这让加西亚和拉洛克斯有机会更近距离地勘察岩壁。正如加西亚猜想的那样,东分水岭大都是多孔的石灰岩,不适于支撑大型建筑。然而许多地方的石灰岩都遭受了侵蚀,暴露出底下不透水的页岩。很巧,就在夏皮罗山口和汤普森渡口中间,也就是东峡河最狭窄的地方,挺立着一面符合他们需要的花岗岩壁。

莱文在他的地图上将这里标记为峡谷,它宽度略小于两英里,从河滩上很容易就能看到中央大陆台地。勘探队在西岸扎了营,又花了几天时间勘察水道两侧的地貌,用深孔钻提取岩心样本,用声呐测量水深。这道峡谷最中间的地方大约有一百英尺深,但在一些地方,河床底部抬升到水面下四十英尺以内。水下探测表明,河底淤泥之下几英尺就是坚硬的岩床。加西亚爬上东分水岭的山顶,架起经纬仪,花了一天时间通过观测镜察看水道的东岸,第二天又从中央大陆台地重复这个过程,与此同时,邦·考特兹帮他拿着地质测量塔尺,站在两英里外。

在东峡河扬帆航行了八天之后,"亨茨维尔女士号"到了汤普森渡口,从峡谷到这里要逆流而上三十八英里。莱文、考特兹和拉洛克斯享受到了克拉克·汤普森的殷勤款待,洗了一个奢华的热水澡,饱餐了莫莉阿姨摆在他们面前的每一道美食。他们热情洋溢地讲着自己这一路的发现，汤普森饶有兴致地听着他们说起要修建一座跨越峡谷的大桥的计划。而离群索居的加西亚离这一切远远的，他把自己锁在镇中心大屋的一间贮藏室里，在桌子上摊开地图、图表和笔记本，一门心思工作着。他睡在光秃秃的木地板上，只是在莫莉·汤普森坚持说他需要吃东西的时候才吃顿饭。

"亨茨维尔女士号"到渡口两天之后，克拉克·汤普森和他侄子加斯去钓鱼。考特兹和拉洛克斯对这事儿没怎么在意，但莱文从屋里看着他们的小艇直奔中央大陆而去。过了好几个小时，日落时分他们才回来，这一天显然不是钓鱼的好日子，因为他俩什么都没钓回来。总监察官还注意到一件事，他们的饵料盒显然没动过，但他很谨慎，什么都没说。

第二天一早，加西亚从贮藏室里出来了，面容憔悴，两眼通红，胳膊下面夹着几卷纸，喉咙嘶哑着说要赶紧返回自由镇。他的大桥出现了，不过还只存在于图纸上和他的脑海里。

他需要把它建造出来。

詹姆斯·加西亚没有任何妄想。既然新佛罗里达没有铁矿，而中央大陆的铁矿尚无法开采，那大桥就必须几乎完全用木头和石头建造了。没有钢缆，他便排除了任何类型的悬索桥。由于水道相对较浅，水流也就较为湍急，因此桥塔就必须得在水位最浅的时候建造，也就是春末到夏季。而且，由于他手头没有任何在地球或是火星做工程时能用的重型机械——塔吊、挖掘机、推土机，这些在土狼星一概没有——于是只能依靠双手、高爆炸药、便携式发电机、工人的肌肉来干这些土石方的活儿了。简而言之，两英里长的大桥要在很原始的条件下，只能用本地原材料，在短时间内建好。

这才是疯狂吉米的工程。他没法儿更开心了，这正是他梦寐以求的那种挑战。

当加西亚把他的计划拿给路易莎·埃尔南德斯看后，女统领很快就批准了这项计划。确实，他很意外，她居然如此乐观地接受了这么多困难；她似乎并不是很在意这座大桥要消耗移民地多少资源，不论人力还是物力。她说："不管你需要什么，你都能得到。"

能这样尽情调用资源，应该是每位工程师的梦想，但加西亚很快就明白了，其实不然。

几天后，女统领在自由镇举行了一场公众大会。社区会堂挤满了人，还有好几百名移民站在外面，埃尔南德斯的手下位列两旁，克里斯·莱文站在一侧，曼纽尔·卡斯特罗在另一侧。她宣布，要在东峡河架设一座通往中央大陆的大桥，工程即刻开始。她继续说，这座大桥将会是未来一年里移民地的首要大事，本着社会集体主义精神，她希望每一个身体强健的人都献出自己的力量。

很快，女统领的意思就很清楚了，她可不是贴张招工告示找志愿者。接下来的两星期，监察官彻底梳理了航天发射场，确认了每一名十八岁以上的男男女女，对照记录核查他们的用工状态。每一个不在农场干活的人，或是没有做其他重要工作的人，都被强制征召进工程建设项目。没有例外，不得延误。每当有人想拒绝，就会立刻得到通知说他们的配给卡会被作废，那意味着不允许他们去社区会堂吃饭了。刀具行会企图进行罢工，女统领随即逮捕了他们的首领，让联盟卫队拆了他们的营地，没收并查扣了他们所有的东西。眼看着航天发射场规模最大、最有力量的团体都落得这个下场，其他行会也就乖乖听从调遣了。

加西亚义愤填膺，但当他告诉女统领，自己要的是技术工人，不是奴隶劳工时，她答复说，不是这样，每个人都会得到报酬，用高额的积分计算，可以在自由镇的商店购买物品（有件事没有明说，这些店铺都被移民地政府征用了，这也就意味着工人所得到的报酬有相当比例会直接回到联盟手中。）然后她指出，航天发射场的大部分人都没有活儿干，整天除了坐在那儿等活儿之外，基本什么都不做。大桥会让他们改掉懒散的坏毛病，让他们的生活有个目标。这是集体主义理论的本质：个人的努力会为社会整体带来更为巨大的利益。为什么他就不相信社会集体主义？

加西亚抱怨了几句，便又回到了自己的图板上。

由于峡谷距离自由镇六十英里，首要的任务之一就是修一条通向东分水岭的道路。三十人花了两周时间徒步穿过草地，烧掉沿途沼泽湿地的草和蜘蛛灌木，修筑跨越沼泽地的栈道。这一路上的黑檀树和赝桦很少，是新佛罗里达区域内仅剩的一些了。它们被砍倒，装上大车，沿着直通工地的路运走，后来这条路被称为沼泽大道。东分水岭脚下开始出现一座新的定居点——营房、厕所、食堂、仓库、手工品商店。

没多久，航天发射场就变得空荡荡了，因为男男女女都重新在河边安了家。每一天，桥镇都会扩张一点，航天发射场都会缩小一点。

这一切进行的时候，水道上修起了一座新渡口。克里斯·莱文暂且放下了总监察官的职位，去督造一支工程驳船的船队。另一伙人在邦·考特兹的率领下，去河对岸的中央大陆台地建立伐木营地和木材加工厂，还修出了几条道路通往几英里外的雨林。森林营地比桥镇要小，但同样忙碌。只有体格最结实的男女能住在那边，他们不会在意手里扎进木刺，或是在漫长的夜晚挤在烟熏火燎的火堆边。确实，很多人宁肯来这儿受点苦，至少他们远离了航天发射场，只要无视在附近徘徊的那些全副武装的士兵，其实也还算挺自由的。

这期间，加西亚一直待在自由镇。他在自己的屋子里做设计，修改蓝图，每天通过卫星电话听取工头的汇报。每隔几天，他就会小心翼翼地爬上一架旋翼机，由一名卫队士兵驾驶着去看一看工地。他还是不喜欢飞行，但这是他能在短时间内去峡谷的唯一方式。那时候见过他的人都记得那个穿着礼服大衣的小个子身影,他的手背在身后,静静地走过一堆堆木材,听队长做介绍,那些人的名字他常常忘记,偶尔,他会停下来在平板电脑上做些记录。

他很少开口,因此没有人知道他脑子里在想什么。

加西亚并不是唯一一个静静地观察着这一切的人。森林营地的活动引起了另一些人的注意,他们对峡谷有着既定权利。

就在马基达尔月,克拉克·汤普森和他侄子去钓鱼的那天,其实并没有去河口下钩。他们划过水道之后,老汤普森就撇下加斯和小船,自己徒步上了直通中央大陆台地最高处的一条窄窄的小路。有个小伙子在等他,他只知道他叫瑞吉尔·肯特,前两天,没人注意的时候,克拉克简短地打了一通卫星电话让他过来。两人进行了短暂的谈话,然后,瑞吉尔·肯特便又消失在了树林里。

瑞吉尔·肯特是卡洛斯·蒙特罗的化名,他是"亚拉巴马号"上的移民。过去两年来,他时不时发起对抗联盟的游击战,并且已经两次率领突击队跨过水道——第一次从自由镇偷了许多军火,第二次炸了太空穿梭机。尽管这样的成就仍然不足挂齿,可卡洛斯的目标就是迫使联盟离开新佛罗里达,就算他不能把新来的人送回地球,至少有可能让其交出自由镇,他和他的追随者认为那是属于他们的财产,是新来的人从他们手中窃取的。

跟克拉克·汤普森会面之后,卡洛斯返回义军镇,这个定居点深藏在肖山另一面的一条河谷里,女统领还找不到那里。那天夜里,他向镇议会做了报告。跟每一个人一样,罗伯特·李——他当初是"亚拉巴马号"的指挥官,这时已经被选为义军镇的镇长——得知路易莎·埃尔南德斯打算在东峡河上建一座大桥后,表现得十分忧心忡忡。到目前为止,李只是很勉强地支持抵抗行动,他相信,如果他的人在中央大陆深藏不露,那联盟会任由其便。然而事态已经很明显,女统领想要得到中央大陆,就像得到新佛罗里达一样。一旦大桥建成,联盟部队入侵中央大陆就只是个时间问题了。

几位议会成员赞成在大桥落成之前摧毁大桥,然而李并不想做任何可能害死或是伤害工程人员的事情。几个新来的人是自行寻路翻过吉利斯山脉抵达义军镇的,李从他们那里获知,关于在土狼星的生活,联盟误导了移民。如果瑞吉尔·肯特攻击大桥,那无辜的生命就会遭殃,李知道,那只会惹得那些原本对他们抱有同情心的移民反过来跟他们作对。在自由斗士和恐怖分子之间有一条明确的界线,李不愿越过这条线。

然而,卡洛斯还有另一个主意。根据克拉克·汤普森告诉他的情况来看,显然大桥的建筑师跟女统领并不是一路人。如果真是这样,那他们就有可能跟他碰碰头,也许能让他认识到自己做得不对,从而说服他。如果他们能这么做,也许就有办法让大桥为他们服务……

议会听取了他的看法,李予以首肯。李告诉卡洛斯,让他试试联系加西亚,也许能通过他做些事情。

这就是瑞吉尔·肯特之后要干的事情。

到了安比尔月中旬,春季的第二个月,第一阶段工程按部就班地进行着。

这时候,春季的潮水落了下去,正好让他们可以开始建造那八个不透水的沉箱。这些沉箱是用粗大、结实、剥了皮的原木做的,都是在中央大陆采伐,从森林营地用驳船拖到峡谷,到了地方,就把这些沉箱排成一行,竖直沉入水中,一路跨过水道,每个之间距离四分之一英里。等把水从沉箱里抽出去之后,泥瓦匠就下到竖井里面开始建造用于支撑桥塔的永久性沉箱。在新佛罗里达这侧,桥镇附近的采石场开采出大块的石灰岩,用驳船运送到沉箱,用手动曲柄式起重机把它们缓缓放到空的竖井当中去。等到永久性沉箱完工了,就用桥镇送来的混凝土进行填充，形成支撑桥塔的桥墩。

  与此同时，森林营地的木材厂工人忙着储备用于桁架的木梁。要十分注意让每一根木梁都按照图纸说明进行精确地切割；做完之后，盖上防水帆布，防止日晒雨淋导致变形。这一切进行的时候，一支爆破队使用塑胶炸药在东分水岭和中央大陆台地炸开道路，为两岸都提供了到达峡谷的便捷通道。

  到这个时候，詹姆斯·加西亚再留在自由镇就不切实际了。尽管他找到了个可靠的工头——克朗·纽沃尔，一名城市规划师，碰巧，他在决定移民土狼星之前为斯坦利大桥工程做监理工作——可还是有太多细节必须得他亲自查看。于是，等到桥镇为他建起一栋单室的小屋之后，他立马收拾好自己的东西搬到那儿去了。

  加西亚很快就发现，他不再拥有自由镇那种独居的特权了。由于这里没有人给他送饭，他不得不去食堂吃饭，跟那群浑身臭汗、一身是土的工人坐在一起。空气中弥漫着采石场的石灰石粉尘，他只要一出门就得用湿手帕捂着脸。夜里，他趴在绘图板上忙，思绪时常被附近宿舍那些男男女女的欢声笑语打断。除了克朗，桥镇没有人让他觉得舒服。工人们对他始终都不友好，对他愤恨不已，仿佛他就是他们苦难的根源。

  这儿的苦难倒是真不少。因为女统领不信任任何人的工作，她在桥镇和森林营地都安排了联盟卫队的士兵，以防有人开小差逃进荒原。很自然的，没过多久，有些士兵就扮演起了监工的角色。如果发现工人在规定的休息时间以外休息，夜里就把他们关进号子，不给食物和水。一天夜里，在加西亚的小屋，克朗告诉他说，今天早些时候，他发现有三个卫兵在食堂的厨房里围着一个年轻姑娘，他的及时到来才让她免受欺负。几天后，二号桥塔上的一个工人从临时沉箱顶部跌落下去，要是有人赶紧下水，那他可能还有救，但那个卫兵就站在附近的驳船上看着，认为那人能自己游回来，并让大家都继续工作。水流很急，那个工人被卷进激流，淹死了。后来，他的尸体被冲到了下游几英里之外的岸上。

这些事故，以及类似的事情，让加西亚开了眼。过去，他总是能让自己跟他的工程保持一定的距离，他的手一直都干干净净的，他的心思完全聚焦在物理学离散的诗意上，聚焦在数学隐含的音乐当中。然而，在土狼星，可没什么空间留给那样的奢华享受，只有一天比一天更残酷的日子，亲眼看着这些男人和女人被他的梦想慢慢碾压着。他们建造的东西当中蕴含着美，没错，但那种美被他们所遭受的一切染上了污渍……随着日子一天天过去，詹姆斯·加西亚察觉到了他的杰作渐渐凝结出来的那种畸态。

尽管他向路易莎·埃尔南德斯表示抗议，说他的工人都在受到虐待，可她充耳不闻，说如果要赶在冬季来临之前让大桥完工，就需要维持纪律。他试着跟曼纽尔·卡斯特罗谈论此事，但博学者隔绝于一切人类感情之外，在他的玻璃眼珠中，加西亚只能看到自己扭曲的倒影。克里斯·莱文稍许能理解一点，但他坚持说自己做不了什么，他的工作是确保他造的驳船别沉。这一切造成了一个后果，就是加西亚本人什么都得管……即便这样，到了一定的界线之上，他的权力也不复存在。女统领只想让他做他之前一直做的事情，可现在他发现，他无法再像以前那样做了。

绝望之中，加西亚决定搬到对岸去。森林营地没有他的私人小屋，但这不要紧，他调用了一顶帐篷，把它立在尽可能远离木厂和营房的地方。就这样，在安比尔月九十一日，春季第二个月的最后一天，一艘龙骨式小船渡过东峡河运来了他的绘图板、计算机和书籍。

森林营地比桥镇更僻静一些。这边没那么多人，只有为数不多的士兵，大都也不怎么专横。没有了采石场，空气也更清新了，在台地的爆破工作已经结束，所以也没有了突然炸响的爆炸声。加西亚认识了几个伐木工和刨木工，但此外他总是独自一人。他每天都花些时间确认桁梁的尺寸,通过计算机接收克朗的定时汇报。他在台地上看桥塔建设看腻了,就独自一人沉思,顺着伐木小道做短短的徒步旅行,这些小路蜿蜒穿过附近的雨林,但这些雨林很快就变成了一大片一大片的树桩。

然后,在穆里尔月十五日的下午,他出去散步,却没有回来。

加西亚晚饭时没露面,几个人带着灯具出去找他。他们没找到,便通知了桥镇。一个小时之内,旋翼机在中央大陆上空开始做低空巡查,探照灯投射进森林。直到破晓时分,一小队渡过水道的士兵还在继续人力搜寻。

然而人们丝毫找不到他的踪迹,也没有任何迹象表明他遭到了猛兽攻击。他只是消失了。

搜寻持续了两天,这期间,士兵们呈扇形散开,拉开一个半径二十英里的半圆形在内陆扫过,范围延至森林营地两侧。他们甚至划着小船顺水道而下,查看河水两岸,以防他从中央大陆台地坠落淹死了。然而什么都没有,连一块碎布、一个脚印都没有。

第二天夜幕降临的时候,搜索的队伍返回了森林营地。监察官再一次讯问那些最后看见过他的人,就在这时,有人碰巧从加西亚的帐篷边走过,注意到灯还亮着。他往里看了看,很惊讶地发现建筑师就坐在电脑前,安静地整理着他不在的时候堆起来的报告,就好像什么都没发生过一样。

当路易莎·埃尔南德斯收到汇报说加西亚又回来了,便当即让人把他带到她这儿来。加西亚都还没吃完晚饭呢,就被催着坐上一架旋翼机回到了自由镇,埃尔南德斯、曼纽尔·卡斯特罗和克里斯·莱文正在这儿等着他。有两名士兵在女统领的屋外把守,她和博学者还有总监察官开始审讯这位建筑师在过去的六十二个小时里都去哪儿了。

当听见他说自己被绑架了,这三个人极为吃惊。

他说，当时他正沿着一条伐木小道散步，三个他从没见过的人从灌木丛里冒了出来。他还没来得及反抗，胳膊就被扭到了身后，一个布口袋罩在了他脑袋上，有什么东西被注射到体内，让他晕了过去。为了证实他的故事，加西亚解开衬衣扣子给他们看了脖子左侧的一块瘀青，就是打针的那个地方。

几个小时后他才醒了过来，发现自己在一个山洞深处，显然是远离东峡河的山里的某个地方。洞口挂着厚毯子，所以他不清楚现在是白天还是晚上。那里生了火，烟气升入很高的一个烟洞。他不是一个人，抓他的那三个人也在这儿呢，还有第四个人，一个年轻人，他说他是瑞吉尔·肯特。

莱文想知道更多关于瑞吉尔·肯特的事情，但加西亚能告诉他的不多。那四个人脸上都裹着大手帕，一直戴着宽檐帽（尽管加西亚提到说肯特戴着一顶老式棒球帽，上边绣着"星舰亚拉巴马号"的字样）。他们拿着步枪，说得很明白：他们决定放他走时他才能走。然而他受到了很好的招待，从没挨过打，还有吃有喝。需要方便的时候，他们就把他带到洞后去，那儿早就放着一个便壶了。他累了的话，他们就拿来一卷铺盖，让他睡在火堆旁。但一直有人守着他，他也没法看清那些人的脸。

卡斯特罗问道："那你为什么到那儿呢？"加西亚耸了耸肩。随后加西亚说，绑架他的人只想知道大桥项目的细节：怎么建造它，它会是什么样子，预计什么时候完工。

"你没告诉他们，对吧？"卡斯特罗追问。

他当然告诉了……干吗不？这些好像都不是什么机密信息，哪怕是那些最底层的采石场工人都知道大桥是怎么施工的。实际上，他有一种感觉，他们已经在暗中观察造桥工程有一段时间了，他们对他都直呼名字，知道他是建筑师和总工程师。既然没有什么作对的必要，他就把他们想知道的一切都对他们讲了，甚至在洞里的土地上画了草图。

"然后怎样了？"

然后他们又让他昏了过去。等他醒来，发现自己回到了他们抓他的那个地方。实际上，他这番磨难中最糟糕的部分就是在一片黑暗中顺着原路返回，在他找到自己的帐篷之前，还迷了几次路。

埃尔南德斯、卡斯特罗、莱文让他又说了一遍，卡斯特罗让他对其中不同的地方又重复讲了几遍。他们当然很怀疑——加西亚怎么能被带走那么远，然后又回来？与此同时搜索队还在一直找他呢。

尽管他们心怀疑虑，可也没什么东西能证明他的故事是瞎编的，而且有足够多的证据：他的衣服又脏又皱，就像是他穿着这身衣服睡了好几天，而且他显然是筋疲力尽了。于是他们告诉他说，他们很高兴他回来，然后让一名士兵带他回了自己的屋子。

那之后，便不再允许加西亚回森林营地了。路易莎·埃尔南德斯下了死命令，得对他严加照顾，于是他就一直在桥镇的小屋里工作。后来几次他渡过水道去中央大陆，身旁都有一名监察官一直陪着他。

到这时候，一切都平安无事。不过有一项计划已经开始实施了。

春去夏来，大桥一天天地被建起来。随着沉箱的最后一层混凝土浇筑完成，支撑八个桥塔的桥墩在凡基尔月初完工了，工作重点转向了桥塔本身的建造。在这一阶段，每时每刻，在水面上工作的人数都跟在岸上工作的人数不相上下，船只在峡谷来回穿梭，把建筑材料拖运到锚固在桥墩旁的驳船上。这对于桥塔上的木匠来说，可是又苦又累的活儿，疲劳司空见惯，事故开始频发，让不少人被送进了设在中央大陆岸上的医疗救护帐篷。

每一天，詹姆斯·加西亚都站在东分水岭上捧着双筒望远镜观察着工程的进展，同时从无线电里听取克朗和其他工头的汇报。事故发生率开始上升的时候，他向路易莎·埃尔南德斯表达了自己的担心，然而她的态度很坚定，绝不能让工程停止哪怕一小时。女统领决意要在秋季看到大桥完工，不允许任何事情挡她的路。于是加西亚不动声色地决定把这事儿掌握在自己手里。

他是这样开始的。先制定出一份工作轮班时间表，把在桥塔上干活的人重新分配到桥镇和森林营地。再把岸上的人带到河边，轮换工作地点。这些变化让工程放缓了一些速度——至少一开始是这样，同时工头还要重新训练那些人来掌握新的工作，不过这也意味着工人能从重复的劳作中缓口气，换换环境，总干一种活儿会让他们逐渐变得粗心大意。

加西亚还让士兵从工地撤下来了。这有点麻烦，因为女统领始终相信，要是没有人时时刻刻盯着，在大桥上干活的人都想逃跑。建筑师态度很坚决地指出，如果人们干活的时候没有枪指着后背，会提高士气。此外，有人看到莽鸟最近在桥镇和森林营地附近出没，现在气候正在转暖，迁徙到南方去越冬的食肉鸟类回来了，所以联盟卫队需要保护定居点免遭食人动物之害。埃尔南德斯勉强同意了，将士兵换成了监察官。

加西亚自己也开始花更多的时间跟工人在一起，不再像以前那样疏离。他亲自去桥塔，表面上是检查工人的工作，另外还要看看这些人是怎么干活儿的。他费了些工夫来记他们的名字，经常在一天收工之后跟他们一起吃饭。他不再一个人坐着，而是端着盘子跟着队伍一起坐在长桌上，坐在那帮男男女女中间，在刚刚过去的十个小时里，这帮人都在拖桁梁、敲钉子。他们一开始也不知道该怎么对待他，很多人都保持着敌意或是猜忌，但渐渐地，他开始跟他们交朋友了。很快他就了解了他们都是什么样的人，都是因为什么来到土狼星的。

他对待工人的态度也大大提高了工人的士气，但那并不是加西亚跟他们打成一片的唯一原因。在桥上打个照面，晚餐时聊聊天，虽然时间不多，可他逐步掌握了他们当中谁对联盟忠心耿耿，谁不是。

到了仲夏时节，大桥开始成型。每一个桥塔底座上都建起了两座A型构架，交叉支撑能提供很好的稳定性。各个桥塔从大桥两端往中间越来越高，一号和八号桥塔八十英尺高，二号和七号九十英尺，三号和六号一百英尺，四号和五号是一百一十英尺，高高挺立于峡谷之上。完工之后，大桥会像一把长弓一样挂在上面，因此要考虑到中心跨度承受的压力。

桥塔在哈玛利尔月三十七日完工，比时间表提前了一周。为此，路易莎·埃尔南德斯出人意料地亲自到访。在两名卫兵的护卫下，博学者卡斯特罗跟在她和加西亚身后几步远的地方，女统领迈步走上那条垫了土的小径，这条小路通往最近才炸开的那条贯穿东分水岭的大路。她一直走到通向大桥的那条尚未完工的坡道尽头，静静地望着浮现在东峡河上的那一排高耸的桥塔。固定在桥塔顶端平台上的起重机正从驳船上吊起桁梁，湿润的空气里充斥着榔头的敲打声和锯木头的声音，木匠们正在桥塔上支出的临时脚手架上面忙碌着。

女统领默不作声地看着眼前繁忙的景象，用手驱赶着恼人的蚊子，摆着臭脸。加西亚尽量解释着已经完成了哪些工作，然而很明显，这些细节让她不胜其烦，她似乎只对一件事感兴趣，她注意到附近有几个工人正在往肚子上和大腿上绑安全索，是登山用的那种。

她说："看起来一些人在做没什么必要的事啊。"加西亚告诉她说，有几个人从桥塔上跌落致死后，他下令将这种练习作为安全预防措施。她耸耸肩，又拍死了一只蚊子。"很好。如果你认为这很重要就行。"然后她转向他，笑着说，"你有没有想过我们该把大桥叫什么呢？我们应该用谁的名字给它命名？"

"没想过，女士。"加西亚看着那几个人给自己绑安全带，"目前我还有更重要的事情要考虑。"

她冷冷地盯着他："也许你应该好好想想这事儿了。"她说完就转身走了。

在开始建桥拱架之前，加西亚在桥塔之间装上了缆车。缆绳是用中央大陆森林采来的藤条剥皮之后拧成的，用溪猫油脂润滑，从一座桥塔拉伸到另一座，上边悬挂着结实的框子，是用马唐草编成的，通过滑轮组沿着缆绳走。尽管乘坐缆车让人心惊肉跳，可那是把工人从大桥一头送到另一头最迅捷的方式，等到他们习惯了在水面上一百英尺的高度滑行，很多人都说往返过程是这一天最过瘾的时候。

尽管加西亚压根儿都没想过要搞什么廉价而又刺激的活动，可他还是弄出了让人们迅速去往中央大陆的方法。到了首次着陆日，也就是乌列尔月四十七日，加西亚和克朗已经招募了差不多三百个他们信得过的男女，每次两三个人，他们将这些人送过水道去往森林营地，到那边换回已经干了一段时间的伐木工和刨木工。由于这是加西亚制订的岗位轮换制度的一部分，监察官也就未加注意，只有那几个工头随时留意着什么地方都有什么人，而他们大多数其实都已经被加西亚拉拢了。

桥拱架本身的长度不足以支撑桥面，为了弥补长度的不足，同时还要让大桥能在大风中减轻压力，加西亚设计了螺栓铰合悬挂式桥身安置在桥拱架之间。上百英尺跨度的桥身——总共四个，本身都算是一座小型的桥梁了——作为独立的单元在中央大陆台地下面的锭盘上进行建造；完成之后，它们会通过驳船送入水道，然后用桥塔起重机仔细地进行吊装。

没有人注意那些森林营地刨木工做的额外的小东西，他们在悬挂式桥身的支撑架上凿刻了许多小洞。每一个小洞都足以容下一磅的塑性炸药，上面盖了一片薄板，薄板上还钻了一个小洞。

悬挂式桥身在阿德那基尔月中旬起吊到位，是在桥拱架的桁梁完成两星期后。剩下的工作就是给桥面铺设刨过皮的厚木板，并在灯柱上安装乌玛星能照明灯。就各方面来看，大桥几近完工了。

甚至都在准备竣工典礼了，克里斯·莱文依然审慎地关注着工地。尽管没有更多瑞吉尔·肯特出现的迹象，这位总监察官还是无法相信他的那位死敌对大桥失去了兴趣。他把卫兵派到森林营地之外，在大桥安排了全天岗哨，还有监察官在大路上和各个路口驻防，在水道安排了更多的巡逻。由于他们十分警惕岸上和水上的动静，也就没有在现场看着工人铺设电力设施，因此也就没有注意到有些电线通到了什么地方。

阿德那基尔月六十五日，拉斐尔日的晚上，乌玛星落到了东分水岭山后，在凉爽的暮色之中，詹姆斯·阿隆佐·加西亚最后一次检视着大桥。尽管每隔几百英尺就有一名士兵，可这也是几个月以来他第一次独自一人散步。他的双手握在身后，穿着那件在过去的几个月里磨得越来越旧、越来越脏的礼服大衣，这位建筑师一步步走过了整座桥，趁着这个时候欣赏着自己的作品。在他建造过的所有作品当中，这是最伟大的成就。"宝瓶号"可能在设计上更具革命性，斯坦利大桥更高大、更雄伟，但这座建筑——到目前为止还未曾受过洗礼，或者说至少在明天之前还没有名字——却是他最值得骄傲的作品。

但他在那些桥拱当中听不到诗句，在那些桥塔上感受不到音乐。他已经很久都不曾用抽象的语言来思考了；失去了太多的生命，受到了太多的不公，这让他在自己的成就当中找不到任何美。这首交响乐差不多完成了，对他来说，只剩下一件事要做，就是写下尾声。

当他走到大桥中央大陆这端的时候，发现克朗·纽沃尔正等着他。他跟他的这位总工头握了握手，轻松地交谈了几句。他们之间交换了一个富含深意的眼神，克朗点了一下头。一切就绪。

加西亚点头回应。然后他掉头往新佛罗里达那边走了回去，就像他以前一样孤独。

于是，现在，第二天早晨，他站在了桥头的那根红丝带跟前，手中那把金色的剪刀在弓形的大桥前面摆好了姿势。他的周围，是一片充满期待的寂静。建筑师犹豫了一下，然后开口了。

"这座大桥……"加西亚咳嗽了一下，清了清干渴的喉咙。他的声音通过左耳下的麦克风传了出来，由扬声器送到了他身后的人群里，十秒钟后又从中央大陆台地回响过来。"抱歉……这座大桥是成百上千位伙伴辛勤劳动几个月的结果。他们经过漫长而又辛苦的劳作让它成为现实。他们中的一些人献出了生命，我说的一切都无法弥补这些。我只是……我只是……"

不太确定接下来要说什么，他有些迟疑，同时从眼角看到路易莎·埃尔南德斯正盯着他。这可不是她所期望的，她期待他说几句赞颂社会集体主义的话，或者许诺能在中央大陆的大山里发现财宝。

"有人想要宣称这座大桥归他们所有。"他继续说着，坚定地不去理会女统领愤怒的目光，"他们会把别人的功劳揽在自己身上，但必须有人告诉他们，所有这一切并不是以他们的名义完成的。我们不是为他们建造的……我们是为我们自己建造的，为我们自己的未来。"他顿了顿，"我们怎么称呼它并不是由我来决定，而是由你们。让历史给大桥定名吧。我的工作完成了。"

然后他转过身看着女统领："但这个……这是为你做的，女士。"然后他剪断了丝带。

一根细细的电线隐藏在丝带里，它连接着隐藏在一号桥塔下面的一个引爆器。当加西亚剪断它的时候，也触发了引爆器，紧接着一股电荷传送到了埋设在悬挂式桥身横梁当中的炸药里。一串急促的爆炸声回荡在东分水岭和中央大陆台地的石灰岩峭壁之间，桥身坍落在了水道里。

在峡谷的新佛罗里达这一侧，站在附近的官员们发出一片惊呼。而在中央大陆那边，数百人爆发出欢呼声，在过去几个月里，加西亚秘密安排他们过去，让他们获得了自由，此时他们亲眼看着桥身垮塌落在河水之中，只剩下一串桥塔和桥拱架各自孤零零地立在那里。水道东岸那几个监察官和联盟卫队士兵都毫无防备，被那些扑上来的人抓住了，有几个想反抗，但很快就被拿下，其余的被迫逃跑，去找那些锚在岩壁下的小船。

当然，大桥可以修复……但那得等到来年春天了，只有到了那个时候才有可能更换那些悬挂式桥身。来年之前，东峡河季节性的水流不允许他们恢复工作。新的桁梁不得不利用新佛罗里达西部为数不多的黑檀树。到那时，森林营地的那些不满者早就逃进了中央大陆的荒野之中，在那里，他们会遇到瑞吉尔·肯特的同胞，他们早就等候着那些要跟西半球联盟作对的人。

加西亚没有跟他们在一起。

直到今日，都没人知道他为什么没有趁机逃走。缆车完好无损地保留着，就是为了这个目的；他剪断丝带的那一刻，按照计划他应该跑到缆车那里，跳上去，飞速越过峡谷，从一座桥塔到又一座桥塔，直至他到达中央大陆。

然而，加西亚始终背对着大桥，甚至当大桥在他的手中摧毁时，他都一直镇定地等候着几名士兵上来逮捕他，把他带走。也许他意识到任何逃跑的企图都是徒劳的：不等他到第一座桥塔，就会被枪打中。又或者像其他人推测的那样，这首特别的诗只能有一种结尾。

不管原因何在，接下来的两天，加西亚都是在自由镇的号子里度过的，那是最初的定居者修的一间没有窗户的原木小屋。他毫无疑问地被审讯了，同样毫无疑问的是，他把自己知道的每一件事都对审讯官说了，尽管他嘴里并没有多少有用的信息；大桥毁了，他的共犯都逃光了。目击者后来说，最后看到他活着的时候，是女统领和两个联盟卫队士兵去拜访他。然后听到一声枪响。第二天一早，官方宣布，说加西亚上吊自杀了。

詹姆斯·阿隆佐·加西亚安葬在航天发射场的墓地里，墓碑上只有他的名字。他建造的大桥最终被修复完成，但永远都没有挂上女统领路易莎·埃尔南德斯的名字，尽管她很想。当地人称之为"加西亚峡谷大桥"。

他们还说，黄昏时分，当乌玛星落下到东分水岭的山后，你有时候能看到他走过大桥，就像是再一次欣赏着自己的造物。

− 4 −
汤普森渡口

"他们来了。"

拉尔斯的声音在他耳边悄然响起,从左耳里的皮下植入装置传了出来。克拉克·汤普森的目光掠过狂风吹卷的水面,望向巍峨的东分水岭。石灰岩的峭壁被倾盆而下的大雨冲刷得无比润泽;他看不到他的侄子,但他知道拉尔斯正隐藏在上面的什么地方观察着门罗山口,那是一道狭窄的河谷,贯穿分水岭。好的,如果他看不到那孩子,那别人也看不到。

汤普森摸了摸腮帮子,问道:"徒步的?"

"有掠行艇。不过太大了,没法通过山口,所以他们得步行走完剩下的路。"

"多少人?"

"十个……不,十二个。等等……一共十五个。"声音停了一会儿,传来一阵微弱的载波静电杂音。"我们有清晰的射击视野。要把他们干掉吗?"

十五个联盟卫队士兵,从自由镇乘坐武装的掠行艇来到这儿。拉尔斯和另外四个人在山岭上占据着有利地形,能轻轻松松解决掉他们,一点儿问题都没有。但掠行艇无疑配备了30毫米火炮,而且巡逻队还在分水岭另一面,完全处于自由镇的无线电通信范围之内。如果拉尔斯攻击太早,那支小队有足够的时间呼叫增援,同时朝着山上开火。最好让他们感觉自己很安全,至少等到他们走进山口之后再说。

"别开火。"汤普森低声道,"但让他们一直保持在视线里。不管你们做什么,别让他们看到你们。"

"明白。完毕。"哔的一声响,拉尔斯挂断了。

冰冷的雨滴拍打在宽帽檐上,渗进他浓密的大胡子里。雨点落在东峡河的水面上,激起一层薄薄的水花。站在码头上的人影都有些模糊了,码头旁边泊着渡船。仿佛天地间的一切都被染成了单调的灰黑色:那是汉尼尔月初的色彩,夏季已经成了遥远的记忆,而冬天近在咫尺。

汤普森把猫皮雨披裹得更紧了些,从镇子中心的大屋走了出去,靴子踩在砂石上吱吱作响。他迈步顺着湿漉漉的木板走上码头,聚在码头上的那些人看着他:四男三女,他的小侄子加斯也站在一旁。每个人都浑身湿透,可怜兮兮的,然而他在他们的眼睛里看到的不是难受,而是恐惧。

一个身材高挑的女人转向他:"他们就跟在我们后边,是吗?"

汤普森点点头:"分水岭另一面有一支小分队。我猜女统领不想失去她的晚餐乐曲。"

几张苍白的脸上露出笑容。这几人不是航天发射场的难民,而是土狼星管乐队的成员。在几天之前,他们还是八个木管乐手,一起平安无事地排练曲目,有时候依照移民地总督的命令进行公开表演。然后,他们乐队中的一名成员犯了个错误,写了一首粗俗的歌讥讽路易莎·埃尔南德斯,有人无意中听到了剧团排练这首歌,写这首歌的人正唱着歌词,然后第二天,他就消失了。

于是，剩下的乐队成员落荒而逃。你要是被联盟卫队盯上了，那就只有一个地方可去，也只有一条路能去那儿。虽然在他们之前有很多人来过，可当这一次他们到了这个镇子，并把这件事告诉克拉克之后，克拉克知道，这一次情况不同了。

阿莱格拉·迪塞尔维奥披肩上的兜帽已经湿透了，兜帽下的脑袋摇了摇。"他们想要的不是我们。"剧团的这位领导者平静地说着，"是她。"

她身边的那位老妇人似乎并没听到。她身形单薄，一头灰发，细瘦的手臂抱在一起，紧紧拉着满是补丁的二手大衣，空洞的目光盯着水道，左手攥着一支竹笛。在汤普森眼里，她抓着它似乎是为了得到些安慰，那是一个挡箭牌，能抵御寒冷和这个充满威胁的世界。

"茜茜是……"阿莱格拉声音一顿，心里有些拿不准，"她儿子是克里斯·莱文，总监察官。如果不是为了她，他们也许不会这么上心，但……"

汤普森抬起一只手："我们没时间探讨这事儿。我的岗哨说他们正在路上呢，费不了多少时间就能通过山口了。"

一小堆行李捆在筏子上，紧挨着绞盘放着，上面盖着一块防水帆布。他迈步走上渡船，跪下来扯了扯捆行李的绳子。这就是乐队今天早上到达镇子的时候带的所有东西了，是他们全部的财产。汤普森回到码头上，看着加斯说："最好赶紧走。"然后指着乐队里块头最大的那个男人，"你力气很大吧？"那人点点头。"好的。那你帮我的孩子弄绞盘，四条胳膊总比两条强。剩下的人，上船，尽量待在中间，不要晃船。不管是谁掉下船，都只能听天由……一旦你们出发了，他可就没时间停下来去捞人了。"

乘客们紧张地相互看着彼此，但没人反对。他们一个接一个走下码头，上了筏子，在湿漉漉的行李堆上找地方坐下，汤普森指定为大副的那个男人在绞盘的手轮边上就位。阿莱格拉跟最后一个人一起上船，她帮着茜茜走上筏子，然后停了停，看着汤普森。

她说："你还没跟我们说价钱呢。"

过去的两年里，使用渡船的每一个人都得付钱给汤普森。移民地的票子没用，因为没有人会返回自由镇或是航天发射场，你得用你带着的实物付报酬，什么都行，不管是工具还是枪，睡袋还是衣服。这就是流浪者的易货贸易。

不过这一次汤普森摇头了。"免费。"他平静地说，"下一次我看到你们的时候，我们再好好商量。"

阿莱格拉回头望着他。"是不是因为我们没有什么你想要的东西？"她说道，"还是说因为我们没有任何你需要的东西？"

汤普森没有回答。他焦躁地冲着筏子甩了甩大拇指，她没再说什么，迈步上了船，紧挨着茜茜·莱文坐下。

加斯很惊讶。他从没见过叔叔拒绝报酬。不等他说什么，汤普森把他的侄子拉到一边，嘴贴近他的耳边，低声说："不管你看到什么、听到什么，都不要回来。只管走，不要回来，除非是我让你回来。"

男孩的眼睛瞪得大大的："但如果他们……"

"你听到我的话了。瑞吉尔·肯特会在那边接你们的，他们知道你们要来。不用管筏子，跟他们走。"

"但你和……"

"我们会尽快赶来。别担心，我们会找到你的。"汤普森握了握加斯的胳膊肘，"我们一直都清楚，最后肯定会是这样的结局。现在赶紧走，别回来，除非听到我的消息。"

加斯的嘴颤抖起来，脸上也不知道是泪水还是雨水。他知道最好别争了，于是点点头，上了筏子，在绞盘另一边就位。汤普森从码头的系缆墩上松开缆绳，然后右脚用力一蹬把筏子踹了出去。加斯和那个男人抓住绞盘的把手开始用力转动。

缆绳悬在水面上方六英尺的地方，被不停地绞进绞盘里，雨水顺着缆绳流下。几秒钟以后，筏子离开了码头，缓缓跨过水道朝着中央大陆台地驶去，远方的那面崖壁在雨雾之中若隐若现。新佛罗里达和中央大陆之间的距离有两英里多一点，幸运的话，渡船会赶在士兵到达之前过去。

汤普森没有看着它远去。相反，他迅速走下码头，一到河滩便甩开大步跑了起来。

他一路跑上了大屋的后楼梯，推开房门。正屋里很暖和，石头壁炉里的一团火正燃得啪啪作响。此时已经是午餐时间，屋子中间那张黑檀木长桌上本该已经摆好了一碗碗莫莉做的鲈鲉鱼粥。

然而今天没有饭，只有枪。桌子两边，不少男女从他和莫莉卧室后面的暗室里取出步枪正在装弹。他进来的时候，几个镇民抬头看了看，然后继续把弹匣装到位，检查瞄准镜。谁都没有对他说什么，他大步走向办公室套间里的仓库。

正如他想的，莫莉就在这里，跟以往一样镇定自若。她正从架子上挑选腌鱼的陶瓷罐子，把它们装进板条箱。"我不知道这是怎么回事儿，"她丈夫进来的时候，她说，"我是说，这些标记的是去年四月，但我打开了一罐，闻着像是坏了。"她拿出一罐，递给他，"你觉得……是好的，还是坏的？"

莫莉。可爱的老莫莉阿姨。她从来都不习惯用勒马尔历，更喜欢用老式的地球公历。可只要有她掌管社区食物供给，就不会有东西坏掉，尽管她只用纸条和她自己的脑子做记录。

汤普森从她手中接过罐子，敷衍地闻了闻。"我看还好。现在，你看……"

"噢，你懂什么？"莫莉从他手里拿过罐子，自己闻了闻，然后放回到架子上。"我发誓，你什么都吃。要不是我，你准得吃坏……"

"你能不能安静一会儿？"莫莉抬起头，惊讶地盯着他，他们结婚这么些年来，他可从没这么跟她说过话。"鱼很好。"他继续说着，"你给我们什么，我们就吃什么。现在，我只想要你做一件事……"

"克拉克……"

"留在这里，"他放低了声音，"闩上门，趴在地板上，别出去，一直等到我叫你。"

"噢，看在上帝的分儿上，克拉克……"

"亲爱的，你是个好厨子，但你千万不能蹲着，我不想为你担心。"他呼了一口气，"我刚才告诉加斯让他走了，拉尔斯能保护自己。现在，我需要你做的就是别让人看见。你能为我做到吗？求你了。"

莫莉的脸上什么表情都没有了，然而，当她又从架子上取下一个罐子的时候，她的手在颤抖。"我待在这儿，"她低声说着，没有看他。"你要小心，好吗？"

"我会的，我……"他没往下说。他还有很多话要说，不只要说我爱你，可此时此刻还有其他人需要他，于是他轻轻捧起她的脸飞快地吻了吻。他意识到最近这种事他做得太少了。他感觉到她的手抚着他的胳膊，就好像她在努力拉他回来，但他赶紧从她怀里抽出身来。"别让人看到。"他又说，"这事儿很快就会结束了。"

然后他离开了仓库，出去的时候关上了门。

汤普森跟民兵们待了几分钟，确保每个人都知道他们应该在什么地方，要看什么信号。只有几个人有皮下植入装置，其他人都得靠耳机通话，不过他警告他们，尽量少用无线电通信，以减少被卫兵窃听到的危险，卫兵们可能会扫描同样的频率。不过说到底，火力才是主要问题，虽然每个人都武装起来了，有七个人用半自动卡宾枪——那是联盟卫队的枪支，是过去两年里偷来或是交易来的——可每人只有一两个装着十发子弹的备用弹匣，剩下的十二人拿着手动单发步枪——瑞吉尔·肯特交易给他们的土制枪支，是在中央大陆的某处地方手工制造的——只装了四发子弹，再加上他们口袋里的其他能用的东西。汤普森把拿着卡宾枪的几个人安置到距离镇子中心更近的地方，他们在这里覆盖的火力范围最小，但效果最佳，拿着单发步枪的那些人则被安置在更远的地方给他们作掩护。

"一颗子弹都别浪费。"他最后说，"等到我发信号再开火。"他顿了顿，"还有件事……一切行动听我的。"

大家都点了点头，除了朗尼·戴尔曼。"为什么不是别人呢？要是你被牵制了，那……"

"要是我被牵制了，那你就接手负责。要是那个领头的真如我所想，那就一定让他活着。"汤普森直视着那个年轻人的眼睛，"按我说的做，好吗？"戴尔曼耸耸肩，然后点了点头。

汤普森看着其他人，"那么好，各自就位……祝好运。记住你们是为了什么而战斗。"

每个人都点了点头。他们相互之间又握了握手，心里都很清楚，这可能是最后一次活着看到对方了，然后他们穿上夹克，戴上帽子，拿起枪，迈步走进了大雨之中。

汤普森是最后一个离开大屋的。他走上门廊的时候，雨势略显平稳了一点，但仍然不小。从他站的地方看去，镇民已经各自就位：有的躲在距离地面六英尺的高脚屋的黑檀木支撑柱后边，有的躲在石头烟囱后面，有的躲在鸡棚、羊圈后面。孩子们已经被带过水道那边去了，有几个成年人守护他们；牲口还在原地，让镇子多少带着点儿一切正常的假象。他希望交火中它们不会遭殃。

他检查了一下自己的卡宾枪，确保子弹已经压上了膛，保险也已经打开，然后他敞开前门，用一块大大的晶岩支着，这块天然结晶矿石是一个孩子在首次着陆日给他的礼物。随后，他把卡宾枪藏在了门后面。

汤普森再次摸了摸下巴，"拉尔斯，他们到哪儿了？"

"这就到了，"停了一下，对方说，"卡斯特罗跟他们在一起。"

太好了，正如他所期望的一样。"稳住。"他说着，走下前面的台阶，踩着湿漉漉的沙子朝镇子中心走去。

有队伍来了，不妨迎接一下。

士兵排成三角队形从雾气中走了出来，十五个人在乱石滩上散开，大踏步进了镇子，手里都握着卡宾枪，浑身上下湿漉漉的，裤腿上的泥都到了膝盖。他们排成一路纵队穿过山口之后是蹚过北河湾过来的，雨点敲打着他们的头盔，背负的行囊让他们弓腰驼背。很久以前，汤普森曾是他们中的一员：只是一名普通的士兵，被派出去执行一次吃力不讨好的任务。一时激动，他对他们生出一丝怜悯，但当看到他们中间那个黑色身影时，这一丝怜悯也消失了。

曼纽尔·卡斯特罗身上没有背包，机械身体不需要休息或是补充食品，所以他不需要带睡袋或是食物。在那件黑色斗篷下面，陶瓷合金的双脚踩在石头上发出微弱的咔咔声，在身后的沙地留下了深深的印迹。尽管小分队就在他周围，可没有士兵走在这位博学者身边，也许是考虑到他副总督的身份，但汤普森猜测多半是出于厌恶，以及不止一星半点儿的恐惧。

汤普森在他们脸上看得出来，士兵们挺不安的，他们迅速而又紧张地扫视着这个小小的定居点，观察着黑洞洞的、悄无声息的小屋，毫无动静的码头，还有空荡荡的码头旁边倒扣着的小艇。汤普森脑子里闪过一个念头，镇子里最好应该有几个正常活动的镇民，造成一种假象，让人觉得士兵的到来很出人意料。但已经太迟了，现在只能希望他们没发现那些隐藏在小屋下面和房顶上的狙击手。

带队的军官看到他了，抬起一只手，他手下的人停住脚，他迈步上前，抬起卡宾枪，让枪筒指向天空。"下午好，"他说，"我看你是这儿说了算的人，对吧？"

"没错。"汤普森的双臂谨慎地放在身侧，"你是？"

"拉蒙·洛佩兹上尉,西半球联盟卫队三十三步兵团。"他犹豫着说,"如果你是这儿管事的,那你肯定就是……"

"克拉克·汤普森,汤普森渡口的镇长。"

洛佩兹眉毛一挑:"不是汤普森上校吗?我获悉你曾是……"

"不再是了。很久以前我就辞职了。"实际上是在他决定带着妻子和收养的两个侄子一起移民土狼星之前很久。他尽力将过往抛在身后,但当他们发现联盟在此地和地球上一样无处不在的时候,他们就跟一小帮朋友逃离了航天发射场,徒步穿过东分水岭,建起了一个小小的渔村。

没过多久,就有其他人来加入他们,那些为数不多的幸运者,他们离开内陆定居点的时候没有受到士兵或是监察官的阻止。四十来个人生活在这里,让汤普森渡口更像是个公社而不是镇子。汤普森只在有陌生人出现的时候才说自己是镇长。那些陌生人大都只停留一段时间,做笔交易,安全地渡过水道。最近有不少过客,女统领正在镇压异见知识分子。

"很抱歉你们不得不走这么远的路,上尉。"汤普森说道,"要是其他任何情况,我都会请你和你的人留下来吃顿饭的。但就目前情况来看,如果我现在让你们离开,我希望你不会认为我很无礼。"

距离上尉最近的那个士兵换了条支撑腿,他的左手往步枪的扳机摸近了些。洛佩兹的嘴角露出一丝笑容。"我很感激您的殷勤好客,上校……抱歉,汤普森先生。我们不想惹任何麻烦。"他的笑容消失了,"但我们相信你们最近接收了一批来访者。我们到这儿是来带他们回家的。"

"抱歉,上尉,但那不可能。"汤普森假装没有注意到那位焦躁不安的下士,"再说一遍,我不得不让你们离开……请吧。"

"汤普森先生,我想你没有明白。这可不是……"

"上尉,介不介意我……"博学者的声音从金属头颅的格栅嘴里传了出来,是那种经过调制的音调,没有丝毫口音,汤普森想象着,甚至没有灵魂。"也许应该让我向镇长解释一下情况……"

洛佩兹想了想,然后走到一旁,让曼纽尔·卡斯特罗走上前来。"汤普森先生……或者我可以叫你克拉克?"

"不,你别这么叫。"

一阵刺耳的声音,就像是用粗砂纸蹭锡纸,这可能算是笑声。"好极了。不管怎样,事情很简单。过去的两年里,女统领通情达理,允许你的定居点在这里存在,哪怕这里运营着一座渡口,经常把联盟公民送到中央大陆去。"

"没有法律禁止这事儿。"汤普森耸了耸肩,"这是新世界。这里有很大的地方让人们随意往来。如果有人想离开新佛罗里达并且自行上路,我看这事儿也没什么问题。你觉得呢?"

"只要他们对于联盟没什么价值,那没问题。"一阵比较柔和的杂音,可能算是一声叹息。"直到最近,我们还允许各种……我们应该这么说,不受欢迎的人……离开移民地,如果他们无益于我们的壮大。确实,我们今年早些时候甚至还修了一座跨过水道的大桥,这会大大有利于这一目的,直到它被反集体主义分子蓄意破坏……"

"这么描述建造大桥的那个人挺有意思。"汤普森感觉自己的喉咙一哽,他见过詹姆斯·阿隆佐·加西亚,他对这位建筑师只有尊敬。"我明白,他是被处死的。"

"你搞错了,他是上吊自杀的。"卡斯特罗停了停,好像是在等待反驳,在没等到之后,他接着说,"甚至在大桥被破坏得无法通行之后,我们还是允许你的渡口继续送走那些我们不想留下的人……"

"如果你们没先行扣留住他们的话。"

"如果他们对于新佛罗里达的壮大和稳定不是必须的话……"

"我听到的可不是这样。我听说,路易莎在大桥这事儿上气急败坏,现在她正在每一张床底下寻找……你们是怎么叫他们的?反集体主义分子？实际上，我听说你们那儿的人就是唱一首拿她说笑的小曲儿，都有被逮捕的危险。"

"噢，那你已经听说过这件事了……这肯定是最近造访这里的什么人跟你说的吧。"

汤普森感觉自己的脸一热，他说得有点太多了。

卡斯特罗半转过身子，从长袍下面抬起一只手，指向旁边的码头。"昨天有一小群人离开了航天发射场，我们有确切的理由相信他们到了这里。他们要么是昨晚后半夜，要么更有可能是今天一大早到的。那是一群音乐家，主要是……说实在的，他们的离开对我们来说没有什么实在的影响，只是他们当中有一位女士是塞西莉娅·莱文，是航天发射场总监察官的母亲。莱文先生是女统领的亲密朋友，他很关心自己母亲的安危。"

"如果他那么关心，那他怎么不在这里？"

"女统领认为这件事由军方介入更合适。作为前联盟军官，我想你很理解。"

噢，汤普森确实很理解。"那你到这里是因为什么？"

"正如我刚才所说，我们已经容忍这个定居点到现在了，因为它没造成什么伤害。现在，由于你们自己的行为，已经违背了理解的共识。我到这里是打算……嗯，建立一种更好的关系。"

汤普森知道卡斯特罗在讲什么。停止再运送难民去中央大陆，女统领就会允许汤普森渡口继续作为一个遥远的定居点存在。否则，它将被置于联盟控制之下。博学者是她的喉舌，士兵是她的拳头。

"没错，他们确实到这儿了。"他说，"他们今早到的。"

"啊，好极了。他们在哪儿？"

"我想他们这时候差不多已经渡过水道了。"汤普森忍不住笑了起来，"对不起，但你们来晚了。"

卡斯特罗什么都没说，可他的右手做了个小动作。洛佩兹悄声说了些什么,又从他的皮下植入装置听着什么,士兵们微微一抬枪。"别让事情太难办。"卡斯特罗说,"请你联系渡船,告诉它,掉头回来。"

"如果我不做呢?"

"那你们就将承担后果。"卡斯特罗顿了顿,说,"上校,没必要毁掉一切。给我们想要的,我们就离开。"

"就这么简单,嗯?"汤普森叹了口气,看着地面。然后,就好像是在仔细斟酌,他抬起左手把帽子往后掀了掀。

大反击就是这样开始的。

后来的很多年里,历史学家都在争论到底是谁在汤普森渡口打响的第一枪。有人说是联盟卫队,另一些人坚决认为是当地民兵。问题焦点集中在那是谁的责任,然而事实上这一事件最核心的关键点,其实是一个误会。

汤普森认为他很清楚地向每一个人发出了信号。如果他用左手碰帽子,那就表示谈判破裂,但并不是说就让他们开火,要等到他用右手摘下帽子才能开火。这是个很好的计划,到最后一刻都有停火的余地。不过在后来回忆的时候,他意识到自己忽略了有某个手痒的人在手指紧扣着扳机的时候会出错。

第一枪是从右边打来的,就是朗尼·戴尔曼蹲着的那栋房子下面,他就蹲在前门廊的楼梯后边。那颗子弹没准头,谁都没打到;然而,效果是致命的。

紧接着,士兵们举起枪,目光锁定了那栋房子。朗尼一点机会都没有,红外制导子弹把黑檀木台阶打得粉碎,就好像那是一堆石膏,汤普森的目光瞥到那个年轻人倒在了地上。

半秒钟之后,他身边的空气似乎爆炸了。镇民朝着士兵开火的时候,他赶紧扑到了地上。那些士兵被四面八方的火力搞得措手不及,立刻蹲在了河滩上,朝着各个方向盲目还击。

汤普森趴在地上，被刚才发生的事情搞得不知所措，这时他听到一阵刺耳的嗞嗞声，是距离他的脸几英寸远的沙子炸开了；这让他从呆滞中惊醒过来，手脚并用使劲地爬向大屋。他的耳朵里听到拉尔斯在喊他的名字，但他一直跑上了楼梯。

他刚刚抓到自己的卡宾枪，一个火球就在十几米远的地方爆开了。他猛一回身，看到一间小屋起了火，是一名士兵用迫击炮把一枚燃烧弹射进了窗户。他看到托德·毕肖普在房顶上，正要跳下来，却在起跳之前掉了下去。汤普森把枪托端到肩头，瞄准了最近的联盟士兵，扣动扳机。三枪过后，那个士兵倒在了沙地上，紧挨着另一具尸体。

从他身后传来莫莉的尖叫声。"趴下！"汤普森大喊一声，一脚把门踢上，然后继续开火，瞄着穿联盟军服的人就打。时间似乎变得很漫长，每一秒都拉长变成了一分钟，一切都化作了超现实的蒙太奇画面。

两名士兵冲向羊圈，可还没跑到就被击毙了。一只羊中了一颗流弹，不住惨叫，坐倒在后腿上，然后身子一歪靠在了食槽上。

又一间小屋爆炸了，碎玻璃扎进了站在前门廊那两个人的后背。迫击炮又向第三间小屋发射燃烧弹。幸运的是，燃烧弹没打中，歪歪斜斜穿过支撑柱，在屋子后面的河滩上爆炸了，没有造成任何伤害。开炮的那个士兵几乎都没时间骂一句，脖子就溅出一股鲜血，他随即跌倒在地。

胡安尼塔·莫雷莱斯，她拒绝跟自己的两个孩子一起离开，在保卫自己家园的时候死掉了。她全力撂倒了两个士兵，但第三个士兵的子弹打进了她的心脏。

有一名卫兵落了单，发现自己掉队了，没地方可逃，当即扔掉自己的步枪，高举双手。他可能是高喊着手下留情，但没什么用，因为没有人理会他要投降这件事。他的后脑爆开了，仰面摔倒，双手仍然高举着。

洛佩兹上尉在仅存的三名士兵的掩护下想要撤回到东分水岭自保,可他们一个接一个被站在山岭高处的人撂倒。洛佩兹是最后一个死的,在生命的最后一刻,他似乎直视着汤普森,好像是要问,一个曾经的联盟军官怎么能对另一个军官做这种事。然后,一颗子弹击中他的后背,他面朝下栽倒在地。

就跟爆发时一样突然,一切都结束了。十四个联盟卫队的士兵死在镇子中心,一堆扭曲的棕色尸体,鲜血渗进了沙子,又被冷雨冲淡。透过起火的小屋噼里啪啦的火焰声,汤普森听到远远传来的回音,那是从中央大陆台地的崖壁传来的枪声的回音。他的耳朵里听到拉尔斯发出狂欢的吼声,半秒钟之后又听到东分水岭山顶上传来了回声。尽管如此,镇子里却一片寂静,寂然无声。

不,并不是寂然无声。距离汤普森十几米开外,曼纽尔·卡斯特罗四肢着地在河滩上爬行着。黑色的斗篷裹着全身,让他看上去像是从水里钻出来的一条受了伤的鼻涕虫,只等着在它身上撒一把盐就行了。汤姆森走近的时候听到一阵杂音,就像是齿轮松脱了,在金属上摩擦。

他看出来了,博学者中了一弹,正拖着右腿往前爬,已经站不起来了。汤普森停下来的时候,卡斯特罗仰起脖子,从兜帽下抬眼看着他。

"你计划好了的,是吗?"这与其说是询问,不如说是陈述。

"你们本来有机会的。"汤普森呼出一口气,并不想承认这个事实。"你没有把握住。"

"是的,喔……你把握住了。"博学者的声音里没有痛苦的味道,如果里边有什么感情的话,那也只有无奈。"那你现在打算干什么?"

汤普森没有马上回答。把枪口顶在卡斯特罗脑袋上扣下扳机,再没有什么能比这个更让他满足的了,尽管这么做显得有点儿多此一举。博学者是赛博体，是把人类的智能下载到了一部量子计算机里，计算机安装在它的胸口，紧挨着原子能电池，电池用来给身体的伺服电机提供动力。卡斯特罗的四肢才是他的薄弱点，即使汤普森朝着他的脑袋开枪，那也只会浪费子弹。不像他带来的那些只是血肉之躯的士兵，博学者本质上来说是死不了的。

汤普森的人至少死了三个，还不用说有多少人受伤。两间小屋烧毁了，滚滚黑烟升入灰色的天空，别的房子什么时候着火只是个时间问题。就算覆灭的这支小分队里没有人把消息带回自由镇，用不了多长时间，也会有其他的联盟士兵来调查他们再无音讯的原因，这次来的人会更多。

他的镇子算是完了。除了转移别无他法，现在只能把所有东西装上船，叫回木筏，尽快去中央大陆。他早知道可能会这样，所以才告诉莫莉开始打包行李、收拾食品，让加斯留在中央大陆那边。

他什么都想到了……除了一个细节。

筏子渡过水道的时候，发出轻轻的嘎吱声，水泼溅在甲板的木板上。大雨一小时前停了，新佛罗里达的天空一片晴朗，乌玛星正落向东分水岭雄伟的岩壁后面。中央大陆的上空乌云密布，白天即将过去，一道彩虹挂在了水道上空，透明的蓝紫色拱形犹如通向另一个世界的大门。

"该死，这可真美。"克拉克·汤普森站在筏子前头，一只手扶着装腌鱼的箱子，"我是说，我在这儿住了两年了，可从来没见过这种美景。"他转头看着曼纽尔·卡斯特罗，"你觉得怎样？美不美？"

"我对你所说的东西毫无概念。"博学者笨拙地坐在筏子上，靠着一个木桶。他的斗篷被扯掉了，没了斗篷，他裸露的样子看起来很怪：一个机器人，胸脯像是个颠倒过来的瓶子，管子一样的细胳膊被捆在背后，细长的双腿往前伸着，那条断腿折成了古怪的角度，膝盖彻底毁了。"你看到什么东西了?"

"彩虹。"汤普森转头看着他,"你看不见吗?"

"抱歉,看不到。我的视觉不够敏感。"卡斯特罗抬起头,金属头颅里那双多功能的红瞳目不转睛地看着。"我能看到色彩……甚至能看到紫外和红外波段……但是像阳光透过水蒸气那样的东西,我看不明白。"

"所以你从没见过彩虹?"这是拉尔斯在说话,他和加斯站在绞盘旁边,转动着手轮。船上的其他人对这谈话没什么兴趣,他们都凝神望着远去的新佛罗里达河岸,看着熊熊大火正在吞噬那个曾经是他们家园的小村子。

"噢,我见过彩虹。"卡斯特罗没有看向他,"很久以前……八十多年了,按地球历算……我还是有血有肉的时候,就跟你一样。但大自然对于我的身体可不像对你的身体那么好,所以当我有机会选择以人类的身份死去或是以博学者的身份活下来的时候,我就放弃了欣赏彩虹。"

"你想念它吗?"汤普森问道。

"此时此刻这似乎是个好想法。"卡斯特罗耸耸肩,一个古怪的人类式的动作。"我们到了吗?"

汤普森望向另一边。东岸仍在一英里之外,载着莫莉和其他人的独木舟、小艇几乎已经到中央大陆台地了,但筏子则慢一些,还得花些时间才能过去。"差不多了。那在你把自己下载之前,你是什么人?"

"要是我告诉你,你也永远不会相信。"

"试试呗。现在你还能失去什么呢?"

又是一阵相当于笑声的奇怪的嗞嗞声。"我是个诗人。"

"诗人?"汤普森回头看着他,"我不相信。"

"好吧,咱俩在这方面都一样。我很难相信你曾经是联盟卫队的军官。"

有几个人抬起了头。一方面,这事儿并不是汤普森的秘密。另一方面,大家也都知道他不喜欢谈起这事儿。"我们都背负着自己的十字架。"汤普森说着,又看向了远方,"讲讲别的事情……你为什么要这么做?"

卡斯特罗没有立刻回答。"你知道吗,我认为自己可能会辨认出彩虹。当然,不是你们看它的那种方式……是一种大气扰动。如果你拥有我的视觉,也许就能以我的方式看到它。"

"别转移话题。"

"我没有。"博学者直视着他,"我们看事物的方式不同,上校。你相信你们是为了自己的自由而战,这让很多人付出了生命的代价,你们甚至让大火烧掉你们的镇子,就是为了阻止它落入敌人手里。然而,你们认为你们胜利了。"

汤普森没有回答。这时候火已经烧到了大屋,腾起一团棕色的浓烟,让后方白色的岩壁变得模糊。在火焰中间的某个地方,都是当天那些死者的尸体,被摆放在那张长桌上。汤普森和其他人曾在那张桌子上共享过无数顿美餐。他还能感觉到他和侄子们拖着那些黑檀木穿过门罗山口时,胳膊有多酸痛。有时候,自由就意味着放弃你珍爱的东西。

"但按照我的方式来看,"卡斯特罗继续道,"你们只是在抵抗不可避免的事情。土狼星属于联盟,这是事实。你们可能不信仰集体主义,但它就存在于这里,不管你们喜不喜欢。我们也一样。"

"这就是你到这里的原因?因为某种见鬼的政治理论?"

"不。我来这里是因为我想看看人类种族在宇宙的扩张,还因为集体主义是唯一有意义的社会体制。你们称之为自由的东西,我称之为无政府主义。无政府主义不……"

"咱们能不能把这玩意儿解决掉?"拉尔斯插话道,"我一听他说话就恶心。"

他和加斯松开了绞盘。筏子漂在水中停了下来,他们从麻袋、板箱中间走过来,站在了博学者两侧。卡斯特罗听到他们走近,但仍盯着汤普森,那双眼睛再也看不到彩虹的颜色,只能辨认脸上的线条。

"你认为你们赢了,"他继续说着,"因为你们伏击了一支联盟巡逻队。但他们来的地方还有超过二百名士兵,并且还有一艘飞船在路上,船上还有更多士兵。这是徒劳的,上校。你们是靠着借来的时间和偷来的枪苟且偷生。现在放弃,你们或许还能活着离开。"

紧攥双拳,汤普森带着无助的愤怒盯着博学者。他不想承认,但卡斯特罗说得没错。他们能成功干掉一支十四人的小分队,是因为他们知道那些军人要来。下一次,他们可能就没那么幸运了……

"你错了,"他平静地说,"你知道为什么吗?因为这是我们的家……"

"多高贵啊。悲哀,但高贵。"又是一阵怪异的笑声,"我希望有人能把这句话刻在你的墓碑上。"

"我希望如此。至少我会有个坟墓。"

汤普森看着他的侄子们,然后冲着水道甩了甩大拇指。拉尔斯和加斯弯下腰,从两边抓住卡斯特罗的胳膊。他们哼了一声,把博学者抬着站了起来。博学者的身体比看上去重得多,然而,当他们把他推到木筏边缘的时候,他并没有反抗。他的重量让筏的重心一偏,微微一斜,水溅到了木板上。

最后一刻,卡斯特罗挣扎了一下,但脚底很滑,捆在手腕上的绳子很结实,毫无效果。他身后的其他乘客一声不响地看着,他们疲倦的脸上没有任何表情,也许只有愤恨。

汤普森问道:"你还有什么要说的吗?"博学者什么都没说。"写一首诗吧。你有的是时间。"然后他一点头,侄子就把卡斯特罗推下了船。

曼纽尔·卡斯特罗扑通一声落进水里。他下沉得很快，连个气泡都没冒，便消失得无影无踪。

他们正航行在新佛罗里达和中央大陆之间的东峡河最深的地方，他的身体会下坠上百英尺才会落在河床的淤泥上。他淹不死，这种死法对他不管用，也不会被他头顶上的水压压垮，然而他也没法游泳，甚至没法走路。他会陷在那里，永远不会死，被流放到一条外星大河伸手不见五指的河底，他将会有充足的时间去思考自由的本质。

他消失之后很久，汤普森还在看着那里，然后捡起那件从卡斯特罗身上扯下来的黑袍子。一开始，他想把它也扔下船随他而去，但他又把它夹在了胳膊底下。他向自己许诺，终有一天，当他回来重建这座镇子的时候，他将会用一根杆子挑着它，把它立在他亲手建立的那个镇子的废墟上。

诗人走了，镇长也逝去了。现在只剩下了上校。

"好了，咱们走。"他低声道，"我们要打一场仗了。"

第四卷
大反击

如果你被邻居骗走了一块钱，你不只要知道你被骗了，不只要向人说你被骗了，甚至不只要让他补偿属于你的损失；你还要当即采取有效的措施获取所有的损失赔偿，并确保你永远不会再受骗。从原则出发，从正确的感知和行为出发，就能改变事态及其关系；这从根本上来说就是革命性的，并且与以前的任何事物都全然不同。这不仅让政府和教会分裂，也让家族分裂；啊，这也让人的个体分裂，将恶魔从他身上的神性之中分离出去。

——亨利·戴维·梭罗[1]《论公民的不服从》

---

1. 亨利·戴维·梭罗（1817—1862），美国作家、思想家、改革家、自然主义者。代表作《瓦尔登湖》《论公民的不服从》《马萨诸塞自然史》等。

— 5 —
屠羊溪事件

中央大陆，先锋谷 / **土狼星六年，加百列月七十五日，卡麦尔日** / 08∶49

  夜间有一场风暴席卷山谷，洒下了六英寸厚的大雪。晨光凉爽而清澈，森林被厚厚的积雪覆盖着，时不时有一阵风从树枝上吹落一层雪花，明亮的阳光将它们映得宛如仙境落下的飞尘，闪闪发光，飘向地面。大雪之后，万籁俱寂，让这座峡谷化为寂静的冬日大教堂。蜿蜒在群山之间的河水上浮着一层松散的冰随波而下。此外，一切都静止不动。

  河边，刺骨的河水上漂着一个大块头的褐色物体，就像是个巨型的软木塞。玻璃反射的阳光吸引了卡洛斯的目光。他把双筒望远镜对准了那个漂浮的物体，右手食指按了按自动对焦按钮，画面变得清晰起来，光晕消失了。即便是在一百码外的山上，他也很确定自己看到了什么：一艘联盟卫队的巡逻掠行艇。这是一种平底气垫船，船头的半球形玻璃座舱上配备着30毫米链式自动机炮。两个风机之间的顶部的舱盖敞开着,就在他观察的时候,一个士兵从舱口爬了上来,四下张望一番,然后又消失在艇里。

玛丽低声问道:"你看到他们了?"她趴在他身边,一起藏身在一块大石头后面。"有多少人?"

"等等。还在看。"掠行艇在岸边漂浮着,他能听到他们的说话声,可距离太远听不清。卡洛斯把望远镜转向从船身伸出的跳板,但这个位置树木太多,挡得他看不清人。

他放下望远镜,小心翼翼地直起身子跪在地上,噘起嘴唇发出低低的鸟叫声:嘟嘟咿——嘟嘟咿,是茅鹬求偶的叫声,林地里平淡无奇的声音,除非有人知道这种小鸟是有冬眠习性的。大部分士兵都是刚到土狼星,根本不知道这种事。

信号引起了巴里的注意,他就在卡洛斯左侧三十英尺的地方,和拉尔斯一同藏身在一棵倒伏的糙皮树后边。卡洛斯指了指自己的眼睛,又指向下面的那条河,然后在空中画了个问号:你看到多少人?

没有犹豫,巴里举起一只手伸开,然后又加上两根手指。

"该死。"卡洛斯又伏倒在石头后面,转向妹妹,"有七个人……这还是巴里能看到的。还不知道船里有多少呢。"

"七个?我可不这么想。"玛丽的嘴边缭绕着雾气,悄声说着,"给我看看。"卡洛斯递过了望远镜。她用胳膊肘支起身子,快速看了看掠行艇,然后又趴下。"他数错了,只有六个。"

"你怎么……"

"那是一艘犰狳AC–IIb型,"她说着,就好像是在伯尼·凯莱的科学课上背诵元素表,"驾驶员、机炮手,后边带四个步兵。不可能带更多人了。"她盯着他的眼睛,"当然,我很确定。我懂这玩意儿。"

"我相信你。"她这样还真有点吓人。不算太久之前,她还是个玩洋娃娃的小丫头呢,现在她的兴趣爱好是让自己闭着眼在十秒钟之内给一支卡宾枪装满子弹。他有些不安,这怎么想都不好玩儿……

可现在不是讨论这件事儿的时候。这是峡谷里第一次有人看到联盟巡逻队。掠行艇无疑是从大赤道河逆流而上过来的，从大本营来这儿的路程可不近啊……现在掠行艇离卡洛斯他们的家太近了，近得让人不安。

又传来一声鸟叫，这一次是从右后方。他回过头，看到加斯蹲在十英尺外的一株赝桦后面，手里握着步枪。见鬼，他跟这孩子说要跟茸牛在一起，留在更远处的山上。他也很清楚，汤普森兄弟还是队伍里的新人，不管拉尔斯去哪儿，加斯肯定跟在后面不远处。他们俩都不太习惯听从指挥行动。

"待在这儿。"他低声说着，然后从玛丽身边爬开，小心地让枪托保持向下，避免步枪杵到雪里，随后一路爬到了巴里和拉尔斯藏身的地方。

"我搞错了，"他过来的时候，巴里低声道，"六个人……五个在岸上，一个在掠行艇里。"

"我知道，我们已经搞清楚了。"卡洛斯伸手拍了拍拉尔斯的胳膊。"告诉你弟弟，我对他下命令的时候，希望他能服从。"他用盎格鲁语说着，好让拉尔斯能听懂，"明白吗？"

拉尔斯点点头，一只手抬到下巴上，看来正要告诉弟弟。

"不是现在说！他们可能在你的频率上呢！"

"抱歉，我忘了。"拉尔斯脸一红，放下了手。汤普森兄弟有皮下植入装置，能相互通信。那是二十三世纪的科技，二十一世纪来的孩子可没有。但下面那些士兵身上也有同样的装备，鸟叫和手势信号可能不那么高效，但却不容易被拦截。

"咱们能干掉他们吗？"巴里也用盎格鲁语说着。

好问题。五对六，他们有出其不意的优势，还占据地利；自从他们在三个土狼星年之前搬到这里之后，他和巴里就徒步走遍了这山谷每一平方英里的土地，等到玛丽岁数足够大了，能跟着瑞吉尔·肯特活动了,她也加入了他们。然而这将是他们第一次尝试对阵联盟卫队,或者说,至少是在光天化日之下对抗。以前,一直都是小规模游击战,在夜里偷袭自由镇和航天发射场,有夜色掩护他们。这一次,可是在大白天。还有,那艘掠行艇上的链式自动机炮也让他有点害怕……

"我们能做到,而且不费吹灰之力。"拉尔斯指着下面那道缓坡,现在不用望远镜,卡洛斯也能看清楚那些士兵。五条身影,在河边站成一圈。他们中间放着几个打开的箱子,其中两个人跪下在干什么,他看不到。"三个人走这边,"拉尔斯继续说着,"另两个人去那边。把他们包围起来,拿下他们……"

"让我定计划,好吗?"但卡洛斯不得不承认这是个好主意。如果从两面包抄,顺利的话,他们能打那些士兵个出其不意。

然后呢?把他们全都击毙?卡洛斯感到肚子里纠结起一团冷气。尽管他讨厌联盟,可要杀掉六个人还是让他有点反胃。当然,这对拉尔斯和加斯就不一样了,汤普森渡口战役对他们来说记忆犹新,他们有仇要报。卡洛斯盯着巴里,看到他这位朋友眼里露出不情愿的目光。他们也见过几次死亡,但与这兄弟俩不同的是,他们可不急于重复那种经历。

"好吧,"他低声道,"你和巴里走右边,我带着加斯和玛丽绕到左边。等我们就位,我会让加斯联络你。"这挺冒险的,只要他们一靠近,那些士兵可能就对鸟叫声警觉了。"还有件事,"他又说道,"我不发信号,你们不许开火。如果可能,我想要活捉他们。"

"你疯了?"拉尔斯难以置信地盯着他,"那儿足有六个敌人呢。你以为他们只是……"

"我不是开玩笑。我们先给他们投降的机会。"卡洛斯盯着他的眼睛,"这事儿就得这么办。"

他们俩对视了好半天,最后拉尔斯耸了耸肩,望向别处。"你是头儿。"他嘟囔着,像是有些愤愤不平,"但如果他们开火……"

"如果他们开火,我们就还击。但之前不行。"卡洛斯犹豫了一下,"那艘掠行艇是个大问题。如果驾驶员用炮……"

"我去搞定掠行艇。"巴里低沉着声音说,"我绕一大圈,从河滩上过去。如果他想干什么,也许我能先把他干掉。"他一笑,"我倒是很愿意亲手摆弄摆弄掠行艇,你呢?"

巴里是神枪手,而且他知道怎么在林子里潜行而不被听到。还有,卡洛斯也得承认,把联盟卫队的掠行艇带回家可是大功一件。"你说得对。咱们就这么定了?"巴里竖了竖大拇指,拉尔斯又耸了耸肩,他的眼睛一直盯着聚在河边的那些士兵。"那好,听我的信号行动。"

卡洛斯爬回到石头那边,花了点儿时间给玛丽和加斯解释计划。如他所想,加斯跟他哥哥一样,很不情愿给巡逻队投降的机会,他坚持要跟拉尔斯一起,但卡洛斯指出需要让他们分开,以便于两支队伍之间的通信。

"我去跟拉尔斯一组。"玛丽开始往另外两人那边爬过去。

"噢,不,你不行。"卡洛斯一把拉住妹妹的兜帽,把帽子从她头上扯了下来,露出了深褐色的头发,在脑后绾着个抓髻。"你跟紧我。"

她恼怒地把他的手扫开,说道:"要是巴里去掠行艇后面,那拉尔斯就需要掩护。不是你去,就是我去。"

玛丽是对的,拉尔斯没法自己一人控制一侧。卡洛斯不是很喜欢这样——他很不愿意让自己的妹妹陷入一场激战——而他想让汤普森兄弟分开的另一个原因是他们太嗜血了。汤普森渡口是一场大屠杀,侵入那个定居点的联盟士兵无一幸免。也许这是他们自找的,但要是……

"好吧。但我没发话就不许开火。"玛丽一笑,然后离开了,始终放低身子。卡洛斯看着她的背影,祈祷自己没有犯错误。

又用鸟叫交换了一下信息,他和加斯开始顺着山坡下去,排成一列手膝并用往前爬，尽可能躲在树和大石头后面。深深的积雪掩住了移动的声响，戴着手套的手在积雪下摸索着，很小心地避免压在枯枝上。再一次，加斯的控制力让卡洛斯印象深刻：这孩子才十五岁，但经验丰富，就像是这辈子一直都在做这种事。也许加斯确实是，毕竟他叔叔以前是联盟卫队上校，后来决定退役，带着他的侄子们到土狼星寻找新生活。

卡洛斯跟着家人到这里的时候也就是加斯这么大，但他那时候不过是个小男孩，还觉着所有这一切都是一次伟大的冒险。在"亚拉巴马号"的人员踏上新佛罗里达两天后，他的童年结束了，当时他的父母被一只莽鸟杀死了。那已经是十三个地球年之前的事，父母死后，一切都变了。他怀疑加斯也没有多少童年时光。没有人能在土狼星品味太久的青春期。

说话声越来越大。听到有人在笑，他立刻一动不动，想着自己是否被察觉了。他透过灌木丛望过去，看到那些士兵还是背对着他。距离那几个人只有十几英尺远了，他们还是围着那两个跪在河岸上的人，看起来好像是在三脚架上组装某种设备。站着的三个人拿着步枪，但枪仍然挂在肩带上，他注意到跪着的那两个人并没有穿联盟制服大衣，而是穿着猫皮夹克。都是平民？他们跟着联盟卫队的巡逻队在一起干什么？

卡洛斯回头看了看，确保加斯仍跟在后面，然后他冲着坡底下的一丛黏浆果灌木做了个动作，那儿距离那群人不远。加斯点点头，卡洛斯开始往前爬。他们能在那儿藏一会儿，等着玛丽、拉尔斯、巴里就位。然后他们就能……

掠行艇上发出一声喊叫。卡洛斯又以为是他们被发现了，赶紧趴在地上。他听到踩在金属上的脚步声，他抬眼望去，是掠行艇驾驶员走在跳板上，拎着一个帆布包甩来甩去。他就要到岸上了，这时候传来一声清脆的爆裂声，就像是有人用针扎破了一个气球，驾驶员的身子猛地扭到一边,从跳板上栽了下来,跌进了浅水里。

见鬼!谁开火了?卡洛斯没时间去想。河岸上的士兵们已经对枪响反应过来,开始去摸他们的枪,那两个平民则爬向一边去找掩体。又是几声半自动步枪的开火声,还是从河对岸传来的。一个士兵举起了卡宾枪,朝着那个方向疯狂扫射。那两个平民一头扑倒在地,抱着头躲藏的时候撞倒了三脚架。

卡洛斯蹦了起来。"停火!"他大喊着,"不要开火……"

不等他说完,离他最近的卫兵一转身举起了步枪。卡洛斯看到了那个黑洞洞的枪口,这一刹那,他意识到自己犯了个错误。士兵离他不超过三十英尺,他完全暴露了。

噢,该死,我死定了……

身后传来的枪声几乎震聋了他的耳朵。他身子一缩,并立刻抬手去捂耳朵,还没等他捂上,就见那个士兵的大衣裂了个大口子,头盔飞到了他脑袋后面。卡洛斯几乎都没有时间弄明白是加斯救了自己一命,他这才想起自己的枪,连忙端起抵在肩上,瞄准了正朝他们转过身来的士兵。

没时间瞄准,他端稳枪身,屏住呼吸,扣动扳机。第二个士兵还没来得及开火,一颗子弹就击中了他的肚子。他身子一弯,就像是肚子痛得弯下了腰,接着身后又一枪打中了他的肩胛骨中间,他倒下了。

卡洛斯寻找着另一个目标,但找不到了。剩下的那个士兵面朝下趴在几码之外,摊开的身子下面是一片红色的雪。犰狳 AC-Ⅱb 掠行艇的驾驶员只剩下一双腿漂在水面上,就在掠行艇的跳板旁边。枪声空洞洞地回荡在河水两岸的树林上空,寒冽的空气曾经是那么清新,现在却充满了火药的臭味。

卡洛斯听到十几码外传来欢呼声。拉尔斯从灌木丛中显出身来,双手攥着步枪高举在头上。"三击全中!"他喊叫着,"主队获胜!"他跳着胜利的舞蹈,看着就像是足球运动员射门得分了一样。"我们战无不胜!"

他刚才干的……他们刚才干的……这一切让他有些恶心,这一切发生的过程让他十分恼怒,卡洛斯扔下步枪,从黏浆果灌木丛后面走了出来。"你真是个冷血的混蛋。"他嚷着,"我告诉你不要……"

拉尔斯脸色一变,双臂垂到了身边,困惑地盯着卡洛斯。"喔,嗨,等等……不是我先开枪的。是她。"

卡洛斯停了下来。他无法相信刚才听到的话,他盯着玛丽,她正从一棵树后面走出来,手里攥着步枪。她脸上露出的笑容让他回不过神,直到被身后传来的一个声音唤醒:

"卡洛斯?卡洛斯,伙计,是你吗?"

是那两个平民之一。他几乎都把他们忘了,多亏他们趴在地上才幸免于难。那个人挣扎着要跪起身来,卡洛斯看到了那张自己以为再也看不到的脸。

"克里斯?"他低声道,"克里斯,你他妈的在这儿干什么?"

WHSS "洒向群星的社会集体主义精神号" / 加百列月七十五日 / 10∶12

"舰长,来自自由镇的太空穿梭机正在靠近。请求允许对接。"

费尔南多·巴蒂斯特抬起头盯着指挥中心的屋顶。穹顶上空是大熊座47星系熊星的第四个卫星:一片由多个岛屿组成的大地,有些岛大小犹如小型大陆,被错综复杂的河流彼此隔开。在这颗星球银蓝色的边缘上方,他看到一艘小小的太空穿梭机,上面载着新佛罗里达移民地的总督。

"同意。"巴蒂斯特告诉坐在不远处操作台上的那名中尉,"告知女统领,我将会在10号甲板的会议室跟她会面。"

她点点头，然后敲了敲下巴侧面，重复了他的信息。巴蒂斯特最后看了一眼自己小桌面板上的区域报告，然后把小桌推开，小心翼翼地站起身来，在重力的牵引下让他觉得有些行动迟缓。他从生物停滞中苏醒过来已经一个星期了，在此期间，"精神号"的米利斯-克莱门特场产生的内部重力已经逐渐增强到了0.68G，以适应土狼星表面的重力，可他还是感觉浑身发软，一直都找不到平衡。他不是飞船上唯一一个感觉到不适的人，或者说不是唯一一个这样未被改造过的人类，他看到周围那些船员都耷拉着肩膀，动起来就像是慢动作。

即便这样，他还是很想踏上下面那颗星球。在被宇航联军挑选出来指挥前往大熊座47的第六艘飞船之前，他这辈子几乎都生活在月球和火星上，成年以后，不是在这艘飞船，就是在那艘飞船上。在开阔的天空下行走会是什么样子？头顶没有加压的穹顶，四周也没有舱壁围着。体验一下未经过滤的阳光照在脸上，感觉一下踩在脚底的草地，这种乐趣很简单，却也值得花四十九年的时间处于生物停滞之中。要是脱掉靴子踩在外星土地上，他会不会起疹子？也许他应该询问一下医生，自己是否需要再打个疫苗……

"我想跟你一起，舰长，如果你不介意的话。"

巴蒂斯特转头看去，只见旁边站着一个高挑的身影——格里戈·赫尔穿着一件黑色的长袍，兜帽罩在头上，那双红色的眼睛盯着他，在指挥中心的一片黑暗里，散发着柔和的光芒。和以往很多次一样，博学者从他身后过来，而他没有察觉到。

"当然。"巴蒂斯特说，"事实上我正要去叫你呢。"这当然是瞎话，但即便博学者知道这是瞎话，他那张金属脸上也没有任何表示。"请吧，跟我来。"

"谢谢你，舰长。"赫尔让到一边，由舰长带路上了升降机。"我倒是很希望女统领能澄清一个谜团。"

"噢？"他等着赫尔也上了升降机，然后按下了10号甲板的按钮。

微微一震,电梯开始向下移动。"我很意外。我以为对你们这类人来说,宇宙中已经没有多少神秘的东西了。"

"讽刺不适合你,长官。"一如既往,博学者的声音很单调,音调毫无变化。除了他的笑声,幸运的是他很少笑——那声音听起来就像是声反馈。这是巴蒂斯特不喜欢博学者的另一个地方。也许他潜意识里对他们抱有偏见,但事实就是他从来都不喜欢他们这个群体。

"抱歉。我想我是很真诚的。"又一个谎言,而且他俩都知道这是谎言。"什么事儿那么神秘?"

"就在我们入轨之后不久,我尝试跟我的一个博学者兄弟联络……曼纽尔·卡斯特罗,他已经在土狼星七年了。可现在我听不到他。"

"听到他?我不明白。"

"我们这个族类共享着一种共生式的联系。"是他的胡思乱想?还是赫尔在故意用那种措辞折磨他?"相当于心灵感应,通过极低频通信联络。那是一种群体意识,如果你愿意这么说也行。通常距离很小,但我们能通过接入远离距通信系统来增强传输距离。我设法这么做了,但收不到博学者卡斯特罗的任何回应。"

"你有没有跟自由镇的人说过这事儿?"

"我说过,是的。按地球时间算,大约一个月以前,我被告知,博学者卡斯特罗失踪两个月了……他当时带领一支军事分遣队到新佛罗里达的一个小定居点,去追捕一伙从航天发射场逃走的移民。显然,在此期间出了事,那些士兵都被杀了。当另一支分遣队去调查的时候,发现定居点已经焚毁。他们找到了士兵的遗体,跟几个移民的遗体在一起,但没有博学者卡斯特罗的踪迹。"

"这意味着他死了。"

博学者摇了摇头,看到他做出这种人类的动作真是有点怪,这提醒了巴蒂斯特,赫尔并不是机器人,尽管外表是机器人,可那是一具下载了人类意识的机械躯体，这让博学者成了飞往大熊座47的星际飞船完美的管理员。当其他人全都在生物停滞状态里处于无梦的沉睡状态时，他们一直保持清醒，相互之间进行着无休止的哲学辩论，让自己沉溺于没有几个人能理解的事物当中，甚至没有几个人认为那些事情有什么讨论的必要。这也是让他们显得如此格格不入的另一个方面，跟其他人类群体如此脱节……但话说回来，他们可是心甘情愿让自己成为后人类的，不是吗？

"如果我们当中有一个死去，"博学者赫尔接着说道，"通常都是意外。在那种情况下，我们的内部系统会按照程序发送出一个稳定的信号，标明一个病态状况。由于我尚未收到这样的信号，这表明要么是博学者卡斯特罗的身体被毁掉了，要么是他无法回应信息。"

巴蒂斯特点点头。完全毁掉似乎不太可能，至少在赫尔刚才提及的那种环境下不可能。实际上，博学者是永生的，他们的身体设计得能承受住一切环境，除了遇到最苛刻的状况；包含着他们思维的量子电脑深埋在胸腔里，受到层层防护。如果卡斯特罗还活着，那是什么阻挡了他跟赫尔联络呢？

电梯缓缓停下的时候，他还在琢磨这事儿。门滑开了，他们走进一条又短又窄的过道，通向环绕着飞船中轴线的一条条同心圆式走廊。"也许女统领能告诉我们。"巴蒂斯特说着，带领博学者走到最近的交叉口，往左一转，"肯定有个好的解释。"

"我已经想到一个了。"赫尔给一名船员让开路，"不是专指博学者卡斯特罗的失踪，而是一个普遍性的原因。"

舰长点点头，但没说什么。就是移民中的叛乱。早在半个世纪之前，"精神号"尚未离开地球的时候，博学者委员会就预见了。自从2256年以来，继"亚拉巴马号"之后，西半球联盟已经用四艘星际飞船把四千人送到了大熊座47，而"亚拉巴马号"是2070年发射的。在博学者无休止的思考中，他们得出一个结论，那就是最初的"亚拉巴马号"移民将会对新来的人十分不满。西半球联盟的政治体制是基于社会集体主义，跟美利坚联合共和国有着根本的区别，而"亚拉巴马号"的船员就是为了逃避美利坚联合共和国，才从地球轨道偷走了飞船。这也是联盟卫队在将近两百年后乘坐西半球联盟的飞船到土狼星的原因之一……

在他右侧，一扇门突然滑开。一名军士长倒退着来到走廊上，他剃了光头，穿着一身蓝色的棉质连衣裤。"我不要借口，"他跟门里的什么人说着话，"等我回来的时候，我希望每个人都准备好进行武器演习了。我不在乎是否……"他一回头看到了巴蒂斯特，赶紧立正，右拳抵在了胸口上。"抱歉，长官！"

巴蒂斯特随手回了个礼，低声说道："继续吧。"就在门关上之前，他看到了门内的景象：二十多个卫队士兵，有男有女，穿着统一的连衣裤，坐在铺位上或是站在窄窄的过道里。整艘"精神号"上有很多这样的战士，刚刚从生物停滞复苏，来为地面上的部队增援。不像之前那四艘联盟飞船，那四艘飞船运送的基本上都是平民，而"精神号"上的移民很少。他的任务主要在军事方面。

内心深处有个小小的声音在告诉他说，这不是你来这里的原因，这也不是你想要做的事情。确实不是。直到"精神号"从海格特出发前几天，他的任务还只是运送更多的移民到土狼星。他想起了汤玛斯·康萨克，就是飞船发射前几天，他在磁悬浮列车上遇到的那个小男孩儿，他跟他的父母就在另一层甲板，还处于生物停滞，等候着苏醒。他们还得再多等些日子才能登陆土狼星，因为在那之前，他的舰长要不择手段地镇压一场潜在的暴动。

这不是由你决定的。他再一次抑制住自己的道德心。你肩负着任务，不要问问题，只管执行。

会议室位于走廊远端。女统领还没到，她肯定还在进行消毒程序。巴蒂斯特坐在了桌子尽头的控制台前，花了几分钟检查重型登陆船（HLLV）的状态，士兵将要乘坐它们降落到星球上。墙面屏幕显示出四号货舱洞穴般的内部空间，船员们正在一艘泪滴形的太空船周围活动，通过飞船底部水平稳定器下方的舱口往里装货。"精神号"上带着三艘HLLV，他想着它们该怎么着陆，又要着陆在什么地方。要想把它们全都放下去，自由镇外的太空穿梭机场可不够大……

门开了。两名卫兵走了进来，穿戴着冬季装备，肩头挂着步枪，他们被晒得黝黑，一人还留着大胡子。这是从下面那颗星球上来的士兵，他们看上去就像野蛮人一样大步走进门里。他站起来的时候，他们行了个礼，然后站到门两边，给身后的那个女人让出了路。

女统领跟他见过的那些照片不太一样：赤褐色的头发更长了，现在垂到了肩膀，而且有了几缕灰色，她的身材也不再像以前那样壮实了。她穿着镶金边的蓝色公职长袍，不过有些掉色了，袍子里面是用某种动物皮做的褐色服饰。跟她的护卫一样，她的样子也像是在未开化的环境里度过了很多年。

"巴蒂斯特舰长？"她问道，"我是路易莎·埃尔南德斯，新佛罗里达的总督。"

"很荣幸，女统领埃尔南德斯。"巴蒂斯特迈步上前伸出手，同时注意到了她腰带上的手枪套。她为什么觉得需要带上武器？还要有全副武装的卫兵陪同？"我必须坦诚相告，我很意外这么快就能见到你。我以为……"

"我们应该在你着陆的时候见面吗？"她的脸上掠过一丝笑容，随即又消失了。"恐怕我们没有那么充裕的时间，舰长。我们正处于一场军事行动之中。实际上，我早就期待您的到来了。"

"我会把这理解为你们早就在等着我们。"赫尔一直都静静地站在一旁。女统领看到他的时候眼睛睁大了，巴蒂斯特猜测，她一时之间是把他当作了博学者卡斯特罗。

"噢，没错。"她很快回过神来，注意力又转到了巴蒂斯特身上。

"非常盼望你们到来。我们在下面有一些状况。有你们的协助，我们也许能把事情赶紧了结。"

"真的吗？"巴蒂斯特从桌边拉过一把椅子，"请坐，跟我好好说说。"

女统领埃尔南德斯没理会座椅，她伸到袍子里掏出了一个数据微缩胶片。"这里有大部分背景资料，"她说着，把它递给了他，"但我会简短地说。我们正忙着通缉一个'亚拉巴马号'的移民。现在他化名瑞吉尔·肯特，但他的真名是卡洛斯·蒙特罗。"

先锋谷／加百列月七十五日／10：38

"行啦，让我们缓口气。"拉尔斯从他挖了一个小时的坑里站起身来，把胳膊搭在挖掘工具的手柄上歇着，工具是他从缴获的掠行艇里找出来的。"我们不需要这么干。"

"你说得对，我们不需要这么干……是你要这么干的。"卡洛斯连头都没抬，自顾自在几码外摆弄着他的便携炉具，锅里放着从河里取来的冰块，已经融化了，他蹲在炉子旁边，耐心地等着水烧开。"如果你打算杀什么人，那就得先给他挖好坟墓。"

"这不是杀害，这是……"玛丽看到了哥哥的眼神，赶忙住了口。她挖的那个坑，深度刚刚够埋下旁边那具裹着睡袋的尸体，但地面冻上了，而且她刨出来的石头跟土一样多。"没什么。"她嘟囔着，继续干活儿。

加斯几分钟前刚干完自己的活儿。他站在挖好的墓穴旁，双手揣在大衣兜里。另一个士兵躺在一旁，也裹在睡袋里。"继续，"卡洛斯说，"把他放进去。然后你……"

"应该是你把他放进去。"那个孩子不高兴地瞪着他，"我只是执行……"

"照他说的做。"拉尔斯把铁锹猛地插进坚硬的地里,"我们干得越快,就能越早离开这儿。"卡洛斯看着加斯弯下腰抓住了睡袋的角,把它拖进了浅浅的墓穴里。这孩子从坑里出来后,嘴里攒了一口唾沫。有那么一会儿,他好像是准备唾到尸体上,然后他看了看卡洛斯,又想了想,没这么干。他拿起挖掘工具开始填土。

卡洛斯心想,太像戴维了,那劲头儿简直一模一样……

这想法让人不太舒服,他赶紧抛到了脑后。水开了,卡洛斯拿起锅子,把水倒进两个金属杯,那是从餐盒里找到的。巴里把掠行艇驾驶员丢到水里的那个帆布包捞了出来,发现里面是补给品,包括一小份冻干咖啡。他和玛丽还有巴里已经很多年没见过速溶咖啡了……至少从"亚拉巴马号"上取出的食物补给耗尽之后就再没见过,那简直都是一辈子以前了。这是他们早就忘记了的一种奢侈享受,没有咖啡豆可以种,更别提烘焙、磨咖啡。没必要把咖啡浪费掉,然而卡洛斯还是禁不住感到一阵内疚。掠行艇驾驶员被玛丽击毙的时候,只不过是在拿早餐。

端起杯子,他走到那两个坐在一根浮木上的俘虏跟前。他跪在康斯坦萨面前,递过了咖啡。"来点儿。"他静静地说着,"能让你暖和点儿。"

康斯坦萨一声不吭,只是盯着两脚之间的地面,双臂紧紧抱在胸口上,双手窝在腋下。他那件猫皮夹克的绒毛领子拉起来挡住了脸,他的眼睛盯着只有他自己能看到的深渊。

"他吓傻了。"克里斯坐在他身旁,双脚交叉,双手插在衣兜里。"我试着跟他聊天,可他毫无反应。我猜是吓傻了。"

这是他一个小时里说的头一句话,算是一个进展。卡洛斯没说什么,把另一杯咖啡递给他。克里斯犹豫了一下,伸手接了过去。"谢谢。你真够哥们儿。"

"不用客气。"卡洛斯走到木头另一头,挨着他坐下。至少有片刻的时间,没有别人打搅他们。拉尔斯、加斯、玛丽继续安葬那支分遣队,巴里在掠行艇上,尝试着看看怎么操作。卡洛斯啜着热咖啡,看着屠羊溪浮冰漂流的河水。"准备好聊聊了吗?"

"如果我不聊,你打算对我怎么办?把你的女朋友丢到我身上?"

卡洛斯差点儿把满嘴的咖啡喷出来。这一刻他有一种冲动,想要抽这家伙一巴掌,然后他想起来克里斯上次见到玛丽已经是很久以前的事情了。"那不是我的女朋友。"他说道,"是我妹。"

这回轮到克里斯呛着了,他惊得瞪大双眼,一只手捂住了嘴。"老天……那是玛丽?我不……"

"你以为她永远都是九岁吗?"卡洛斯摇了摇头,"她十八了,快十九了。要是再说她是我女朋友,咱就走着瞧。"这话说得就好像他俩之间什么问题都没有一样。

"抱歉,伙计,我不是……"然后克里斯似乎这才意识到自己的处境,"你对她做了什么?她打死我们驾驶员的样子,就像是在打双向飞碟。"

"我可没……"卡洛斯喘了口气。他也没法解释玛丽的行为,跟克里斯一样,他的记忆里,妹妹怎么看也不像是狙击手。让她加入瑞吉尔·肯特的行动就是个错误,他现在明确这一点了。"咱们还是聊点别的吧,好吗?你们在这儿干什么?"

好半天,克里斯似乎是打算闭口不谈。他啜着咖啡,看着玛丽和拉尔斯挖坟,这时候加斯已经埋掉了第三个士兵,正在餐盒里找东西吃。"我是他们的向导,"他这样说,好像这就解释了一切,"我就像地球上给游客带路的夏尔巴人[1]。"

---

1. 夏尔巴人生活在中尼边境,过去几乎与世隔绝,后来因为给攀登珠穆朗玛峰的各国登山队当向导或背夫而闻名于世。

"别说谎,"卡洛斯摇了摇头,"你以前从没到过这里。之前我听说,女统领让你当了航天发射场的总监察官。你跟联合卫队的巡逻队员到中央大陆干什么?"

"前些日子我听说,你们是听从瑞吉尔·肯特行事。"他笑了,"顺便说一下,我查了查,那是半人马座阿尔法星的一个古老的欧洲名字,最接近地球的恒星,就在太阳系旁边。好名字[1]……"

"别转移话题。你在这儿干什么?"

克里斯耸耸肩:"当然,为啥不说呢?我马上跟你说说。"

"跟我说什么?"

"我们在找你。我是说,你的小团伙。"他冲着那个三脚架上的设备做了个手势,那东西就倒在被子弹打坏的设备箱旁边。"看见那个了?那是SIMS……就是图表信息式地图系统。你爸爸会爱死它的,这最合他的喜好了。"

"忘了我家人吧。"卡洛斯感觉脸上有些发热,不管克里斯有没有那意思,他确实是在揭他的老疮疤。"那东西是干什么的?"

"那是一个全套的感应器组件……红外线、运动探测器、体温探测,一起运行。它通过卫星连接着十几个跟它一样的装置,我们已经在中央大陆各个地区都安装了。他们想利用这个,收集你们这些人活动的信息。一旦数据经过校验,他们就能在任何指定时间预测你们将可能出现在什么地方。"他看着康斯坦萨,"这是他的宝贝,所以他应该能解释得更清楚——如果你能让他开口的话。"

一个远程监控系统。卡洛斯感觉浑身一哆嗦,这可不是因为天气。如果他们从山上下来得慢一些,设备就安好了,那他们一进入范围就会被SIMS收集到了,战斗结果也就完全两样了,他可能早就成了克里斯的俘虏,然后换成是那些士兵给玛丽、拉尔斯和加斯挖坟。

---

1. "瑞吉尔·肯特"在天文学中是指半人马座阿尔法星,全名 Rigil Kentaurus,中文名南门二。

虽然这只是想象中的场景，但现实确实严峻。屠羊溪顺着先锋谷通向西北方，直抵肖山南坡，义军镇就在那里。如果克里斯说的是真的，那他们的人就有被联盟发现的危险。

义军镇并非唯一有危险的定居点。在过去几个月里，随着加西亚峡谷大桥的坍塌，有好几百名参与建设的移民想方设法在中央大陆各处建起了小小的村庄，大多数分布在吉利斯山脉一线，还有几处是在紧靠北边的梅德西尔瓦尼亚水道附近。但显而易见，联盟根本不满足于新佛罗里达，他们还想控制中央大陆丰富的资源，这对其长期发展至关重要，而汤普森渡口的血腥事件证明，路易莎·埃尔南德斯不会容忍任何阻碍自己扩张的人。新来的人在航天发射场各自占地搭窝棚过日子，已经体会到了女统领的铁腕，他们并不想过这样的日子。尽管瑞吉尔·肯特是卡洛斯的化名，可这名字也成了抵抗运动的名字，新来者中的很多人也都加入了进来。

直到最近，他们所担心的还只是联盟卫队在新佛罗里达的驻军。仅仅几天前，又一艘联盟星际飞船到达土狼星轨道，夜里从地面就能看到它：一颗明亮的星星在天空中运行。飞船上会有更多的卫队人员，更多的士兵会被派到中央大陆搜寻瑞吉尔·肯特和他的追随者。反抗军还很弱小，很容易被打垮。

卡洛斯盯着坐在一旁的那位科学家，想着也许能说服康斯坦萨说出SIMS都分布在什么位置，但这会儿，时机地点都不合适。卡洛斯也不相信克里斯，就算他没说谎，这故事里也有些不对劲的地方……

"那你在这儿做什么？"咖啡开始凉了，卡洛斯又咽了一口，做了个鬼脸。"别跟我说你只是想运动运动，呼吸一下新鲜空气。"

"嗨，我喜欢大自然的户外环境，跟你一样。"克里斯的表情严肃起来，"我妈妈上个月失踪了。那个地方，要是有人失踪了，通常只有一个地方可去。"他指了指脚下的大地，"你知道她在哪儿吗？"

"要是我告诉你了，你会帮我吗？"

"得了吧，说点儿实在的。"

"我可不这么想。"卡洛斯站起来，把剩下的咖啡泼在雪里。"我们要拿走掠行艇。至于你的朋友，也得……他需要医疗护理。我给你留一些补给和一个指南针。东峡河离这里大约两百英里，你应该能找到回去的路。"

"你不会那么做的。"

"你刚才说喜欢大自然的户外环境，这儿正好有机会，你想要多少就有多少。很高兴再次见到你，我会帮你跟你妈打招呼的。"卡洛斯走开了。

他走向其他人的时候其实心里一直等着，片刻后果真听到克里斯在他身后喊叫："好吧，你赢了。你想让我干什么？"

卡洛斯转回身："我想让你跟我徒步跋涉。"

"徒步跋涉？"听到这话，玛丽抬起头望过来。"你要干什么……你要把他带到哪儿去？"

"当然是回到我们来的地方。"不等她答话，卡洛斯把手指放进嘴里打了个呼哨。巴里从"犰狳"掠行艇的舱口冒了出来，卡洛斯打手势让他过来，然后又看着妹妹，"你们在这儿带好康斯坦萨先生……"

"是康斯坦萨博士。"克里斯静静地说，"恩里奎·康斯坦萨。"

"你们带上康斯坦萨博士，把掠行艇弄回去。克里斯和我骑茸牛走。"

"那至少得花两天呢。"拉尔斯放下铁锹，"你怎么不……"

"掠行艇只能装六个人。算上这两位，我们一共七个人。"卡洛斯瞅着他们的两个犯人，"应该尽快让冈田邦子给康斯坦萨博士治疗一下，所以他得跟你们走。此外，我们还要回去找茸牛……嗨，你觉得你能驾驶那玩意儿吗？"

巴里这时候过来了，他耸耸肩："看上去驾驶它挺简单的，跟大卡车差不多，稍有不同罢了。"

卡洛斯说："我相信你能操控。"他背对着克里斯，冲着他那位朋友挤了挤眼。"要是我们迷路了，我总还能呼叫求援。你明白我的意思吧？"

瑞吉尔·肯特不用卫星电话，因为电话要靠"亚拉巴马号"转接，联盟可能会利用无线测向仪（RDF）接收器通过三角定位搜索他们的位置。他们带着短距离通话器，不过严格遵守无线电静默，除非是紧急情况。巴里明白他的意思，略微一点头。

"这太蠢了。"玛丽说，"还是一起走吧，可以有人挂在舱门上，坐在外面。我们用不了多久就能到家……"

"别跟我争。"卡洛斯放低了声音，"按我说的做，我就不会跟任何人讲是谁开的第一枪。"

玛丽脸一红，目光转向别处。

"给我们留点食物，再给他留个背包。也许你带来了一个包？克里斯？"

"就在艇上。当然，我们还得再有一支枪，以防碰到莽鸟。"

"莽鸟去南边过冬了，你知道的。"卡洛斯转向汤普森兄弟，"还有件事，康斯坦萨博士由你们负责。等我回去，我希望看到他已经恢复了健康。如果路上他有任何意外……"

"不会有那种事的，放心吧。"巴里沉着目光看向拉尔斯和加斯，"你确定想让……"

"我知道我在做什么。"卡洛斯跪到野营炉旁边，把它灭掉，然后折叠起来。"拉尔斯、玛丽，把SIMS装起来，随身带好。巴里，帮着康斯坦萨博士上船。加斯，给那些坟头上堆一些雪。我想让这地方看起来跟我们刚发现的时候一样。"

其他人各自干活的时候，卡洛斯把叠好的炉子放进背包，然后从野餐包里取了些食品。克里斯低声嘀咕道："他们会严格执行命令的，对吧？"语声中带着一丝讽刺。

"有时候他们会。"卡洛斯从眼角看到了玛丽丢下的挖掘工具,就放在地上,几英尺远。此时此刻,没有人注意他们。克里斯很容易就能抢到它,然后砍向他的脑袋;要是克里斯足够幸运,他紧接着就能抓起这把步枪,趁着其他人都背对着这里,把他们全都撂倒。"当只有我们自己在这里生活的时候,"他又说,"我们学会了依靠彼此活下去。知道我什么意思吧?"

克里斯弯下身,拿起铁锹。卡洛斯脚下一转,看到他叠起铲子头,收起手柄,递给他。"是的,我知道。"克里斯平静地说,"我唯一不明白的就是你为什么要这么做。"

"很久没见你了。"卡洛斯从他手中接过工具,套在背包侧面的一个挂环上。"感觉这是咱俩聊聊的好时机。"

锤头岛,洛佩兹堡 / **加百列月七十五日** / **14:22**

犹如一只巨大的扑鹰飞进自己的巢穴,重型运载机落地了,它的垂直起降喷气机将积雪从红色闪光灯信标围出的环形着陆场区域吹了出去。地面人员观察着太空穿梭机稳稳停在它的三脚着陆装置上,等引擎一熄灭,他们就小跑着奔向后部货舱口。同时,一支由六名士兵组成的仪仗队就位,在前舱门两侧每边三人依次排开。随着舱门打开,舷梯放下,站在旁边的军官高声喝令。士兵们迅速立正,将手中的步枪立在左肩,靴子跟儿发出了整齐划一的声音。

巴蒂斯特舰长可没预想到这样的迎接仪式,实际上他心里被这场面吓了一跳。但他什么都没说,跟着女统领埃尔南德斯下了舷梯,博学者赫尔跟在后面。她走过仪仗队的时候,有意识地无视了他们的存在,拉起了斗篷的兜帽。"很抱歉没能给你一个应有的欢迎仪式。"他们从士兵中间走出来之后,她低声说道,"这是这种条件下我们能提供的最高规格了。"

"没什么。"确实,不管这位女统领想的那种"应有的欢迎仪式"是什么——也许是一场阅兵式,眼花缭乱的那种——都是他最不在意的。

一阵寒风扫过高地,刺痛了他的脸,尽管穿着厚厚的大衣,他还是浑身起了一阵寒战。他感觉有点眩晕——当然是低气压造成的,他得到过提醒——深吸了一口气,凛冽的空气让他的牙直打架。他把帽檐拉低,免得被风吹走。他不由得心想,从方方面面来看,他还是更喜欢新佛罗里达,就连名字听上去都更温暖一些。

这时候,率领仪仗队的军官解散了队伍,他过来加入他们当中。"舰长,博学者赫尔,请让我介绍邦·考特兹中尉。"奥尔南德斯说道,"中尉,这是费尔南多·巴蒂斯特舰长,'洒向群星的社会集体主义精神号'的指挥官。"

"见到您很荣幸,长官。"考特兹戴着手套的手握成拳头抵在胸口上,"欢迎来到洛佩兹堡。"

"谢谢你,中尉。"考特兹比巴蒂斯特预想中的管理军事设施的人要年轻,按地球年算,他不超过二十五岁,那副胡子也很可能是第一次留起来的。"我希望你们能好好保暖。"他实在无话可说。

考特兹一笑,放松了一点。"我们一直都很忙,舰长,这能帮我们暖和起来。请您跟我来,我带您四处看看。"他们从HLLV那边走开的时候,两个排的步兵正顺着舷梯坡道走下来,他们在太空穿梭机旁边排好队形时,巴蒂斯特听得到他们的班长高声呼喝着命令。他们的脚踩在坚硬的地面上,弓着背抵御着残酷的寒风。只有格里戈·赫尔对寒冷无动于衷,也就是这种时候,他会有些羡慕博学者,因为他们身上缺乏凡人的某些东西。

"我们刚到这里八个星期。"考特兹说着,"这个月初刚到,所以您得谅解我们设施上的匮乏,目前还来不及修筑永久性建筑。"他说的是那些半刚性充气式穹顶帐篷,每一顶占地半英亩[1],就在着陆场旁边。"森林在大约半英里外,我们已经开始给树做标记,等我们开始去……"

"我们认为更重要的事情是尽快建立一座行动基地。"女统领打断了他,"我挑选中尉执行这项工作,因为他在我们修建东峡河大桥的选址工作中起了很大作用。到目前为止,他完成的工作值得称赞。"

巴蒂斯特注意到了考特兹脸上的表情,他似乎在咬下嘴唇。"谢谢你,女士。"考特兹的声音一紧,"得到你的赞许我很高兴。"然后他指着高地的边缘,"如果你们能移步到这边,我会向你们展示洛佩兹堡为何建立在这里。"

"我正在想这事儿呢。"巴蒂斯特说道,"毕竟你们已经在新佛罗里达有一支强大的武装力量了,为什么还要在中央大陆西边[2]建一个基地?"

"新佛罗里达已经屡受破坏,长官。瑞吉尔·肯特只要愿意,就能随时跨越东峡河。他们已经袭击自由镇两次了,更不用说加西亚峡谷大桥事件了……"他们身后的路易莎·埃尔南德斯这时清了清喉咙。"我的意思是女统领埃尔南德斯大桥……"

"我们不得不另找个地方做军事基地。"女统领说,"锤头岛是最合适的地方。"她从斗篷下伸出一只手,"如你所见,我们在这里占据着明显的地理优势。"

他们已经走到了高地边缘,脚下就是陡峭的花岗岩悬崖,三百英尺的下方,波涛撞击着参差的岩石。洛佩兹堡俯视着中央大陆水道和短河,往南边的远处就是荒原岛,只能看到小小的一团阴影。往东,他们能看到中央大陆的水岸边[3],遥远的地平线上坐落着邦斯泰尔火

---

1. 1英亩约等于4046.86平方米。
2. 原文如此,应是作者笔误,按地图看应该是在中央大陆东边。
3. 原文如此,按地图看,中央大陆应该是在西边。

山。作为军事勘测员,考特兹中尉的工作完成得很好。悬崖提供了天然的防御屏障,能抵御任何想跨越水道的攻击者,而这座岛屿本身也是一个最适合发动军事行动的地方。

"不错的选择。"巴蒂斯特称赞着眼前所见。这地方要是能建一栋房子就太棒了,如果他留在土狼星的话。不过他可没这打算,虽然这想法很有吸引力。"我还是不明白,就为了抓那么一小撮反叛者,搞出这么大动静,这事儿很重要吗?"

大风掀起了女统领的兜帽边缘,她把帽子拉回来。"我想我已经说得很清楚了。"她的声音很低沉,"也许我没说透。我们抵达之后,他们一次又一次地攻击我们。他们偷盗武器,摧毁太空穿梭机,炸毁桥梁,伏击士兵,还刺杀了副总督。"

"你们并没有证据表明博学者卡斯特罗死了。"在此之前,格里戈·赫尔一直默不作声。"我倾向于相信他可能还活着。"

"我没有证据表明他活着。"路易莎·埃尔南德斯摇了摇头,"恕我直言,博学者,你和巴蒂斯特舰长才刚到,而我们已经应付这种局面超过六个地球年了。当初只是当地的一场小骚乱,后来成了一场大暴动。听之任之的话,这将会演变为一场全面的反击。瑞吉尔·肯特……就是卡洛斯·蒙特罗和他的追随者……他们的目标就是把西半球联盟驱逐出土狼星。你跟我一样清楚,这是绝不容许的……"

"我们意识到这个问题了,女统领。"巴蒂斯特顿了顿。一架旋翼机从着陆坪起飞,它上升到HLLV旁边的太空穿梭机上方时,旋翼轰鸣起来。他等噪音远去后,接着说道:"你有没有尝试跟最初的移民谈过?跟他们的领导人展开对话?"

"我们抵达后与罗伯特·李进行过短暂的会面。"她扬起脸,就像是在说他竟敢挑衅她。"实际上他还带了一小队人员上了'辉煌命运号'……是他要谈判的,不是我。我期望达成友好的协议,但他不仅拒绝了,而且舍弃自由镇逃往中央大陆。从那之后,他们的行动就只剩同我们作对了。"

"这让我觉得，可能你说的什么话导致他们……"

"舰长，我可不愿意站在这里听某个人对六年前发生过的事情做一些自以为是的猜测。作为移民地总督，我的职责是在这个世界上维持联盟的存在。你的职责是给我增援，如果有必要，就用武力。我认为这是有必要的。"

"我只是希望……"

"指出可选择的方向，没错。我记录下你的意见了。"女统领转身就走，"现在跟我来，我们有工作要做。"

巴蒂斯特看着埃尔南德斯大步走向营地，博学者格里戈跟着她。他呼了一口气，望向水道远方。

考特兹跟在巴蒂斯特身边，一开始，这个年轻人什么都没说，但后来还是走近了几步。"你得体谅她，长官。"他悄悄地说着，声音几乎被风吹散了，"自从博学者卡斯特罗失踪以后，她就……喔，一门心思……要追捕瑞吉尔·肯特。"

"那我明白了……"为了这个目标，她设下陷阱，希望蒙特罗会上钩。"你对此怎么想？你是否认为她可能已经越权？"

考特兹一愣，他抬起眼睛迎上了舰长的目光。"在汤普森渡口，我失去了好几个朋友。"他答道，"拜托，长官，不要跟我说越权。我跟瑞吉尔·肯特有仇。"

然后他转身走了，留下巴蒂斯特独自一人站在那里。他感觉很冷，仿佛落入了自己的陷阱里。

奥尔德里奇山 / 加百列月七十五日 / 19:17

"这地方挺不赖的。"卡洛斯轻轻一扯缰绳，把茸牛沉重的脑袋扯起来，让牲口停住了。他坐在毛毯做的鞍子上，身子一扭，回头望着克里斯。"要帮忙吗？"

"不用，我……你是怎么……"克里斯拽得太狠了，他的茸牛号叫着闹起了别扭，想把骑在它身上的人从毛烘烘的后背上抖下来。这次它几乎成功了，克里斯被甩得失去平衡，只能双手紧紧攥住两把纠缠在一起的绒毛。茸牛哼唧着又抖了起来，就像是从水里钻出来的大狗。然而它又不想挨打，便顺从地把大象一样的腿跪了下来，让克里斯顺着身侧溜到地上站住。

"好些了。"那头茸牛放了个响屁，卡洛斯忍着没笑出来。克里斯从那头牲口旁走开，捂着鼻子，同时揉着自己酸痛的后腰。"过段时间你就会掌握了。等它们习惯你了，你基本上就不必……"

"是呀，是呀，当然啦。"克里斯厌恶地盯着茸牛。它们很像编着脏辫的水牛，不过口鼻部更长，还长着野猪那样向上弯曲的獠牙。尽管样子凶猛，可这种食草动物跟牛一样驯服，而且很容易驯养作驮兽。"我宁愿走路。"

"我们很快就得走路了。"卡洛斯从茸牛背上下来，牵着缰绳，打着响舌哄着它，把它牵到了最近的赝桦下边。绑好之后，这牲口扬起头啃下一块树皮，不住咀嚼。他们出发时丢下了三头茸牛，就是之前玛丽和汤普森兄弟骑的，卸掉了上面的毯子和行囊。茸牛的方向感很好，卡洛斯知道它们会自行回到来时的地方。"它们下山的时候不喜欢有人骑。"卡洛斯卸掉鞍囊的时候继续说着，"所以等我们下山的时候，就得牵着它们走了。"

学着卡洛斯的样子，克里斯轻手轻脚地靠近自己那头茸牛，拉住它的缰绳，牵到另一棵树下。

他们在这一天最好的时段攀爬奥尔德里奇山，顺着一条狩猎小道，一路盘桓上了大山的东坡。现在他们在一道山脊顶部，离顶峰只有几百英尺。透过树木，他们能看到山谷对面，乌玛星正落向肖山背后。土狼星的姊妹星,渡鸦星[1]和狐星在深紫色的天空中刚刚泛出光芒。

卡洛斯站在一边,看着克里斯从鞍囊里取出一个帐篷,在积雪覆盖的地面上打开。"你可以帮忙去找些木柴。"卡洛斯说,"上层是潮的,不过你要是挖深点儿就能找到……"

"我知道怎么找柴火。"克里斯瞅着卡洛斯从肩头取下那支步枪并靠放在了一块大石头上,"你真是太信任我了,知道吗?"

卡洛斯耸耸肩,组装着帐篷支撑杆。"你还能怎么样?你都不知道自己在哪儿,没有我,你会迷路的。"他抬头看着天空,"最好赶紧去找。很快天就要黑了。"

克里斯犹豫了一下,然后转身走了。等到卡洛斯架好了圆顶帐篷,支开了野餐炉,他抱着一大捧干柴回来了。卡洛斯看着克里斯把雪踢开,用树枝搭成小小的印第安锥形帐篷的形状,然后用打火机点燃了塞在下面作引火物的树叶。没一会儿,一小堆干柴燃烧了起来,白昼的最后一缕光线消失了,但火堆给这个世界带来了一点暖意。

他们默不作声地吃着东西,把补给品用野餐炉热一热就吃。随着夜幕降临,熊星在东方升起,夜空晴朗,很快就繁星满天。卡洛斯让克里斯收拾东西,克里斯用炉子烧水洗餐具的时候,卡洛斯走到帐篷那边,从一个鞍囊里取出一只小小的猫皮酒壶。

卡洛斯打开盖子的时候,克里斯抬眼看着。"那是什么东西?"

"熊闪酒。"卡洛斯呷了一口,一缩脖儿,把酒壶递给了他,"你记得卢·吉尔里吧?这是他弄的……很棒的老式粮食酒。来点儿,很不错。"

"谢谢,我还是算了。戒酒了。"

---

[1] 根据作者设定,渡鸦星和狐星都是大熊座47恒星的行星,是熊星的姊妹星,而土狼星是熊星的卫星。

"抱歉，我不知道。"察觉自己有点失态，卡洛斯拧上了酒壶的盖子，然后坐到了铺在火边的座鞍毯子上。"很高兴听到你戒酒了。你在那边有段时间状况很不好。"

"是啊，喔……"克里斯拿起一根树枝，无聊地拨弄着炭火。"没有什么能比小小的家庭悲剧更能让你变成醉鬼的。"

卡洛斯犹豫了半天。他们一起在自由镇度过的最后那段日子浮现出来，记忆依然清晰。"要是你想让我再次为戴维的事儿道歉……"

"那事儿我早翻篇了。"克里斯摇摇头，"不是你的错，是戴维自找的。他干了些蠢事，而且……好吧，他死了，也就这样了。"他安静了好半天，"而且我也不打算为了温迪的事情责怪你。她必须在你和我之间选择，最后她选了你。她怎么样了？"

"温迪很好。"卡洛斯又往火里添了块木头，"苏珊长得很快，就要上学了。现在我们义军镇有十几个小孩儿，温迪和冈田邦子要照顾他们，忙得要命。"

"太好了。"他又是一顿，"我妈妈呢？"

"好多了，现在她……"卡洛斯停住了话头，不想再说更多。

"现在她远离航天发射场了？"克里斯抬眼望过火堆，"继续说啊？'你妈妈太棒了，现在她没有你缠着……'"

"你知道的，我没打算那么说。"卡洛斯感到火气正往上涌，"你为什么就这么犟？我正尽力……"

"重拾兄弟情谊？"克里斯保持着那种恼人的镇定，"你就是这么想的？把我带进林子里，来顿野餐，给我喝点儿酒，于是我很快就会软下来，过去的就让它过去？看呐，老兄……"

"别那么叫我。"

"为什么不行？老兄，老朋友，老伙计……我从小到大最好的朋友，没的说。"克里斯假笑着说，"你知道，就连我们的名字都很像。我就比你早出生几个月，我们的爸爸也是朋友，所以你父亲给你也选了一个C打头的名字,克里斯和卡洛斯,卡洛斯和克里斯。人们都觉得这挺可爱……"

"行了。"

"然后你抛弃了我。联盟出现的时候,你把我和我母亲锁在小屋里,而其他人都利利索索地跑了。你知道我们有多难,知道关于我们的那些难听的话……"

"你向他们的飞船发送了一条信息,把我们的位置告诉他们。"卡洛斯盯着他,"如果有什么人身负叛徒的罪名,那就是你,不是我。然后你还加入了他们,而且官运亨通当上了总监察官。"

"说得好像我有选择余地似的……你们这帮人不打算带我们走,我还能怎么办?跟所有那些可怜的家伙住在各自为政的营地里?那帮人都是被他们骗得离开了地球,来这儿充当廉价的劳动力。"

"打不过他们,就加入他们。是这样吗?"卡洛斯摇了摇头,"他们会毁了这地方。每过几个月,就有一艘飞船到达,又带来一千人……"

"天呐,真的吗?"克里斯假装吃惊地翻了个白眼,"怎么,如果又有……噢,这么说吧,未来的一千年中又有一千艘飞船来……那我们这颗星球上就有一百万人了。怎么着,我们可能会有一次人口爆炸!"

"我们极其有限的资源……"

"噢,少来啦。"克里斯轻蔑地望着卡洛斯,嘿嘿直笑,"我们连这颗星球的十分之一都没勘探完。就算联盟清空地球上所有的城市,把每一个人都送到这儿来,空余的地方还有的是呢。"

"这就是你想要的?让这个地方变得跟地球一样?连同那种专政一起?"感觉到黑暗正笼罩在他们身上,卡洛斯站起来,走到靠放步枪的地方,把它拿到篝火旁放在身边。"我们当初就是因为追求自由才来到这里的,我们想要远离那一切。就我所知,联盟比共和国好不了多少。"

"你真的认为你们能让他们收拾行李回家去？做梦去吧。"克里斯冲着步枪做了个手势，"这枪是什么意思？你自己说的，我哪儿都去不了。"

卡洛斯没回答。他又打开酒壶饮了一口熊闪酒，喉咙火辣辣的。看到克里斯居然伸出手来，他很意外。"我以为你说你不再喝了。"

"太冷了，除非你还藏着热巧克力……"

"自从咱们离开地球就没有热巧克力了。请便吧。"克里斯接过酒壶，壶底往起一立就喝了一大口。他立刻呛住了，咳嗽着吐到了拳头里。"抱歉，"卡洛斯低声道，"应该警告你的……这东西劲儿很大。"

"天呐！"克里斯喘着气，用拳头捶着胸口，"我现在想起来我为什么不再喝了。"他的眼角都渗出了眼泪，把酒壶交还给了卡洛斯。"所以……你为什么要把枪拿过来？怕我跑了吗？"

有那么一会儿，卡洛斯想跟他说实话。不管怎么说，这么些年来，这是他们俩头一次聊天。然而他还是无法信任克里斯，在到达义军镇之前，他们还得走一天呢。如果他们能到约翰逊瀑布那儿……"夜里在这么高的地方，有时候你会听到一些声音。"他把步枪拉近了点，"我宁愿要安全，不想有遗憾。"

"会听到什么声音？"克里斯从腰带上取下水壶，喝了点水，"莽鸟在低地，溪猫在冬眠。这么高的地方，一年里的这个时候，会有什么东西吓到你？"

"记得佐尔坦·希洛吗？就是普世转化教会的教长。"

"那个长着蝙蝠翅膀的怪胎？"克里斯笑了，"噢，伙计，我记得他。我听说去年年初他带着他的人从汤普森渡口到了这儿。总算摆脱了他们……话说回来，他最后到底怎么样了？"

"他们试着徒步翻越肖山，但被风暴困住了。所有人都死在了山上，除了他们的向导：本杰明·哈兰，你可能认识他……"克里斯摇摇头。"不管怎样,他想方设法下了山。我们发现他的时候,他说他们在自相残杀。食物耗尽之后,他们就吃人。"

克里斯吹了个口哨:"别开玩笑。"

"不是玩笑。雪化了之后,本杰明和一些人徒步回到山上,找到了他最后见到他们的地方。我听说,情况相当惨。但他们清点尸体的时候,发现少了两个人……而且,就算只剩骨架,长着翅膀和爪子的人也很难认错。"

"你是什么意思?"克里斯越过火堆盯着他,"佐尔坦还在这山上到处跑?"

卡洛斯真想再拿酒壶来两口。他想了想,还是作罢了。"去年以来,我们往山里派了不少巡逻队。我们就是这么发现你们这群人的。有时候他们回来说,看到些东西,听到些声音……"

"噢,算了吧。我已经过了听鬼故事的岁数了。"克里斯站起来,活动了一下腰。"就这样吧,你想的话,就把枪放你手边好了。我可打算合合眼了。"他蹒跚着走向他的背包,把包拖到帐篷那边。"如果你看到佐尔坦了,告诉我一声,也许他会喜欢你带的那种劣质酒呢。"

"我会的。"卡洛斯看着克里斯爬进帐篷,把背包推到身前。他等着,听到克里斯铺开睡袋,然后他把步枪放到一边,又拿起了酒壶。

他又往火堆里扔了根木头。火星腾起,在光秃秃的树枝间翻滚着,升入漆黑夜空里混入了星星中间。他正要低下头来的时候,看到了一个光点,正缓缓自东向西划过夜空。

是最近来的那艘联盟飞船。看着它,他感到一阵不安,犹如针刺,就好像上边有人正监视着他。这确实是一种不切实际的想法。他又喝了口熊闪酒,然后站起来走向帐篷。

再走一天,就回家了。他想念温迪和苏珊。他希望剩下的旅程平安无事。

洛佩兹堡 / 加百列月七十五日 / 23∶02

"巴蒂斯特舰长？"站在地图墙前的准尉按着她的耳机说着，"收到'精神号'的轨道遥测信号。他们汇报说，跟踪到了来自地面的两个清晰的信号。"

"谢谢，阿科斯塔，请把它放上来吧。"巴蒂斯特从椅子里站了起来——他已经在那儿打了半个小时盹了——走过光线昏暗的情报室来到她身旁。他需要睡一觉，真是漫长的一天，唯一能让他保持清醒的就是咖啡。但他一整夜都在等他的飞船从中央大陆上空飞过，现在，它正好在那个位置，他们应该能确认来自地面的极低频信号。

吉赛尔·阿科斯塔敲了几个键，地图墙上出现了一幅全息图：中央大陆的地形图，山脉和峡谷绘上了等高线。巴蒂斯特看到这个岛屿的东南角出现了两个鲜艳的交叉号，距离很近，几乎重叠着。

"放大这个区域。"他说着，指了指那个标记。有人来到他身后，是考特兹中尉。"没想到你还在这儿呢，"巴蒂斯特低声道，"你下班了吗？"

"我觉得您可能需要我，长官。"考特兹看着图像放大，变成了一条宽阔的峡谷，三面环山。"那是吉利斯山脉的南端……肖山从这里起头，而奥尔德里奇山绵延到这里。"他指着穿过峡谷中心的一条蜿蜒的曲线。"这条河从两座山中间流过，在南方大约一百英里的地方汇入大赤道河。"

巴蒂斯特点点头。那两个标号的距离现在拉大了：一个差不多就在两座山之间正中的地方，另一个在奥尔德里奇山顶附近。"他们分开了。"他说着，转身冲着房间另一头喊道，"有巡逻队发来的进一步消息吗？"

"没有,长官。"坐在通信台前的下士转过椅子看着他,"上一次汇报是今早08:30。"

"看起来我们可能失去一些人了。"考特兹一皱眉,"不过还有两个信号在活动。我是不是应该叫醒女统领?"

巴蒂斯特摇了摇头。如果他们把路易莎·埃尔南德斯从床上叫起来,她只会命令他们立即行动。但在未知地域进行夜间突击就是一场灾难,而且看起来他们的目标人物在天亮之前哪儿也去不了。"让她睡吧。"他答道,然后拍了拍阿科斯塔的肩膀,"干得漂亮。锁定这些坐标,跟接班的人说,大约六小时后,'精神号'下一次飞越的时候要留意他们。"

阿科斯塔又在她的键盘上敲入了一组指令,地图上显示出半透明的网格图,标记出了经纬线。巴蒂斯特打了个哈欠,然后又看着考特兹说:"睡几个小时吧,然后在05:00召集两支破坏神侦察小队。"

"破坏神?"考特兹眉毛一挑,"您确定我们要用他们吗?长官?"

"瑞吉尔·肯特很擅于消灭轻装步兵。咱们看看他们怎么对付重装的家伙。"巴蒂斯特走开的时候抬手捂住嘴,又打了一个哈欠。"四台破坏神进入飞行准备区待命,06:00起飞。明天我们要去打猎了。"

奥尔德里奇山 / 加百列月七十六日,查麦尔日 / 07:53

"从这儿开始,我们步行。"卡洛斯从茸牛上跳到雪地里,"你不用扛你的背包。"他说着,从枪套里抽出步枪,挂在肩膀上,"它们会驮的……只是不驮你罢了。"

克里斯小心地从坐骑上下来。他的茸牛自行停了下来,耐心地等着他拉住缰绳。他们在日出后重新上路,小径渐渐变为下坡,带着他们离开了过夜的那道山脊,一直走到了一面六十英尺高的花岗岩峭壁顶部。他们脚下，先锋谷在此处很窄，变成了幽深的林谷。只有几英里远的对面，他们能看到肖山低面的山坡，屠羊溪在下方几百英尺，只能看到一条细线蜿蜒在峡谷底部。

"小心脚下，后面的路很陡。"卡洛斯打着响舌，带着茸牛朝着林子里的空隙走去，小径从那里伸入峡谷。他停下来捡起一根树枝，在石头上把它撅断，丢给克里斯半截。"拿着，用这个，可能会省点儿力。"

"谢谢。"今天早上他们没怎么说话，前一晚说得太多了，现在他俩都不想说话。"你知道，我就是好奇……你们为什么叫它屠羊溪？"

"我们到这儿后的第一个春天，就在这一带放羊。"卡洛斯眼睛盯着脚下，说话的时候，他的注意力更多的是放在小路上。"我们不知道雪化了之后会有洪水，就那样损失了几只羊。结果此地就这么命名了。"

"的确很合适。"克里斯感觉到靴子在积雪下松软的砂石上有些打滑，他用木棍稳住身子。"那我猜，我们离义军镇不远了。"

卡洛斯突然意识到自己吐露的东西太多了。"不算太远。"他不露声色地说着，"可能有几……"

他停住嘴，从不远处的什么地方突然传来一阵声响，引起了他的注意。一开始，他以为是风吹树枝的声音，不过有些不一样：像是人为的，不断重复。卡洛斯透过积雪的树枝望向阴云密布的天空，试着分辨声音是从哪儿来的。

"怎么了？"克里斯问道，"你认为你……"

"嘘。"卡洛斯抬起一只手。声音更响了，听起来就像是……

一架旋翼机猛然咆哮着从上方掠过，就在他们头顶几百英尺。它飞过奥尔德里奇山顶，桨叶激荡的声音回荡在岩石和树林中间，从树顶震落积雪。茸牛吓得直叫，卡洛斯尽力拉住缰绳，想控制住它。

真见鬼！那是从哪……

不止一架。他还能看到另一架旋翼机，在几英里外的峡谷低空里飞行。第一架向左急转弯，朝着他们回来了，这时候第二架减慢了速度，近乎悬停，它的双进气道向上一扬，成了垂直姿态。第二架就像是一只巨大的蜻蜓，缓缓降入峡谷里，来回滑行着，好像是在搜寻一个能着陆的地方。

"趴下！"他喊起来，但太迟了。第一架旋翼机再次朝着他们冲过来，这一次更近了。卡洛斯再也拉不住自己的茸牛了，惶恐之中，这头牲口挣脱缰绳，然后转身朝着山上猛跑。一时之间那头茸牛好像会踩倒克里斯，克里斯险中求生，马上松开了自己那头坐骑，扑到一旁让开路。两头牲口顺着小径往上冲去，几乎撞在了一起。

"它们跑了！"克里斯四肢着地往前爬，想抓住茸牛的缰绳。"它们把我们的……"

"让它们走！"卡洛斯从后一把抓住他的夹克，把他拽到了最近的树下。但克里斯是对的，他们所有的装备——包括无线电，还有步枪的备用弹夹——都在茸牛身上的背包和鞍囊里。要是有时间，他们也许能追上它们。但他们没时间，旋翼机正在靠近。

它飞到了树顶的高度，螺旋桨吹得枝杈乱飞，湿漉漉的雪落在他们身上，螺旋桨的声音震耳欲聋。卡洛斯抬起一只手捂住脸，他看到了旋翼机的起落架。它就在他头顶上方盘旋，机舱旋转至着陆姿态。再过几秒钟它就要下来了……

然而它似乎在半空中犹豫了。又过了几秒钟，旋翼机转向离开了。卡洛斯在雪雾里咳嗽着，看着它撤走。它到了一定高度之后飞向山顶，去寻找……

当然，这一带没有它能降落的地方。山坡太陡，还有很多树，飞行员不得不去山顶附近找一片平地。很不幸，他们错过了好几处旋翼机能安全降落的平地。要是飞行员找到其中一处，准会降落在那里。卡洛斯毫不怀疑旋翼机上坐着联盟卫队的小分队。

"来吧，咱们得走了。"卡洛斯把克里斯拉起来。拉扯之间，克里斯好像是要抵抗着不想走。卡洛斯在他后背推了一把，催他顺着陡峭的小路往下走。

他们小跑起来，靴子跟儿扎在雪里，差点儿摔下乱石嶙峋的山坡。他们赶紧抓住了树枝。过了一会儿，卡洛斯看不到小径了，他在绝望之中想重新找到它，却脚下一滑，仰面跌坐在地上。他喘着气吐着白雾咒骂了一声，磕磕绊绊地站起来。克里斯已经在前头十几码远了，他们要尽可能让自己远离山脊，可他也不能把克里斯弄丢了。他以前也怀疑过克里斯，而现在他们能不能逃命完全取决于卡洛斯的直觉是否准确。

卡洛斯一路向下，一直到了峭壁底部。一面巨大的岩壁矗立在面前，花岗岩的岩架形成一道挑檐挂在头顶上。一堆堆碎石散落在岩壁底下，长年的侵蚀让岩壁逐渐崩碎，形成了年深日久的岩石滑坡。他远远的能听到一种低沉的、稳定的隆隆声，就像是远处传来的鼓声。小路可能找不到了，但约翰逊瀑布就在半英里外。

克里斯正在努力穿过那片碎石，卡洛斯追上了他。卡洛斯抓住他的肩膀一转，一把将他摔在冷冰冰的岩壁上。

"那东西在哪儿？"他吼道。

"什么在哪儿？我不知道你在……"

"他们可不是碰巧发现咱们的。"卡洛斯从肩头拿下步枪，"你带着某种跟踪装置。交出来。"

克里斯嘴一颤："伙计，你是胡思乱想。我根本没有……"

"我可不是开玩笑。"他大拇指一挑，打开了保险，然后退后一步，把枪托抵在腋窝上，抬起枪筒指着克里斯的胸口。"要是你不告诉我那东西在哪儿，我就杀了你。我不会数到三的。"

克里斯盯着他，难以置信自己听到的话。卡洛斯的食指在扳机护圈上挪动着。"好吧，好吧。"克里斯脱掉夹克，转过身，"在这儿！"

一个小小的塑料盒别在腰带后面。"取下来。"卡洛斯看着克里斯在腰带扣上摸索,"还有谁带着这东西?"

"我们都有。"克里斯把腰带取了下来,"如果你检查那些被你们打死的家伙,你就会找到的。但你把他们埋了……"

"就留下了你和康斯坦萨,而且我们把你们分开了。"卡洛斯从他手中接过腰带,迅速查看了一下那个装置。是某种极低频无线电信号(ELF)应答器,能在太空轨道上收到它的信号,也许就是他昨天晚上看到的那艘联盟飞船。他把装置从腰带上抽下来,丢到地上,使劲踩了几脚,直到它被靴子踩得粉碎。"我就知道这是某种圈套。他们要想在这儿找到你,简直太方便了。"

"该死,你够聪明。"克里斯的笑容很蠢,就像是大家玩了一场好玩的游戏,他赢了,因此扬扬得意。"他们在找你,天才,著名的瑞吉尔·肯特。现在他们把你赶进了他们……"

远处的螺旋桨声打断了他。卡洛斯看了看四周,发现第二架旋翼机从峡谷深处升起来了,看上去它好像在河边的某处着陆过,至少在三四英里之外。他看不到,也听不到追踪自己和克里斯的那一架,但毫无疑问,它已经设法在山上的高处找到了降落的地方。

有一支小队从上方朝他们来了,而另一支是从下面过来。峡谷里的队伍会追踪应答器,不过他刚刚毁掉了克里斯的,总算有件事占先了。只要玛丽他们还没有……

"那现在怎么办?"克里斯倒是一脸轻松,"丢下我?打死我?最好做个决定。我想你很快就会有伴儿了。"

"那条路。"卡洛斯冲着约翰逊瀑布的方向一指,"你跟我走。"

"当然,为什么不?"克里斯若无其事地耸耸肩,"就知道你会这么说。"他转过身,回头看了看,"实际上,她也是这么说的。"

"她又说什么了?"卡洛斯都不用问他说的是谁。

"说你永远不会杀了我的。"他脸上又露出那种自以为是的笑容。

"说实话,我可不是因为这个才对她说我要参与这事儿的。我就是想在他们打死你的时候能在现场。"

"很抱歉让你失望了,我今天不会死。"卡洛斯指着瀑布方向,"现在走吧。"

洛佩兹堡 / 加百列月七十六日 / 08:37

"一号机报告,破坏神阿尔法小队着陆。"坐在距离巴蒂斯特最近的座位上的那位军士长说道,目光始终看着自己面前的环绕式控制台,"他们丢失了应答信号,但已经目视接触主要目标。正在接近并进行拦截。"

"破坏神刺客小队汇报,长官,"阿科斯塔坐在临近的座位里,回头看着他,"他们准确追踪到了次要目标。目标静止不动。他们正赶去调查。"

"谢谢。"巴蒂斯特继续研究着地图墙。山脊线上的那两个红色标记就在奥尔德里奇山的顶峰下方,那是破坏神阿尔法小队的位置。正如卡特曼中士刚才所说,交叉号代表总监察官莱文佩戴的ELF信标的位置,就在他被一号机发现后不久,信号就消失了。不过恩里奎·康斯坦萨佩戴的那个应答器还在活动,自从"精神号"昨晚捕获信号之后,它的位置就没发生变化,这让他有些担心。

他走到破坏神阿尔法的控制台。"告诉他们小心行动。"他平静地说,"这可能是某种陷阱。"

"是什么让你这么想?舰长?"路易莎·埃尔南德斯从他身后走上前,她的斗篷轻轻扫过水泥地面。情报室里挤满了观察行动的联盟军官。"就我们所知的情况来看,那可能就是'亚拉巴马号'人员的所在位置。"

她的话有一定道理。康斯坦萨信号的位置距离他们那支小队最后可知的位置有相当的距离。失去另外四个人的信号让人倾向于一种想法：他们在河流下游五十英里的地方被瑞吉尔·肯特伏击了，不得不假设他们现在都死了，他们的应答器跟着尸体一起被埋了。如果康斯坦萨成了俘虏，那抓他的人就可能带着他去上游的某个地方……也许甚至到了他们的最终目标，"亚拉巴马号"人员的藏身地。

巴蒂斯特漫不经心地揉了揉下巴，看着刺客小队队长传来的画面。一个屏幕上显示着从破坏神胸口的摄像头传来的画面：有点模糊，单色画面，画面随着队长沉重的步伐晃动着，显示出一片灌木茂盛的河岸，银色的水面反射着早晨的阳光。

"太容易了。"巴蒂斯特低声说着，不像是对女统领说，更像是自言自语。

"你说什么？"她站在他身边，双臂抱在胸前，"你觉得这容易？舰长，这次行动已经计划了好几个月。我向你保证，我们有能力……"

"根据你们告诉我的情况来看，"他冷静地说着，"你们一直都低估了他们。你们似乎相信你们的对手缺乏资源，仅仅因为你们有更多的人员和装备。这是个错误。"

她垂下双手，盯着他，眼神中带着一丝蔑视。尽管他的声音并没有提高，可巴蒂斯特意识到屋子里变得一片寂静，情报室里的所有军官都在关注这番对话。他思忖着有多少人心里都有着同样的感觉，但又不想挑战移民地总督的权威。

埃尔南德斯退后一步，眯起眼睛。"也许你是对的，舰长。我们应该调整一下这次行动的目标。"她一转身，走到破坏神阿尔法控制台。"你们的人现在在哪里？"

"现在降落到山脊上了，女士。"卡特曼指着屏幕上代表破坏神阿尔法的位置，两个星号缓缓顺着等高线的示意图往下走。破坏神胸口上的摄像头画面很模糊，看得到树林和积雪覆盖的石头。"他们还没有与目标发生视觉接触，但声波模式表明，前方五百码处有动静……"

她命令道："给我看一号机拍到他们的那个镜头。"卡特曼操作了一下键盘，另一个屏幕亮起来，显示出俯视画面：有两个人，是旋翼机机腹的摄像头捕捉到的几秒钟画面，从积雪覆盖的树枝下抬头看着他们。"定格！"她指着右边那个人：年轻人，留着胡子，肩上挂着一支联盟制造的步枪。"好好看看，舰长……卡洛斯·蒙特罗，瑞吉尔·肯特本人。告诉我，你觉得你会低估这样一个人吗？"

"不，女士，我不会。"巴蒂斯特在蒙特罗脸上看到的不是恐惧，而是别的什么东西……是一种决心，如果换个环境，他或许会这个人赞赏不已。

"我也不会。我已经跟他斗了很久了，比你久得多。"埃尔南德斯戳了戳自己的下巴，然后对卡特曼说："让我接入阿尔法和刺客，我要跟他们直接通话。"

"统领大人，"巴蒂斯特说道，"我能否提醒你一下，这是联盟卫队的行动……"

"我能否提醒你一下，我是移民地总督。"她故意转过身背对着他。卡特曼抬头看了看，点点头，示意那两支攻击队已经能听到她的声音了。"破坏神阿尔法小队，破坏神刺客小队，我是女统领路易莎·埃尔南德斯。这次任务的目标现在调整。你们优先考虑消灭，不是抓捕。重复……现在的首要任务是消灭。就这样。"她又戳了戳下巴，然后看向巴蒂斯特。"我想这应该能说服你，我对待此事有多严肃。"

巴蒂斯特看着她，心里不由得有些惊恐，他希望自己的脸上不会表露出来。从他所知道的情况来看，他可不觉得他们需要这么做。"我从不怀疑，"他小心地斟酌着用词，"可你要明白，你的命令是消灭两个平民……其中还包括你们的总监察官。"

她的脸变得煞白，好像突然意识到自己做了什么。有足够的时间撤销命令，或者至少改变命令。但转瞬之间，冷酷的心又回来了。

"我当然知道。"她说，"就照我说的做。"

她走开了，就在这一刻，巴蒂斯特明白了，对于除掉瑞吉尔·肯特这件事她有多么执着。

先锋谷　/　加百列月七十六日　/　08：46

一开始，望远镜里什么都看不到，只能看见风中摇摆的树枝。然后，一个影子掠过岩壁底部，飘过那片滑坡区。几乎就在卡洛斯发现它的时候，它似乎又消失了。他继续观察着，有一瞬间他看到一片黏浆果灌木上的积雪落下来，好像是被跟踪着他和克里斯踪迹的幽灵碰落的。

"有麻烦吗？"克里斯趴在他身边，靠着石头，他脸上挂着假笑，"我想他们在幽灵模式下很难被发现。"

"我打赌你是不打算跟我讲那到底是什么东西的，对吧？"卡洛斯的眼睛始终盯着那里的岩壁，希望发现更多的动静。没错，又来了……但现在出现了两个影子，一个紧跟着另一个。

"嗯……"克里斯想了一会儿，"好吧，我给你个提示。你在用错误的方式看他们。"

卡洛斯想了想他的话，然后放下双筒望远镜，拿起了步枪。他透过瞄准镜看着，同时切换到了红外线模式。一切都暗了下来，好像黄昏笼罩了森林。他能分辨出两个臃肿的轮廓，很朦胧，却显然是模糊的人形，就像是两颗鸡蛋长着短腿和超长的胳膊。

"你还算聪明。"克里斯笑了，"那是他们的弱点。他们的衣服涂有某种聚合物涂层，让他们能伪装自己，但他们永远不能遮盖动力系统的热量。通过红外线，在这样的寒冷天气下，你是能看到他们的……

好歹能看到。"

"你好像对这些东西知道得挺多啊。"卡洛斯观察着那两条身影缓慢地沿着岩壁底部移动。他已经带着克里斯到了那面岩壁下一百码的地方,这里有一块巨大的、牙齿形的凸岩。他们暂时是安全的,刚够让他能好好想一想一下那些追踪者。"你们管他们叫什么?破坏神?"

"破坏神马克III型作战盔甲,啊哈,战术攻击装备。卫队里的一些朋友跟我说过这东西,但在此之前我从没见过。能让我看一眼吗?"

卡洛斯没理会他,眯着眼从瞄准镜里看着,在准星里把两条身影串了起来。如果他愿意开枪的话,他能一枪命中。可如果他们穿的是重型铠甲,那也许就能挡住小口径枪弹,这样朝他们射击就只会暴露自己。"你还有什么愿意告诉我的?"

"好吧……如果这是标准猎杀队,那就表示队长可能正在用他的感应天线阵列扫描这一整片地区。所以如果你觉得他们不知道咱们在哪里,那你就错了。他们此时此刻可能正在听我们说话呢……如果他们还没有识别到你的瞄准镜发出的红外光束的话。"

卡洛斯感觉浑身的血液都冻住了。就在这时候,走在前面的破坏神转向了他。盔甲右肩上的圆柱形转向他,好像是直接瞄准了攻击目标。卡洛斯一俯身,把步枪抱到了胸前,紧跟着,响起一阵轻微的嗞嗞声,灼热的花岗岩飞溅开来,碎片刺痛了他的右脸。

"噢,好极了……他们也装备上粒子激光束了!"克里斯大声笑了起来,"伙计,你要完蛋了!"

卡洛斯伸手抹了抹额头和面颊,他的手套染上了血,看来受了几处擦伤。他恶狠狠地盯着克里斯,同时溜下了砾石。如果他们够快,也许能走完剩下的路下山去,不等……

"嗨!下面这里!你们那些家伙,在这儿!"

卡洛斯回头一看。就在他转身的时候,克里斯从他身边一跃跳上了凸岩。他站在石头顶上，高举双臂挥舞着。

"我抓住他了！"克里斯又喊了起来，然后打着尖锐的呼哨指着他，"过来，他在这儿。"

卡洛斯的心里闪现过一些记忆的片段，他端起了步枪，对准了克里斯的后背。他尽力不去想他们童年时一起做过的事，然后他的手指勾住了扳机。他深吸一口气，祈祷上帝会原谅他……

一阵微弱的嗞嗞声，就像一根白热状态的铁棍摁在一大块肉上。足有半秒钟时间，卡洛斯看到空气中有一阵微弱的扰动，然后克里斯尖叫一声从石头上跌落下来，紧紧捂着左臂肱二头肌上方的位置。卡洛斯爬到凸岩上接住克里斯，把他拖到自己身旁。卡洛斯拉开他的手看了看：他的夹克上有个烧焦的黑洞，直径足有四分之一英寸。激光刺穿了他的肩膀，烧焦了皮肉，留下了一个射入型伤口，闻着就像是烧焦的猪肉。显然，破坏神小队并不区分目标，一律格杀勿论……

"那婊子养的居然冲我开火！"克里斯捂住肩膀疼得直咬牙，"我不相信！他刚才……"

"闭嘴！"瀑布只有几百码远了，但卡洛斯需要让破坏神小队慢下来，否则他们永远到不了瀑布。"待在这儿。"他低声说着，然后又爬上石头，小心地藏着自己的脑袋。

卡洛斯透过步枪瞄准镜迅速看了看，那两条身影还在岩壁下，正朝他这边移动，但他们身上的重型盔甲和脚下松散的碎石会让他们忙一阵子。卡洛斯关掉红外线，用瞄准镜看着岩壁顶部。就是那个了：高处有一溜儿冰柱，就挂在这片滑坡区上方，并不结实。他仔细瞄准，然后扣动了扳机。

子弹击穿了冰柱。那一溜儿冰柱碎裂开来，直落向地面。破坏神小队没时间反应，数百磅的冰块如瀑布般砸向他们。前边那个躲过了最猛烈的区域，但后边那个破坏神被砸个正着。他的铠甲里肯定有什么东西短路了，因为突然之间它现形了：陶瓷合金制作的沙土色机器人，里边的人拼命保持着平衡，让那两只巨大的手臂笨拙地四下伸展。它倒下的时候，前面的队长笨拙地转向了它。队长的铠甲上也盖了一层冰雪，变得隐约可见。

太好了，这也许能拖住他们一会儿。卡洛斯滑下石头，把克里斯扶起来。"赶紧走！你要是再干那种事，我发誓我就……"

"他们朝我射击！"克里斯捂着肩膀，回望着破坏神小队，"我简直不能相信他们……"

"你还指望着得个勋章？"卡洛斯推着他，"赶紧走，不然我就扔下你不管了！"他心里奇怪自己怎么还没这么做。

他们钻进了森林，在大石头和倒下的树木之间来回穿梭，一路往山下狂奔时，树枝抽打在他们脸上。卡洛斯感觉自己的肺都冻住了，从里到外都要让自己炸开；他咳嗽起来，不住用手抹掉脸上的雪。瀑布沉闷的隆隆声越来越响，变成了咆哮；透过树丛，他能看到一层薄薄的白雾。克里斯盲目地跟着他，每一步都步履蹒跚。他们得休息一下，处理克里斯的伤口，但这是不可能的。用不了多长时间破坏神小队就恢复了，很快就会根据他们的体温信号和呼吸声追踪而来。如果停下，哪怕就一会儿……

隆隆声变成了低沉的怒吼，他们突然跑出了林地。在他们面前是一道深渊：一个巨大的裂口，直径数百英尺，群山之间一个宏伟的天坑。往右六十英尺，就是屠羊溪坠入裂隙的地方，六十英尺高的瀑布坠落在犬牙交错的乱石上。瀑布底下激起一团泡沫，打着旋儿奔向峡谷远方。

克里斯停住脚，凝视着深渊。"噢，太棒了。"他粗声粗气地说道，"真是妙极了。我们现在往哪儿走……"

"这边。"卡洛斯转向右边，顺着悬崖边缘往前走。如果他们没跟丢之前那条小径，就会引着他们直接到达约翰逊瀑布顶端。可现在他们得一路披荆斩棘，并且希望破坏神别追上他们……

从峡谷下面的某个地方，远远地传来机枪开火的声音，在岩壁间回荡。那应该是玛丽的队伍，在跟另一支破坏神小队交火。破坏神小队肯定定位了康斯坦萨的信号。不过他妹妹那边比他这边情况要好，他们有三个全副武装的人员，还有一艘偷来的掠行艇，而他只有一支步枪……

"还不算太晚……"克里斯喘着粗气，捂着肩膀，全身瘫软地靠在一棵树上。他盯着卡洛斯，满眼血丝。"还不算太晚……如果我们投降，他们可能只是俘房我们……她想要的就是这个……"

"你想留在这儿，那随你。"卡洛斯搜索着他们上方那片密林覆盖的山坡。毫无疑问，破坏神小队正在定位他们的声音。"代我向她致以最好的问候。"

一开始，克里斯好像是打算留下了。然后，他显然是考虑再三，又踉踉跄跄站起身来。"希望你知道要往哪儿走……"

卡洛斯点点头，转身就走。他当然知道……但他不想让克里斯知道。

他们继续往瀑布走。没有路径可循，卡洛斯不得不凭借自己对地形的感觉走。在过去的两年里，他摸索过这个山谷里的每一条沟沟坎坎，他很熟悉这里的地形，胜过他童年生活的亨茨维尔邻家街区。他听到山坡上方的什么地方传来轻微的声响，破坏神小队在身后的距离并不太远。现在水流的声音很响。只剩下一小段路了……

忽然他脸上一热，头顶上方的一根树枝突然断裂掉了下来，差几英寸就砸到他了。"快跑！"他喊起来，拔腿就跑，根本没费心去找这次袭击是从哪儿打来的。

他们一头冲进森林里。卡洛斯看不到瀑布了，那个深谷在他身后某处。克里斯紧跟着他，气喘吁吁地拼命跟着。又一道激光束把他们右边几码远的一棵树打得树皮乱飞。破坏神小队知道他们在哪儿，但他们没有清晰的视野，只是在林子里乱射。他和克里斯能做的就是一直移动，希望树木会扰乱破坏神小队的准头。

他们在瀑布上方，小溪在左边，山坡在右边，卡洛斯突然又跑回到了他们走失的那条小径上。"这边走！"他大喊一声，转向左边，他的靴子踩着小路上的软雪，径直往小溪那边跑了下去。现在他知道他们在什么地方了，剩下的路很清楚。如果他们再跑几码……

就是这儿了：那座桥。

它有五十英尺长，有一长排粗刨的厚木板，用树藤绞成的缆绳悬吊着，在屠羊溪激流的上空随风晃动，裹在缭绕的晨雾里。两天前，当即将到来的暴风雪把第一片雪花吹落在他们身上时，他和他的队伍已经跨过了这座桥。现在，木板上裹了薄薄的一层冰，绳索上积着雪，这座桥看起来很脆弱，饱经风霜，但它其实仍然很结实。

卡洛斯冲过了那两棵支撑着主缆绳的黑檀树。他的重量让桥吱吱作响，微微晃动起来。当初过桥的时候，那几头茸牛是从上游不远处的浅水涉水过河的，骑手们则是从容地从桥上走过去，但现在茸牛丢了，这座桥是他逃生的路。卡洛斯回头看了看，克里斯就跟在身后，没时间品味他脸上的惊讶之情，再跑几码就到溪对岸了……

卡洛斯到了桥中央，一路跑过滑溜的木板，几乎没怎么扶颇有磨损的扶手绳索，这时候他听到有人喊他的名字。他抬头一看，只见一条身影从对岸的林子里钻了出来，在头顶挥动着双臂。卡洛斯抬起一只手示意让那人回去……

"趴下！"

卡洛斯被扑倒在地，这才听到克里斯的喊声。他一头栽倒，步枪从手中滑落，掉在身后的桥面上。他一抬眼，正好看到几英寸远的地方有一个拇指大小的孔洞，雪在融化，潮湿的木板咝咝作响。

他身子往边上一扭，向后看去，这是他第一次这么清楚地看到破坏神：一个机械化的人形，就像是他小时候在网络电视上看过的日本动画片里的机器人，只是少个脑袋。它就站在桥头，宽阔的胸口上伸出一个侦测探头,像独眼巨人的眼睛,正在盯着他。香肠形的粒子束火炮安装在右肩上,正转向他。这一刻,他知道破坏神机器人正用它的视觉系统锁定他。下一枪绝不会打偏……

"快跑!"克里斯喊起来,"走!"然后他拿起卡洛斯掉落的步枪,冲着破坏神机器人就打。

子弹打在铠甲上就被弹飞了。破坏神机器人一趔趄,但没摔倒。他现在看到第二个破坏神机器人了,正顺着小路下来,就在第一个身后……

"快跑!"克里斯没回头看他,"快走,该死的!"

卡洛斯爬起来抓住了扶手绳索。他几乎把自己的身子荡了起来,同时就听头顶上嗖的一声。

什么鬼东西?

紧跟着就听那两个破坏神站着的地方传来一声爆炸。他回身去看……

脚在湿漉漉的木板上一滑,他失去了平衡,努力想抓住绳索,但这座桥似乎扭动起来,他脚下突然一空。

刹那间,他飘在了空中,就像一只软软的洋娃娃在空中飞舞着。紧接着后背迎来猛地一拍,他落入了水中。

仿佛万把利刃扎进了他的脸。他下意识地大口喘起来,冰冷的水涌进他的喉咙。眼前一片漆黑,他努力克制住恐慌,开始拼尽全力游动,又是踩水又是刨,朝着头顶上不住晃动的那片蓝光游去。

加油,用力,拼了!你不能死在这儿!

卡洛斯的脑袋钻出了水面,不住咳嗽着吐出冰水。他开始不停地用力拍水在激流中游动,水下的逆流缠住了他的脚踝,想要把他再次拖下去。身上的厚衣服湿透了,就好像大衣里灌满了湿水泥,靴子也变得足有十磅重。他所能做的就是尽力浮在水面上。

他的右膝碰上了一块他看不见的石头,顿时一阵刺痛。卡洛斯咬紧牙关，朝着岸边挣扎。距离岸边还有二十多英尺，耳边能听到瀑布的咆哮声，他正被拖向那边。还有十几码，他就会飞出瀑布边缘，坠入那个裂谷，撞在深处的乱石上……

他更用力地踢着水，努力让脑袋露在水面上，尽量顺着水势游。一英尺又一英尺，岸边在接近，他看到有一棵死树倒在溪水里。他用尽全力去够它，但刚抓住一根树枝，树枝就从根部断裂了，湍流又把他裹住拖走了。

瀑布声震耳欲聋。水泼溅在他脸上，让他看不见东西。他一转头，看到瀑布边缘就在十几英尺外。可他的脚下碰到了沙地，靴子底在乱石里打滑。如果他能抓住什么东西，让自己越过那宝贵的几英寸距离摸到干燥的地面……

水里又冒出一块石头，距离岸边只有一英尺远。水流把他冲向它。他伸出右臂搂住那块石头，用最后的力气紧紧抱住。他只需要伸出另一只手，抓住别的什么东西……

有什么东西兜住了他大衣的兜帽，把他往上一拽，就好像是一只大手从天空中伸下来把他揪出了急流。紧接着，他被拖出溪水来到了坚实的地面上。

卡洛斯趴在河岸上，大口大口喘着气，冻得浑身发抖。太冷了，难以置信的冷……

他看到一双靴子，又旧又破，脚踝上紧紧裹着动物的皮。看来是义军镇来的人，也许就是刚才炸掉破坏神小队的那帮家伙。"伙计，我很高兴见到你。"他嘟囔着抬起头来，"我想我……"

低头盯着他的那张脸并不是人类的面孔。

下巴拉长了，留着粗糙的大胡子，嘴里伸出发黄的獠牙。脏乎乎的白色长袍下面是一身肮脏的大衣，衣服背后的裂口伸出一对皮膜翅膀。那双眼睛很黑，却烁烁放光；目光很和蔼，却透着疯狂。

"佐尔坦？"卡洛斯低声道。

从附近的什么地方传来说话声。那怪物抬头望向声音传来的方向，没再说话，站起来拔腿就跑，跑向几英尺外瀑布的方向。他攀上一块俯瞰深谷的巨石，然后伸展开翅膀，张开双臂，利爪般的手抓住翅膀边缘。

"不！"卡洛斯喊起来。

然后，那条身影跃入了深渊。

卡洛斯爬起来，正好看到一个蝙蝠般的身影滑翔飞过约翰逊瀑布。没过一会儿它就从视线中消失了，隐入了深谷底部树丛的阴影之中。

克里斯来到身后的时候卡洛斯还一直看着。后边还跟着好几个人，卡洛斯不知道他们是跟着他来的同伴，还是追踪他来的敌人，这时候都不重要了。"嗨，伙计，你还好吗？"克里斯说着，伸出一只手扶住了卡洛斯的胳膊，"我们以为你死了。"

"我就是……"卡洛斯发现自己在发抖，不单单是因为冷，而是因为刚才看到的那张脸。他们会相信他吗？他自己都不确定自己会相信这事儿。他听到不远处的什么地方有一架旋翼机正在接近。他们的麻烦还没完呢。

"没关系。"他低声道，"咱们赶紧离开这儿。"

洛佩兹堡 / 加百列月七十六日 / 09：32

屏幕上显示有两个人在一座吊桥上，一人趴着，另一个人拿着步枪站在那儿，朝着摄像头开火。然后镜头一拉，短暂地聚焦在几条人影上，就在小溪对面树林的阴影中，其中一人的肩膀上扛着什么东西。枪声的间隙中，他们听到破坏神小队的队长说：

"有增援。靠上去……噢，该死，他们有……"

桥对面发出一阵闪光。最后的画面是一个小小的、黑乎乎的影子飞向摄像头。然后屏幕上一片空白。

"就这样了，长官。"卡特曼从控制台上抬起头，"在这之后就没有联系了。"

巴蒂斯特什么都没说。他不需要再通过破坏神阿尔法小队队长身上的摄像头进一步了解情况：破坏神小队已经被肩扛式火箭筒摧毁了，也许就是瑞吉尔·肯特偷袭自由镇时偷走的武器。

不只是破坏神阿尔法小队被干掉了。当破坏神刺客小队靠近康斯坦萨的信号时，大约在瀑布下游七英里的地方，他们发现失踪的巡逻队掠行艇漂在岸边，系在一棵树上，看样子是被丢弃了。但是当破坏神刺客小队过去搜寻时，他们遭到了一小群隐藏在附近山坡上的武装分子袭击。刺客小队干掉他们本没有任何问题，但事实上那些武装分子只是佯攻，掠行艇并没有被遗弃，船上的人知道怎么使用链式自动机炮。不到一分钟，刺客小队的所有联系都中断了，十分钟后，阿尔法小队掉了线。

两支破坏神小队——四名经过特殊训练的士兵，装备着最先进的联盟卫队作战铠甲——被顶多算得上是游击队的武装力量用偷来的武器给消灭了。一次作战行动变成了人员和设备的全面损失。巴蒂斯特闭上眼睛，用指尖揉着太阳穴。本来事情应该很简单……

"长官？一号机和二号机仍然待命。等待新命令。"

巴蒂斯特睁开眼。卡特曼还在耐心地等着他下达指令，情报室一片安静，坐在控制台前的军官都静静地望着他。两架旋翼机还在现场，在行动区域的两端盘旋着，如果任务成功，他们已经接回阿尔法小队和刺客小队了，没准儿还带着俘虏。现在全成泡影了，不是吗？

"告诉他们返回基地。"巴蒂斯特低声道，"我们要……"

"不。取消命令，中士。"

路易莎·埃尔南德斯早已悄然站在了一旁，一直在观察着事情的进展。现在她走到灯光下,映出了挺直的身影。"我们的任务还没成功呢,舰长。我们还有事要做。"

巴蒂斯特吐了口气,"容我直言,女统领,我反对。我们的地面部队……"

"失效了,没错。我很清楚。"她的脸拉了下来,嘴绷成了一条线。"然而我们还有两个作战单元在空中,可以成为我们的优势。"不等巴蒂斯特反对,她指着他刚才看的那个屏幕,"中士,倒放我们刚才看到的。"卡特曼转回到控制台上,按了几个按键。那名队长的机载摄像头捕捉到的最后几秒钟画面又显示出来。"定格。看这个,舰长,告诉我,这地方有什么。"

巴蒂斯特查看着画面。这儿的东西他都看了两遍了。"我不明白你是……"

"这座桥,舰长。看这座桥。大约九个地球年之前,我们搜索了中央大陆的每一平方英里,既从高空轨道,也在低空巡查。我们从没发现过像这样的东西。现在,就在这个不知道哪里的地方,我们发现了一座吊桥。你认为这是为什么?"

不等他回答,埃尔南德斯走到了地图墙跟前。"要不是有人要用,不会有人修一座桥的。"她继续说着,指着阿尔法小队和刺客小队最后的位置,"武装分子出现在这一带,不可能是巧合。"她伸出一根指尖指在玻璃上,在河谷上方画出一个圈,"把所有情况综合在一起看,他们的定居点肯定就在这一带的某个地方。如果我们行动足够迅速,很可能会找到它。"

军官们明白了她在说什么,房间里响起一阵低低的议论声。巴蒂斯特发现自己也赞同地点了点头。两架旋翼机仍然在峡谷上空,他们也许能反向追踪反抗军的行动,追查到他们的大本营。不过……

"我们做得到。"他仔细斟酌着用词,"但我必须要特别提醒你得小心,你可能会忽视什么东西。"

埃尔南德斯脸色阴沉："怎么讲？"

"我们想给他们设陷阱……但有没有可能是他们反过来给我们下了套？"

先锋谷 / 加百列月七十六日 / 09：46

卡洛斯正在换上干衣服，就听到洞口传来一阵人声。他没顾着扣上粗布衣服的纽扣，就弯腰抓起了靠在岩壁上的步枪。几秒钟后，螺旋桨转动的突突声回响在隧道里，一架旋翼机低空掠过，就在谷口上方几百英尺。

"有人过来了。"克里斯坐在山洞的地上，身边摆着点燃着的灯具，他抬头看了看，"你觉得那是另一支破坏神小队吗？"

卡洛斯没有回答，他查看着弹匣——还有八发，不够挡住强攻。接着他看向泰德·勒马尔，这位老人正守着克里斯，用步枪指着他的后背。泰德什么都没说，不过注意力不再放在俘虏身上了，而是注意着洞口。克里斯发誓说他再没别的定位装置了，就算他有，他们也是在地底下，低频无线电信号穿不透周围的花岗岩。那架旋翼机可能只是又来了一次随机巡视，之前已经进行过三次了。

克里斯在桥上救了他一命，但卡洛斯还没做好完全相信对方的准备。

杰克·德赖弗斯站在洞口附近放哨。随着那架旋翼机离开，他抬起一只手示意沿岸一带安全，然后就从视线中消失了。外面传来了一阵声响，而且距离越来越近了。有个声音像是巴里，杰克发现自己的儿子还活着，肯定是松了口气。卡洛斯放松下来，他放下枪，伸手去拿放在旁边的羊毛衫。杰克并不是唯一需要感激的人，当年亨利·约翰逊在瀑布下的岩壁上发现了这个天然山洞，这瀑布就是用他的名字命名的,他建议这里应该用来存放备用的衣服、食品、鱼油灯具,这样狩猎队迷路的时候可能会用得着。亨利的远见很正确,卡洛斯心里想着下次去看他的时候要给他送瓶酒。

洞壁上的光影不住晃动。过了一会儿,杰克回来了,手里拿着手电,另一条胳膊搂着巴里的肩膀。他们身后是玛丽、拉尔斯、加斯,押后的是琼·斯温森。玛丽从其他人身边冲过来扑在了哥哥身上,步枪都差点儿掉了。此刻不必说什么,他们搂在一起,卡洛斯感觉到妹妹在发抖。前一天他对她的那些不满全都消失了,现在她安然无恙,这才是最重要的。

"欢迎归队。"泰德放下枪,从克里斯身边走开,"要是有人饿了就吃点儿东西吧。只有豆子,不过……"

"伙计,我能吃一只河蟹……嗨,这混蛋在这儿呢!"克里斯还没站起来,拉尔斯就冲进洞里一把揪住了他的衣服领子,把他推到了岩壁上。别人还没来得及阻止,他就从腰带上抽出一把联盟卫队的自动手枪。"伙计,我正希望能再见到你呢。"他吼叫着,把枪抵在了克里斯脸上,"该你还债了!"

"住手!"卡洛斯伸手抓住枪拉到一边,"没有人需要偿还任何人!他和我们是一伙儿的!"

"有点晚了。"玛丽平静地说着,同时泰德把拉尔斯从克里斯身边拽走了,"他的伙计已经偿还了。"

卡洛斯看着她:"别跟我说你们……"

"她别无选择。"巴里过去扶着加斯。卡洛斯这才看到这孩子拄着一根树枝,他的右膝裹着的绷带渗着血迹。"康斯坦萨一路都在装傻。"他一边说,一边帮着加斯走到灯具投下的那一团微弱的暖意当中。"我们昨天到达碰头地点之后,他就不再装疯卖傻了,他抢了加斯的步枪。玛丽撂倒他之前,他冲加斯开了一枪。"

"恩里奎是情报特工,"克里斯面如死灰,他谁都不敢看,"他是平民科学家,当然……这个我没有撒谎……但他的主要任务就是这次行动。我猜他是想确保掠行艇不落入敌人……落入你们手中。"

"我们搜查了他的尸体,发现了跟踪装置。"巴里帮着加斯坐下,把他的伤腿放直。"我们尝试联系你,但接不通。"

"我的机器关掉了。旋翼机出现的时候茸牛受惊跑了,那时候我又把东西都给丢了。"卡洛斯冲着克里斯点了点头,"他也带着一个跟踪装置。整件事都是圈套,故意让我们俘虏他们,好让联盟卫队跟踪我们。"

"但事与愿违。"泰德从拉尔斯身边走开,"玛丽呼叫的时候,把情况告诉了我们,李舰长派杰克和我出来找你们,琼去找其他人。我们很幸运,在桥上碰到了你。"

"我们也很幸运,你决定带着个火箭筒。"卡洛斯忍不住笑起来。

杰克耸耸肩:"没什么幸运的。我们觉得,如果联盟派出小分队追踪你们,你们可能需要什么重型武器。"

"我们把康斯坦萨的追踪器留在掠行艇上,然后埋伏起来等着他们出现。"玛丽弯腰查看着加斯的绷带,"掠行艇上的机炮救了我们。没想到有那些……那都是什么东西?"

"破坏神机器人。很厉害的东西。"克里斯很紧张,不过他显然意识到了,只要他合作,就不会被毙掉。或者,也许还不止如此,卡洛斯注意到他一直看着泰德、杰克、琼的眼神,还有脸上浮现出的欣慰之情,那都是前"亚拉巴马号"的船员,都是他多年不曾见过的熟悉面孔。他们算不上失散多年的好朋友,但也绝不是陌生人。"这是件好事,你们设法……"

"别拉着我。"拉尔斯还没原谅他呢。他从卡洛斯手里拿回手枪,尽管没再瞄着克里斯,可他也没把手枪插回腰带上。"要是你们这帮家伙没搞砸,那我们就全当俘虏了,或者死了。"

"而且康斯坦萨可能已经带着破坏神小队到义军镇了。"巴里盯着克里斯，对卡洛斯说："你的想法不错，带着他走另一条路。"

"我只是有预感，仅此而已。"卡洛斯耸耸肩，"路很远，但……"

"什么预感？等等，我没明白。"现在克里斯糊涂了，他先是看着巴里，然后看着卡洛斯，"我还以为你是要带我回你们的营地。"

卡洛斯跪在灯具旁。"不是直接去，我才不会。"他说着话，伸出双手烤火，"我们走的那条路是狩猎小道。我们在去年末修了那座桥，作为跨越小溪去肖山的捷径，但它不是直接回家的路线。"

"那你知道……"

"我什么都不知道。"卡洛斯摇摇头，"就像我说的，我只是有点怀疑你。所以我告诉巴里，在我们发现你们的地方的上游碰头。如果你的那些战友没有出现，我们就会过桥，然后往回折返，跟他们在小溪下游几英里的地方碰头。要是一切平安无事，我们就会带你们到义军镇。"

他双手搓在一起。"这一切让我们此时到了此地。"他继续说着，"技术上来讲，你是战俘。不止如此，你也是个叛徒。"

"我跟你说了我为什么做那些事。你昨晚听到我说的……"

"那是昨晚。我们那时还不知道你是在设计诱捕我们。"卡洛斯转开灯具的小门，给灯芯又加了一些鱼油，让它燃得更旺些。不一样的篝火，但还是同样两个人的对话，在几小时后又继续了。"摊牌吧，伙计。咱俩要解决这事儿的话，只能有话直说。"

外面的某处传来联盟旋翼机在峡谷上空来回徘徊的声音，是在搜寻瑞吉尔·肯特。

"咱俩都想要得到一些东西。"卡洛斯继续说着，"也都有些东西要失去。你想再见见你妈妈……相信我，她也想见你。我们有一个伤兵，而且没有人想困在这里，坐等埃尔南德斯再派出一支破坏神小队。我想现在你也清楚，她认为可以牺牲掉你。"

克里斯缓缓点了点头，每一个人都在看着他。

"我们想回家，"卡洛斯继续说着，"这些人当中有人巴不得打死你，但我想再给你一个机会。"

"我……"克里斯犹豫了一下，"你为什么这么做？"

"噢，看在……"拉尔斯厌恶地转过身子，"别信他。他就是灌木丛里一只该死的莽鸟。"

"闭嘴，把你的无线电给我。"卡洛斯伸出手，盯着拉尔斯，看着他交出机器。"很久以前我们是好朋友，我们一起长大。然后我犯了一个错误，然后你也犯了个错误，然后……"他摇了摇头，"也许是时候让我们放下过去的一切了。你想回家吗？克里斯？"

一时之间，洞里仿佛没有了其他人。只有他俩，曾经用玩具枪打仗的两个人，相互讲荤段子，分享关于老师和姑娘的秘密。他们一起奔向群星，看着他们的父亲死去，进行着一场误入歧途的冒险，幸存了下来，却远离了彼此，最终成了敌人。然而卡洛斯知道，即便克里斯说不，他也永远不会杀了他。那天早上他曾经有过机会，但并没有那么做。不管怎样，他还是他的朋友。

"是的。"克里斯的声音很平静，"我愿意那样。"

卡洛斯点点头："好的。我们做得到……但首先你得证明自己。"

克里斯看着卡洛斯打开了无线电的天线。"你想让我做什么？"

"你之前当过叛徒。"卡洛斯把机器递给他，"现在我让你再当一次叛徒。"

洛佩兹堡 / 加百列月76日 / 10：36

"他们发现他了吗？"巴蒂斯特走到卡特曼旁边，他在跟一号旋翼机联络。

"没有，长官。他仍然……"中士停住嘴，一只手按在了耳边。

"稍等。他们在河边发现有动静，距离瀑布不远。"

"把前摄像机镜头拉近。"巴蒂斯特看着这个控制单元中央的屏幕上显示出一幅画面，是旋翼机的机头摄像机传来的。他看到的就是飞行员看到的：从空中俯视峡谷，远处背景是瀑布，溪水在正下方。旋翼机盘旋的时候，画面微微向右倾斜。"把声音信号也给我，"他又说，"我想听到他们在说什么。"

"二号机在哪儿？"路易莎·埃尔南德斯站到了他身边，"他们应该在不远处。"

"我看到下面那里有些东西，靠近河岸，距离瀑布大约七十英尺。"一号机飞行员的声音里夹杂着静电干扰，不过很清楚。"正在靠近……"

"二号机正赶来掩护一号机，女士。"没等有人下令，阿科斯塔敲了敲键盘，面前控制台上的屏幕显示出二号机机头摄像机的画面，跟一号机的差不多，只是高度更高。前景中能看到另一架旋翼机，大约在两百英尺的下方。"您想要声音信号吗？"

"不用。"巴蒂斯特赶在女统领做出反应之前说着，他在她脸上看到一抹不快，但并没有理会。他不想被飞行员之间的对话分散注意力。他对阿科斯塔说："监控他们的通信频段，要是有重要的情况出现就告诉我。"然后他的注意力又回到了自己面前的屏幕上。"让我接进一号机。"他摸着下巴说着，"一号机，这里是'金色俄普斯'。你们有什么情况？"

画面稳住了，保持水平，看不到瀑布了，他们只能看到溪水。"'金色俄普斯'，我们认为我们看到下面有东西在移动。可能是我们的人，需要降低高度查看确认。"

"收到，一号机。"巴蒂斯特继续看着屏幕，"准备好接人，但千万提高警惕！我们不知道下面有什么。通话结束。"

"你在怀疑，是吗？"所有这一切进行的时候，格里戈·赫尔走到了巴蒂斯特身后,现在就站在他和女统领之间,一位裹着黑袍子的冷血幽灵,无所不在。"你不再信任我们的人了吗?"

巴蒂斯特咬了咬下嘴唇,忍住了没做评论。不,他不信任。十分钟以前,一号机接收到一条无线电信息,是总监察官莱文的加密频段。到目前为止,参与行动的其他每一个人都牺牲了,而莱文的追踪器在两个半小时之前也失效了。可突然间莱文又联络了他们,声称他从抓他的人手里逃脱了,需要救援,得从瀑布下面的裂谷接他。

巴蒂斯特从眼角瞥了一眼女统领。她的脸始终不露声色。破坏神小队落地的时候,她就把莱文舍弃了,只当他是个引诱瑞吉尔·肯特的诱饵,如果只是这么个身份,那他就没有救援的价值。现在,看样子克里斯·莱文还活着,她想让他回来。皆大欢喜。任务确实失败了,但也许他们还能从中挽救一些有用的东西。

然而,就在破坏神阿尔法小队被干掉之前,队长的摄像头捕捉到了桥上的两个人。在画面能清晰捕捉到他们的特征之前,摄像头甩开了。就在破坏神小队被消灭之前,其中一人对着它开火了。

那人可能是卡洛斯·蒙特罗。女统领是这么相信的。然而那也可能是别的什么人……

"人员可见。"飞行员嗞嗞啦啦的声音让他回过神来,"我们看到一个人,'金色俄普斯'。两个人倒地,已死亡,在前方……"

巴蒂斯特双手扶在卡特曼的椅子背上,靠近了屏幕仔细看着。没错,是他:一个小小的身影,站在溪水边的一块大石头上,高举双臂挥舞着。

摄像头拉近,捕捉到一张面孔:一个年轻人,将近三十岁,长长的金发,留着短胡须。

"是他。"女统领笑了,"一号机,下去接他。"

"我不认为那是……"

"我们需要他,"她说着话,都没怎么看他,"他跟瑞吉尔·肯特近距离接触过,他可能知道一些我们……"

"'金色俄普斯'!我们……"

一声刺耳的轰鸣声,紧跟着是一声尖叫。与此同时,屏幕变成了一片黑暗。

"一号机被击落!"阿科斯塔叫起来,"一号机被击落!"

埃尔南德斯的嘴张大着:"什么?我……你说什么……"

巴蒂斯特把她搜到一旁,冲向旁边的控制台。阿科斯塔盯着她的屏幕,大张着嘴惊恐地看着一团火球坠落在溪流当中,在岩石上撞毁的时候,它的旋翼还在转动着。"这……长官,刚才……"

"让他们赶紧离开那里!"巴蒂斯特喊叫着。准尉被吓坏了,无法执行命令,他把她推到一边,狠狠敲击控制台。"二号机,这里是'金色俄普斯'!离开那里!返回基地,马……"

"不!"女统领冲上前来,想把巴蒂斯特从控制台上拉开。"他就在下面!瑞吉尔·肯特就在下面!我们几乎抓住……"

巴蒂斯特一转身,用双手把她推开。她跟跟跄跄往后退了几步,被中士的脚绊倒了。如果不是有一名保镖就在跟前扶住她,她准会摔倒在地板上。

"抓住她!"巴蒂斯特吼叫起来,冲着卫队士兵打了个响指,"扣押女统领!这是命令!"

士兵犹豫着,一时之间不确定谁的级别更高。巴蒂斯特是宇航联军的高级军官,而埃尔南德斯是平民,所以他的职责很明确。他轻轻抓住了埃尔南德斯的手臂,对她轻声说了些什么。有那么一会儿,她似乎是抗拒,然后顺从了。

"我们收到了,'金色俄普斯'。返回基地。"

巴蒂斯特又看了看屏幕,随着旋翼机飞离,那道裂谷从画面中消失了。飞行员自然会很感激收到撤退命令。下面有人拿着火箭筒,下一枚红外制导导弹就得标上他的名字了。

"你出格了，舰长。"埃尔南德斯怒视着他，仍然被卫兵拉着。"我能因此逮捕你。"

"不，女士，你不能。"不等巴蒂斯特回应，博学者赫尔迈步上前，"这是军事行动，巴蒂斯特舰长是指挥官。此时此刻，他的权力在你之上。"

她先是瞪着他，又瞪着巴蒂斯特。"你不能……"

"就这样。"巴蒂斯特呼出一口气，"这次任务结束。我不打算让任何人再冒险，就为了……"

"女统领？"阿科斯塔望着她说道，"二号机说他们收到另一组地面通信。发信号的人说他想跟你谈谈……私下。"

一时之间没人说话。巴蒂斯特平静地说："接进来，让我们都能听到。告诉二号机，保持位置。"

过了一会儿，命令得到执行。然后低频无线电信号嗞嗞啦啦的声音充满了情报室，他们听到一个年轻人的声音：

"女统领埃尔南德斯，你能听到我吗？"

阿科斯塔点点头，示意她已经接入通信连接。女统领戳了下巴，"我听得到你，总警……我是说，克里斯。知道你活着而且平安无事太好了。"

"是的，我还在这儿。"一阵短短的、充满怨恨的笑声，"你如此关切真是太贴心了，特别是想到你们的一个人还在我身上打了个洞。知道激光穿透你的肩膀是什么感觉吗？我跟你说，真他妈的疼。"

"我确信那是个错误。"女统领的左嘴角往上一拧，"我们想接回你，但我们遭到敌人的火力袭击。如果你告诉我们你在什么地方，我们能再试一次。"

巴蒂斯塔身后传来一阵吸气声，他眼角的余光看到考特兹正站在身旁，跟屋里其他人一样，静静地听着这番对话。女统领身上又有了那种充满自信的镇定，她扬扬得意地瞅了巴蒂斯塔一眼，仿佛在说

"这事儿还没完。我会把我的人弄回来,然后士兵们将继续猎杀瑞吉尔·肯特"。

"不,我不这么想,但无论如何,我很感谢你。不过在我离开之前,我有个朋友想跟你聊聊。"

女统领的眼睛瞪圆了。她正要答话,另一个声音传了过来。"女统领埃尔南德斯,我是瑞吉尔·肯特……"

房间里一片嘀咕声,巴蒂斯特听到有人骂出了声。阿科斯塔伸手到控制台上,想跟踪信号源。"我会长话短说。"那个声音继续道,"今天你成功地让你们不少人失去了生命,我很抱歉,但这是你挑起的战斗,不是我们。尽管如此,有件事我们很感激……你'说服'了克里斯,之前他站错了队,他现在回到我们中间了。至少这件事十分感谢你。"

埃尔南德斯的脸一片苍白。"你……你抓他当了俘虏,"她结结巴巴地说着,"我要求你……你立刻释放他,否则我们……"

"你没有资格要求任何事,女统领。现在赶紧走吧。这是我们的家,这里不欢迎你。"

通信戛然而止,好像另一头有人关掉了开关。巴蒂斯特低头看着阿科斯塔,她摇了摇头,表示没能定位信号源。"让二号机返回基地。"他低声说着,然后转过身要跟女统领说话。

路易莎·埃尔南德斯却不再听了。没再说一个字,她转身走了。她迈步走过行动中心的时候,没有人敢说话,甚至不敢看她,她的保镖勉强跟在离她几步远的身后。守在出口的卫兵在她经过的时候敬了个礼,可他僵硬的敬礼并没有得到回礼。冬季的阳光短暂地透进门来,同时钻进来一股冷风,随即又被关在了门外。

对于土狼星移民地总督来说,这是一个要命的早晨。

中央大陆，义军镇 / 加百列月76日 / 18:03

暮色降临，乌玛星落到肖山顶峰后面的时候，影子在雪地上渐渐拉长。一阵冷风卷过黑檀树林，鹅卵石炉灶里的烟气被卷得腾空而起，钻出了森林枝叶的华盖，风吹得竹风铃叮咚作响，轻柔地敲击出随意的旋律。

随着夜幕笼罩村庄，鱼油灯在树屋的窗户里闪耀起来。狗吠叫着，帮主人把山羊和绵羊赶回圈里，地面上的工棚里，吹玻璃工和陶工熄灭了他们的火窑，收拾好他们的工具。夜风里弥漫着烹调食物的香味，各处的绳梯都吱吱作响，到处都有低声的说话声，时不时传来几声笑。这一天结束了，义军镇正有条不紊地准备过夜。

"我总算知道他们为什么永远找不到你们了。"克里斯走在卡洛斯身旁，顺着通往镇子中心的一条小路走着。他们周围到处都是小小的木屋，架在巨大的树木枝杈上，门开在房子地板上，带有门廊，绳梯从上面垂到地面。"这里有一百人……"

"一百五十二。就像你说的，我们最近人口爆炸了。"克里斯望向他，他耸了耸肩，"新添了好几个新生儿了，我们还到河对岸，从你们那边吸引来了一些人。"

"这些人全都在一个地方，可联盟永远搞不清你们在哪儿。"克里斯身子一缩，摇了摇头。他这天下午在诊所花了不少时间，让冈田邦子医生治疗他的肩伤，不过现在动起来还是有点疼。"可那些农场、牧场，你们是怎么……"

"看到那边那些杆子了吗？"卡洛斯指着林子边缘附近的一大片草地，"那是我们挂伪装网的地方。从高空看，那里看着就像是一片空地。如果你不从地面走近，就不会知道我们还种庄稼呢。"他已经给克里斯看了水罐、谷仓、厕所和公共浴室,全都隐藏在他们周围的黑檀树林里。"我们做事很小心,"他又说,"有一些规矩你必须得好好学学。"

"比如?"

卡洛斯说话的时候,有人朝他们过来了,是罗恩·施密特,他很久以前就一直穿着联合共和国军队的制服。现在他那件打着补丁的制服大衣外面套着一件猫皮披肩,肩头挂着一支卡宾枪。他低声说道:"十分钟。"卡洛斯一抬手,他继续往前走,停下的时候用手电筒的光束照在了两个小孩身上,他们正在两间树屋之间的天桥上玩耍。

"这就是其中一条了,"卡洛斯说,"日落后所有人都不能在户外,除了夜里放哨。减少热量散发……冬天尤其重要。烟囱上都有盖子,所有的窗户都有窗板。十分钟后,这里就一片漆黑了。除非你知道往哪儿看,否则你永远不知道有人在这里生活。"

"你们做足了准备。"

卡洛斯摇摇头:"不,算不上。我们到目前都算是幸运。联盟还没发现我们,是因为他们不知道去哪儿找。可现在他们知道我们在这道峡谷里的某个地方,所以一定会来搜索我们。我并不认为树木和伪装网能让我们隐藏太久。"

"那你们是要怪我喽?是吧?"

"啊……"卡洛斯停下来,转向他。他看不到克里斯的脸,但能听出他声音里的责难。"就我来说,我们的账都清了。你得跟其他人一起做点儿什么,但是……"

他没往下说。他俩不再是朋友,彼此之间还有很多隔阂。不过,他们也不再是敌人了。他们得看看事情会如何发展,每天都会有新的变化。"情况紧急的时候,你做了正确的事。"卡洛斯最后说,"这会让大家有好感的。"

"是呀,好吧,也许吧。"克里斯似乎并没有被说服,"我已经跟你们在一起有段时间了。我必须得……"

不远处的一间树屋里有人在吹竹笛。古老曲调《士兵的报酬》，可以追溯到十九世纪的美国[1]。过了几秒钟，第二支笛子加了进来，但吹得有些踌躇，就好像第二个人还在学这首曲子。

克里斯听见了，转过头仔细听着乐曲。"那是我妈在吹奏吗？"他悄声问道。

"是她。她好多了。阿莱格拉帮了很大的忙。"

"我想没错，所以我才鼓励她去照看我妈。"克里斯朝着那间树屋走去，然后又停下脚步，"等下，有件事我得知道。"

"没问题。"卡洛斯双手插进兜里，"什么事？"

"你发现是我的时候，我觉得你察觉到了那是圈套，但你没打死我。然后等你确定了那就是陷阱，还是没打死我。再之后，我想把你交给那帮追踪我们的家伙，你还是没打死我。"

"嗯。怎么了？"

一时之间他俩都没说话。"没什么。"克里斯最后说道，"就是问问。"

"回家去吧。"卡洛斯平静地说，"我想你妈在叫你呢。"

一句老词儿，是小时候他们常说的，那是很久以前，在很远的地方了。克里斯微微一笑，心里明白，有些事没必要说，然后他转身向着从那间树屋的窗板缝隙透出的灯光走去。

卡洛斯看着克里斯离开。很晚了，卡洛斯很累了，妻子和孩子在等他呢。他转过身，穿行在夜色里。至少在这时候，一切都很好。现在该回家了。

---

1. 《士兵的报酬》原本是美国作家威廉·福克纳的一本小说，威廉·福克纳（1897—1962），1949年获得诺贝尔文学奖。《士兵的报酬》出版于1926年，此处指根据此创作的乐曲。

— 6 —
幽林谷
（摘自温迪·冈瑟的回忆录）

反抗西半球联盟占领土狼星的大反击是我们生活的转折点。我们来到新世界就是为了逃避一种形式的暴政，却不想又有另一种取而代之。我们想逃离，却发现这么做只不过是权宜之计。迟早，我们必须得起来斗争。

没人想要战争，但我们眼前就摆着一场战争。不仅如此，还有比战争更糟糕的事情。我是在土狼星06年的冬季发现这事儿的，当时联盟卫队攻击了义军镇。

巴其尔月29日，亚纳尔日，这天一大早，他们就出现了。比尔·布恩刚刚值完夜班岗哨，就发现两架旋翼机从东面越过奥尔德里奇山过来了。他跑到警钟那里鸣钟示警，但时间太早了，大多数人还在床上，因此只有几个人拿起了枪，这时候旋翼机已经落在了农场上，距离镇子不过三百码。

卡洛斯和我被警钟声惊醒，但我们以为那只是又一次演习，直到枪声响起。他赶紧穿上衣服，从枪架上拿起步枪，下了梯子，而我当时都还没来得及穿好衣服呢。我们讨论过，如果这种事情发生，我们要怎么做,所以我对自己的职责很清楚。我把苏珊从床上抱起来塞到了床底下,然后扯下床垫塞到她身边,借此阻挡流弹。她发疯似地尖叫着——小女孩可不喜欢被粗暴对待,尤其是早餐以前——我尽力安抚她,但这时候心里清楚,我们有麻烦了。

按照安排,我应该待在树屋里保护苏珊,但我并没有这样做。这听上去有些草率,但当你的家受到攻击的时候,你得做出选择:要么插上门藏起来,要么拿起枪冲出去面对敌人。我很久以前就做出了决定,不过没跟卡洛斯说过,如果联盟攻击义军镇,我不打算扮演那种手无缚鸡之力的女性角色。当我小时候,还在地球上的时候,我就在共和国的青年宿舍做过准军事训练;如果有人入侵,我比我丈夫的枪法可好多了。所以我告诉苏珊好好待着别动,妈妈很快就回来,然后我拿起自己那把步枪,装上一个弹匣,打开地板上的门跳了出去,根本没想着顺梯子下去。

我以为我很勇敢,也许是吧,但我也很蠢。我只穿着一件薄薄的睡衣,一条扎着束带的睡裤,慌乱之中我还忘了套上软皮鞋或是夹克,等我赤着脚碰到地面,立刻就陷进了三英寸深的雪里。这时候我要是还没完全清醒,那准是脑子坏了。尽管如此,我也没怎么注意到自己光着脚,因为周围到处都是邻居们在活动,有的顺着绳梯下来,有的在树木之间的天桥上跑动。田地上笼着一层厚厚的冰雾,去年秋天种下的庄稼长得很高,上方挂着伪装网。我看不到卡洛斯,却在大雾之中听见全自动武器爆豆般的开火声,其间夹杂着远处敌人的枪声。

一阵冷风钻进我的衣服,双脚被雪冻得都麻木了。这样子可没法带兵冲锋陷阵,于是我跑向最近的一片干燥的地方。十几码外有一口井,低矮的石头墙围着井口,雪已经扫干净了,我跳上墙头,躲在支撑吊桶的木架后面。

这一刻真是荒诞——温迪·冈瑟,传奇人物瑞吉尔·肯特的妻子,穿着一身睡衣蹲在一口井上——但我也没别的事情能做了。这时候我意识到，离开屋子并不是一个好主意。可不管怎样，我已经到这儿了，于是我把步枪抵在胸前，等着有什么东西跑近，能让我射击的。

但联盟那天并不是要公平交战。远处的田地里猛然传来一阵轰鸣，然后响起一声尖啸，就像是什么东西刺破空气飞驰而来。我几乎没时间去想那是什么，就看见几十英尺外的一间树屋炸开了。碎木头四处乱飞，我本能地一缩身从墙上滚落下来，堪堪避过一截横飞而过的木桩，我的脑袋差点儿开了瓢。

"他们带了导弹发射艇！"有人喊叫着，我抬起头顺墙头看去。什么都看不清，只能在雾气中捕捉到一些模糊的身影，不过远处有一艘联盟卫队的掠行艇，肯定是顺着屠羊溪来的，用来配合旋翼机的进攻。又是一声尖啸，然后六十英尺外的一片地方腾起一团火球。好些人被炸得乱飞，就像是破玩具一样落在地上。

当你坐在桌边跟你的丈夫一边喝着马唐草啤酒，一边谈论勇气是很简单的事情；可当你发现自己成了全副武装的气垫船的靶子，那艘船上装备的火箭弹足够掀翻一座小镇，这时候就是两码事了。躲在井后，我捂住耳朵，闭上眼睛，拼命希望这一切赶紧消失。这是一场噩梦，只不过是一场噩梦而已。过一会儿，我就会醒来，发现自己还躺在床上，卡洛斯蜷在我身边，苏珊睡在房间另一头。可我无法忽略我的感观：寒冷、木头燃烧的烟熏味、枪声。这可不是噩梦。我的镇子正在遭受攻击。如果不做些什么，那我们全都得死……

"找些步枪到这儿来！"我周围到处都有人喊，"别后退！""找水！灭火！""来呀，该死的，行动起来！"

我心想，不，你不能这样。回屋里去。那里又暖和，又干燥，还很安全。苏珊需要妈妈。你本就不应该在这里……

"扇形散开！别让他们冲进来！"

又一枚火箭弹窜进定居点。又一间树屋燃起大火。恐惧之中，我以为是我那间，回头紧张望去，不，不是我的，而是吉尔里家。但火箭弹也有可能炸进我家，这样苏珊就会被……

"孩子们在哪儿？得有人带孩子们出去！"

这时候，我心里腾起了某种东西。那不是勇气、胆量、忠诚，或是任何那种东西。是恐惧，没错，但也是真正的怒火，清清楚楚，明明白白。外面有些人想要杀死我，但还有更严重的，他们也想杀死我的小姑娘。

就这样，我愤怒了。

还没等我完全意识到自己在干什么，我就已经站起身来，从树屋村里跑了出去，手里端着步枪冲向那片田地。现在寒冷对我来说不值一提，就连我光着的脚都无所谓了。一切都不是问题，只有我心里的怒气汹涌沸腾，心中那股炙热的火苗消除了一切对于自身安危的顾虑。这是我的家园，有我珍爱的每一个人和每一件东西。我不能也不会让这一切被毁掉。

透过雾气，我看到一条人影——顶多也就是一个剪影，但显然是联盟士兵。我单膝跪地，把枪托抵在右肩。准星瞄准目标。深吸一口气。屏住呼吸。开火。

步枪撞在我肩头。三声枪响，朦胧中的那个卫队士兵栽倒在地。我一跃而起继续往前跑……

"温迪！"后面什么地方传来卡洛斯的声音，"你在干什么……"

我左边还有一个士兵，这个比第一个更近，我都能清楚地看到他的制服和他头盔下的那张脸。他目瞪口呆地看着我，就好像不能相信眼前所见，然后他的枪开始转向我。没时间瞄准，我朝着他的方向连开几枪，他捂住了右侧胸口歪倒在一旁。我走到他跟前的时候，他在地上扭动着，血水从击穿的肺部往外冒。他试着朝我抬起一只手，好像是乞求饶命，我又开了一枪。他的脑浆爆开溅在雪地上。现在没有留情的余地。

朋友和邻居们从身边跑过，我正要跟上他们，就感觉后背袭来重重一击，把我打得趴在地上。雪刺痛了我的眼睛，一时之间什么都看不到，步枪从我手里摔掉了，落在几英尺外。我被击中了吗……

"你以为你在干什么?!"卡洛斯一下子扑倒在我身上。"趴下！"

我想使劲从他身子下面爬出去，这时候听到了发动机的声音。我从眼睛上抹掉雪，看到那艘被我们缴获的联盟掠行艇怒吼着冲了过去，克拉克·汤普森站在气泡形座舱上方的30毫米链式机炮后面。他把炮口对准了一排推进的士兵，把他们扫倒，然后这艘掠行艇咆哮着冲进了浓雾之中——毫无疑问，是巴里·德赖弗斯在驾驶，就在一个月前，在屠羊溪事件中，就是他把这艘掠行艇弄回来的。

卡洛斯的膝盖从我背上挪开了。"我告诉过你让你……"

"松开我！"我恼怒地把他甩到一边，爬过去拿回我的步枪。"你想让我战斗还是怎样？"

卡洛斯想要争论，然后又想了想。"跟紧我，"他把我拎起来站好，说，"你不会想在这儿走失的。"

我不打算反对。我们和敌兵短兵相接混战在一起，这是在大雾里的肉搏战。我看到了保罗·德怀尔，他脸上淌着血，那是一刀砍在一个士兵胸口时溅上的。罗恩·施密特和冯达·凯莱从我们身边跑过，朝着任何移动的东西开枪。本杰明·哈兰、莫莉·汤普森，还有克朗·纽沃尔，都是刚到义军镇的新人，然而他们守卫定居点的决心非常坚定，就好像他们从一开始就是跟我们一起来的。罗恩·施密特，他以前是共和军的一名士兵，当初"亚拉巴马号"被劫持以后，他还想重新抢回去来着，他击中了一个人，然后自己也被击中了，倒了下去。

几英尺外，埃勒里·巴里斯跪在地上，右肩扛着一个从联盟卫队偷来的火箭筒。一架旋翼机刚从一百多码外起飞，埃勒里立刻用手中的武器对准了那一架，扣下扳机，一枚制导火箭弹穿透了雾气。片刻后旋翼机的左舷舱炸了，它猛地歪向一边，失去了高度，又径直落回了雾气之中,紧接着腾起一团橙红色的亮光。埃勒里一握拳,站起身来,把RPG夹在胳膊下面跑开了。

"让他们全力战斗。"卡洛斯拉着我,想要把我拉到安全的地方。"你只会挡道儿!"

"不!"我挣脱出来,"我想看着!"事后看来,我的声音听着肯定就像是耍脾气的孩子被告知不能待在这儿看一部影视剧最血腥的部分。也许我确实是孩子气,我以前从没参加过战斗,对这一切都有着可怕的幻想。我已经干掉两个人了,现在我想干掉更多。

视线里没有其他士兵。我仍能听到大雾里传出枪声,但已经没那么频繁了。从外面的什么地方传来链式机炮相互交火的巨响,就像是两个发了疯的钢琴家在一首致命的交响乐里想要压住对方。导弹发射艇没再发射制导火箭弹,这意味着它的操作人员肯定正在跟汤普森的掠行艇交火。另一架旋翼机升空了,我能看到受伤的卫队士兵就在敞开的后舱里,正往下看着我们。埃勒里又朝它发射了一枚制导火箭弹,但没打中,旋翼机飞走了。

接下来,突然之间,一片异样的寂静笼罩了大地。不再有枪声,不再有爆炸,就好像上帝降临让枪声静了下来一样。现在我只能听到伤者的呻吟和重伤者的哭喊声。乌玛星升上了山顶,它的暖意赶走了雾气,显露出散落各处的尸体。有些仍在抽搐,其他的都已经一动不动了。

终于,我感觉到了寒冷,寒冷之中还有一种怪异的激动。我倚着卡洛斯,转过身,趔趔趄趄地往镇子里走回去。结束了。我们安全了。没有人能碰我们。我们反击了,赢了。但我并不感到欢欣,也不觉得高兴,只觉得恶心。

一具尸体就躺在我们前面的地上,躺在一片血红色的雪地上。有那么一会儿,我认为那是卫队士兵,然后我走近了,认出那张脸……

汤姆·夏皮罗,前任"亚拉巴马号"大副,第一个踏上土狼星大地的人。现在他的胸口被炸开了，那双无神的眼睛反射着天空洒下的阴郁的冷光。

我盯着他看了好半天，然后从卡洛斯怀里挣脱出来，跌跌撞撞走了几步，跪倒在地呕吐起来。

我们那天早上失去了汤姆……还有另外十二个人，包括迈克尔·盖萨尔、托尼·卢凯西和罗恩·施密特。这三位都是"蓝衬衫"，是我们的本地民兵：冲在最前边，也死在最前边。他们的牺牲是有战果的：十五具联盟卫队士兵的尸体也被找到，更不用说还有多少受了伤的坐在埃勒里没打中的那架旋翼机上。

我们有二十多人受伤，有些伤很重，包括亨利·约翰逊，他的腹部和左膝盖中枪，冈田邦子找到他的时候，他几乎因为流血过多而命悬一线，还有琼·斯温森，她受了严重的内伤，而且全身大部分严重烧伤，有一间树屋被炸掉的时候压在她身上。战事一结束，我们就架起帐篷作为临时医院——冈田邦子的医务所不够大——然后开始征募献血者。

把义军镇作为新移民地建立起来之后不久，冈田邦子就经常来找我来协助她。"亚拉巴马号"的大部分船员都做过紧急护理训练，但冈田邦子医生是我们当中唯一一个上过医学院的人。所以在分发药片、接生小孩儿的间隙，我还学会了如何做小手术。

如果说在交战之前我还是冈田邦子的学生，那么交火这天就是我的结业考试。截止到那时之前，我协助她做得最大的手术就是急性阑尾炎手术，而联盟攻击义军镇之后，我发现自己一直在取出子弹、结扎血管、缝合伤口、输血，尽力让自己的神智和肠胃都保持正常。到了中午，我的双臂直到肘部都浸透了鲜血；我们没有足够的手术器材，无法保证每一次手术之后都能更换，所以，我们所能做的也就是给下一个病人动手术之前把器材用开水消毒。别想着纳米设备、克隆组织移植这类东西了，这儿根本没有。这是最残酷的战地救援，就跟二十世纪初一样原始。我们没有足够的药物，所以我们选择只给最需要的人上全身麻醉，其余的就用局部镇静剂了，而那些足够坚强的人就咬着牙垫，再来几口熊闪酒，就这么直接手术。

不是每个人都挺得过来。我们为琼尽了每一份力，她也尽其所能咬牙挺着，但午后不久，她就陷入了昏迷，两小时后她走了。我把被单拉到她脸上，为她默默祈祷了几句。花了点时间抹干泪水，然后我出去告诉她丈夫，她走了。这是我做过的最艰难的事情；埃勒里击落一架旋翼机的时候也许拯救了很多条生命，但最后却无法拯救自己的妻子。

有人曾说过，自由的代价就是爱国者的鲜血。如果是那样，那这笔账全清了，因为我们那天见到了太多鲜血。

黄昏时分，我终于离开了帐篷，拖着脚往家走去，顺着树林中间一条寂静的小路走着。这会儿，我是独自一人，这正是我需要的。我筋疲力尽，心里充满了沮丧与凄苦。我见过的暴力与死亡足够影响我一辈子了。明天早晨，我们还得埋葬我们的十三位朋友。现在镇子外面高处的草地，我们的人正在冻土上用十字镐挖掘他们的坟墓，还有些人在给那些被杀死的士兵挖坟。我的丈夫和女儿在等我；我想把他们搂在怀里，告诉他们我有多爱他们，然后倒在床上睡上个一年。此时夜幕刚刚降临，却像是午夜。

"温迪？能耽误你一会儿吗？"

我回头一看，罗伯特·李朝我走来。我猜他是从镇议会来的。我之前在帐篷里的时候，冯达进来告诉我说正在召开一场紧急会议。我是议会成员——实际上是最年轻的——但我没法参加。冯达告诉我，她说明了我缺席的原因，之后会有人告诉我关于会议的内容的。

"没问题，当然。"此时此刻我最不想做的事情就是跟人说话。但这是镇上的事务，不能逃避。"会议怎么样？"

"也许我该过些时候找你,你看上去现在需要休息。"

有人往帐篷里送来了热咖啡,但我一整天都没吃东西,我的眼皮很沉。我扬起脸看他的时候差点儿就要表示赞同了。罗伯特·李不只是镇长,他还是"亚拉巴马号"的舰长,从一开始就是我们的领导。在过去的几年里,他的黑发变成了灰白色,他的胡须白得就像是象牙。我们经常议论说他跟他那位著名的祖先有多像,有时候甚至开玩笑地把他叫作李将军,然而此时此刻,这种相似不只是外表。他的眼睛里露出一种我以前从未见过的深邃,他看上去像是刚刚经过一场血战的人,并且意识到自己很快就要再次迎战了。你不可能对他这样的人说:"抱歉,请明天再来找我。"

"没关系,请便。咱们现在就说吧。"我看看周围,发现了那口井,就是在这段不可思议的时间之前,我藏身的那口井。发现自己又到了这里,真奇怪;我坐在矮墙上,把大衣的兜帽拉到脖子后面。

罗伯特在我身边坐下。"首先,"他开口了,"我想跟你说,你今天的工作很出色。如果没有你和冈田邦子,我们会失去更多人。"

他是想说些好话,但就在几小时前,我才宣告了琼·斯温森的死亡。医生可能早就习惯了时常会失去病人,但我还不够资格算作医务人员,琼的死让我伤心到了骨子里,我还没准备好应付任何出于好意的感激之词。

我含糊着道了谢,然后是一阵尴尬的安静。不远处,吉尔里房子的废墟在地面上闷闷地烧着。之前架设那间房子的树木依然挺立着,黑檀树很高大,也很结实,要毁掉它们得费很大的力气。如果人类的血肉也那样有韧性……

"那么会议怎么样了?"我又问道,试着改变话题。

罗伯特身子一挺,给我讲了概要。两间房子被敌人的火力毁掉了。吉尔里和沙利文两家搬去了朋友家住,直到新房子建好,但建设委员告知议会,未来的两个月之内房子不太可能建好——也就是要到马基达尔月末，冬季的最后一个月。一座谷仓也被毁了，跟房屋一样，虽然可以重建，但秋收果实的三分之一，用来喂牲口的粮食没了。农场委员会得到指令，把羊和鸡的饲料减半，挑出年岁老的宰掉，以精简数量。换句话说，这意味着食物减少，我们只能希望节衣缩食坚持下去，直到明年开春种下新庄稼。

指责不可避免。有些议会成员倾向于责怪瑞吉尔·肯特——也就是卡洛斯和他的突击队——把联盟军队引到我们这里，然而罗伯特不想再听见任何这类言论。他指出，联盟在过去的两个土狼星年一直都在寻找义军镇，而且，就算我们处处提防，他们找到我们的位置也只是时间问题。哪怕根本没有抵抗运动，路易莎·埃尔南德斯也会下令突袭。他接着说，实际上我们应该感谢瑞吉尔·肯特上个月缴获了一艘巡逻队掠行艇，否则，我们也许无法抵挡这次进攻。

有一个好消息。卢·吉尔里检查了那台导弹发射艇——听到这个，我不由得很惊讶；尽管他的房子被毁了，可他还是能去检查那台毁他房子的机器——并且认定，机器还能修复。尽管它的座舱布满弹孔，一台引擎报废了，可它的发射器仍然能用，还有八枚制导火箭弹留在弹仓里。卢已经带着他的人开始工作了，而且他们希望那艘掠行艇也能修复运行。如果……或者说当联盟再来的时候能用它来保护镇子。

而这就是问题所在了。他们什么时候会再来进攻？我们对此能做什么？

"事情还没完呢。从长远来看肯定没完。"罗伯特漫不经心地用一根树枝敲打着地面，"他们知道我们在哪儿，迟早他们会再试着进攻的。"

"我们需要加强镇子的防御措施。"

"我们讨论过，沙袋阵地、捕虎陷阱。现在我们有足够的枪支用来分配给大家，每个人都能武装起来。"他耸耸肩，"但我有种感觉，他们这次只是在试探我们的防御，看看我们有多大本事。"

"你觉得他们不是来真的？"

"噢，他们是来真的，好吧……只是在某种程度上。"他转过头望着那片地方，几小时前我们就在那里为了生存而战斗。"但我们知道，他们已经从上个月抵达的星际飞船上接收了数百名部队人员，还有导弹发射艇那样的重型装备。所以他们为什么不一下子就把所有的东西都用来进攻我们呢？"

"他们是在刺探我们，看看我们有多少能耐。"我想起当初在青年宿舍的时候，曾经不得不对付的那些小流氓。那群混蛋挥舞着拳头直冲你来，如果你第一波拳头就能把他们揍趴下，那他们就不再惹你了，知道你会还击，他们可不想流鼻血。你真正要注意的家伙是那些不停捅你、扎你的人，想看看你能忍到什么程度，观察你的弱点。然后他们才会动手——半夜里，当你毫无防备的时候，会有一个枕套套在你头上，一根锯短的棒球棒会打到你肚子上。"我想我明白。"

"我想你会明白的。"罗伯特欣赏地点点头，他了解我之前的经历。"那你很清楚我们的状况。就算我们武装起镇子里每一个人，我们仍然无力进攻只能防御。如果想要有任何胜利的希望，这可不够。我们迟早要跟他们宣战。"

我眉毛一挑："你有计划？"

"算是吧。"他的声音变得很平静，"我还没跟任何人提过……或者说，至少没跟仍然活在我们中间的人提过。汤姆知道，但……"

罗伯特停下了，看向远方。在他抬手擦脸之前，我看到了他眼中的泪水。从我认识李舰长那天起，就很少见到他像这样流露过情感。也许他的妻子达娜，就是"亚拉巴马号"的前任机电长，见过他的另一面，那是我们看不到的一面。对我们大多数人来说，罗伯特极其注重个人隐私，甚至都有些神秘了。汤姆·夏皮罗不只是他的高级军官，也是一位密友，失去夏皮罗是一个沉重的打击，哪怕他并不愿承认。

"是的，我有个想法。"他说着，又望向我，眼里的泪水已经干了。"不过就算它很有效，我也得确定我们不会受到很大损失。现在这次冲突，我们损失太大了。"

"你要说什么？"

他缓了口气："我们要为孩子们做些事情。"

他一说，我就知道他是对的。我光着脚参与了战斗，只靠一支步枪保护自己，就是因为我担心苏珊。如果卡洛斯和我今天被杀了，那我们的女儿就成了孤儿，就像当初"亚拉巴马号"抵达土狼星之后没几天，我们俩就都失去了父母一样。

苏珊是在新世界诞生的第一个孩子，但现在义军镇有九个孩子了。他们当中就有汤姆的儿子唐纳德，只比苏珊晚几个月出生；他的妻子金现在不但成了寡妇，还是个单亲妈妈。我尽我所能保护我的女儿，但导弹发射艇朝着你家发射制导火箭弹的时候，干掉几个士兵无济于事。当你有一只手被绑在背后的时候，对你家虎视眈眈的邻居恶霸最开心了。

我问道："你想把他们送出去？"看着他点了点头，我又问道："你有什么建议？"

"实际上我确实有。"罗伯特说着，把一切都告诉了我。

我回到家，睡了几个小时。醒来的时候天已大黑，卡洛斯和苏珊已经做好了晚饭。卡洛斯热了一些剩粥，我坐在桌边吃饭的时候，他带苏珊去睡觉，还给她念了个故事。我们是用自己的方式编写了《鲁普特王子传》——土狼星的一代孩子是伴随着莱斯利·吉利斯的神话故事长大的——不过我注意到他跳过了鲁普特跟骷髅大军打仗的情节。苏珊整晚都很安静，按公历算她已经十岁了，所以她很清楚，今天，自己的父母有几个朋友去世了，她也不需要再像之前那样害怕了。等故事讲完，我给了她一个晚安吻，卡洛斯熄灭了灯光，然后我们穿上外套溜到门廊上去谈话。

我们看得到树屋的窗户里闪烁的灯光,听得到隐隐传来的说话声,然而小径和走道上都空无一人。有一种我从未见过的沉静,义军镇仿佛一只受了伤的动物,正蜷着身子舔自己的伤口。不远处,我们能看到卢和卡丽在他们房子的废墟上扒拉,他们的手电光束扫过残骸,搜寻着任何还能用的东西。附近某处传来两支长笛的声音,那是阿莱格拉·迪塞尔维奥和她的伙伴茜茜·莱文,夜幕笼罩镇子的时候,她们就在演奏这首《奇异恩典》[1]的二重奏。

卡洛斯打开两把折叠椅,摆在窄窄的门廊上,我们压低声音,免得吵醒苏珊。我把罗伯特和我几小时前讨论的事情告诉了他,说罗伯特认为把孩子送走很明智,以防再次受到敌人的攻击。当卡洛斯告诉我说,罗伯特也已经跟他讨论过这计划的时候,我一点都不惊讶。

"我想这是个好主意。如果苏珊被害,那就……"他收住了声音,锐利的目光看着我,"所以你才跑出来的,对吗?你是想要保护她。"

"我知道,本来说好我应该待在家里陪着她的。"我看向一边,"要么在家里,要么……"

"我明白,事情就是这样……"他摇了摇头,"看,当瑞吉尔·肯特出去的时候,我从未担心过你和苏珊,因为我知道你们在这里很安全。但我今天看见你的时候,我没法完成自己的任务,因为我不得不照顾你。"

"我很抱歉,我不是要……"

"让我说完。"他抬起一只手,"我都明白。你做了你认为必须要做的事情。但你知道,我也知道,下一次发生这种事的时候……肯定会有下一次……我们可承受不起母亲和孩子在交火中被伤害的后果。如果我们必须……"

---

[1]《奇异恩典》于1779年创作,是世界上最著名的基督教圣诗之一。

"你没听我说。你认为我反对这想法,但我完全不反对,一点都不。罗伯特是对的。我认为是时候把孩子们送出这里了。"

"你同意?"他在黑暗中盯着我,"他跟你说了多少?我是说,关于我们要去哪里……"

"他提到一个新定居点,顺着吉利斯山脉往北走就能到,邦斯泰尔火山附近的幽灵谷。联盟还不知道那个地方,所以……"我突然意识到他刚说了什么,"你什么意思?我们?他问我是否有兴趣带着孩子们去那边,我跟他说我会的,但他没说……"

"罗伯特是两头儿不得罪,典型的政治家。"卡洛斯笑了两声,然后又严肃起来,"没有人指望你凭着自己的力量在荒野跋涉。到幽林谷差不多要走八百英里,他让我跟你们一起去,我说我会的。"

"但是……"这让我很意外,"其他事情怎么办?比如镇子的防御?"

"我们这里有足够的人干这事儿,他们不需要我的帮助。"他迟疑了一下,"这里边还有一些事你不知道。"他又说道,"我要跟那边那些人谈谈。"

我正要问什么事,想起来罗伯特之前说的一些话:我们迟早要跟他们宣战。过去的两年里,瑞吉尔·肯特在进行着反抗联盟的游击行动。他时不时突袭自由镇和航天发射场,抢夺武器,摧毁太空穿梭机,还破坏了加西亚峡谷大桥……这纯属打一枪换一个地方的小打小闹,没有明确的目标,只是鼓舞着一种希望,希望联盟会让出新佛罗里达,并允许逃到中央大陆的人自行其是。

一段时间以来,似乎我们这边取得了胜利。然后,联盟卫队袭击了汤普森渡口,这次进攻以那个定居点的毁灭告终,还失去了很多生命。那之后不久,联盟就在锤头岛建立了一个军事基地,企图抓捕卡洛斯。尽管这任务并没有成功,可他们想方设法找到了义军镇的位置。那之后,传来报告说,联盟攻击了吉利斯山脉沿线的定居点:东峡河中央大陆一侧的森林营地遭到袭击，梅德西尔瓦尼亚水道附近的新波士顿也遭到打击。幽林谷是为数不多的仍未被触及的镇子之一。

几星期前，我们连接到新定居点的卫星电话被掐断，表明有人登上了仍在土狼星高空轨道的"亚拉巴马号"，拔掉了收发器的插头。所以，现在我们与其他镇子的所有联系，要么是通过短波无线电——这本身就很冒险，因为那些通信可能会从太空监听到，然后通过三角定位找到信号源——要么就只能传口信，这倒是很可靠，但太慢了。

卡洛斯一开始设想，如果他的反抗战士小队中有人被俘的话，瑞吉尔·肯特这个名字能保护他的身份。一开始，没几个人加入反抗者行列，就只有卡洛斯、巴里、泰德·勒马尔以及其他几个人，但随着成员数量扩展到从新佛罗里达逃来的第二波移民，他的化名也成了整支队伍的代号，卡洛斯发现自己成了军事领导人一般的角色。土狼星的军阀……听上去像是二十世纪的幻想小说。但现在这似乎不那么好笑。

"罗伯特说你有些计划。"我静静地说着，"是什么？"

卡洛斯半天没有回应。我了解这种沉默：他正在做思想斗争，看看要告诉我多少，又有多少是我不需要知道的。"我们正在忙些事情，"他最后说道，"相当大的事情，会涉及很多人。但不止如此……"他耸耸肩，"抱歉，我不能说。"

当然了，他有很好的理由不让我知道他的秘密。然而，我们一起顺着大赤道河航行，分手，又破镜重圆，有了个孩子，结了婚……似水流年，往事如烟，他现在居然不信任我，这真是太伤人了。"是呀，好的，当然了……"

他察觉到了我声音里的伤痛。"我很抱歉，但我们还在计划当中。这也是我跟你们一起去的原因之一。不只是要帮着你照看孩子们，还因为我不得不……"

"跟某些人谈谈。我理解。"我心里冒出个新想法，"但如果幽林谷那么远,为什么我们不乘'普利茅斯'去?"

"普利茅斯"是"亚拉巴马号"现存的唯一一架太空穿梭机,它的姊妹机"五月花号",在我们把它所有可用的部件都拆了之后,被留在了自由镇。过去的三年里,"普利茅斯号"一直停放在地面,隐藏在距离镇子一英里外的一片空地上,被伪装覆盖着。罗伯特、达娜和汤姆时不时地会去那里给它做保养,重启一下主系统,点火测试一下发动机。不过自从用它从自由镇转移"亚拉巴马号"上的大部分人员和物品之后,它就没动过了。尽管如此,它还是能飞的,如果你想运送九个孩子和几个成年人飞越八百英里,那就是最快的方式。

卡洛斯摇摇头。"我们不打算用'普利茅斯号'。我们确实想尽快到那边,不过……"他迟疑了一下,"我们尽量别让联盟意识到我们还有一艘太空穿梭机。如果他们想起这事儿了,也最好让他们以为它已经在什么地方生锈了。"

啊哈!但我什么都没说。"那我们骑茸牛去?还是说它们也得严格保密?"

他笑了笑,拍了拍我的膝盖。"是呀,我们有茸牛,够我们用的。我知道苏珊觉得它们很臭,不过……"

"她会适应的。其他孩子会喜欢它们的。"我握住他的手,"所以就是你、我、孩子们……还有谁?"

"还不知道。还没想那么远。也许有克里斯……"他捕捉到了我的眼神——我跟他最老的朋友之间还有些个人恩怨呢——他又迅速摇了摇头,"克里斯应该留在后方,帮着把守堡垒。"

"巴里跟孩子们相处得很好。或许克朗也行。"孩子们爱克朗叔叔,他简直就是一个可爱的圣诞老人,他的平板电脑里装满了古老的神话故事,都是他从地球带来的。

"他俩也需要留下。我走之后,巴里就是我的副指挥官,克朗要帮忙修筑防御工事,很难分出人手来干这事儿。此外,我们只有四个成年人的位置。"他顿了顿,"我正想问问本杰明,他有过这种野外经验。"

"如果他愿意就好了。"那几乎是一年前了,本杰明·哈兰试图带领普世转化教会的人翻越肖山。他依然不喜欢谈论山上发生的事情,因为在那里失去了某个他很在意的人。但卡洛斯是正确的,本杰明知道吉利斯山脉在冬季是什么样的,而且他跟孩子们相处得很好。"我会问问他。"我说,"也许他会报名的。"我又想了想,"金也应该去。她会想要照顾唐纳德的。"

"我们不敢冒险派金出去。她知道如何……"他住了口,但我知道他要说什么。金·纽厄尔曾是"普利茅斯号"的副驾驶员,汤姆已经死了,现在要靠她来操作太空穿梭机,不管他们想用它来干什么。"我想我们应该带上玛丽。"

我心里一寒:"我知道她是你妹妹,但……"

"她很会用枪,孩子们也喜欢她……"

"喜欢个屁,苏珊就讨厌她。"

"玛丽得去。我已经跟她说了。"不等我反对,他站起身来,往门里走去。"天晚了,该睡了。"

队伍两天后离开了义军镇。

我们本该是天光破晓之后就动身,但直到日上三竿一行人才上了路。母亲和父亲抱着孩子道别的时候洒下了太多的眼泪,他们要确保孩子戴好了帽子、手套,向孩子们承诺说不会离开太久。有几个孩子不愿意离开父母,不得不靠他们哄着拉开;还有些孩子得知不能带上他们的猫猫狗狗,不是号啕大哭就是大吵大闹,可我们实在没办法养它们啊。我跟他们的家人私下里做了很多沟通,每一位都会告诉我他们孩子的个人需要,我不得不向他们保证绝不会忽视任何一个孩子。

我原本想着本杰明·哈兰可能会拒绝跟我们一起走,但很意外,他并没有拒绝。他走起路来还是有点跛，因为在肖山遭受磨难的时候被冻掉了两个脚趾头。他提醒我说，他没法儿长途跋涉，但我说我们大部分路程都不用自己走之后，他就愿意去完成这项任务了。他喜欢孩子，此外，他最近从放羊的活儿换到照料茸牛了。尽管他没有明说，可我觉得他心里想要再次面对大山，想驱散一年前的那段经历带来的魔咒。

最伤心的时刻就是金·纽厄尔跟唐纳德道别的时候。他们在过去的四十八小时经历了太多，先是汤姆的葬礼，现在又是这个。她很想跟我们一起走，但她也知道，这里需要她，所以她一直搂着儿子，直到我们准备启程。我回头看的时候，她把头靠在罗伯特肩膀上哭着，就好像再也看不到自己的儿子了。

我们有五头茸牛：四头载着大人和小孩儿，另一头驮着所有的食物和宿营装备。苏珊和另外四个比较大的孩子——按地球时间算都不到十岁，苏珊是最大的——能跟大人一起坐在鞍子上，尽管我们还要用带子把他们牢牢绑好，确保不会掉下来。四个最小的孩子也就刚会走路，我们做了几个婴儿袋，把他们装进去，然后将袋子挂在牲口背部的两侧。

我们给这两支队伍起了名字——都是从鲁普特王子的故事里找的——大孩子叫侦察兵分队，小孩子叫王太子分队，而成年人就被叫作高等骑士了。这番安排很好，任何时候，每一头茸牛上都载着一个高等骑士，一两个侦察兵还有一个王太子。苏珊被指派为侦察兵队长，她一直以来都想当这个来着。我在她耳边说，到了某个时候，她得跟别人分享这个头衔，她表示同意，尽管有点勉强。

茸牛很适合这趟旅行，粗糙的绒毛很暖和，大象般的腿踩在雪里就像是踩在肥皂沫上。孩子们的情绪还是有些低落，于是我们就给了侦察兵一项特权，让他们给茸牛起名字。经过长时间的讨论，他们定了下来，茸牛们分别叫作阿奇麦德、基奇沃普、萨利、老屁、健美乔治。法子奏效了，这让他们开心了点。

我们不停赶着路，第一天午后不久，我们到了约翰逊瀑布。玛丽和我在这里下了坐骑，带着孩子们走过屠羊溪上的吊桥，卡洛斯和本杰明牵着茸牛从上游浅水处蹚水过来。我们让茸牛歇息一会儿，让它们抖掉身上的冰水，孩子们很喜欢这场面，这让他们想起打着呼噜的大狗。然后我们重新骑上了坐骑，继续顺着那条小路走上奥尔德里奇山的北坡。

我跟孩子们很熟，因为冈田邦子和我时不时就得在医务所跟他们见见面，都是孩子常见的磕磕碰碰、发烧、耳痛等等。苏珊、唐纳德、刘易斯、吉纳维芙、蕾切尔是侦察兵；莉莉、阿莱克、艾德、杰克是王太子。他们每个人都有自己的个性，我都很熟悉，没用多长时间，他们也对这些高等骑士了如指掌了。卡洛斯是我们无可争议的领袖——不管他说啥，就是规矩——他们全都无比崇拜地仰视他。我是冈瑟医生，临时妈妈，要确保他们的帽子戴得好好的，安全带绑得牢牢的。本杰明是随和的好朋友，讲笑话，照看茸牛，还要照顾到有人要尿尿的时候我们得随时停下来。

但玛丽嘛……他们不是很确定该怎么称呼玛丽。作为青少年，她是最年轻的高等骑士，可孩子们很快就意识到她比他们大不了多少。不过她一直让自己不和孩子们扎堆儿，总是在鞍子上处乱不惊地坐着，步枪从不离手，眼睛一直在山坡上搜索，就好像盼着卫队随时从林子里蹿出来一样。唐纳德跟她同骑，一直到约翰逊瀑布，我们过桥之后，他就执意要跟我同骑了，而且几乎都要为此发脾气了，最后苏珊主动跟他换了位子，苏珊可是侦察兵队长呀。

我之所以不想带玛丽一起，不只是因为她不擅长跟小孩子打交道。"亚拉巴马号"到达土狼星的时候，她的岁数比现在的苏珊小不了多少，她曾经在沙溪戏水，只要看到卡洛斯和我偷吻就咯咯笑个不停。如今，这个小姑娘的眼神里多了一种强悍的色彩。在过去的几年里,她像变了一个人,我几乎认不出了——冷冰冰的,很强硬,愤世嫉俗,在一次著名的事件当中甚至表现出了嗜血的一面。也就在一个月前,她冷血地射杀了一个手无寸铁的联盟士兵,还对此一笑了之,就好像杀的是一只在垃圾堆里乱爬的沼泽鼠。

玛丽很让人害怕,而且让孩子们很紧张,不过卡洛斯执意要带上她。"我不想把她留在这里。"在我们出发前那天,我们还在为此争执。他说:"拉尔斯和加斯或许影响了她,我想让她离开他们一段时间。我让巴里在我离开的时候掌管人马,我可不想让玛丽和他们凑在一起在巴里背后搞事情。"

这事儿很难争论。毫无疑问,汤普森兄弟是冷血杀手;就在他们跟着叔叔、婶婶到了义军镇后不久,卡洛斯就招募他们加入了瑞吉尔·肯特小分队,主要是考虑到他们之前跟联盟卫队交过手。后来他才意识到他们有多残忍。玛丽最近经常跟拉尔斯待在一起,他们肯定不只是交流如何让步枪保持清洁之类的事情。这也让卡洛斯担心,尽管他尽量不窥探妹妹的个人事务。拉尔斯和加斯也许不太可能去密谋跟巴里作对的事儿,可要是玛丽跟他们一伙儿……

因此,卡洛斯有很好的理由让妹妹跟他一起走。此外,她很擅长用枪。我们要在路上走四个星期,此时还是冬季,莽鸟还在中央大陆南方沿岸的迁徙地,但说不准我们可能会在荒野中碰到什么。

话说回来,尽管如此,我暗地里还是得紧盯着我这个小姑子。虽然我们是亲戚,但我不想让她单独跟孩子们在一起太长时间。

幸运的是,前往幽林谷的旅程基本上波澜不惊。

我们花了两天时间攀爬奥尔德里奇山,又从另一面下山。从地理角度来说,这是最艰难的部分,因为没有能穿过大山的山口,我们不得不在顶峰下的一处山脊上忍受一夜的寒风。不过我们支起了帐篷,让大家都挤在一处,晚饭过后,本杰明开始给孩子们讲鲁普特王子的故事，是一个他们从没听过的故事。这不是莱斯利·吉利斯写的。确实，本杰明后来告诉我说，是他在路上编的。不过孩子们都给迷住了，那天夜里他留下了一个悬念没讲，让他们想接着听。

"明天晚上吧。"他说，"只要你们乖乖的。"然后我们熄了灯火。

这也就成了我们接下来两个星期的日常模式。天亮后不久，高等骑士起床，拨旺篝火的余烬让火再燃起来，然后开始做早饭，同时叫醒孩子们。吃过东西后，侦察兵去拆帐篷，帮忙把王太子放到婴儿袋里，同时我们重新把东西装到茸牛背上，然后继续旅程，沿着吉利斯山脉的东南侧一路向北。等我们从山上下来，森林中就时不时出现一片沼泽地，此时仍然上着冻，所以茸牛很容易就能穿过。天气好的日子里，我们一天能走五十多英里，最糟糕的一天，我们遭遇了一道沟壑，不得不绕行，只走了大概四十英里。不过除了偶尔的雪飑，或者是不得不停下来回收一些有用的弃物，我们的速度还是挺快的。

也不总是一帆风顺。孩子们都很想家，思家之情一个传染一个，还伴随着大哭大闹，最后他们总算是克服了。一天夜里，刘易斯和唐纳德为了该谁洗盘子打了起来，吉纳维芙又跟蕾切尔吵了起来，好些天之后她俩才重新说话，可我一直都没搞清楚是为什么吵的。莉莉拉肚子，艾德和阿莱克着凉了，我不得不照顾他们。杰克提议说他要当侦察兵——确实，他在王太子当中，岁数、块头都是最大的——于是，经过一番慎重的讨论，我们决定让他成为实习侦察兵，拥有所有相应的特权：现在他得洗盘子，还要帮着大孩子们搜集柴火。才过了两天，他就又想重新当回王太子了。不过每天夜里，他们所有的差异都消失了，每个孩子相互挤在一起缩在那里等着让本杰明继续讲鲁普特王子的冒险故事。我想本杰明花了很多工夫来编故事，好让鲁普特和他的朋友从前一天夜里的险境中解脱出来。

我们还有别的乐子。每隔几天，我们就选出一名新的侦察队长。卡洛斯教侦察兵如何用湿木头生火，怎么利用天象定位，如何稍微拉一拉缰绳就能操控苴牛,与此同时,我给小王子们表演如何做雪天使,怎么打平结。一天夜里,我们很晚都没睡,全都抬头欣赏很少见的一幕景观,土狼星的姊妹星,犬星、鹰星、雕星,也就是熊星的这几颗卫星与它的光环交叠。

每过一天,我们离目的地就更近一点。邦斯泰尔火山是吉利斯山脉的最高峰,也是土狼星第二高的火山,仅次于锤头岛西部的佩塞克山。就像西半球南部的艾格尔顿山和哈迪山一样,它们都是用二十世纪太空艺术家的名字命名的[1]——是亨利·约翰逊的主意——尽管佩塞克山是最大的,可邦斯泰尔火山的气势让人印象深刻。巨大的锥形拔地而起,海拔高达两万六千英尺,没有氧气装备,任何攀登者都无法攀上那平坦的顶峰。它经常被高高的云层缭绕着,在晴朗的日子里,一览无余,令人敬畏。我们有指南针和地图做向导,不过即便我们不小心弄丢了这些东西,也能一路朝着邦斯泰尔火山徒步跋涉,抵达幽林谷。

第十一天,我们刚停下来准备午餐,没一会儿就听到螺旋桨的轰鸣声。抬头望去,我们看到两个小小的斑点在天空中移动,是从西边来的。不敢冒险,卡洛斯立刻让队伍转移到几棵黑檀树下,我们在那里一直等着,看着旋翼机在我们头顶巡航,然后又往西飞去。在这之前,我们还不太把联盟放在心上,但这次小事件提醒我们,这趟旅行

---

[1]. 这里提到的是几位著名的科幻画家。切斯利·邦斯泰尔(1888—1986),美国太空绘画艺术家。他曾在哥伦比亚大学学习建筑学,肄业,后来参与过金门大桥、克莱斯勒大厦等建筑工程,之后作为画家参与了许多电影美术与特效工作,20世纪40年代起专攻天文绘画,被大量科幻与非科幻类杂志和书籍采用。鲁德克·佩塞克(1919—1999),捷克科幻作家、画家,他主要是为自己创作的小说画封面和插图,大都是太空题材,画风十分精美。鲍勃·艾格尔顿(1960—),美国画家,1984年以后致力于幻想类绘画作品,最著名的就是太空和太空船类作品,曾多次获雨果奖。戴维·A.哈迪(1936—),英国画家,尤为擅长太空和太空探索的绘画,跟邦斯泰尔的风格很相似,他曾专职做商业美术工作,之后成为自由职业者,给许多科幻类书籍、杂志创作过绘画作品,曾担任过国际天文艺术家协会会长及科幻与奇幻艺术家协会会长等职务。

可不是野营，虽然我们假装在野营，但实际上形势非常严峻。

我们看到旋翼机三天之后，距离幽林谷大概只剩六十英里了。我们进入了吉利斯山脉和邦斯泰尔火山之间那条宽阔的山谷，朗格溪从高地经过这里向南流去。沼泽地都被甩在了我们身后，我们又重新进入了密林，不过我们找到了一条小径，往北直达定居点。不出意外的话，我们两天后就能抵达目的地了。本杰明带着无线电，等我们一进入通信范围，卡洛斯就会跟定居点取得联系，告诉那边我们到了。

那天下午晚些时候，乌玛星正在落山，我们来到了一片小小的空地，看上去还挺合适扎营。这时候侦察兵和王太子都已经习惯了各自的角色。在高等骑士从健美乔治身上卸下装备的时候，王太子们帮着打开帐篷，侦察兵们去林子里找柴火。孩子们喜欢分担责任，大孩子们把这当作游戏，看谁能找到最干的木头，小孩子们学会了怎么用树枝扫雪，给帐篷腾出场地。于是我们就支起帐篷，刘易斯和我弄碎引火物准备生火，这时，我们听到林子里传来了一声女孩的尖叫。

一开始，我没想太多。我们已经习惯这种事情了，有人在树叶下发现了一只腐烂的死沼泽鼠，或是一个孩子往另一个孩子后背丢雪球。这些事很容易被忽视。

但接下来我又听到了尖叫声，这一次带着真正的惊恐之情。其他人也听到了，因为卡洛斯和玛丽丢下正在支起的防水布，本杰明爬出帐篷，他本想打个盹儿。我告诉本杰明，让他跟王太子们留在这里，这时候卡洛斯和玛丽已经抓起了步枪，我们朝林子里冲去。

我们刚跑出营地五十码远，就见吉纳维芙朝着我们跑了过来。她们胳膊上腿上沾满了黏浆果，显然是从灌木丛直接跑过来的，她的鼻子上有一抹血丝，是刚刚跑过来的时候被树枝刮到了脸。但我立刻就从她的眼神里察觉到了一种真正的恐惧，好像刚刚看到了什么东西把她吓得半死。她从玛丽和卡洛斯身边跑过，我跪下来挡住她的时候，她直接冲进我怀里。

"我看见……我看见……我看见……"

"没事了,没事了。好了,一切都过去了。"她把脸埋在我的大衣里,我抚摩着她的头发。我从没见过有孩子颤抖得这么厉害。"你没事了,你很安全了……"

"你看到了什么?"玛丽站在旁边,双手端着她的步枪,"来吧,孩子,说说。"

"玛丽……"卡洛斯瞪了她一眼,然后蹲在我们身边,"我们在这儿呢,"他说着,一只手扶在了吉纳维芙肩膀上,"不会有东西找上你的,我保证。现在说说,你看到了什么?"

"一个……一个……一个……男人。一个小……男人。"

我盯着她,问道:"你看到一个男人?"

"嗯,一个小小的男人。"吉纳维芙抽着鼻子抬起脸,眼泪稀释了伤口渗出的血水,她开始擦着,但我抓住她的手,不想让伤口感染。"但……但不像真人。像……像是个……猴子。一只猴子,长着毛和那些东西。"

一个小人,或是一只猴子。哪个更难以置信?最近的人类定居点在六十多英里外,土狼星上也没有任何猴子,或是任何种类的类人猿。吉纳维芙肯定从教学影碟里学过这个词汇,因为这超出了她的认知范围。

"也许是只溪猫。"玛丽不满地放下枪,开始转身走开,"真见鬼……"

"去看看你能发现什么。"卡洛斯冲着吉纳维芙来的方向点了点头,"要是你发现任何东西……"他沉吟了一下,"不要开枪,马上回来就好,就这样。"

玛丽质疑地看着他:"你不能……"

"照我说的做,好吗?"这时候我们听到其他的侦察兵冲过灌木丛朝我们跑来,他们也听到了吉纳维芙的叫声,于是跑过来看是怎么回事。玛丽不解地瞅了哥哥一眼,然后走了。卡洛斯看着她走开,又转向吉纳维芙。"你看到一个小男人。"他平静地说着,看着她的眼睛,"他在干什么?他说什么了?"

"不……没有,他……他就是站在一棵树后……后边,看……看着我。"她镇定下来一些了,开始从大衣上摘掉黏浆果。"然后……然后他朝我走过来,然后……我就……"

"你跑了?"我问道。

"嗯哼。"她又抬头看着我,"我做错什么了吗?"

"一点都没有,宝贝。一点都没有。"我又搂住她,不过这时候已经哭过劲儿。

过了一会儿,她的朋友们都过来了,吉纳维芙跟他们讲了自己看到的东西。

一会儿之后玛丽也回来了,说没什么东西,等到夜里再看吧。我们吃饭时讨论了这件事,尽管吉纳维芙对自己讲的话坚定不移,可其他孩子要么不信,要么嘴上说相信她但心里把这纯粹当成一个故事,就像本杰明一路给他们讲的那样。在你小时候,事实与幻想之间的分界线很模糊,在他们看来这是个很不错的鬼故事,有助于让他们比以往更早上床睡觉。

卡洛斯和我那天夜里没机会谈话。就算谈了,我也不认为他会告诉我他知道的每一件事。然而,就在我们哄孩子们睡觉之前,他告诉本杰明,他来值夜班,并且很谨慎地让我们把枪放在夜里伸手就能摸到的地方。

他知道一些我们不知道的事情,但他不打算讲。

两天后,下午的晚些时分,我们到了幽林谷。

这座镇子比义军镇至少小一半,看上去也并不相似:九英尺高的黑檀树原木栅栏墙围着六七栋长屋。茅草顶的陋屋,每座能为十个人遮风避雨，这些屋子围着一片小小的公共空地，那里掘了一口井。栅栏外面就是牲口圈、工具棚和粮仓，不远处还有一个巨大的塑料穹顶，显然是间温室。前大门开着，我们能看到墙后升起的烟火气。然而我总觉得，我们正在靠近一座堡垒。这应该让我们感到安慰，但事实却不尽然。

镇子中央高耸着一座瞭望塔，我们进入视野之后，一名哨兵冲着下面的什么人喊叫起来。我们还没到大门，就有几十个男男女女冲出来迎接我们。幽林谷的居民也许还是陌生人，可他们收到了我们的无线电信息，现在待我们如同多年未见的亲戚。他们拍打着我们的脊背，握着我们的手，忙不迭地介绍着自己，速度快得我简直都记不住他们的名字了。还没等我们把茸牛牵到牲口棚，就有几个男人帮着我们从茸牛身上卸东西。然后我们进了栅栏里面，径直去了主屋，发现他们已经为我们备好了美食。

幽林谷的存在不超过四个月。人口只有五十多人——都是成年人，尽管有几个女人显然很快就要生孩子了——不过在这么短的时间里，他们凭着自己的力量已经做得够好了。航天发射场和森林营地的生活，教会了他们如何用逃走时所能带走的那点儿微不足道的东西来过好新的生活。我们之前看见的那间温室，就是用透明塑料布仔细缝在一起，再用柴火炉子热合熔接；他们用这种方式在最寒冷的隆冬时节想办法种出了庄稼。长屋的建造是出于节约能源的考量：内部的隔间既提供了私人空间，同时又让柴炉提供的热量通过房椽的空间循环，原木墙壁之间的缝隙用苜蓿草填塞以隔热。其中一间长屋作为主屋，几张长桌顺着它的方向摆着，所有人都在那里吃饭。没有人挨饿，没有人生病。当然，那里的每一个人都得为了生存辛勤劳动，不过义军镇也是如此。

好像一切都很完美。我们走过了八百英里的荒野，找到了一个定居点，这里住着友好的人们，他们欢迎我们的到来。主屋后面有贮藏区,可以清理出来给孩子们住,还得再造几张床铺,不过那不是什么问题。他们有足够的食物来分配,只要没人介意有时候得炖个茸牛。尽管居民也用茸牛当劳力,但他们并不反对宰杀上岁数的和体弱的。我决定对这方面的问题避而不谈。义军镇的人很看重茸牛,不只是当作牲口,我们很少吃它,除非是万不得已。

幽林谷的镇长是弗雷德里克·拉洛克斯。他是一位训练有素的地质学家,当初为了给加西亚峡谷大桥选址,克里斯·莱文率领的那支勘测东峡河的队伍里就有他。随着大桥被毁,他和留在森林营地的其他人翻山越岭,在吉利斯山脉另一边建起了幽林谷。卡洛斯那时候就见过他,但也就只是一面之缘,晚饭的时候他们相互加深了了解。等到吃完饭之后,撤去碗碟,卡洛斯开了一罐我们带来的熊闪酒,讨论也变得严肃起来。

"我很明白你们所做的这一切的必要性,"弗雷德用盎格鲁语说着,"以及你们为什么必须这样做。但瑞吉尔……我是说卡洛斯……"

"没关系,你可以叫我瑞吉尔。"卡洛斯笑着给拉洛克斯倒了一杯熊闪酒。他对于这种新形式英语已经掌握得好多了,因为克里斯教给了他其中的细微变化。"新定居点的大部分人只知道我那个名字,我现在都习惯了。"

"说的也是。你已经成了某种传奇,你知道的。"弗雷德靠在椅子上,随手晃动着陶瓷马克杯里的酒水。"瑞吉尔·肯特,联盟的灾星,大反击的领袖。"他眉毛一抬,"我们初次见面的时候,你比我想象的要年轻。但现在我知道你有老婆孩子……这说明了很多问题。"

"只是尽力保护她们,就是这样。"卡洛斯望向我这边。本杰明已经带着孩子们去睡觉了,其他人都在做清洁或是其他活儿。一时之间,只有我们三个在这儿。"我希望这没给你们带来什么不便。我们向你们要求的太多了。"

"要是没其他情况,这一点都不多。"弗雷德摇了摇头,"联盟要么是不知道我们在这儿——这不大可能,因为我们就定居在开阔地——要么就是我们的镇子太小、太远,他们没把我们当作威胁。还有可能是他们看到了我们的围栏,认为我们是个很难攻克的目标。"

"他们打我们的时候用了导弹发射艇。"我第一次开口,"你们的围栏挡不住那样的东西。"

卡洛斯看了我一眼,但拉洛克斯只是点点头。"她是对的。如果他们用对付你们的手段来对付我们,那我们抵挡不住。但我们已经低下头忍了,没惹任何麻烦。也许是因为这个。"

"现在也许是,但你知道,不会太久。"卡洛斯一探身,"迟早他们会……"

"这里有什么不方便的地方吗?"没错,我是在转换话题。卡洛斯正在招募新兵,但我最想要保证的是孩子们的安全。"有什么事情是我们应该知道的吗?"

弗雷德喝了一口,粮食酒灼烧着他的喉咙,他做了个鬼脸,然后放下马克杯,用手指敲着杯子。"这一切挺讽刺的。"他非常平静地说着,"因为我正想派人去南方问问,看我们能不能到你们的镇子避难。"

卡洛斯盯着他:"但你刚才说……"

"我知道,我知道。但这跟联盟无关。"他呼了一口气,"跟我讲讲……你们这一路过来的时候,有没有感觉到任何震动?地面震动过吗?"

卡洛斯和我对视了一眼,他说:"没……没有,我们没感觉到。"我也摇了摇头。

"太好了,很高兴听到这个。"弗雷德又呷了一口酒,"我们到这儿以后震过两次,都是小震动。没什么严重后果,就是打碎了几个东西,围栏倒了一部分。总而言之,我认为我们在这里定居是个严重的错误。"

"地震?"我差点说"土狼震",但那听着太傻了。

"不,比那更糟。"他犹豫了一下,"我们没有任何地震仪设备,我现在愿意付一大笔钱买一台正儿八经的倾斜仪,不过就我的专业眼光来看,邦斯泰尔火山正从休眠状态复苏。"

"火山?"我往前一探身,隔着桌子直视着他的眼睛,"我们认为它……你知道的,是座死火山,并不活跃。"

"不可能。噢,佩塞克山可能是座死火山。它是盾状火山,非常古老,土狼星能有可呼吸的大气,也许它就是其中的主要原因之一。南方的艾格尔顿山也一样。但我对于邦斯泰尔火山的复苏并不太怀疑,它的爆发只是时间问题。"

"还有多久?"卡洛斯问。

"说不准。就算我有完备的仪器,我也说不准。预言火山爆发一直以来都是最不精确的科学。但我敢打包票,顶多不超过明年。如果真是那样,到时候我最不想待的地方就是这儿了。"他回过头看了看,确保没人偷听,然后压低声音,"我们很高兴能照顾你们的孩子,但很快我们就不得不舍弃这个镇子往南走了。也许你们也应该考虑考虑。"

当我们斟酌这事儿的时候,他干了杯中的酒。"但这还不是全部。"他一边说,一边去够桌上的酒罐。"还有别的事情……我们在这里并不孤单。"

"什么意思?"卡洛斯让自己的声音不露声色,但他的脸上有些变化,让我感觉到他在隐藏什么事情。

弗雷德拿起酒罐,想了想,又放下了。"过去的几个月里,我们当中有人看到林子里有些东西。有时候看上去像是……好吧,我知道这听上去很蠢,但看上去……像是猴子。"他先是盯着我,然后又看着卡洛斯。"我知道你听到这些是什么感觉,但我可不是得了幽闭恐惧症[1]。我们发现有东西丢失,是一些夜里留在外面的东西。任何东西,只要不太大,能拿走的。"

卡洛斯保持着平静,随意地用手指尖在他的马克杯口上画着圈。我说:"昨天有个小姑娘也看到那种东西了。"

"她看到了?"弗雷德呼了口气,阴郁地点了点头,"你知道,我听到你这么说挺高兴的。我本来没想向你们提这事儿的,因为……我没……也许你们会认为我们发疯了。但如果你们也已经见过这些东西……"

"让孩子们待在围栏里。"卡洛斯突然说道,"别让他们出去,任何情况下都不行。"他喝了一大口熊闪酒,然后看着我,"他是对的,这是个错误。我们就不该来这里。"

"什么?"我简直无法相信他说的话,"你是……我是说……你是在跟我说我们……"

"弗雷德,我们感谢你们的好意。你们非常和善,我们不会忘记的。但我觉得我们应该尽快带着孩子返回。"他一推椅子站了起来。"如果你们想要派任何人跟我们一起走,我们是能给他们腾出位置的。这里也许很快就不再安全了。"他沉吟了一下,又说,"我的意思是火山就要活跃起来了。"

弗雷德跟我一样,被卡洛斯的反应吓了一跳。"没问题。不管你怎么说。我可以问问,看看是不是有人想……"

"来到这里真是一段漫长的行程。咱们明天再细说吧。"卡洛斯从桌边走向门口,"我得去看看孩子们,确保他们睡得很安稳。明天再见。晚安。"

他一开门往主屋后面走去,我立即跟上了他。

"你有什么事没告诉我吧?"我低声说着,抓住他的手臂把他拉到

---

1. 幽闭恐惧症又名舱热症,是一种由于长时间待在封闭空间内而产生的不安与易怒状态。

一边。"你知道些事情。"

卡洛斯没答话。我们结婚以来这是第一次，他避开了我的目光。"这很重要。"他最后说，"我已经把这事儿保密很长时间了，谁都不知道。也许我应该早点说的，但是……"他回头看了看食堂，弗雷德还坐在桌边，不解地盯着我们。"可现在不是时候，也不是地方。"他柔声道，"明天再来问我。"

"如果真的这么重要……"

"确实重要。"这时候他直视着我的眼睛，"但这事儿得保守到明天早晨。在那之前，你能相信我吗？"

我很累了。他也累了。这时候真不适合长谈。"好吧。"我说着，松开了他的手臂。"行。但明天……"

"当然了。"卡洛斯挤出一个笑容，低下头吻了吻我。"我爱你。"他低声说着，"现在咱们得确保孩子们都睡了。"

清晨来临，一觉醒来，我发现幽林谷已经热闹起来了。热咖啡和烹饪食物的气味透过木头墙飘了进来，有人在喂鸡，小鸡咕咕叫，公鸡打着鸣，男男女女聊着天，走过我们住的这间长屋的窗外。卡洛斯翻过身，把我抱进怀里。我睁开眼睛看到本杰明正在挠痒痒，在他的上铺，玛丽正使劲往自己的毯子里钻。

冬天的早晨很冷，我们已经很多天没有在有屋顶的房子里的床上睡过觉了。有个女人跟我说，社区浴室的热水烧好了。水箱是光能加热的，只要别洗太久，热水就够用。于是我从卡洛斯怀里脱出身来，穿上衣服，去了浴室。其他人能多睡会儿，我就是想重新让身上感觉干净点儿。

乌玛星升得很高了，从邦斯泰尔火山的西南方升起来[1]。万里无

---

[1] 原文如此，应是作者笔误，乌玛星应该是从邦斯泰尔火山的东南方升起。

云,要是幸运的话,也许今天不会下雪。透过围栏大门,我能看到镇民正往外走,去干早上的活儿。幽林谷没有人睡懒觉,孩子们也不会。侦察兵们正在那片公共空地玩游戏,王太子们则在旁边堆雪人。我发现苏珊正在跟一个大人聊天,我想着过去向对方介绍她一下,但还是决定让她自己去交朋友。她可能会喜欢这里……如果卡洛斯允许她和其他孩子留下。

浴室有两间,分男女,中间有墙壁隔开。很小,用没抛光的赝桦铺设地板和墙壁,桌子上有一小堆茸牛毛做的毛巾,淋浴头下的墙上钉着一个铝罐,里面放着一块薰衣草肥皂。我脱掉衣服挂在门上,冷得浑身发抖,然后开始泵水,一小股水流了出来。水只是微温的,但对于已经两星期没享受过的我来说,这已经很奢侈了,我站在淋浴水流下,感觉八百英里的汗水和污垢都被洗掉了。

卡洛斯要带孩子们回去的这话不可能是认真的。没错,邦斯泰尔火山有可能爆发,但拉洛克斯对爆发时间也没准儿。就算一次爆发近在咫尺,他们显然也有提前得到预警从而及时撤离,前往南方。但我的爱人并不会操心这种事,他关心的是那种所谓的猴子。显然,他对那种东西知道点儿什么。只要他告诉我……

附近什么地方传来用餐的钟声。早餐时间到了。我冲洗了头发,然后拧上水龙头,去拿毛巾。就算卡洛斯坚持离开,也没必要急着回家。我不用着急重新上路,那样孩子们只会闹脾气。如果我们多留几天,他也许就恢复理智了。我很爱他,但有时候他把事情搞得太严重了……

我穿过场院往主屋走去,感觉自己又回到了文明社会。孩子们已经进去了,身后留下了那个没堆完的雪人,只看得到几个镇民。大门还开着。瞭望塔上没人值守,哨兵正顺着梯子爬下来,准备去吃饭。所有这些事情我尽收眼底,但并没有太过留意。我的头发湿漉漉的,肚子咕咕直响,我只想赶紧从寒风中回到屋子里,往肚子里塞点儿吃的东西。

食堂里挤满了人：大家挤在长凳上，传递着一碗碗的麦片粥和一盘盘新烤出来的面包。孩子们散坐在各处；他们也许厌倦了看到彼此，因为只有几个王太子坐在一起。年纪大的已经混在了保护着他们的大人中间，看到镇民已经接受了义军镇的孩子，就好像是他们自己的一分子，我相信，把孩子带来是正确的。

我发现卡洛斯、玛丽、本杰明跟弗雷德·拉洛克斯一起坐在中间那张桌子的远端。"看来你已经找到浴室了。"拉洛克斯说着一笑，卡洛斯和本杰明挪动着身子给我让座。"舒服吗？"

"太舒服了，谢谢。"我应该把头发弄得更干一些，现在它湿漉漉地贴在我脸上。"真希望我每天都能洗个澡。"

他耸耸肩。"我们能做到的也就是一周三次了，或者说至少得等我们建起更多的设施以后。井水倒是不缺。我们找到了一个相当深的含水层，但铺设管道简直要了命了。"他盯着本杰明，"你们那边也有同样的问题吗？"

"差不多吧。"本杰明接过一碗麦片粥，传给卡洛斯。"铺管道还不像弄热水那么麻烦。我们的所有东西都在树下，所以没法使用光能系统。我们到现在都还在洗冷水澡呢。"

我对此微微一笑。义军镇铺设水管的时候，本杰明还没来，可他足够了解这些事情，可以一起讨论。"苏珊喜欢洗澡吗？"卡洛斯说着，用勺子搅了搅碗里的粥，"希望她喜欢……孩子们都开始发臭了。"

"她没跟我一起洗。"我不解地看着他，"我上次见她是在外面，在跟人聊天呢。"

"那她肯定跟他们一起进来了。"卡洛斯放下勺子，抬头扫视屋子。"苏珊！"他喊叫着，一个坐在十几英尺外的女人望向他。他没理她，又喊了声："苏珊！苏珊·冈瑟！"

没有回应。我在屋子里搜寻着，也喊起了她的名字，但并没有发现苏珊的身影。

蕾切尔是距离最近的侦察兵,也是苏珊最亲密的朋友之一。我起身朝她走去。"你看见苏珊了吗?"我问道。

蕾切尔一直都很讲究,她花了点工夫把嘴里的面包嚼了嚼咽下去。"她出去了。"她若无其事地说着,仿佛这就解释了一切。

"出去?出去哪儿了?"

"出了大门。"

我转向卡洛斯,但他已经拿起外套朝门外走去。我尽力告诉自己,这没什么。苏珊是主动承担起照看茸牛的事情了,她特别在意老屁,它已经开始表现出老态。小事一桩,我们会在五分钟内找到她,之后她会挨妈妈爸爸的一顿骂,而且很长时间里,她的朋友们在外面玩的时候她都要待在长屋里。

可她没在牲口棚,也没有去温室,也不在任何一间外围的棚子里。她没在喂鸡,没在长屋地板的板条下玩捉迷藏。

半小时之内,几乎镇子里的所有人都出来搜寻了,早餐被抛在了脑后。那些还不知道苏珊名字的人也都在找她,找遍了每一个想得到的地方。

我见到的那个跟她一起聊天的大人告诉卡洛斯,苏珊对朗格溪很有兴趣,他告诉她,那条河从镇子北面的山上流下来,而且那也是他们最经常捕鱼的地方。那之后他就没再见到她了。于是卡洛斯、玛丽和我绕到了围栏后面,果然,那里的雪地上有她的脚印,一直走向那条窄窄的小溪,走向河水周围的那片林子。

我们开始追踪脚印,同时依旧喊着她的名字,但我们刚一进树林,玛丽就突然停下了。"噢,见鬼。"她咕哝着,看着地下,"看这个。"

这是苏珊的脚印,差不多六英寸长,踩在积雪上。可现在,在她的脚印两边,又出现了几个别的足迹,双足,四趾,不超过四英寸长,脚跟踩得很深,每根脚趾的末端都很清晰。

"噢,我的天。"卡洛斯小心地走在那些足印旁边,又跟着苏珊的脚印走了一段。"噢,天呐,不……"

然后我也看到了他看到的东西。诡异的足印带着苏珊进了两侧的林子里,它们围着她,雪地里有个很深的印迹,她跌倒了。她的足印在一片混乱中显现出来,而且变得越来越深,好像是她在拼命逃跑。她慌乱中跑错了方向,离围栏越来越远,跑进了森林。

"他们在这儿抓住她了。"玛丽指着另一个有痕迹的地方,苏珊又在那儿摔倒了。"肯定有两个……不,三个,也许四个……"

"噢,上帝。"卡洛斯死死盯着那些足迹,"他们不会这么做的。这不是他们的方式。他们只想要东西……"

"你到底在说什么?"我没耐心了。不,不只是没耐心了,也丧失理智了。我抓住卡洛斯的肩膀,拉过他的身子面对着自己。"你还有什么没跟我说的?他们是谁?"

这一刻,我在他的眼睛里看到了我已经很多年没有看到过的东西——恐惧。那是一个人恐惧到了极点的表现,但不是因为怕死,而是因为未知。

他挣脱了我的手,转向他妹妹。"玛丽,回去拿枪。告诉本杰明留在那里照顾孩子,你拿上枪,再找几个人来,然后追上我们。"

"你为什么不自己回去……"

"他们跑得很快。相信我,他们已经赶在我们前头很远了。如果我们现在追,还有可能追上。但要是我们回镇子,他们就超前太多了。本杰明追不上我们,他那脚不成。"他指着我们来时的路,"现在赶紧回去……带人尽快回到这儿来。"

玛丽犹豫了一下,然后转身朝着镇子跑去。

"来吧,"卡洛斯说着,拉起我的胳膊。"我们没多少时间了。"他看着我,看见了我脸上的表情,点了点头,"我们边走边说。"

按勒马尔历算，三年半以前，就是在我们探索那条大河失败之后，卡洛斯离开我、巴里、克里斯以及冈田邦子，独自一人去了大赤道河探险。我那时候怀着苏珊，所以我不能跟他一起去——我也不是特别想去，那时候我和卡洛斯的关系不怎么好——所以有差不多三个月的时间，他都是独自一人，直到我即将分娩，他才返回自由镇。

我以为我已经知晓了所有关于"大逃亡"的事情——这是他对自己"心灵之旅"的叫法——但我错了。有件事他一直守口如瓶，不只对我，也对其他人保守着秘密。

他划着独木舟沿着中央大陆南岸一路向前，我们这片未来的家园当时还不曾有人亲眼见过，直到他抵达中央大陆东南端。他通过卫星电话跟我和克里斯进行了简短的通话——我不想承认，但电话里我们对他确实不太友善——然后他决定一直向东，扬帆跨越中央大陆水道，去了锤头岛南方的一个小岛。一开始，那座岛看起来似乎也就是一片沙滩和灌木，可当他在那里过第一晚的时候，才发现那里一点都不荒凉。

"我以为它们只是动物。"他边说，我们边爬山，追踪着足迹穿行在茂密的森林里，一直走向邦斯泰尔火山低处的缓坡。"就像是浣熊或者超大个儿的林鼠。但当时的一些事情让我意识到它们有智慧。有那么一种小刀……"

"什么？"尽管现在的事情十万火急，可我还是停住了脚步。"你说你在土狼星发现了智慧生物？"

他回头看着我，"嗯哼，我要说的就是这个。现在走吧。"他继续说着，同时又顺着足迹追了下去。"有智慧，但很原始……有点像是小型的克罗马努人。他们知道怎么制造工具，怎么生火，怎么在沙地上修起建筑物。甚至会某种语言，尽管我一点儿都不懂。"他嘿嘿笑了两声，"还有，天啊，他们还很招人烦。我在岛上的那一个星期，只顾忌着别让他们偷走东西了。我把他们叫作沙贼。但他们相当安生，只是对我充满好奇，就跟我对他们充满好奇一样。"

"你没跟任何人讲过？"如果换个环境，我都会觉得他是胡扯了。

"不，没讲过。我……噢，不。看这个。"

我们到了朗格溪。这里的溪水不宽，水面上了冻，但吸引我们的不是这个，苏珊的脚印在岸边突然不见了。卡洛斯弯下身，从地上捡起什么东西，转过身，递给了我。

"噢，天呐！"我低声叫着，伸手捂住了嘴。那是苏珊的帽子，就是去年夏天，首次着陆日那天，莎伦用茸牛毛给她织的。"她是不是……"

卡洛斯跪下，查看着冰面积雪上那些小小的足迹，只见足迹一直过了浅浅的溪水。"不，她还跟他们在一起，只不过被他们扛过去了。她也许在挣扎抵抗，所以帽子掉了下来。"他在冰面上试探着走了几步，冰面吱吱呀呀响了几声，但没碎。"我们能过去。"他说着，伸出手，"走吧。"

我们小心翼翼地跨过小溪，尽量避开冰面薄弱的地方。到对岸后，我们再次看到了足迹，里边又有了苏珊的脚印。此刻透过树林能清楚地看到邦斯泰尔火山，犹如冠着雪帽的宏伟穹顶。"继续说。"我说，"把所有的事儿都告诉我。"

"没什么可说的了。"卡洛斯往前走着，耸了耸肩，"他们有智慧，这毫无疑问。但我那时一个人冒险，对被我撇在身后的每一个人都愤愤不平，我也不想让这些人来造访他们，就像欧洲探险家对美洲土著人所做的那样，所以我谁都没告诉。我甚至把那地方命名为荒岛，好让大家都觉得那里没什么重要的东西。一直到现在，我都没跟任何人说过。"他回头望着我，"你是第一个。"

"但如果他们很友善……"

"是我认为他们很友善。"他停下来，弯腰扶住膝盖喘了几口气。

"但这些跟那些沙贼不一样。我发现的那些不会游泳或是造船,所以他们不可能到这边来。如果大家都说他们像猴子那么大,那这一分支肯定属于不同的物种,或者说不同的部落,或者……"他摇了摇头,"不管是什么,我碰到的那些没这么大。但他们肯定有智慧,如果他们带走了苏珊……"

"咱们走。"我不需要听更多了,我冲到他前面,开始带路。我的女儿被这些生物劫走了,我才不关心他们荒岛上的亲戚有多和善,我只想让她回来。

山坡越来越陡,雪越来越厚,可身体里飙升的肾上腺素让我忘记了吸进肺里的空气有多冷,忘记了我的肌肉有多酸痛。不止一次,我想停下来歇一会儿,喘口气,但紧接着我一低头看到苏珊的小脚印,周围都是那些沙贼的足迹,就又加紧了脚步。我的心里只有一个念头,必须追上他们。卡洛斯说沙贼走得很快,他们肯定很健壮,爬山不费吹灰之力。可现在他们还带着个人类的小孩儿,就算他们逼着她跑,她也会拉慢他们的速度。苏珊已经两次想逃跑了,如果他们有卡洛斯说的一半聪明,那他们就得意识到要盯紧她,而这会让他们的速度更慢。

所以我们不会被甩太远。事实也确实如此。

我们紧紧追赶着脚下的足迹,都没顾上抬头注意山势的变化,猛然间我一抬眼,发现一堵巨大的崖壁矗立在我们眼前。一开始我认为那不过又是一片石灰岩岩层,就跟整个中央大陆随处可见的那种一样,可等我们走近,我才发现那是深灰色的岩石。后来,跟弗雷德·拉洛克斯谈起这个的时候,我才知道这是熔灰岩,远古时火山喷发留下的火山灰,随着时间推移被压缩得很致密,就像混凝土一样。有时候称之为凝灰岩,地球上的人们经常用它做建筑材料。在中国的一些地方,房屋就是开采熔灰岩凿成砖头来修建的,但在意大利北部,采用的是相反的方法,他们在凝灰岩岩层上开凿出房屋和店铺。

这就是现在我们所看到的。巨大的岩壁在我们面前拔地而起，岩壁上有数十扇门窗，仿佛是天然岩洞，可我随即意识到它们的形状都很有规律，彼此之间的距离显然都是经过考量的。岩壁周围的树木都被砍掉了，岩壁上到处都能看到小小的木头平台，从高处的门廊伸出来，形成一个个露台。一些窗户上挂着窗帘样子的东西，是粗糙的织物，像是草编的，在屋里的什么地方还有火燃着，到处都有冒着烟的烟洞。

这看上去有点像是古老的普韦布洛岩壁居所[1]，不过这并非我的第一印象。我看到的是一座堡垒，气势汹汹，坚不可摧，甚至有些令人憎恶。我们从树林里钻出来的时候，每一扇门窗后面都有一双双的眼睛在看着我们。

卡洛斯站住脚。"别太近了。"他悄声说着，几乎是在耳语，"他们知道我们在这儿。"他冲着最近的窗户点了点头，"看到了吗？我们很难偷偷靠近他们。也许他们早就听见我们过来了。"

我瞥到一张小小的脸——超大的眼睛和后缩的口鼻部周围长着粗糙的黑色绒毛——一闪就消失了。我在各处都能看到小小的身影隐藏在门窗里，可一望过去就消失不见了。我们在观察他们，但他们观察我们的时间更久。

不只是观察。空气凝滞不动，极为安静，我们身后的树林几乎没有任何风吹草动。我现在能听到一种新的声音：一种急促的吱吱叫声，不时夹杂着尖啸声和鸣叫声，像是动物叫，但很明显形成了某种模式。他们在相互交谈。

"噢，见鬼。"我咕哝着说，"我们现在怎么办？"

"保持镇定。"卡洛斯指着我们一直跟着的那道足印。它从我们跟

---

1. 普韦布洛是美洲印第安人的村落，位于美国科罗拉多州的梅萨维德山。当时古印第安人在山壁凹陷的空间里修造建筑物来居住生活。

前伸向远处，直达底层的一个门口。"她就在那里面的什么地方。他们肯定刚把她弄进去。"

那我们现在怎么办？冲进外星人的住所找我们的女儿？那简直不可能。从外观来看，岩壁居所里面可能跟蜂窝一样有无数通道，所有的洞都很小，我们得缩着身子才能勉强钻进最大的洞里。我们手无寸铁，而卡洛斯早已发现这些生物能制造刀子。被一把燧石小刀砍一下可能没什么，但上百把就能要了你的命。谈判？当然啦，听起来不错。可我们如何交流？所以我做了任何一个母亲都会做的事情。

"苏珊！"我喊起来，"苏珊，你能听到我吗？"

我停止叫喊，听着。很安静，只有岩壁居民的吱吱声。我把手拢在嘴边大喊道："苏珊？好宝贝儿，你听到我了吗？"

"苏珊！"卡洛斯也放开喉咙拼命喊着，"苏珊，我们在这儿！回答我们！拜托！"

我们又喊又叫，一遍又一遍呼唤着她的名字，然后我们停下来等待着，可还是什么都没听到。

与此同时，沙贼不那么害怕了。他们显然意识到我们不会进攻他们的住地，于是冒险来到了窗口，站在了门里，发疯般相互叽叽喳喳，最后听上去就好像他们是在嘲笑我们。也许他们确实是。其中一只个头比较大的，穿戴着像是墨西哥披肩一样的东西，在高处的一堵胸墙上跳来跳去，兴奋地呜呜直叫。我感到一阵挫败，于是捡起一根木棍，朝着他抢了过去。

"不！"卡洛斯从我手中抢过木棍，"那只会刺激他们。相信我，我已经试过了。"

"相信你？"我转向他，"你为什么不相信我？如果你当初就告诉我……如果你还算诚实……"

"我不知道……我没想到他们……"

"妈妈！"

苏珊的声音让我们住了嘴。一时之间我们说不清声音是从哪儿来的,只知道是从岩壁的方向。

"苏珊!"我喊起来,"宝贝,你在哪儿?"我在窗户里只能看到沙贼,可他们突然全都安静了,甚至胸墙上的那个大块头现在也不蹦跶了。"苏珊?你能不能……"

"这儿呢!我在上边这里!"

我抬起头看着岩壁顶上,苏珊就在那儿,小小的身影站在一块木头平台的边缘。我看到她的时候,心不由一揪。她离地面几乎有六十英尺,再走两三步,她就得摔下来。

"待在那儿!"卡洛斯喊着,"我上去找你!"我不知道他怎么才能上去,不过他决定无论如何都要试试。

他还没走几步,就听到我们上方传来另一个声音。

"你们待在原地别动!"

我抬头望去,看到一个人类的身影站在苏珊身边。不,不是很像人类,犹如蝙蝠般巨大的翅膀伸在他背后,拉长的下巴上龇出獠牙,现在他就像个滴水檐怪兽。尽管以前从未亲眼见过他,可我立刻就知道他是谁了。卡洛斯也是。

"佐尔坦。"他低声道。

佐尔坦·希洛。启示者佐尔坦·希洛,如果你愿意这么叫他,普世转化教会的创立者。他率领着教众来到土狼星,他们尊崇他为先知,相信他掌握着人类命运的钥匙。然而事情的真相是,他就是个疯子,他带领他们走向的唯一命运就是死亡。

最后一个见过佐尔坦的活人是本杰明·哈兰。根据他告诉我的情况以及义军镇议会其他成员的话来看,当佐尔坦在肖山上表露出要杀他的意思之后,他为了保命就逃跑了。后来他带领一支探险队去了顶峰下的那个营地,他们在那里确认那支队伍沦落为以食人为生。但一直没找到佐尔坦的遗骸，清点尸体时也少了两具。从那以后，就不断有人报告——是那些冒险进入吉利斯山脉的猎人说的——有一只长着蝙蝠翅膀的身影潜伏在丛林里，有时候身边还带着一个女人。

没有人把这些说法太当回事儿，尤其是我。可佐尔坦就在这儿，活生生的，欢蹦乱跳，就站在我的小姑娘身边。即便这么远的距离，我都能看得出苏珊被吓坏了，她不想在他身边，可她很清楚自己就站在平台的边缘。

"你胆敢……"我的声音一阵发干，不由自主清了清喉咙，"你不许伤害她！"我大喊着，"把她送下来！"

卡洛斯转头看着我："温迪，不要刺激他。他……"

"我没有要伤害她的意思。"尽管佐尔坦没怎么提高声音，可我们能听得很清楚。沙贼现在都静下来了，我注意到大多数都跪下了。"实际上，如果你们想要回她，我很乐意让你们如愿。"

不等苏珊反应过来，他一探身，把她抱在了怀里。然后，将她紧紧搂在胸口，迈步跃下平台。

我想我发出了尖叫。肯定是，因为我听到自己的声音回荡在岩壁上。可是当他们落向我们的时候，佐尔坦打开了双翅，完全伸展开，兜着风减低了降速，就好像带着降落伞。佐尔坦不能飞——他的翅膀是很久以前在地球移植上去的，没有飞行所需的肌肉结构——但很明显，他已经学会了如何用它在土狼星的低重力下滑翔一段距离。

即便如此，那也得坠落很长一段距离，而且现在还增加了苏珊的额外重量。他重重摔在地上，双膝一曲承受了冲击力，大口大口喘着气。尽管如此，他始终都尽力抱着苏珊。等他们一落地，苏珊就从他怀里挣脱出来跑向我们。卡洛斯跪下接住她，她紧紧搂住了他，抽泣着不愿松开手，他在她耳边低语安慰着。

那些沙贼在岩壁居所上蹦下跳，相互之间大呼小叫，刚才看到的一切让他们发了疯。我不能责备他们，我自己都快发疯了，尽管原因不同。

"你是什么？你以为你他妈的是谁？"我说着，不顾丈夫和女儿就在身边——实际上什么都不顾了——朝着他走了过去，"你以为你在做什么？就像是……"

"安静！"佐尔坦抬起一只手，缓缓站起身来。这么做的时候，他身子一趔趄——毫无疑问，他的大腿、小腿肌肉都拉伤了——可他还是散发着那种邪恶的气质，正是这种气质让他的身边聚集起二十多个追随者，带领着他们穿越时间和空间来到一个未知的世界。"我按着你说的做了，以最快的方式。汝岂非应该为了你亲眼所见的奇迹而感激吗？"

他转向卡洛斯，说道："而你……你，我认得。我曾经救过你的命。现在我又救了你的女儿。你的心中就没有感激之情吗？"

"他在说什么？"我看着卡洛斯，"他什么时候……"

"我回头跟你说。"卡洛斯对我使了个眼色——不是现在——然后站起身来，仍然搂着苏珊。"我记得。之前你并没有给我机会感谢，但是……好吧，谢谢。谢谢你放了她。"

显然，还有很多我不知道的事情。我回头必须得让卡洛斯把所有的事都告诉我，跟以前一样，他还对我保守着不少秘密。不过这时候我更关心的是眼前的事。"你为什么要抓她？"我看着佐尔坦，"她就是个小姑娘。她并不会伤害你。"

"确实，她就是个小姑娘。"佐尔坦笑了，露出了獠牙的齿尖，让人不太舒服。"这些吱狸普……它们把自己叫作吱狸普……在你们到这里之前，从没见过人类的小孩儿。没错，见过大人，但没见过孩子。"

"你懂它们的语言？"

"只懂一点儿。实际上，它们会给你看一些东西，然后告诉你它叫什么，这样你就明白那是什么意思了。所以当它们告诉我说有一小队外来者——它们把你们叫作'柯瑞帕赫-希'——出现在山谷里,我就试着让它们解释是什么意思。"说到这儿,他抱歉地耸了耸肩,"于是它们就去找了一个来给我看。它们不知道她是小孩子……认为她是一个缩小的柯瑞帕赫-希。"

我现在明白了。正如卡洛斯告诉我的,这些沙贼——吱狸普——是一个外星种族,非常原始,最近才接触到人类。佐尔坦问了一个很单纯的问题,它们就尽其所能让他满意:找一个来,带回来,给他看看。按照它们的天性,它们习惯于偷东西,所以为什么不会对小孩子下手呢?

"那你对于它们来说是什么?"卡洛斯把苏珊交给我,很小心,不让自己背对着他。"是它们的首领吗?我是说,要么是你发现了它们,要么是它们发现了你,但它们显然很尊敬你。"

"你看不出吗?"我朝着吱狸普点了点头,它们仍然保持着安静,脑袋垂着,像是在祈求。"他并不是它们的首领……他是它们的神。"

"谢谢你能看出这一点。"佐尔坦挺直了身子,他的翅膀微微扇动了一下。"很多年前,当我收到神的启示说要来这个世界时,我就相信全能的主想让我率领人类种族进入一种更高等的阶段。那以后,我逐渐意识到我误解了主的信息。人类是一种有缺陷的生物,难以救赎。当我的追随者因为他们的缺陷而灭亡的时候,我明白了这一点……所有人都灭亡了,除了一位,我救下她作为我的配偶……而我们所信任的那个向导背叛了我们。他为他的罪孽付出了代价。他被驱逐,孤独地死去,现在他的灵魂遭受着……"

"你是说本杰明·哈兰?"卡洛斯摇了摇头,"他活得很好。他跟我们讲了所有的……"

"闭嘴!"他的双翅又伸开了,吱狸普警惕地一缩,被这一声暴喝吓得彼此嘀咕。"我不能容忍在我的场所亵渎神明!"

"抱歉,"我说道,"我为我的丈夫道歉。"如果佐尔坦想要相信本杰明已经化身为他的犹大,那就随他去吧。我们已经找到了苏珊,可目前的处境仍然很危险。"请继续,启示者希洛。我想再听听……"

"我不再承认那是我的名字。它属于那个曾经的我,那是在我转化的最终阶段之前。我现在是萨瑞祈……救世主,来自群星的人。"他朝着身后的吱狸普招呼了一下,"现在这些就是我的子民,我真正要率领的教众。它们未受侵蚀,纯洁天真,没有原罪。人类迷失了,但它们……它们是我的子民。它们受我的保护。"

如果佐尔坦以前还没发疯,那他现在绝对是疯了。他来到土狼星的时候,很满足于只当个先知。随着他最初的追随者离去,又碰到一群崇拜他的原始种族,他让自己成了神。确实,没有其他人能挑战这样的宣言。他是土狼星上唯一一个如此样貌的人类……而吱狸普也并不知道这是怎么回事。

"我明白。"卡洛斯说,"相信我,我很明白。我发现了一些沙……我是说吱狸普……就在几年前,在南方的一个岛屿上。"

"你发现过?"佐尔坦死死地盯着他,"吱狸普-卡?在它们洞穴的壁画上说有其他部落在水那边,很多年前走失了,但我并不……它们并不知道其他部落还在。"

这也算神?他都不知道另一群子民就在一千多英里以外。"它们在那里,很好,"卡洛斯继续说着,"但我没有让任何人知道。我想保护它们,将它们的存在当作秘密。我也不会跟任何人讲你的吱狸普,如果你想……"

"这没什么,对吧?"佐尔坦看着缩在我怀里的苏珊,"她被带来的时候,你们就紧跟着来了,你们找她的时候就发现了这些……我也毫不怀疑会有其他人跟着你们来。也许这就是我命运的一部分,把吱狸普从你和你们那类人手中解救出来。"

一时之间,他的声音听上去又像是人类了。"那我们能走了吗?"我问道,"我们能……"

"走吧。没有人会伤害你们。"他笑了,又露出了獠牙。"此外,不管你们说什么或是做什么,都没什么影响。克拉赫很快就要再次说话了,就像它很多年前一样。它曾经彻底改变了这个世界的生活,很快它将再次那么做。"

"克拉赫?"

他指向邦斯泰尔火山顶。"克拉赫。毁灭者。"他再次望向我们的时候,眼睛里冒出了火光。"现在走吧。如果你们做得到,就和自己和平相处,世界末日就要到了。"

说完,他一转身,朝着岩壁居所走去。看到神返回他们中间,吱狸普打破了沉默,又开始叽叽喳喳喧嚣起来,在它们那个城市的门窗里蹿来蹿去。不难想见它们在说什么。全能的萨瑞祈万岁,我们的主,我们的拯救者。他敢于直面柯瑞帕赫-希,把他们轰走了。萨瑞祈是我们的英雄……

"咱们走吧。"卡洛斯低声道,"我不想给他改变主意的机会。"他从我怀里接过苏珊。"来吧,侦察兵。上肩,下山。"

苏珊点点头,但爸爸把她扛在肩膀上的时候,她没有笑,也没说话。今天,她失去了她内心的一点纯真,尽管我还要过很多年才知道她到底失去了多少。但此时此刻,我们的女儿回来了,这才是最重要的……

就在我转身离开之前,眼角看到有东西在那道胸墙上移动,就是我们一开始看到佐尔坦和苏珊的那个地方。我抬头看去,发现有一个孤独的身影:一个女人,穿着一件又脏又破的白袍,兜帽罩在她的头上。她极其瘦弱,整个身子都倚在一根手杖上,就像是一个病人。她往下看着我们,在我俩目光碰在一起的瞬间,我感觉到了一种渴望,她好像是在默默恳求我们不要走。

佐尔坦提到他有个配偶,说是他救下来的。而本杰明告诉过我们,他撇下了某个人。我拼命回忆她的名字……

"格丽尔?"

我的声音不大,可佐尔坦肯定听见了,他转过身回头看着我。他的眼里闪出一道怒火,我再次意识到我们的处境有多么危险。卡洛斯肯定也听到了,因为他在空地边缘停了下来,"什么?亲爱的,你说什么?"

"我刚看到……"但当我再次抬头,那个身影已经从胸墙上消失了。就像是一个死去的女人的幽灵,在冬日朦胧的天光下一闪即逝。

"没什么。"我嘟囔着,"咱们离开这儿吧。"

于是我们带着苏珊顺着来路下了邦斯泰尔火山,一路上我们几乎没有说什么话,只跟着来时的足迹穿过森林。走到半路,我们碰到了玛丽,她带着幽林谷的一群人,全都带着卡宾枪,看样子不管我们发现了什么,他们都准备拼了。我们费了不少口舌,说了很多模棱两可的话,设法让他们确信没必要动武。我说一些奇怪的本地土著带走了我们的女儿,但他们过了一段时间又把她丢掉了,我们在山上找到了她。跟他们解释真的太讨厌了,我们只想回家。

我们没向本杰明谈起发现佐尔坦的事,也没跟他讲看到了格丽尔。本杰明遭的罪已经够多了,他几乎已经相信佐尔坦死了,也认定他曾经爱过的那个女人跟他一起死了。为什么还要揭开他的旧伤疤?如果知道他和她还活着,让他再一次心碎已是最好的情况,最糟糕呢,可能会促使他进山,怀揣着徒劳的希望,以为自己能解救她。但那如果确实是格丽尔,她也没有被拯救的希望,她已经作了发了疯的神灵的配偶,对于她来说,一切拯救行动都无能为力。

于是我们让苏珊什么都别说,这件事只有我们自己知道。尽管如此,那天夜里,在每个人都上床睡觉之后,我和卡洛斯再次跟弗雷德·拉洛克斯碰了面。

主屋里静悄悄的,炉子里燃着火,大家手里端着酒,我们开门见山，把我们所知道的一切都跟他说了，同时坚称那些吱狸普不会威胁到幽林谷。他得知佐尔坦·希洛还活着，有些心烦意乱。他首先就冲动着要派些人上山去找他，但卡洛斯和我尽力让他明白，那么做恐怕弊大于利。只要幽林谷在夜里一直关好大门，佐尔坦和他的吱狸普也就不会来滋扰，就像它们不会去滋扰他一样。

我们又在幽林谷待了些日子，然后把侦察兵和王太子们再次放到茸牛上，开始返回义军镇的漫长旅行。这一次，我们不是独自旅行。还有二十多名男男女女跟我们一起走，这些人希望能跟联盟直接对抗。他们只是第一批，在冬季剩下的这几个月里，消息在吉利斯山脉的其他营地和定居点传开了，最终组成了一支大军，要在自由镇决一死战，那是我们很久以前被迫放弃的移民地。

话说回来，佐尔坦·希洛——萨瑞祈，发疯的神——他说得没错。战争并不是最糟糕的事情，甚至克拉赫都排不上号。我们已经看到了精神奴役的形态，只有天启本身才会带来救赎。

— 7 —
解放日

新佛罗里达，西峡河 ／ 土狼星06年，阿斯莫德月5日，卡夫其尔日 ／ 05：03

夜幕笼罩在北岸，离日出还有半个小时，夜空中的星星渐渐隐去。熊星低垂在西方地平线上，它的光环悬在水道上空。冬季的雪早在几星期前就已经融化，一阵冷风让北溪水湾周围沼泽地里的高草瑟瑟涌动，茅鹬仍然在巢里睡着，莽鸟尚未开始捕猎。新的一天来了，即将降临在土狼星的这片地方，这里一如既往的平静而安详，这里是人类尚未触及的地域。

现在，这里传来了新的声音：低低的说话声、木桨轻轻磕碰独木舟的声音。时不时有细细的光束扫过漆黑的水面，短暂地探查着河岸线，然后又消失不见。低低的影子悄悄朝河岸划去，激起细碎的波浪拍打在沙滩上。

领头的独木舟靠近了河口，蜷缩在船头的那条身影逆了一桨，轻轻放慢了船速。龙骨压在沙子上发出微微的响动，他把桨伸到下面探了探水深。然后，小心翼翼地平衡着身子站起来，迈步跨出船边，他的靴子踩在了齐小腿深的水里，溅起一层水花。

卡洛斯从夹克兜里掏出一支手电，对准水道方向闪了三下。片刻之后，黑暗中有灯光迅速闪动作为回应。他收起手电，环顾四周。就要到家了，这一次，他还带着几个朋友……

"我这儿得有人帮把手。"克里斯爬了出来，蹚着水上岸。"当然，除非你只顾着欣赏风景。"

"抱歉，"卡洛斯转过身帮着他把独木舟拖上岸。"我以前从没见过岛的这个部分。"

"谁又见过呢？"克里斯弯下身解开防水布的绳子，把他们的装备盖上。"但你看着像是要摆姿势拍照，就像华盛顿跨越……你知道的，甭管跨过什么。"

"嗨，你要是有照相机……"

"行了，乔治[1]。也许下次吧。"

小船队其余的船只正在靠岸：小划艇、独木舟、几条龙骨式小船，总共有三十多条船。他们拖着船上岸的时候，被罩住的灯光投出微弱的光亮，映出一个个黑影。他们行动迅速，尽可能不浪费时间；日出临近，他们必须得在天光破晓之前搭好营地。

在过去九天的行程里，来自中央大陆各个定居点的八十六位男女，从新波士顿出发，顺着梅德西尔瓦尼亚水道一路航行。他们借着夜色掩护前进，白天在伪装网下面睡觉，免得被低空飞行器发现。两天前的夜里，红色纵队越过了东峡河汇流区，梅德西尔瓦尼亚水道在那里汇入西峡河，最后他们抵达了新佛罗里达东北角。北溪从那里向南流向沙溪，而沙溪直通自由镇。卡洛斯注意到他们一直都压低着声音说话，就好像预感联盟卫队的巡逻队就在附近。自由镇还远着呢，

---

1. 这里是克里斯用乔治·华盛顿说笑。

但没有人想冒险。

听到有人靠近身后,卡洛斯回头看了看,发现妹妹正朝他走来。"发现一小片黑檀树林,就在那边五十码外。"玛丽悄声说着,"我想我们能在那里扎营。"

"好极了。尽可能带上我们需要的装备,剩下的都留在这里。"卡洛斯转向旁边站着的另两个人,"你们把网子拉出来,赶紧把船盖上。我想在日出前把所有东西都盖好。"

其中一人说:"明白,瑞吉尔。"超过一半的红色纵队队员仍叫他瑞吉尔·肯特,这是他很久以前给自己选的化名,尽管他们现在都知道他的真名了。他想,就这样吧,如果这次失败了,也许他们就会在我的墓碑上刻上这名字。

这个念头让人不快,于是他没再去想。"你带着卫星电话?"他问克里斯。

克里斯刚卸下他们的背包,他看了眼手表,然后抬头看了看夜空。"还有点儿早,你不觉得吗?两个小时之内,'亚拉巴马号'还不会到位。我们甚至不知道他们是不是……"

"你是对的。我就是有些紧张。"他顿了顿,"真希望我能知道其他人都在哪里。"

克里斯弯下腰摸到一个背包,解开袋盖,探手进去摸出卫星电话。"放松。"他轻声说着,把它递给卡洛斯,"你已经竭尽所能了。现在就看他们的了。"

卡洛斯点点头。就在他们的位置东南方一百七十英里,蓝色纵队从那里划船跨过东峡河,在加西亚峡谷登陆。几千英里外,白色纵队隐藏在中央大陆东岸的某个地方,观察着中央大陆水道对岸锤头岛的峭壁。与此同时,太空中……

克里斯说:"如果你打算扔掉这个……"

卡洛斯看着他,一开始没明白他在说什么,随后意识到他已经举着卫星电话老半天了。克里斯想起了之前的日子,很久以前,有一次卡洛斯脑子抽风,把一台卫星电话扔到了沙溪里。"如果我那么做,你会不会……"

"嗨,那是什么?"克里斯指着远处,"看那边。"

卡洛斯转过身去。有那么一会儿,他并没看到朋友发现的东西,紧接着,他看见了:东方的地平面上低垂着一团橙红色的光芒,给清晨的云层下方抹上了淡淡的颜色。一时之间,他以为他们算错了当地日出的时间。但黎明还有至少半个小时呢,而且,尽管这光芒微微闪烁着,可也并没有像闪电那样褪去。不管那是什么,都是来自中央大陆的。

突然之间,他明白自己看到什么了。

"噢,上帝,"他低声道,"别是现在。拜托,不要是现在……"

"普利茅斯号"太空穿梭机 / 05:32

"距离三百码,正在接近。"金·纽厄尔几乎没有从控制台上抬起头来看,她的目光锁定在计算机屏幕上。她的左手稳稳把着操纵杆,轻轻启动了一下前进方向的姿态控制火箭。"前往交会点。准备对接机动。"

"收到。"罗伯特·李不由自主伸手去摁头戴式受话器的话筒,随即想起来没必要激活它。确实,这时候他没什么可做的,金就在左边的座位上,她比他更了解"普利茅斯号"。他只需要坐在副驾驶座位上就行。

于是他抬头望去,透过座舱罩,看到"亚拉巴马号"正稳步靠近。看起来跟上次看到的时候不一样了——按照勒马尔历算,已经是四年零一个季度以前了,他提醒自己,按公历算,那差不多就是十三年啊。这艘星际飞船长五百英尺,这时能看到驾驶舱的所有舷窗都关闭着。曾经有七个船舱组件环绕在它的前部,其中五个是船员舱,后来这五个舱都不见了——"亚拉巴马号"抵达后不久,它们就被丢弃了——沿中心轴排布的太空穿梭机支架也空了。飞船尾部的导航信标已经烧坏了,黑暗中只剩下引擎部分,由于长期暴露在乌玛星辐射和微流星中,船身外板已经变得坑坑洼洼、凸凹不平。飞船从地球出发经历了二百三十年的航行,可它本是用于星际之间的航行,而不是用来停留在高空轨道的。经受了这么些年太空天气的影响,这艘巨大的飞行器正在缓慢地解体,就像是停在码头的帆船在慢慢腐烂。

尽管如此,能再次看到这位老女士还是感觉很开心。金小心翼翼地让"普利茅斯号"靠近时,李感到喉咙有些发紧。他已经很久没把自己当成这艘星际飞船的舰长了。现如今,至少在很短的一段时间内,他将再次成为"亚拉巴马号"的指挥官。

他感觉一只手放在了他的肩膀上。"外观破损有点严重。"达娜·门罗低声说着,飘浮在他身边狭窄的座舱里。"但她还在那儿。"她盯着那艘飞船,"很高兴搭乘这趟旅行吧?"

"是呀,当然。"李拉住爱人的手握了握,"准备好再次扮演机电长了吗?"

她露出坚决的表情:"扮演机电长?长官,这话简直是侮辱。"

"抱歉,我不是在质疑你的专业……"

"噢,行啦。"她往前一探身,吻了吻他的脸,"但如果你心里觉得那是扮演,那就是吧。"她在他耳边低声道,"如果我们有机会,也许能找找是不是还有铺位能让我们……"

"距离五十英尺,正在靠近。"金又轻轻催动了一下推进器。"六……五……四……三……"猛然一震,"普利茅斯号"的背部舱门跟"亚拉巴马号"的对接器连接上了。"机动完成,舰长。"

机动动作让达娜的后脑勺撞在了座舱顶上,她低声骂了一句。但金没注意到，她长出一口气，伸手关闭了引擎。李赞赏地看着她。金号称驾驶穿梭机就像骑自行车，但他俩都知道，操作穿梭机可比那要复杂得多，再想想她上次驾驶"普利茅斯号"已经是多久以前了……这次她的表现堪称完美。确实，她在过去的两个月里一直在演练这次任务，从农场的农活时间里腾出工夫到座舱里进行模拟飞行，可话说回来，"普利茅斯号"自从用伪装网盖上之后就从没动过一英寸。那段时间里，金和丈夫的心思都放在抚育小孩儿上面了。可是不久前，汤姆·夏皮罗去世了……但现在可不是哀悼朋友的时候。

"谢谢你，中尉。"六小时前从义军镇起飞之后，他们下意识里就又恢复到了以前联合共和国军队里的军衔。老习惯很难改掉，哪怕已经过了这么多年。"气闸压力如何？"

金抬头看了看仪表："平衡了。我们可以打开舱门了。"

李松开安全带，把自己推离了座椅。金跟着他。达娜已经离开座舱，飘进了人员舱，开启顶部舱门。她把门拉开，然后闪到一边，让舰长首先登船，这是他的特权。

李扭动着身子钻进狭窄的管口，找到了用斑马条纹标记的面板，它下面盖着内舱门的控制开关。打开面板，他按下几个按钮。气闸一阵嘶嘶作响，犹如虹膜般旋开，显露出黑洞洞的一片空间。H5甲板一片漆黑，只有待命室对面墙板上的几个小小的红色二极管还亮着。空气很冷，带着淡淡的霉味儿。加热器早就关闭了，飞船比他料想的还要冷一些，他很庆幸自己穿着猫皮夹克和长裤，而不是他那身老掉牙的联合共和国军队的连体式作业服。

他从腰带上取下一支笔形电筒，然后飘向那边的发光墙板。低矮的天花板里隐藏的灯光闪烁着亮了起来，照亮了狭窄的隔间。每一件东西都跟他离开时别无二致，塞在贮藏间的宇航服，还有他们从生物停滞醒来之后不久，在控制台上发现的那些真菌。

达娜跟着他，但金在气闸里徘徊着。"看，你们这些家伙不需要我的。"她说,"也许我应该留在这边,让穿梭机一直热着。"

她显然是被这种寂静搞得有些不安,李也不能责怪她,重新回到这里感觉挺怪的。"随你。回头见。"

"谢谢,舰长。还有……对接支架那边呢?"

"我上去就弄好它。""普利茅斯号"只通过对接口连接着,在他们到达舰桥重启 AI 之前,金都无法遥控操作支架,太空穿梭机得靠着支架才能跟飞船稳固连接。虽然只是一个小小的安全保障,但最好别抱侥幸。"我们很快回来。别离开。"

"你们不回来我绝不会走。祝好运。"金回到了太空穿梭机,小心地闭上了内舱门。李看着她回去,然后和达娜一起飘向直通飞船核心的中央通道井。

他们一路往前飘,黑暗的通道井发出柔和的回音,墙壁回荡着他们双手抓握梯子扶手的声音。李很想在他的飞船里来一次短暂的游览,虽然没有那么做的必要;大部分的船员舱室都不在了,能看到的东西没多少,只能看看中轴线前端的休眠舱、发动机和生命维持单元。有一刹那,他想着要爬上 H1 甲板的环形走廊,莱斯利·吉利斯——可怜的莱斯利,孤独地度过三十五年——在那里的墙壁上绘制了一面巨幅壁画。未来的某个时候,他必须要再次探访这艘飞船,也许他会拆掉那些舱壁,把它们运回家,这样吉利斯的艺术品就能保存下来给后代欣赏了。但现在不是时候。

李停在 H4 甲板,扳动舱门,把门推开。指挥室又冷又黑,只有几点昏暗的灯光从脆弱的、长着真菌的塑料布下透射出来,控制台和设备面板都用塑料布裹着。矩形的舷窗紧闭着,冷飕飕的空气里带着一股淡淡的尘土味儿和霉味儿。舱室远端有什么东西在动,他的手电照过去的时候,发现一只仿若蜘蛛的维修机器人窜到了一边。

"真像是鬼屋。"达娜轻声说着,"只不过我们是鬼。"

看来她也有这感觉。"咱们得让这儿别这么吓人了。"李转向舱口旁边的控制墙，找到开关打开了指挥室的灯光。"好了，咱们到了。开始干活儿。"

达娜径直去了通信站。她把塑料布扯开甩到控制台下面，然后敲击键盘输入了几个指令。"就像之前我说的，"她低声说着，看看屏幕，"主天线被人掐了，不会追踪任何输入的信号。"

当然了。联盟已经发现抵抗运动的人们在用卫星电话保持联络。只要联盟破坏掉"亚拉巴马号"的地空中继系统，游击队就没法远距离通信，虽然瑞吉尔·肯特因为担心暴露目标，已经停止使用卫星电话。"你能修好吗？"

"小意思。我会重启 AI，然后让你输入你的前缀代码。就绪之后，我就能调整天线了。幸运的话，我们能让卫星电话在三十分钟内重新启动，顶多。"她回头看着他，"先歇一会儿，等我需要你的时候叫你。"

"谢谢机电长。"李让自己坐在了椅子上。上一次坐在那里已经是很多年前了，柔软的皮革已经布满裂纹，他坐进去的时候发出轻轻的响声。他不得不到处找安全带固定住自己，过了一会儿，他才想起来怎么打开椅子上的小桌板。多奇怪啊，他能给溪猫剥皮，给山羊挤奶，砍伐赝桦，用湿木头生火……可现在他的双手在键盘上晃来晃去，不确定接下来要怎么做。

他叹了口气，摇了摇头。来吧，李，搞定这件事。下面的人都靠你呢。

他花了点时间锁定"普利茅斯号"。然后，好像是不由自主，他的右手伸向了窗板的控制器。达娜仍然在通信站的键盘跟前，正在唤醒飞船的计算机，它已经沉睡很久了。他还有几分钟的闲工夫，去享受已经很长时间都没有享受过的从太空俯瞰星球的乐趣。窗板缓缓升起，他又解开了安全带，双手交替抓着天花板上的扶手到了最近的舷窗跟前。

从四百五十英里的高空望下去，土狼星在他眼前就像是一块巨大的蓝绿相间的平面，两端弯曲着远去，明净的天空点缀着无数云朵。乌玛星已经从行星后面升了起来，李脖子一缩，抬起手挡在眼前，然后玻璃被极化，遮住了最强烈的光芒。"亚拉巴马号"正越过晨昏线，向下看去，黎明的第一缕光正触摸到新佛罗里达的东部沿岸。

幸运的话，红色纵队和蓝色纵队应该已经就位了。等他和达娜重新激活"亚拉巴马号"的通信系统，那两支队伍，还有白色纵队，就能通过卫星电话相互联络，相互协调行动，不用再担心联盟卫队拦截通信了。到那时候，这次行动就将进入第二阶段。但在那之前嘛，他能偷点儿时间……

有什么东西吸引了他的目光：紧挨着地平线下方，飘浮着一片红褐色的云彩。"亚拉巴马号"已经跨过了东峡河，正在中央大陆西部上空，现在他们就在吉利斯山脉上方，他看到那片云层覆盖了这片次大陆的东半部。一开始他认为那可能是风暴的锋面云，然而"普利茅斯号"升空的时候，并没有天气变坏的迹象。那片云的边缘似乎渐渐变细，伸向下方，就像是龙卷风的漏斗。它是从朗格溪那边的高地升起的，那里……

"不，"他嘀咕着，"不可能是那个来了。"

"罗伯特？"

李没有回应。他听到妻子叫他了，但声音很缥缈，仿佛来自一千英尺以外。她越过通信台过来，轻轻碰了碰他的手臂，他这才指了指下方那个巨大的喷发口。

她花了点时间才意识到眼前的是什么，然后，李听到她倒吸了一口凉气。

"噢，老天爷……是邦斯泰尔火山，对吧？"

"嗯哼。"他深吸了一口气，"赶紧搞定通信系统。我们有大麻烦了。"

中央大陆，邦斯泰尔火山 / 05∶51

"世界终结的时候，天启终会降临，伴随着它的是雷霆与怒火。"这是萨瑞祈很久以前在《圣经》教义当中读过的。

先是大地震动，地震掀动着山坡，就好像撒旦突然在地狱洞穴里的什么地方伸了伸胳膊。他听到树木折断的声音，仿佛那都是干枯的小树枝。大片的森林倾倒下来，犹如一道巨浪向他扑来，天地之间弥漫着硫黄的气味，浓烈而致命。清晨的乌玛星消失在厚重、漆黑的烟柱后面，那道烟柱涌向天空，遮蔽了黎明，摒绝了所有的温暖、所有的光芒、所有的希望。

吱狸普一片恐慌。很多天以来，它们一直都能感觉到震动，闻到有毒的气味从克拉赫的山体涌到它们身边，而它们的城市就建在这座山上。有一些已经逃走了——那些都是不忠的，相对于萨瑞祈的圣怒，它们更害怕克拉赫——但大部分都留了下来，相信它们这位来自天空的神会拯救自己。现在，甚至当墙壁开始坍塌，它们都还挤在岩壁居所的隧洞里，许多男女老少被活埋；它们挤在平台上的胸墙周围，用他几乎不懂的话冲着他大喊大叫。

救救我们，萨瑞祈！拯救我们！毁灭者苏醒了！用你的力量赶走克拉赫！我们呼唤你，请阻止这一切！

萨瑞祈知道，这一刻，正是自己命运注定的时刻。多年前，在群星的那一边，他曾是佐尔坦·希洛。他生而为人，在那具凡人的躯壳内度过了早年的生活，对于宇宙一无所知，直至神圣转化开始。他没有认识到自己的神性，只相信自己是个先知，带着他的追随者来到这个世界，就是为了发现这一点：人类，深怀与生俱来的罪孽，绝无得到救赎的希望。

他的教众一个接一个地在山上亡去。在他们为了活命吃光了其他人的尸体之后，他只从中救下一人。格丽尔就站在他身边，她的身体变得很虚弱，没有拐杖就无法走路，她那双蓝绿色的眼睛变得幽暗、焦虑，她的头发变得灰白干涩。他已经很久没听到她说话了，可她仍然是他的配偶，哪怕她不能再与他分享圣餐。

然而，她是他的过去遗留下来的人。吱狸普才是他真正的子民。它们发现了他，将他敬为神灵，就在它们这么做的时候，佐尔坦终于发现了自己的天命。他不再是先知，而是更神圣的。他是萨瑞祈，有能力让毁灭者驯服。

所以现在，大地震动，古老的森林倾覆，空气变得污浊，萨瑞祈却站在大地之上。他站在岩壁居所高处的一个木头平台顶上，举起双臂，大大地伸展开他那对蝙蝠一样的翅膀。

"我是萨瑞祈！"他喊道，"我是神！"

他发表宣言的时候，一片骇人的黑暗笼罩上山坡，一团超高温的尘土犹如一堵高墙袭来，让草木冒起了烟，让灌木和倒伏的树木燃起了火。就算是胆子最大的吱狸普都吓跑了，疯狂地鸣叫着，拼尽最后一点力气往山下逃去。他的两个追随者抱着他的腿，超大的眼睛里充满了惊恐，爪子抠进了他的小腿和膝盖，甚至都不再祈祷获得拯救，只求死亡赶快降临。

只有他的配偶一动不动。她的头上戴着兜帽，身上的白袍褴褛不堪。她从兜帽下盯着他，浑然不理落在身上的尘土。她的眼睛挑战着他，审视着他自称的那种神性。

最后，那个时刻来临了。他还有力量创造一个奇迹，这一刻，他将征服一切要素。萨瑞祈张开双手，向前伸去，呼喊着让那团向他涌来的黑暗从他身前分向两侧，就像摩西让红海分开，带领以色列的后裔逃生那样。

"我是萨瑞祈！我是……"

"下地狱去吧。"她说。

然后一道尘土的高墙裹挟着飓风般的力量撞到了他们身上。他最后一眼看到了自己的配偶——她的头低垂着,眼睛闭着,那身破烂的袍子燃起了火——在她被卷走之前,她仿佛烈火中的天使。

紧接着,他被抛出了胸墙,从高处摔向地面。炽热的尘土充塞了他的肺,从里向外炙烤着他,他的皮肤剥落了,他的翅膀被撕扯下来,他最后只剩下一个念头,仿佛有一个庄严而又无情的声音终于向他开口了。

你不是神。

中央大陆水道 / 06:10

巴里·德赖弗斯双手拢在一起,放到嘴边呵了呵气,然后在掠行艇前甲板上跺了跺脚。日出刚没多久,并没有让这个早晨变得更温暖些,一股冷风吹过水道,墨蓝色的水面上翻起层层白色的涟漪。他很想来杯热咖啡,但不想冒险下去架起野餐炉烧一壶。昨晚轮到他整夜值守,现在还早,其他人都在睡觉,离敌人的地盘这么近,他不敢擅离岗哨。

导弹发射艇就锚定在一口小小的潟湖中,用很像柳条的阳伞树枝遮掩着,树枝是他和父亲在头天夜里抵达这里后不久砍的。白色纵队已经花了一个多星期用于这趟航行,顺着屠羊溪顺流而下,从义军镇行进到大赤道河,然后沿着中央大陆南岸一路向东,直抵中央大陆水道流域,沿着中央大陆东岸走到了水道最狭窄的地方,与锤头岛隔岸相望。尽管被缴获的这艘联盟卫队气垫船能跑到三十节[1],但他们只

---

[1] 速度单位,1节相当于1海里/时,即1.852千米/时。

在夜里行进，白天就在岸边抛锚停船。五天前我们与他们有过一次近距离接触，当时一架联盟的旋翼机飞过他们上方，他们正停靠在朗格溪附近。幸运的是那一架没发现他们，从那以后，他们再没见过其他巡逻队。

巴里尽力不去想自己有多么冷，多么累。他换岗的时间已经过去十分钟了，但他不想叫醒其他人。他的父亲、保罗·德怀尔、泰德·勒马尔……他们都挤在气垫船小小的船舱里，能多歇会儿还是让他们多歇会儿吧。二十英里外，就在荒原岛北边，宽阔的三角洲另一边，也就是中央大陆水道和短河交汇处的对岸，那就是锤头岛，岩石嶙峋的花岗岩峭壁顶上盘踞着洛佩兹堡。

在这么远的地方，巴里几乎看不清楚锤头岛，不过在夜里，他能看到洛佩兹堡的灯光，还有偶尔起飞的旋翼机。如果一切按计划进行，到了早晨，他们就会发射掠行艇上的制导火箭弹轰炸那片着陆场，让联盟卫队的要塞瘫痪。运气好的话，他们还可能摧毁这个堡垒里的旋翼机和军用太空穿梭机。洛佩兹堡无法被地面部队攻克，但在它自己的武器面前，却不堪一击。白色纵队所要做的就是让导弹发射艇运动到制导火箭弹的射程之内，一旦开火，土狼星上的力量强弱将就此易位。其余的事情就交给红色纵队和蓝色纵队了。

如果一切按计划进行，事情就是这样。巴里不想去考虑会有多少事情可能出岔子……

听到舱门嘎吱一响敞开了，他回头看到父亲爬上了短梯。杰克·德赖弗斯透过惺忪的睡眼看着儿子。"你怎么没叫醒我？"

"我很好。"巴里耸耸肩，朝着父亲咧嘴一笑，"如果你想多睡会儿……"

"行了，这话听起来就跟你妈说的一样。"杰克走上甲板，伸了个懒腰，打了个哈欠。"我要杀了设计这破艇的蠢货。都没法让人睡个好觉。还得整夜听保罗的呼噜声……"

"是啊。"一周以来的每天早晨巴里都要听到同样的抱怨。他的父亲永远都像工程师那样思考。这艘掠行艇在义军镇战役中被击中，坏得一塌糊涂，他和保罗·德怀尔好不容易才把它修好，能正常操作了，考虑到有限的资源，他们能完成这项工作很了不起。杰克是完美主义者，其他人做的任何事对他来说都不够好。"你煮咖啡了吗？"

"泰德起来了，他正在弄呢。"杰克伸展了下胳膊，然后转过身去，"我需要来点儿……嗨，那他妈的是什么？"

巴里转头去看父亲注视的那个方向。之前，他的注意力一直都集中在锤头岛上，他还没有朝西边的中央大陆方向看过去。起先他只看到那片潟湖——那里没什么不正常的情况——紧接着他的眼睛抬起来，仿佛看到一层厚厚的毯子在天空中移动。黑棉花一般的云团在天空中翻滚，云层深处，他能看见一道道闪电。

"风暴在迫近。"他说道，"咱们得遭罪了。"

"不……那可不是风暴。"确实，这云团比巴里曾经见过的要阴暗很多，不管是在地球上还是土狼星。它看上去像是炼油厂起火升起的烟，或者也可能是煤矿着火了。云团移动得很迅速。"太诡异了。"杰克说着，不自觉地摸了摸新长出来的胡茬，"就像是……"

舱室梯子处传来声音，泰德出现在舱口。"'亚拉巴马号'刚刚呼叫。他们说……"他抬头看到了黑沉沉的天空，"噢，见鬼……"

杰克转向他："说什么？"

"邦斯泰尔火山爆发了！"泰德的眼睛直勾勾盯着那股不祥的云团，"正朝我们这边过来！"

中央大陆，义军镇 / 06：56

从定居点看不到火山爆发——邦斯泰尔火山位于地平线以外，

吉利斯山脉近处的山岭挡住了火山爆发产生的烟——然而镇子里的人都被剧烈的震动惊醒了,树屋在晃动的黑檀树上不祥地吱吱作响,镇子中心的钟已经响了好几次。后来想起来的时候,温迪·冈瑟才意识到,他们应该早就预料到这样的事情,比如过去的几天里,动物的行为都很异常:母鸡不下蛋了,山羊也不产奶,狗毫无理由地狂吠,茸牛不知疲倦地在牲口棚走来走去。但没人放在心上,家畜和宠物也无法告诉主人是什么让它们不安。

直到温迪收到"亚拉巴马号"传来的优先级信息,她才发现那不只是地震,还有更严重的情况。作为罗伯特·李不在时的代理镇长,定居点那台宝贵的卫星通信器由她保管,她让它一直处于打开状态,等待"普利茅斯号"抵达星际飞船,并让轨道通信恢复的消息。当这台机器数年来第一次响起的时候,她正在收拾摔碎的瓷罐,尽力安抚苏珊。

李的信号没持续多久,但温迪在星际飞船飞出地平线之前,尽量保存了他传送下来的照片。猛然之间,被打碎的盘子和孩子成了最不足挂齿的事情。她把照片拷进她的平板电脑,立刻穿上大衣和靴子,顺着绳梯从树屋爬下来跑出去召集那些留在义军镇的议会成员……还得有个人,有一位刚来不久的人对这种事情更了解。

于是,弗雷德·拉洛克斯现在就坐在了议会办公室的电脑前,研究着"亚拉巴马号"的舰载摄像机拍下来的一系列太空轨道图像。除了偶尔咕哝着"噢,好家伙。""喔……哇。""这可不妙"……这位地质学家一直一语不发,他一连浏览了两遍,有时候倒回去放大某个部分,议会成员在他周围或站或坐,相互嘀咕着,看着邦斯泰尔火山那惊人的景象,就像是从太空中观测一样。

温迪最终没了耐性。她问道:"到底怎么了?"她隔着桌子探过身来,让弗雷德无法再忽视她。"我们有麻烦了吗?"

他叹了口气。"先说好消息还是坏消息?"他没等她回答,"好消息是盛行风把烟柱吹向东面了,而不是西面。所以我们并不在火山灰的路径上……它在远离我们，朝着中央大陆水道去了。"

"白色纵队就在那边。"亨利·约翰逊的身子全靠手杖撑着，他的膝盖有伤。"这会影响他们的任务吗？"

弗雷德点点头："火山灰落下的时候，会堆积在他们的气垫船风机上……"

"但那只是灰尘。我不明白怎么……"

"这是岩石的尘土，不是木头烧完的灰烬。这么猛烈的喷发——相信我，这很猛烈——他们将面临数英尺厚的沉积物，都是粉末状的石头。如果不尽快离开那里，他们会死在水里。"他看着温迪，"最好尽你所能火速通知他们，警告他们会发生什么。"

温迪点点头，尽管她知道希望渺茫。"亚拉巴马号"再次进入通信范围内还要等两个小时，在那之前，她根本没法向白色纵队发送任何信号。尽管如此，此时此刻，这还不是他们最大的问题。"你说这是好消息，那坏消息呢？"

"坏消息是熔岩吗？"冈田邦子看着电脑屏幕，脸上的神色跟其他人一样惊恐。

弗雷德摇了摇头："如果这是夏威夷那类火山喷发，那我们会想到熔岩流，即便那样我都不会担心。噢，如果我的人还没到这儿，也许我会发愁的……"

弗雷德之前是幽林谷的镇长，那是邦斯泰尔火山下面的低地山谷中一个小小的定居点，距义军镇东北方八百英里。六个星期以前，因为担心火山喷发，他已经把镇子里的六十名居民疏散了，带领他们沿着吉利斯山脉到了义军镇。自那以后，他们中不少人都加入了瑞吉尔·肯特的队伍，红色纵队、蓝色纵队都有他们的人，为最后进攻新佛罗里达做好了准备。

"但这里的问题不在于熔岩。"他继续说着，指着图像上的黑灰色的烟柱，"看到那个了？不是液态的岩石，我们这里看到的是汽化的熔岩，来自地壳以下的岩浆室，携带着大量的超高温气体。"

"那……又怎样？"冯达·凯莱站在温迪身后，对整件事并不怎么在意。"如果只是烟，我不明白我们要担心什么。"

"你不懂。"弗雷德用指尖揉了揉眼皮，"看，这是一次大规模多线性喷发。不，不只是一次喷发，还是一次爆炸。会有一汩岩浆在高压之下渐渐抬升，穿透这颗星球的地壳，直到地表，到了一定程度后它就炸开。"他点开火山的另一个视角，这张几乎是从正上方拍到的。"我敢打包票，爆炸的强度差不多相当于一次核爆炸。也许会炸掉整座山的顶部。那就是我们在这里感觉到的东西。"

弗雷德放大屏幕，让烟柱看起来更近。"所以那不仅仅是烟……那是灰土，成百上千万吨的火山灰。较重的碎块在很近的地方落地，滚下山，我们称之为火山碎屑流。想象一下海啸，不是水，而是尘土、岩石，甚至是大块的砾石，以超过一百英里的时速移动，温度超过三百度。途经的任何东西要么被砸毁，要么烧成灰。"

温迪盯着屏幕。尽管大部分烟柱都飘向了东面，她还是注意到较小规模的火山碎屑流正扩散到四面八方，包括西南部的幽林谷。"你让你的人离开那里真是太明智了。"

"是啊，不错，几个月前，我们开始感觉到震动的时候，我就有一种感觉，像这样的事情会发生。"弗雷德迟疑了一下，"但你们的朋友佐尔坦……如果他不离开……"

"别说他是我们的朋友。"她和卡洛斯几个月前遇到佐尔坦的时候，他已经彻底发疯了，他相信自己就是神，还有那些沙贼——他把他们叫作吱狸普——也把他敬为神灵。她很怀疑佐尔坦能不能活下来，但她不由得对那些原始的生物产生同情，他们肯定会丢掉性命的。还有她短暂见过一面的那个他最初的追随者之一。

那个女教众肯定也死了，很庆幸我没有把她的事告诉本杰明。温迪抑制住一股颤抖，强迫自己的思绪回到正轨上来。"邦斯泰尔火山离这里很远。我们应该没必要担心。"

"你说得没错。火山碎屑流的影响范围有限……大概只能扫荡火山口周围大约三十到四十英里。但这不是最糟的。"弗雷德点开另一个喷发的视角：这幅更靠东，显示出烟柱正朝着中央大陆东部移动。"风会带着比较轻的碎屑撒遍岛屿的其他部分，直到中央大陆水道，然后去到锤头岛、高陆岛，甚至更远。所以你们将要看到一幅壮观的景象了，两三英寸厚的火山灰一路飘落，沉降在一大片广阔的地域上。幸运的是我们在那边没有定居点……"

"但洛佩兹堡正迎着它，对吧？"亨利笑了，"这算是个小小的好消息。"

"好吧，算是，旋翼机在火山灰里飞行相当危险。火山灰会损毁螺旋桨和喷气发动机的进气口。不过他们也可以把旋翼机停放在地面，然后发射穿梭机，他们只用火箭推进器就行，而且不要过载。"

"白色纵队可能有麻烦啊。掠行艇……"

"嗯。如果他们正好在火山灰落下的路径上，那掠行艇的发动机就得报废。最好希望他们够聪明，能逃出那里。但还有个小细节。看这儿。"

弗雷德拉出另一张图像。这张是从更远的距离拍的邦斯泰尔火山，此时"亚拉巴马号"正越过火神岛南边的大赤道河一带。几乎看不到那座山本身，但烟柱清晰可见，一根巨大的柱子高高伸向天庭，乌玛星给它镶上了一层亮边，染上了橙红色的光影。温迪心想，这是给一位神灵火葬的柴堆。她又不由自主想起了之前对佐尔坦的看法。

"这就是问题。"弗雷德继续道，"烟柱里不只是有火山灰，还有各种气体成分，二氧化碳、一氧化碳、二氧化硫、氯气、氩气、氟气之类的。它们将会冲击到大约四五十英里高的大气层顶部，被高空高速气流俘获，然后很快就会遍及整个星球。就算这是小喷发，也非常令我们担忧，但就像我说的，这可不是打嗝儿这么简单。"

"你要说什么？"温迪发现自己又没耐心了，"你说我们有麻烦？"

"稍等，好吗？"弗雷德严厉地看了她一眼，"我们在这里的时间可没多久，不足以研究这颗星球的地质史。我们所能做的就是看看地球上发生过什么，然后基于经验做出猜测。话虽如此……"

他喘了口气，"看，大约七万四千年前，苏门答腊的多巴火山喷发过一次，将四千亿吨的灰尘和气体释放到大气层。这导致全球平均温度在之后六年间降低了三到五摄氏度，某些地区的温度下降了足有十五摄氏度。全球变冷导致的严寒杀死了所有热带植物，让至少百分之五十的森林消亡。毫无疑问，随后就导致了若干动物物种灭绝。"

"噢，天呐……"冈田邦子一只手捂在了脸上。

"这是最糟的情况，并不是说会在这里发生。但是……"弗雷德抬起一只手，"……当冰岛的拉基火山在十八世纪末喷发的时候，大约有二十亿吨浮质进入上层大气层，让北半球的平均气温下降了百分之一。十九世纪初，坦博拉火山爆发的时候，同样的事情再次发生了。还是十九世纪，后来喀拉喀托火山爆发也是如此。全球变冷导致夏季缩短，大量植物死亡，生长期缩短……"

"你觉得这种事会发生在这里？"温迪问。

"很有可能，没错。唯一的问题是喷发的强度。对此我没多少能说的，如果走运的话，目前可能比不上多巴那次。如果那样的话咱们就完了，因为火山导致的大降温会持续至少两个土狼星年，我们都会因此而死。就算只有拉基或是坦博拉的规模，我们也有大麻烦了。"

温迪明白了。现在才刚刚到土狼星的初春季节，天气还很凉，但几星期之后，雨季就会来临。等到雨季结束，就是播种庄稼的时候了，这些庄稼不仅要维持他们度过今年，还要度过那个火山爆发导致的漫长"冬季"。可是如果他们的牲口挨饿了，如果他们没有粮食储存，如果下一个冬季到来的时候食物不够喂饱每一个人……

"我想我明白你的意思了。"她轻声说着，"现在不是反击的好时候,对吧?"

弗雷德点了点头:"最好希望和平谈判还不算太迟。"

"洒向群星的社会集体主义精神号" / 08:03

费尔南多·巴蒂斯特仰头望着指挥中心的天花板,逐渐意识到自己对眼前所见无从评论。在他漫长的职业生涯里,作为宇航联军的军官,他目睹过许多令人难忘的景象:火星上奥林匹斯山巅的第一缕晨光,几颗伽利略卫星掠过木星表面,泰坦星的云层落下液态甲烷雨。可那些都不如此时展现在舰桥穹顶上的景象那么美丽,更不如它这么可怕:外星世界的一座火山完全爆发了,浮石形成的巨大云团喷涌而出,把那块次大陆覆盖了一半。

美丽,没错……但也很凶恶。尽管土狼星上大部分地区都无人居住,但那里也生活着数千居民。巴蒂斯特不需要查看行星科学的背景资料就知道,这种强度的喷发会产生多么严重的后果。可他对此无能为力,什么都做不了。一个人怎么能跟如此惊人的力量相匹敌?

"舰长?"在通信站值班的军官转向他,"收到洛佩兹堡的信号。基地司令官在线。"

"请接进来。"巴蒂斯特摁了摁扶手上的按钮,升起一面屏幕,片刻之后,邦·考特兹那张长满了大胡子的脸出现了。"早上好,中尉。我想这次呼叫不是礼节性的问候。"

"我真希望是,长官。我想您已经知道发生什么了。"

"我确实知道。"不到一小时前,一位文书敲响了他单间的门,告知他有紧急情况要在舰桥汇报。那之后,"精神号"绕着土狼星轨道运行了一周,现在,飞船又到了白昼面,他能亲眼看到火山喷发了。"你们情况如何?"

"没有任何好转,长官,如果您是问这个的话。"静电使他的声音模糊不清,屏幕微微闪动,失去了焦点。"我们正遭受火山灰的……目前为止还不太多,但肯定会越来越糟。我们还注意到能见度在显著降低。"他看向一边,对着屏幕外的什么人说了几句,然后又看回来。"我们外面有个摄像机。如果您想看看……"

"好的,请便。"通信官一直听着他俩的对话,所以了解舰长想做什么。天花板的一片区域出现了一个宽屏窗口。整个指挥中心里,船员们都停下了手中的工作,抬头看向穹顶,看看洛佩兹堡的人到底看到了什么。

犹如一张巨大的黑色幕布笼罩在天空上,迅速飞过中央大陆水道,向着锤头岛飘来。前景里,卫队人员仰望着迫近的云层,与此同时,摄像机画面里闪现着斑斑点点的粉红色雪花,停靠在着陆场附近的旋翼机的挡风玻璃上已经渐渐堆积起一层火山灰。现在还是锤头岛的清晨,可看上去就像是黄昏提前降临在这个岛上。当这一切……

"中尉,我建议你们转移旋翼机。"巴蒂斯特说道,"那种情况下它们可能没法飞行。"

考特兹的脸还在屏幕上,可他的画面变得支离破碎。外面的摄影画面也一样,着陆场的画面上出现了一道道横线。看来火山灰造成了电磁干扰。"长官?您说旋翼机怎么?我不明白……"

"把它们赶紧转移。你听到了吗?"

"是,长官。但我们往哪里……"

他的声音噼啪作响,断断续续。巴蒂斯特几乎看不到他,外部画面也将近消失了。他明白,云团移动到了锤头岛和"精神号"之间,正在干扰上行链接。

"让它们起飞!"他厉声喝道,"我不管去哪儿,快把它们转移走!"

考特兹回应了些什么,听起来像是遵命,然后屏幕灭了。抬头看了看穹顶，巴蒂斯特最后一眼瞥到了着陆场——旋翼机仍然停放在地面，就好像有一阵暴风雪正在落下——然后连这画面都消失了。

"信号丢失，长官。"通信官说道。

"尽可能找回来。"巴蒂斯特坐回到椅子上，"我们可不能失去联系。"

幸运的话，考特兹有足够的时间可以赶在旋翼机全部停飞之前，让一些旋翼机升空。可即便他做到了，他们又能去哪儿？西边不行，中央大陆已经笼罩在云团之下了。也许往北或是往南，去荒原岛或是高陆岛，可那么做也没多大用，旋翼机得耗费一半的燃料逃离烟尘区。火神岛西部的荒原区甚至连名字都没有，更不用说依赖地图了寻找路线。

他再次意识到了战争的荒诞无益。投入了那么多的人力物力去跟中央大陆移民地作战，而对这个星球进一步的探索却被放在了一边。巴蒂斯特努力让自己镇定下来。也许这无关紧要。瑞吉尔·肯特在过去的几个月里并不活跃。现在是漫长而又艰苦的冬季，联盟已经突袭了义军镇和其他的定居点，也许已经让他们大伤元气。这次喷发无疑也影响到他们，让他们的实力进一步萎缩。

如果真是这样，那他为什么会有一种焦虑不安的感觉，一直让他觉得自己错了？

新佛罗里达，北溪 / 08：34

卡洛斯看着平板电脑上小小的屏幕。平板电脑直接用线连在他的卫星电话上，他看到了轨道上传送来的邦斯泰尔火山的画面。"我明白你在说什么了。"他说着，"这改变了一切，是吗？"

"恐怕是的。"李的声音从平板电脑的扬声器传出来，虽然很小，却很清晰。新佛罗里达的天空仍然晴朗,"亚拉巴马号"再一次到了正上空,卫星电话的抛物面天线可以正常进行上行链接。"我不想取消行动,但如果你认为我们应该这么做,我已经准备好了。"

卡洛斯看着盘着腿坐在他对面的克里斯和玛丽,他们躲在一株黑檀树的遮蔽之下,红色纵队已经在这里扎了营。其余人都在各自的帐篷里打盹儿,另有几个人在船只附近站岗放哨,能拖上岸的船都拖上了岸,那些船就用伪装网盖着。克里斯什么都没说,只是随手揪着草叶,而玛丽摇了摇头。

"我想听到更多情况。"他说,"有白色纵队的消息吗?"

"我们仍然在尝试跟他们取得联系。火山灰正在干扰无线电。义军镇告诉我们,掠行艇的发动机会被火山灰堵塞,所以我们得假设他们出局了。但对方的旋翼机恐怕也无法起飞。如果这样,洛佩兹堡已经无法使用……至少,他们是这么认为的。"

卡洛斯点点头。一旦白色纵队打掉锤头岛的着陆场,红色纵队就从北边朝着自由镇推进,蓝色纵队从东边进攻航天发射场。三场仗计划在明天早晨06:00同时打响,消灭联盟卫队的空中优势力量是这次行动成败的关键。火山灰可能已经把这事儿搞定了,但还有……

"听上去有点不确定,舰长。我们确定锤头岛已经完蛋了吗?"

短暂的沉默。"我们不确定……"李过了一会儿才回答,"我们没看到锤头岛有任何飞行器起飞,但这并不意味着在云团移动到他们上空之前,他们的旋翼机不会起飞。有可能他们跟我们一样困惑,所以……"

"我明白。"卡洛斯心不在焉地把双手揉在一起。花了好几个月的时间精心制定这个计划,现在他们离目标咫尺之遥,大自然却丢进来一只猴子捣乱。见鬼!如果火山晚几天喷发……

"我说我们应该继续干。"克里斯抬起头,"我们已经让所有人就位了。如果现在取消行动,我们可能很长时间都不会再有机会了。"

"他是对的。"玛丽说,"我们已经跑了这么远……"

"那我们就原路返回。"卡洛斯说道,"这不重要。"

"见鬼,这很重要。"克里斯直视着他的眼睛,"看呐,伙计,我们跑这么远费了多少力气?到现在,我们已经能手到擒来了。现在咱们都把他们攥在手心里了,你却想现在缩回去?就因为糟糕的天气?"

卡洛斯开始反驳,但很快就打住了。没有人是征募来的,这里的每一个人都是志愿而来,因为他们想要自由,不想生活在联盟卫队随时可能袭击他们村庄的恐惧之下,不想为了这个星球的工业发展而在女统领制定的计划中做强制劳动。他们用自己的生命冒险,同时也关系着无数个体命的命运——不单是眼前,也是未来的很多年。土狼星本身的未来就掌握在他的手中,就在这天早晨,就在此时此刻。

他深吸一口气。"长官,"他说道,"我决定了……我们决定了……继续行动。"

沉默了片刻,这片刻的沉默让他都怀疑是不是讨论的时间太久了,结果"亚拉巴马号"已经飞出了通信范围。但紧接着,他听到李的声音又传了出来:"很高兴听到你这么说。我想你们正在做正确的事情。顺便说一下,蓝色纵队也是这个意思。"

卡洛斯笑了。当然,李已经跟克拉克·汤普森联络上了。蓝色纵队正在东分水岭待命,就等着顺沼泽大道一路进兵,从桥镇直扑航天发射场。"谢谢,长官。很高兴知道蓝队跟我们想法一致。"

"我也是。"又是短暂的沉默。"还有另一件的事情……我认为我们应该考虑提前时间表。"

这个建议带来的意外不亚于他获知邦斯泰尔火山爆发。他问道:"提前多少?"更重要的是,为什么?不过他并没有问出口。

"让我先问件事。你认为你们这支队伍多久后能到自由镇?"

卡洛斯打了个响指,指了指卷着的那张地图,他们就是靠它行军的。克里斯赶紧把它铺在地上,四角用石头压住。卡洛斯迅速研究了一下,从他们现在的位置,顺着北溪往西南方走大约三十英里,就到了沙溪支流,然后再走二十五英里到自由镇。一共五十五英里。可他们是一路顺流而下,而且因为北方的融雪,导致水势很高,他们过浅滩和沙洲应该没什么问题。

"如果我们今晚出发……"他说道。

"我想要更早。现在动身怎么样?"

"他疯了吗?"玛丽低声道,"我们不能……"

卡洛斯瞪了她一眼。"如果我们现在动身,我们能在……"他在心里迅速计算了一下,"……今晚到那儿,日落后不久。"

"没错。"克里斯嘟囔着,"我们到那儿就累得打不动了。"

卡洛斯点了点头,抬起一只手。"舰长,我的人整晚都在划船。如果再在船上待十二小时,等我们到自由镇的时候,他们可就累得半死了。"

不只如此,他突然意识到,他们还要在大白天行动。如果土狼星上空的联盟星际飞船里有人把望远镜聚焦在新佛罗里达,那他们就能看到红色纵队的行进,这样突袭的优势也就没了。

"我明白自己在让你们做什么。"李说道,"克拉克·汤普森也提到了同样的担忧,他有同样的问题。"卡洛斯又看了看地图。他是对的,蓝色纵队将不得不徒步跋涉几乎四十英里才能到达沙溪南端,然后过河再走十几英里才能到航天发射场。"这么做有很好的理由。我有个想法,如果可行的话,可能会救下很多生命。我需要让红队和蓝队在白天结束时进入打击定居点的势力范围。"

"那你的计划是什么?"

他有几秒钟什么都没听到。"我目前不能告诉你。"李最后说道,"所以我只是让你信任我。你能做到吗?"

虽然不知道要面对什么,但还是要相信他。这就是李让他做的。克里斯把脸埋在了双手里,玛丽缓缓摇了摇头,可卡洛斯发现自己想起了过去。那是两百四十五年前,他们还是孩子的时候,他们的父亲在极其相似的情况之下,也相信了李舰长。当时他们加入了密谋劫持"亚拉巴马号"的行动,将它驶向了大熊座47。在三个半土狼星年之前,联盟的第一艘飞船不期而至,李很信任地让他率领最初的移民从新佛罗里达去了中央大陆的荒野。再一次,又面临着信任。再一次,未来岌岌可危。

"是,长官。"卡洛斯说道,"我做得到。"

"那我就不耽误你们了,你们还有很多事要做。我们还在'亚拉巴马号'上,所以你们过两个小时之后才能联系到我们,但没有必要就不用联络。"

这就是说马上将再次保持无线电静默。"我明白,长官。"

"谢谢你。祝好运。赤色风暴结束通话……"

"也祝你们好运。红色纵队结束通话。"他结束了通话,把卫星电话从平板电脑断开。

玛丽充满质疑地看着他:"喔,真简单,不是吗?他甚至都没感谢我们……"

"他很感激。相信我。"卡洛斯收起卫星电话天线,站起身来。"你们听到他说的了,我们有了新时间表。叫醒其他人,告诉他们拔营装船。我们马上出发。"

玛丽开始嘟囔些什么,但看到哥哥的脸色,她就知道不是说这些的时候。她重重地长叹了一口气,然后站起身来,往外走去。克里斯缓缓伸了伸胳膊。"我想我要是知道原因,就不会想很多了。"

"他知道自己在做什么。就像你说的,我们可能不会有另一次机会了。"卡洛斯挤出一个微笑,"这样来看,如果一切行得通,那你就能再见到路易莎了,比你预期的更早一点。"

"你现在又来这一套了……"克里斯手一撑站起身,拍了拍手,吹了声尖啸的口哨,"好啦,各位,起床啦!该上路啦!"

URSS"亚拉巴马号" / 09：02

"赤色风暴呼叫白色纵队。请回答，通话完毕。"李听了一会儿，但他的耳机里除了静电载波杂音之外，什么都没有。"白色纵队，这里是赤色风暴。你听到了吗？通话完毕。"

"放弃吧，罗伯特。我们什么都收不到。"达娜指着通信面板上方的一块屏幕，"传送器工作正常，我们已经对准了他们应该在的地方。我们就是穿不透那层……"

"我知道，我知道。"他抱着一线希望又试了一次。"'亚拉巴马号'……我是说，赤色风暴呼叫白色纵队。如果你们听到，请提高你们的增益。重复，提高你们的增益并回答。通话完毕。"他数到十，然后终于认输了。"感觉他们能听到我们，可就是……"

"如果听到了，我们现在早就知道了。"她松开座位的安全带，顺着天花板的把手飘到他身边。"我确信他们很好。"她说着，一只手放在了他的肩膀上，"他们只是没法跟我们通话，就是这样。"

李心不在焉地握住了她的手，望向舷窗。"亚拉巴马号"的环赤道轨道又一次越过中央大陆水道上空。没错，他们正越过锤头岛的正上方，可是唯一还能让他们知道那里有一片陆地的，就是导航状态显示屏。那片地域已经全然笼罩在火山灰的烟雾之下，无形无迹，火山灰罩住了邦斯泰尔火山和佩塞克山之间的一切。甚至从这个距离看下去，他们都能看到厚厚的云层里跳跃的圣艾尔摩之火[1]。地面的短距离无线电通信有可能穿透电磁干扰，但从太空……

---

1. 圣艾尔摩之火是古代海员观察到的一种现象，多发生于雷雨天气，桅杆等杆状物尖端会发出蓝色的火苗般的光芒。其实就是大气放电现象。得名于古代守护海员的圣人，圣艾尔摩。

"我猜……我希望你是对的。"如果弗雷德·拉洛克斯说得没错，那白色纵队就无法移动。就算这样，他们还是能从掠行艇的风机上尽量清除掉火山灰，重新启动引擎，顺着水道撤退。如果情况变得更糟，他们还能舍弃导弹发射艇，徒步穿越中央大陆，回到义军镇。

然而，白色纵队的任务是行动的关键。就算洛佩兹堡的旋翼机不能飞，那里肯定还有军用太空穿梭机能发射升空。有锤头岛驻守的数百名卫队人员作为增援，联盟仍然有能力击退在新佛罗里达"兴风作浪"的红色纵队和蓝色纵队。

李闭上了眼睛。五百年前，他的先祖肯定也面临着同样的选择。然而就算是在葛底斯堡[1]，李将军所失去的全部也就是一场战役而已，南方联盟可能算是灭亡了，但美国本身幸存了下来。他正在进行的这场斗争，所为的是更高层面的东西：不仅是为了一个国家的自由，更是为了整个世界的自由。他要做的是他那位曾祖从未想象过的……

"罗伯特？罗伯特，你是不是……"

"我很好，只是在思考，就这样。"他睁开眼睛，向她露出疲惫的笑容。"最好开始干活了。我们在下一圈飞临此地之前还有很多事情要做。"

"当然。"达娜松开他的手，但就倚在他身边。"你没告诉卡洛斯你想要做什么，也没跟克拉克讲。"

他摇了摇头："他们可能被俘。我不想冒险让他们说出……"

"你知道他们很棒的。"

他没法愚弄她，他应该很清楚这一点，而不应该尝试去愚弄。"他们不知道这事儿更好，"他静静地说道，"如果有任何事出岔子……"

"那咱们得确保我们不出岔子……"达娜抓住把手，开始纵身离

---

[1] 葛底斯堡是美国南北战争时期最后关键一战所在地，北方军战胜了李将军率领的南方军。

开。"那你想让我先干什么?掌舵?还是……"

"我来操纵导航。你负责主引擎的注入。"他看了看手表,"再有一小时四十五分钟,咱们就到自由镇上空了。赶紧行动。"他松开座位的安全带,然后打了个响指,"我们最好告诉……"

"金。我知道。她会爱死这事儿的。"达娜咧嘴一笑,"你知道吗,我打赌,她认为咱俩正在这儿亲热呢。"

"相信我,我真希望是那样。"

新佛罗里达,自由镇 / 11:46

快到正午时分了,镇子里一如往常。一个人赶着一辆满载粪肥的大车顺着主街往前走,大车由两头茸牛拉着,蹄子在坑坑洼洼的泥泞里不住溅起泥水,一路走向镇子外面的农场。两个女人走在木板铺的人行道上,目光很小心地避开那几个没当班的卫队人员,这几个家伙懒洋洋地坐在营房外的长凳上。路对面,有人在清洗自己小屋的前窗。又是平常的一天,跟早春时节的任何一天都没什么不同。

然而,当女统领路易莎·埃尔南德斯站在社区会堂的前门台阶上看着这一切的时候,她有一种不祥的预感。保镖就站在旁边,她应该感觉很安全才对,可她发现自己仰头望着天空。天空清澈,明媚的正午阳光预示着午后将暖意融融,但她看到了"精神号"传送下来的中央大陆图像,听到了巴蒂斯特舰长关于火山喷发的汇报。邦斯泰尔火山离这里很远,风带着喷发的烟柱飘离了新佛罗里达。

另一方面,与锤头岛的联系在今晨早些时候断线了,显然是火山灰干扰了卫星中转。她告诉自己,这只不过是信号失常罢了。暂时的不便,没什么可担心的,她的人已经忙着通过其他方法重建与洛佩兹堡的通信了。但她还是……

从她抵达土狼星到现在，已经三年半了——按地球时间算差不多十一年，真的有这么久了吗？——还没有任何事情如她所预期的那样进行。这应该是一次很明确的任务：夺取"亚拉巴马号"建立的移民地控制权，建立集体主义体制政府，让第二批移民开始工作，开发当地资源，最终把这个星球转变成新地球。她当然预料到会有困难——这儿是一处边疆，必然充满了各种艰辛——但没有什么是她和卫队无法掌控的。

然而，事情并没有像这样发展下去。最初的移民不仅拒绝合作，而且还尽可能远地逃到了中央大陆，只撇下几间家徒四壁的木屋。新来的移民呢，要么是通过抽奖，要么是通过贿赂上了联盟的星际飞船，也都渐渐开始反对她。航天发射场成了贫民窟，在她禁止居民搬迁之前，已经走掉的那些人也加入了中央大陆的抵抗运动之中。她费尽心力建造跨越东峡河的大桥，最后却成了一场灾难，设计它的建筑师跟瑞吉尔·肯特合作，一起把大桥给毁掉了。尽管她在锤头岛建立了军事基地，还让卫队搜寻"亚拉巴马号"人员藏身的定居点，可最近那次突袭义军镇的行动却一败涂地，还搭上了许多条性命和一些无法替代的装备。

于是，在经历了如此漫长的时光之后，她发现自己并不是像梦想中的那样掌控着一个世界，而只是一个岛屿。而且这岛也只能算是勉强掌控着，她把大部分卫队调到了锤头岛，只在这里留下一小队驻军防守新佛罗里达。这是冒险的举动，然而她坚信，胜利的关键在于摆出进攻的姿态，肃清瑞吉尔·肯特运动已经成了她的首要任务。

再过短短几个星期，她将对他们发起进攻。他们在中央大陆主要定居点的位置已经被联盟巡逻队摸清了。尽管对义军镇突袭未获成功，可那次行动也帮她探明了对方的防御能力。锤头岛有超过四百名卫队人员，还有旋翼机、武装掠行艇、军用太空穿梭机。等到雨季来了又去，溪水恢复到正常水位她就会下令进攻。这次绝不手下留情，杀无赦！等到了春末，土狼星就属于她了。

可现在……

火山喷发，突然之间，她在锤头岛的部队音信全无。路易莎用双臂紧紧搂住自己，把斗篷裹得更紧了，尽管天气很暖和。她执拗地仰望着宁静的蓝天。一个小挫折罢了，让她的计划略有延误。她以前也面对过失败，都挺过来了，这一次也会过去……

她身后的门打开了。一个电子声音说："女统领……"

"我希望你告诉我，你已经联系上洛佩兹堡了。"她说着话，并没有回头看。

木板上传来重重的脚步声，然后一个裹着黑斗篷的高大身影走到她身旁，"我们确实联系上了，女士，但有些别的情况你得……"

"就说洛佩兹堡。告诉我你知道的情况。"

路易莎忍不住厉声说道，她似乎对格里戈·赫尔没了耐性。他总是让她想起他的前任，曼纽尔·卡斯特罗在"辉煌命运号"上是她的搭档，也是移民地副总督。不，不止如此，当他在去年秋天袭击汤普森渡口的时候失踪后——尽管卡斯特罗的尸体从未被找到，她还是确信他已经死了——她就失去了最亲密的心腹。同样是后人类，博学者赫尔的身体跟博学者卡斯特罗别无二致，可尽管他继承了曼纽尔的角色，但却永远无法替代。实际上，他的存在是对记忆中的卡斯特罗的侮辱。

博学者犹豫了一下。"正如您预料的。"他过了一会儿才说，"仍然无法通过卫星与基地通话，但有一架旋翼机设法逃走了。"

"只有一架？"路易莎目光锐利地看着他，"其余的呢？"

"还有两架起飞了。一架尝试穿越火山灰云层，但失去动力坠入了中央大陆水道。另一架汇报说引擎出了故障，被迫返回。它已经安全着陆，机组成员也没有……"

"继续讲。"

"第三架逃出。它降落在了中央大陆东南部沿岸一带,飞行员在那里能上行链接到'精神号',同时跟洛佩兹堡保持短波无线电通信。"

女统领长出了一口气。二十架只跑出来一架。如果地面人员按照巴蒂斯特的命令行动更迅速一点……"我能想象其余的事儿了。考特兹中尉让整个中队的其余旋翼机全都停飞了。"

"是的,女士,他确实这么下令了。他并不希望冒险再失去旋翼机。着陆场已经落下了四英寸厚的火山灰……"

"这不是借口。"

"女统领,这不是雪,这是火山灰,它不会融化。两艘军用太空穿梭机正准备装载部队和装备到安全的地方去,但还需要一段准备时间才能具备飞行条件。就算到了那个时候,它们也只能搭载正常负荷的一半以下,否则不安全,因为……"

"我明白。"路易莎不喜欢被人说教,可这位博学者听起来好像是在对小孩儿讲话。"告诉他们,尽他们所能去做吧,但我希望洛佩兹堡能尽可能快地准备好重新投入行动。还有别的事儿吗?"

"是的,女士。罗伯特·李希望跟您通话。"

一时之间,女统领没明白博学者赫尔在说什么。她看着路对面那个清洗自家窗户的男人,用肥皂清洗着每一块玻璃,她赞赏着他的勤劳。她听到不远处有孩子在地里玩垒球,那块地还没种上春天的第一拨庄稼。突然之间,那个躲避了她这么久的人,在这么多年以来,第二次想要跟她进行会谈。

"现在?"她问道,"他是不是……我是说,你现在跟他连着线?"

"是的,统领大人。他的信号是通过卫星电话收到的。我连着我们的系统,能为你转接。如果你希望由我提供翻译……"

"那就不必了。把他接过来。"

作为一种消遣,女统领在过去的几年里学习了英语,她在一定程度上把自己第一次跟李会面之时无法跟李进行深入谈判的原因，归咎于自己不太懂盎格鲁语的那种古老形式。她坐在台阶上，抬起右手把头发顺到一边，摁了摁下巴，激活了皮下植入设备。博学者赫尔知道怎么打开她的私人频道。过了一会儿，他建立起了女统领、他自己和自由镇卫星传送器的连接。

女统领的耳朵里传来哔哔两声，然后是一阵微弱的咝咝声。

"李舰长？"她问道。

"埃尔南德斯统领。"声音很轻，但李不会听错。"你让我等了半天。"

"我很抱歉，舰长。我没想到……"路易莎停住口。她才是这里说了算的人，而不是对方。"你有事情希望讨论？"

"是的，我有。我想你已经知道邦斯泰尔火山喷发的事情了。"

"我获悉了，是的。"她抬头看了看博学者赫尔，"相当大的事件。我相信你们的人目前没有遭受危险。"

"至少一段时间内不会。谢谢你的关心。"他短暂地停了一下，"我注意到一件事，这可能会导致长期的后果，也许是你还没注意到的。我已经得到可靠的消息说……"

"舰长，请稍等，好吗？"她摁了摁植入装置，切断链接，然后转向赫尔，"你说你是通过卫星传送接收到的？"

"是的，女士。显然他已经恢复'亚拉巴马号'的轨道通信系统了。"

这意味着，如果李不在义军镇，那他就可能在"亚拉巴马号"上。这不意外，尽管最初的移民离开自由镇时丢下了他们的一架太空穿梭机，可他们还有另一架。但为什么李要回到飞船上去？事情有些不对劲……

现在没时间操这个心，她重新打开线路，说道："抱歉让你等着。一个助手想跟我说事儿。"

"他们肯定在想,我是怎么跟你联系上的。事实是,我就在'亚拉巴马号'上。我们上到这里修复了通信网络,这样我们的定居点就能重新彼此联络了。"

李的坦白实在出乎她的意料。"我很欣赏你的坦诚,舰长。我很遗憾不得不隔离你们的定居点,但瑞吉尔·肯特的恐怖行动让我们有必要采取相应的措施。"

又是一阵沉默。"埃尔南德斯统领,我们可以另找时间探讨我们的矛盾,这并不是我跟你联络的原因。你刚才对我的真诚表达了欣赏,那你是否愿意接受我可能告诉你的其他问题的事实呢?"

"我在听着。"

"我的一个人——就是弗雷德里克·拉洛克斯博士,也许你知道他——他告诉我说,邦斯泰尔火山对这颗星球上的每一个人都构成了严重的威胁。它正在释放酸性气体进入高空大气层,那会导致整个星球的平均温度降低五摄氏度左右。这也许……不,非常可能……导致气候变化,这将会在今后的一年里灾难性地影响农作物生产。"

女统领听到这个笑了。"我就在社区会堂的前门外。天空很晴朗,温度很适宜。邦斯泰尔火山在你们那边,如果它喷发,那是你们需要解决的问题。"

"别再骗自己了,女统领。这也是你们的问题。也许你现在看不到影响,明天,甚至下星期都不会,但它总会影响到你们。类似的事情在地球上就曾发生过,我们的人也认为这里会发生同样的事情。如果我们没有了夏季作物的收成,那将会遭受灾难性的食物短缺,你现在应该知道我们要依靠多少农业收成才能熬过冬季的那几个月。"

她皱起了眉头。他说得有道理,不管她喜不喜欢。就算她尽其所能地增加农作物产量,新佛罗里达也是靠着六个月的温暖天气种出足够多的食物,存放在仓库里,以此度过土狼星漫长而严寒的冬季。沼泽鼠知道怎么在球形植物里冬眠,但人类没法那么做。"假设你的人说的是对的,"她问道,"你建议我们要怎么做呢?"

"女统领大人,我们双方之间的战斗已经持续三年多了。正如我所说,原因暂且不提。"李顿了顿,"我想现在是让我们寻求停战的时候了。我们如果想要全力生存下去的话,就负担不起战争。"

路易莎感觉自己的脉搏跳得很快。她站起来,走下台阶,博学者赫尔和她的保镖紧随其后。"你是想投降?"

"不,不是投降,是休战。停止敌对活动。"

她用一只手捂住了嘴。经过所有这一切之后,这个男人居然提议讲和!她不知道是该大笑,还是该发出胜利的尖叫。"我想……"她深吸了一口气,希望自己没有流露内心的情感。"我想,我们应该进一步讨论这件事。你有什么建议?"

一瞬间,她觉得自己听到了背景中传来别人的说话声,好像是"亚拉巴马号"飞船上的其他人正在跟他争论。然后,李回来了。"我准备跟你在自由镇会面,面对面,条件就是竖起休战的旗帜。你愿意这么做吗?"

"当然,当然了。"情况越来越妙了,她发现自己从一个台阶蹦到了另一个台阶上。"你的太空穿梭机带你到这儿?"

"是的。我们能在……"过了几秒钟,"……19:00抵达,按你的时间算。我们就在自由镇外的着陆场降落。"

航天发射场的中心。完美。"非常好,李舰长。我期待着与你再次会面。"

"彼此彼此,统领大人。我希望我们的会谈会有成果。'亚拉巴马号'通话结束。"

她听到耳朵里一阵杂音,表明卫星电话的链接已经断了。路易莎长出一口气。"我抓住他了。"她平静地说着,不由自主地露出了笑脸。"我终于抓住他了。"

"如果你这么说,那就没错。"一如既往,博学者毫无情感地陈述着。"但你不认为……"

"我考虑得很全面,谢谢。"她转身走了,让保镖为她打开社区会堂的前门。几小时之后,她的对手就会自觉自愿地,由他自己的自由意志落入她的手中。"来吧,现在我们需要准备迎接他的到来。"

他肯定很绝望了。那再好不过了。谈判时间会非常短,完全由她说了算。

URSS"亚拉巴马号" / 12：14

李关掉开关,然后缓缓吐了口气,靠回到椅子上。好半天,他一直盯着窗外,看着中央大陆从脚下又一次掠过。自从他们上船以来,"亚拉巴马号"已经绕第三圈了,巨大的火山灰柱从邦斯泰尔火山升起,清晰可见,且不管是什么缘由,它变得比上次看到的时候更大了。他希望弗雷德·拉洛克斯夸大了喷发的后果,尽管他自己都不相信这是夸大其词。星球的圆弧边缘上部,高层大气形成的那层薄雾,颜色已经发生了细微的变化,从淡蓝色变成了红褐色。

"你知道她打算怎么做,对吧?"达娜在工程部上方,头朝下飘浮着,她正在查询一台平板电脑,电脑夹在一处面板上,她用键盘仔细地输入一个新程序。"她以为你要放弃,等她发现你并没有放弃,她就会抓你当人质。"

"我正是这么想的,没错。"他拍了拍耳麦,"金,下边那儿怎么样了?"

"我已经标定重返大气层的路线。"她答道,"但如果我们要在19：00着陆,那么最迟必须在13：00脱离。很抱歉催你,但我们的时间很紧张。"

"明白。"李望向达娜,她迅速点了点头,竖起了大拇指。"还得再给发动机里铲点儿煤，我们尽快过去。"他挂了线，然后解开座位的安全带，把自己推向工程部。"我毫不怀疑，她会尽力占据全面的优势。她就是这种人，看一切问题都是以权力为标准。"

"你认为你能对付那样的人。"这不是问句，而是陈述。

"我想是的。"他拉住一个天花板的把手，让自己停住。"我曾经跟一个那样思考问题的人结过婚。"

达娜从电脑屏幕前抬起眼。"抱歉。"她低声说着，对自己说的话感到有点窘迫。"我忘了。"

"没什么。"那是很久以前了——实际上，距离他们上一次见到埃莉斯·罗谢尔·李差不多有二百四十五年了——她是美利坚联合共和国议员的女儿，曾是他的妻子……李摇了摇头。他很少再想起埃莉斯，每次回忆都很苦涩。"就当我有这方面的经验好了，就这么着吧。"

达娜没说什么，但她的眼睛里流露出同情，然后收回目光接着工作。李看着她又敲击了几个键，对照数据板上的内容反复核对屏幕上的内容，然后把程序载入AI。"好了，没问题了。主引擎上线，我预先设置好19:30准时点火。现在我们要做的就是设定轨道，进入自动驾驶。"

"我已经算出轨道了。"李伸手去拿平板电脑，"要我插入最终数据吗？"

"我来处理，我都记在脑子里了。抱歉……"达娜取下平板电脑，然后优雅地翻了个跟头朝着舵站飘了过去。"你要是想干点儿什么的话，那就把自动驾驶的锁定指令解除掉吧。我知道你的密码，但这能给我腾出几分钟。噢，对了，如果你松开支架，金会很感激的。"

"明白。"李回到椅子上。他没等自己坐稳，飘浮在椅子上的时候就拉开了座椅的小桌，然后键入了六位字符串，让达娜能为导航子系统输入新的航线。等这些做好，他按下了按钮，重新松开了太空穿梭机支架,让"普利茅斯号"跟飞船脱开。

一连串的指令形成了一首不和谐的乐曲,传来一阵随机的哔哔、嘟嘟声,一时之间就像是这艘飞船又活了过来。李的目光游弋在指挥中心里,他记不太清楚埃莉斯的面孔了,但是"亚拉巴马号"从地球轨道发射之前的最后几分钟里,这个地方挤满了船员,充斥着发布命令的声音,那个情境犹在眼前。现在只剩下他和他的机电长,准备让他们的飞船进行最后一次航行……

"一切就绪。"达娜从驾驶座转身离开,顺着扶手朝他移动过来。"我们现在得赶时间了,最好在金发脾气之前赶紧下去。"

"是呀,当然。"李伸出手,想要把舷窗的窗板关上,然后意识到这么做毫无意义。他收回手……接着,一阵冲动,他使劲敲下了那个开关。

"你为什么要这么做?"达娜看着窗板缓缓盖在窗口上,遮住了阳光,让舱室里又重笼上一层黑暗。"这无关紧要的。"

"有关系的,有的。"很难解释,但他感觉这么做是对的。就像是在行刑队面前,要给受刑的人戴上眼罩。他转向舱口,"来吧。"他说着,感觉喉咙里一阵发干,"咱们走,别等我改变主意。"

"洒向群星的社会集体主义精神号" / 13:01

"就是这个。"巴蒂斯特说道,"请继续放大。"

他看着显示在天花板上的图像发生了变化。之前还是一个小小的银色反光点,几乎消失在星辰之间,突然变成了一个可识别的形态:"亚拉巴马号",这是"精神号"的导航望远镜捕捉到的图像。

那艘飞船在将近两千英里之外,就滑行在这颗星球上方。过去的几个月里,他的船员已经习惯于时不时发现那个被遗弃的东西,它的环赤道轨道比"精神号"的轨道更高,轨道平面也略有不同,所以在每一次短暂的相遇之后,那艘飞船又会消失在地平线之外。只有一次,有人上了"亚拉巴马号",当时是为了切断通信系统。巴蒂斯特一直想要亲自造访,就算是出于好奇吧——毕竟那是一件极具历史意义的产品——可他从没找到时间和机会,过了些时候,他又忘记了它的存在。

现在它再一次引起了他的全部注意。就在他看着那艘飞船的时候,一个小小的楔形物体从它的中部脱离下来。它闪了一下,缓缓离开了飞船,朝着下面的星球开始进行漫长的降落过程。

"那肯定是太空穿梭机。"通信官多此一举地说着,"我应该能定位它的无线电频率,长官。你希望我跟它打个招呼吗?"

"不用。"巴蒂斯特最不想做的就是让那架穿梭机的乘员知道自己被观察着。"请重新打开自由镇的频道。"他等了一会儿,听到耳中哔哔两声,然后摁了摁下巴。"你是正确的,女统领。有人在'亚拉巴马号'上。"

"曾在?还是正在?"

"曾在。就刚才,我们看到太空穿梭机脱离了飞船。"他更仔细地看着"亚拉巴马号"。舷窗里没有灯光。"就我来看,它的对接支架是空的,恐怕现在上面没人。"

"我明白了。"顿了一会儿,"无所谓,我就是要确定一下。你能不能派人过去查看查看?"

"稍等。"巴蒂斯特看向导航员。她敲了几下键盘,然后指着屏幕。他把她的控制台显示调到自己的屏幕上,迅速研究了一下两艘飞船的轨道。"我做得到,但要花些时间让太空穿梭机到会合地点。至少需要六个小时,而且我们得马上发射才行。"

"就这么做,舰长。最起码,我得让他们的卫星电话再次断线。"

"是,女士。"他很不喜欢路易莎·埃尔南德斯,她傲慢自大,作风残酷，颇有帝国主义姿态，而且他们已经交锋过。尽管他全面负责军事行动，可她是移民地总督，在重大事务上，她的权力高于他。她对他们下达的第一个命令就是让抵抗者们的轨道通信中断，这方面她有最终发言权。"我会派一支小队立刻过去。如果就是这些……"

"不只如此，我想让你下来跟我一起。"

她这么说的时候，有几个人抬头看了过来。他们都连接着这番对话，在空地通信中一直如此。舰长讨厌女统领，这在船员中不是什么秘密，而且他返回飞船，借口是说要维持指挥纪律，其实是不想跟她接触。

巴蒂斯特有意识地没有理会手下们。"您认为这有必要吗？女士？"

"舰长，我可否提醒你一下，罗伯特·李就在那艘太空穿梭机上，他本人提议举行这次会议。如果他计划投降……"

"你之前说他提议休战。"

"只是用词不同罢了。这种局面产生的威胁显然超出了他的掌控，或者他已经考虑一段时间了，刚刚才明白这是一条出路。不管怎样，他是想结束敌对状态。作为联盟卫队行动指挥官，你在场是至关重要的。"

巴蒂斯特咬住下嘴唇。她让他过去。大约三个月前，他中断了她抓捕瑞吉尔·肯特的行动，声明自己的级别是土狼星宇航联军最高等级的军官。担任占领军指挥官的角色，这让他很不舒服，从那以后，他乐得让女统领按着自己的意愿，调动他从地球带来的那些联盟卫队增援力量。

他知道，现在自己没法置身事外了。而且，他也必须承认，自己很好奇，为什么李会突然展现出和平的姿态。这个时机……时机的选择有些古怪……

"好的，统领大人。我会尽快赶到。"

"好极了，舰长。我期待着……"

"谢谢,统领大人。'精神号'通话结束。"他不耐烦地切断了通信链接,然后从椅子里站起来。"请给我准备一架太空穿梭机。"他说着,转向站在旁边的高级值班军官,"告诉飞行员,我要快速降落到自由镇。"幸运的话,他可能赶在李的太空穿梭机之前落地。"再选派一组船员去'亚拉巴马号'。"他走向升降机的时候又说道,"告诉他们,有必要的话可以用尽备用燃料加速飞行,我想让他们尽快登船。"

电梯门在巴斯斯特身后闭上的时候,值班军官已经在发布命令了。巴蒂斯特的手在面板前晃动,他突然闪过一个念头,考虑要在自己的舱室稍做停留,换下这身工作服,换一身黑色的礼宾制服。如果这是缴械会谈,那他也许应该在这场合盛装出席。

他想想还是算了,随后按下了太空穿梭机甲板层的按钮。那么做只能浪费时间,此外,他也不愿意做任何让女统领有面子的事情。

他可不觉得罗伯特·李会在意他的仪容。

新佛罗里达,沙溪 / 15:21

沙溪在一处宽阔的半岛状地带的顶端从北溪分岔出来,它从这里流向东南方,经过一片大草原,草原上只零星点缀着几片赝桦和黑檀树。小船队一艘接一艘转舵向左,龙骨船和独木舟扯起帆,兜着午后的风,小划艇保持在窄窄的河道中线以借助水流前行。水势依然很高,所以没有船只搁浅在浸没于水面下的沙洲上。

卡洛斯回过头,看到最后一艘船也转了向,确定没有人意外划进了北溪。他和克里斯已经在几小时前换了位置,现在他坐在船尾,能更好地看到每个人。他们早就不想争领头的位置了。独木舟和龙骨船有速度优势,可超到前头也没什么意义,所以他们就让自己保持在船队尾巴上,一旦纵队靠近自由镇了,他和克里斯就会划到前头去。

有一段时间，是水流带着他们前进。卡洛斯把船桨搁在船舷上，让胳膊歇一歇。他的后背酸痛，肱二头肌就像是灌了铅，稍稍活动了一下脊梁骨，就感觉脊椎骨咯咯作响。他晃了晃手臂，放松着肌肉。他这辈子从没这么拼过命，就算是独自一人顺着大赤道河旅行的时候，他都没有想着在这么短的时间里跑这么远的路。他也不愿去想还有多少路要走。

"还有水吗？"克里斯在船头的座位弓着身子。跟卡洛斯一样，天气一热起来，他就脱掉了衬衫，乌玛星把他的肩膀晒得通红，汗水让他的头发贴在了后脖子上。他其实也一样累，可还是用力在褐色的水流里划着桨，根本没想着卡洛斯已经停桨不划了。

"有点儿。"卡洛斯一探身，把夹克扯到一边找猫皮水壶。只剩下四分之一壶了，尽管他自己也想喝两口，可还是往前一丢。"歇会儿，让河水带着咱们走。"

"听你的。"克里斯提起船桨，伸手到后边摸到了水壶。拔掉塞子，他一仰脖儿，来了个底儿朝天，一些水都漫到了脸上。卡洛斯什么都没说，他们还能从大船上要一些饮用水。"干得真棒，伙计。干得真棒。"

"再走几里路就到了。我们行程已经过半了。很快就到了。"

说行程过半实在是瞎说，他俩都知道。他们进入沙溪后再前进一会儿才算路程过半，可和自由镇之间的距离并不是区区几英里路。他们已经很赶了，而且还是顺流而下，但这趟旅程离结束还远着呢。用不了多久，他们就得放下船桨，拿起枪，面对几十个联盟卫队士兵，而那些兵一整天都歇着，什么都没干，顶多就是擦擦武器。

不管李是怎么计划的，卡洛斯都希望他是正确的，因为蓝色纵队可是拼了命徒步跋涉啊。"亚拉巴马号"很快就会再次经过了，他很想拿起卫星电话，拨个信号给蓝色纵队，就是想看看情况如何了，但他和克拉克·汤普森早都达成一致，除非万不得已，否则在两支队伍看到各自的目标之前都要保持静默。

"是呀,好吧,越快就越……"克里斯的声音猛然一沉,"嗨,看那边。"

卡洛斯抬起头,朝着他们右侧的河岸看去。一开始他什么都没看到——马唐草有他胸口那么高,蜘蛛灌木顺着水边乱长,有几棵树在远处——然后,有东西在移动,他看到一只莽鸟正直勾勾盯着他们。

不……不止一只莽鸟,是两……三……四只。它们是成群出来捕猎的。尽管暗褐色的羽毛让它们在马唐草丛里几乎很难被发觉,可那巨大的鹦鹉般的喙却很容易辨认。四只大鸟,最小的都跟卡洛斯一样高,正用凶残的目光盯着他们。它们聚在一起站在溪边,离他们不超过十几米远。卡洛斯知道,浅水阻挡不住它们的攻击,何况猎物距离这么近。

上一次在这么近的距离看到莽鸟已经是好几年前了,它们不喜欢中央大陆的高地,也学会了避开人类的定居点。很多年前,就有那么一只杀死了他的父母,另一只还要追过来杀他,他家的树屋墙上曾经挂着一个这种动物的头骨,直到苏珊抱怨说那让她做噩梦,温迪才把它拿掉了。

卡洛斯一直盯着它们,缓缓往前趴下,去摸步枪。

然而莽鸟一直在原地没动。它们一动不动地站着,默不作声地看着小艇漂过。直到克里斯拿起桨,小心翼翼地把他们推得距离岸边更远,卡洛斯才放松下来。他回过头,看着莽鸟消失在了草丛里。

"我真的吓死了。"他咕哝着,"它们居然没攻击。"他看着克里斯,"那么近,它们居然没攻击。"

"是啊,没攻击。你知道为什么?"克里斯咧嘴一笑,"它们怕我们。"

刹那间,他的疲劳消失了。不再有疑虑,不再需要休息。深吸一口气,他又拿起了船桨。

"我们即将胜利。"卡洛斯非常平静地说着,与其说是对克里斯,不如说是对自己,"我们就要胜利了。"

新佛罗里达,航天发射场 / 18:59

"普利茅斯号"现身在乌玛星之下,从低空缓缓掠过转头向西,速度随即下降。在着陆场降落前的最后几秒钟,李短暂地看到了环绕着这片土地的贫民窟,就是他现在乘坐的这架飞行器——曾经被命名为"杰西·赫尔姆斯号",后来汤姆·夏皮罗给它重新取了名字——在这里首次着陆土狼星。

多让人伤心啊,他心想,瞪大了双眼看着那片窝棚、茅屋、帐篷。他们真的让人们就这样生活在这里?片刻后,喷射口激起的尘土遮住了座舱,轮子触到地面,金伸出手,拉下节流阀,熄灭了引擎。

"好了,我们到了。"她低声说着,"你现在想让我做什么?"

"原地不动。"李松开安全带,"我离开后,升起舷梯,关闭舱口……以防万一。"

"好的,以防万一。舰长……"

"请打开机腹部舱门,放下坡道。"他站起来的时候,避开了她的目光。"如果情况有变……喔,如果有变,你会知道的。立刻起飞,去义军镇。"她正要开口反驳,"不要跟我争论。你要执行命令。"

"是,长官。"她伸手到控制台,拨动了几个开关,舱门打开的时候,脚下的甲板发出撞击声,然后舷梯开始落下。"祝好运。"她说道,"我希望一切顺利。"

"谢谢,我也是。"李穿上夹克,然后离开了座舱。正如他所想,达娜等在乘客舱里呢,她已经打开了内舱门,一股冷风涌了进来。她套上了披肩,但他摇了摇头,"抱歉,不行。你要留在这里跟……"

"见鬼去吧。你去哪儿,我……"

"不,你不用。"他双手扶在她的肩头,把她摁在最近的座位里。"看,你自己说的……我很有可能会成为人质。如果他们抓了我,那还好。但如果抓了我俩,那他们就能利用你,让我做他们想要的任何事了。你也帮不上我太多,所以你要留在这里。"

泪水涌现在她眼角。"该死的,罗伯特。"她柔声说着,"你是不是非得永远都这么……这么理智?"

他冲她笑了笑。"抱歉,我不由自主。"他俯下身吻了吻她,她搂住他的脖子,两人拥抱在一起。"现在走吧,去协助金。"他说着,松开了她,直起身子,"我走之后闭上舱门。"

"是,当然。"她犹豫了一下,"罗伯特,我……"

"我也是。"然后他转过身,微微低头,下了舷梯。

暮色笼罩了着陆场,夜风轻拂,熊星在东方升起。航天发射场的一大群居民站在卫队拉起的大圈子之外,围着"普利茅斯号"。

李迈步走下坡道的时候,听到许多人惊诧地低声嚷嚷着他的名字,甚至那两个迎候他的士兵都露出了敬畏之色。这就是罗伯特·李,"亚拉巴马号"的指挥官,在这些人出生之前很久就已经是历史传奇人物了。

李不由自主地露出笑容,如果克里斯托弗·哥伦布突然乘坐太空船着陆,他肯定也会有同样的反应。

已经够了。他转向最近的一名卫队人员。"我来这里与女统领埃尔南德斯会面。"他用混杂的盎格鲁语说着,这是在过去几年里学的。"你能否带我去见她?"

"我……我……"那个士兵张口结舌,一瞬间,李都觉得他会放下枪,要个签名。"是的,当然,但我们……我是说……"

"李舰长?"那两名卫队人员身后传来声音,另一条身影走上前来。穿着深蓝色的连体作业服,上边挂着宇航联军的徽章,可他身上又透出权威的气质,显然是淡泊名利的人。"请允许我介绍一下自己。"他说着完美无瑕的英语,伸出了一只手,"我是费尔南多·巴蒂斯特舰长,'洒向群星的社会集体主义精神号'的指挥官。"

就是带着联盟卫队的增援来到洛佩兹堡的那艘星际飞船的舰长。"很高兴见到你,巴蒂斯特舰长。"李说着,跟他正式地握了握手,"但我更期盼女统领本人出现在这里。"

"我很抱歉,舰长。她在自由镇等你,就在社区会堂。我被派来护送你去……"

他们被收回舷梯的声音打断了。李转过身看着坡道折回到"普利茅斯号"底部。"您是一个谨慎的人,舰长。"机腹舱门闭上的时候,巴蒂斯特平静地说着,"我就想不到要做这样的预防措施。"

李什么都没说,用眼角的余光观察着巴蒂斯特。他穿着敌方的制服,可是李在这个人身上感觉不到恶意。确实,李有一种强烈的感觉,自己面前站着的是一个友善的灵魂,也许是敌手,但可能并不情愿与人为敌。他注意到了巴蒂斯特腰带上别着的卫星电话,心里生出一个主意。

"我学会了要谨慎行事。"他说道,"特别是当你对付女统领的时候。"

"是啊……当然。"巴蒂斯特转向一边,冲着自由镇方向示意道,"请跟我来,好吗?"

他们迈着步子,肩并肩走在长长的、泥泞的道路上,这条路从航天发射场边缘出发,越过休耕的农场,直通自由镇。除了在他们周围围成一圈进行保护的卫队人员,大批的人群也一直跟着他们,透过士兵间的缝隙中望着,时不时叫着李的名字。半路上,李的左脚踩到了一个坑里,往前扑倒,巴蒂斯特随即伸出手扶住了他。

李重新稳住身子,但这个小小的事件告诉他,至少在未来的几分钟里,他是安全的。女统领可能为他制定了计划,但巴蒂斯特表明了自己对李并没有恶意。到目前为止，他得到的接待都很热情，但事情很容易发生变化。有一种可能性——尽管很渺茫——就是巴蒂斯特可能对他到来的原因抱有同情……

白天的最后一抹光线褪去，星星出现在夜空中。他转过头看着西方，在天空里搜寻那个应该正在升起的特殊的亮点。"找你的飞船呢？"巴蒂斯特停下了脚步，让李也能稍停片刻。"我想现在应该到那边了。"

"是的，应该是。"西方的天空有低低的云层，视野有些模糊。他看了看手表，十五分钟……"巴蒂斯特舰长，"他低声说着，有意识地压低了声音，"你能不能联系到你们在锤头岛的人？"

他朝着巴蒂斯特的卫星电话意味深长地点了点头。"这个不行。"巴蒂斯特也悄声回答着。那些士兵的注意力都在围观的人群身上，对他们二位没怎么注意。"大气干扰太严重了，但我们能跟他们通过短距离无线电通信。"他在夜色中盯着李，"你问这个干什么？"

李犹豫了一下。这可是豪赌，他很清楚，他是把许多条生命拿来冒险，包括自己的。但如果赢了……

"听我说，"他低声道，"我们没有太多时间……"

"亚拉巴马号" / 19：28

这艘星际飞船再一次陷入了黑暗与寂静当中，通道上空无一人，舱室里漆黑寒冷。船上唯一活动的就是那些维护机器人，它们在走廊和舱室里巡查，到处进行小修小补，确保飞船保持清洁。

在H1甲板的环形走廊里，一个机器人停下来吸尘，它发现一幅手绘的壁画下有一小堆尘土：画面上是一个年轻人，率领着一群人正翻山越岭，背景是一颗带有星环的巨大的行星。机器人刚干完零碎的小活儿，它那六条吸附式触足感觉到地板微微震颤起来。注意到这种扰动，机器人向母系统发出了一次电子询问。若干分之一秒之后，AI命令这台机器回到自己的栈位，飞船要进行一次重大航线机动。机器人赶紧急匆匆地走了，它的发光二极管短暂地照亮了那幅永远不会再有人看到的艺术品。

距离"亚拉巴马号"三百码，"精神号"派来的一艘小太空艇正在接近飞船，就在这时，飞船的RCR（反应控制火箭）突然点火。就在小太空艇驾驶员眼前，星际飞船的船头开始向下倾斜，直指下方那颗遥远的星球。他几乎都没时间汇报，就见"亚拉巴马号"的辅助推进器点火了，巨大的飞船开始远离他。

小太空艇的驾驶员紧紧抓住操纵杆，赶紧启动了自己的RCR，让自己的小太空艇退到安全距离。他的预防措施很明智，几秒钟后，"亚拉巴马号"的主发动机启动了，白热的火焰无声地在太空里喷射起来。透过座舱舷窗，他无比惊骇地看着这艘硕大的太空飞船开始向着土狼星坠落。

随着主发动机全速推进，"亚拉巴马号"抵达对流层只需要几分钟时间。这艘飞船可不是设计用来在星球上着陆的，但它的舰长已经给它的自动驾驶系统编程，进行脱轨机动，让它向着星球的大气层一头扎下去。即便这样，"亚拉巴马号"也不会完全汽化，它有五百英尺长，净重几乎四万吨。

当它的巴萨德冲压发动机那个巨大的圆锥形采集器解体时，船头的冲击波又形成了橙红色的光晕，围绕在球形的燃料箱周围，随后，大气摩擦产生的巨大热量点燃了残存的燃料。最后的几秒钟里，在爆炸撕碎前甲板之前，机器人永远关闭了程序，莱斯利·吉利斯的鲁普特王子壁画永远消失了。

然而"亚拉巴马号"还没有解体，尽管只是多撑了那么一会儿，但这足够让它完成最后的任务。

新佛罗里达，自由镇 / 19：32

　　罗伯特·李发现路易莎·埃尔南德斯正在社区会堂里等着他，这地方是他和其他人徒手建起来的，当初叫作农庄会堂。他很高兴看到绘着"亚拉巴马号"的壁画依然留在墙上，给这里增色不少。长凳顺着长边的方向摆着，他们为了给屋里取暖而装的木柴炉已经拆了，但除此而外，这里跟他离开时没什么不一样。

　　会堂里空荡荡的，只有几个士兵站在窗边。女统领站在房间的中心附近，另一名联盟卫队的士兵站在她身后不远处，一位博学者站在她身旁。李进来的时候，一名卫队人员迈步上前，没有客套话，没有抱歉，迅速拍了拍李的身上，搜查有没有隐藏的武器。李任由他搜，同时利用这点儿时间品评着眼前的那个女人。

　　她比他们上次见面的时候苍老了一些，头发更长了，略显稀疏，还夹杂着几缕灰色，面部的线条更加锐利，结实的身材却没那么丰满了。即便这样，李心里想着，恐怕她也并没有少吃任何一顿饭，也没有哪天夜里是睡在寒冷之中。其他人可能在挨饿，而她尽力在自己周围维持着一个安乐窝。但是，只有感受新边疆的艰辛，才能在土狼星生存下去。

　　那个士兵搜完了，转向女统领，点点头。

　　"李舰长，"女统领说着，就好像什么事都没发生，"很高兴再次见到你。"

　　"女统领。"李听到身后的门关上，挡住了外面的人群，那些人一路从着陆场跟到了这里。只有巴蒂斯特伴在他身边，而他也站到了一旁，双手背到身后。"你气色很好，我看到了。"

　　"这是一个漫长的冬季。"长袍一动，她耸了耸肩。李观察着，这就是第一次见面时她穿的那身袍子,不过明显褪色了,还有几处用沼泽鼠皮打了补丁。她问道:"介意坐下吗?"说着朝最近的桌子做了个手势,她抬手的时候,露出了袍子下面的手枪套。"来点儿咖啡?"

"不,谢谢。"李还是站着,"女统领,关于火山喷发……"

"是的,当然。"她仍然保持着友好的姿态,就座后跷起二郎腿,在胸前抱起了双臂,"你担心火山喷发带来的长期影响,这也难怪。中央大陆的义军镇和其他定居点必定会因此遭受不小的影响。"

李开口说:"没错,我们深受其害,但对你们也一样。新佛罗里达与邦斯泰尔火山距离虽远,但依然会被波及,现在这段日子可能是我们在以后相当长的时间里能经历到的最后的温暖日子了。而且你也跟我一样清楚,我们多么依赖于一季复一季的稳定的庄稼收成,收成稳定才能让每一个人都吃饱肚子。"

"噢,行了。"她冲他露出一种屈尊俯就的假笑,"我怀疑事情不会像你想象的那样严重。就算火山爆发影响很大,我们也并不会完全靠着大自然的怜悯过日子。可以建设温室,可以进行水培种植。"

"我同意。如果现在行动起来,最糟的状况可能会缓解下来。但我们必须同时停止相互攻击才能做到。我们必须做的第一件事就是停止矛盾冲突。"

"绝对是的,毫无疑问。"她很努力才能保持这么不动声色,"我更希望就投降事宜进行谈判。"

李点了点头,"谢谢。我很高兴听到这个。我们的首要条件就是联盟卫队必须放下武器,立刻,而且……"

"舰长!我必须……行了,严肃些!我们正在谈论你的投降,不是我的!"甚至当她把李当作笑柄的时候,李依然注意到巴蒂斯特走近了博学者,而她身后传来一阵低低的议论声。李尽量保持着镇定,尽管他知道他们都在说什么。

"我很严肃。"他继续道,"你的士兵必须马上投降,就从放弃他们的武装开始。如果这么做了，我承诺他们不会受到任何伤害，他们会得到公正的对待……"

"够了。"她脸上的笑容消失了，抬起一只手表示她受够了，"李舰长，你的幽默感不错，但玩笑到此为止。瑞吉尔·肯特已经对我们造成了一些损失，这一点我向你承认确实如此，可事实是你们的人在数量上至少得一对十。不止如此，我们手里还有更多的武器，不只……"

"不，女士，"李说道，"你们没有。或者说至少在很长的时间里都不再有了。"然后他转向巴蒂斯特，"舰长？"

听到叫他，巴蒂斯特停止了跟博学者的议论。"女统领，"他说，"几分钟以前，李舰长忠告我，下令让洛佩兹堡的所有人员紧急撤离。我已经这么做了，但我不确定时间是否足够……"

"你已经……什么？"埃尔南德斯站起来瞪着他，"你说什么!？"

就在这时，远处传来了枪声。

刹那间，屋里的每个人都呆住了，然后一个士兵冲到门口。他把门打开，现在他们听到不远处传来轻型武器开火的声音，伴随着屋外人群的喊声。女统领的保镖立刻过来保护她，同时巴蒂斯特躲到一张桌子后面寻找掩护。

只有博学者和李原地未动。那个后人类几乎是平心静气，只看得到他兜帽里的脑袋微微低下了，就好像正在听远处传来的、谁也听不到的声音。

然后他的金属脸转过来，红色的眼睛望向李。

"好极了，长官。"他说道，"玩得好极了。"

中央大陆水道 / 19：47

"嗨，你看到了？"

听见父亲的声音从船头传来，巴里·德赖弗斯停下手中的活儿抬头看去。过去的一个小时里，他和泰德一直忙着清理掉行艇风机吸入的火山灰。这是他们第二次清理了，甚至在他们离开潟湖，顺着水道撤退下来的途中，火山灰还是不断落在他们身上，堵塞了进气口，让引擎有过热的危险。保罗·德怀尔不得不在引擎烧起来之前关掉了它们。

太可怜了。他们没有拿下洛佩兹堡，而是坐着一艘半残废的掠行艇一瘸一拐地返回家中：他们的任务失败了。噢，也许敌方的旋翼机也废了，可几分钟前，他们看到一架太空穿梭机从锤头岛起飞，迅速升空，撕开了遮蔽夜空的浓云。地面至少还有三架，如果联盟能发射一架，那很快就能发射剩下的。真是那样的话，联盟就能迅速增援新佛罗里达。

然后巴里又抬起眼睛，先前那些念头顿时烟消云散。尽管乌玛星已经下山很久了，他又在西方的云层里看到了一抹微弱的光辉：一团淡淡的光晕，迅速往东移动，越来越亮。起先他以为那可能是从星际飞船上返回基地的穿梭机，但那毫无意义呀。为什么……

"老天爷！"泰德叫了起来，这时候一颗小型的彗星穿透了浓云，一团炽热的火球飞速掠过夜空，燃着橘红色的火焰，给云层底面渲染上了一层红晕。想到它正朝着他们这边飞来，巴里本能地一缩身子，然后才意识到它是落向……

"趴下！"

杰克·德赖弗斯的声音淹没在了惊天动地的巨响声中，然后，愤怒的上帝之拳落在了锤头岛。巴里赶紧抬起双手,甚至他闭上眼睛都能看到视网膜上残留的影像,那是核爆炸闯进他的视野产生的灼烧。

轰鸣声让他跪倒在地。他抱着头低下,感觉身下的甲板不住晃动。等他再睁开眼睛,看到的第一件事就是水道上掠过层层震荡波,一连串的爆炸激起细碎的波浪掠过漆黑的水面。然后他抬起了头,惊恐地看着远处那面花岗岩峭壁。洛佩兹堡当初就矗立在那儿,现在那里变成了一团巨大的蘑菇云火焰,翻滚着升上天空。

"那是什么……"他的声音干巴巴的,没有任何感情,只剩下了惊骇,"那是什么……我不……"

"我不确定。"泰德的眼睛也瞪得一样大,"但我有种感觉,那是某个很宝贵的东西。"

新佛罗里达,自由镇 / 19:48

第一波枪声已经在远处消失了,这时候先头部队到达了船坞。卡洛斯从小艇跳上船坞,低下身子,绰起步枪,迅速用红外瞄准镜扫视着这片地区。跟以前一样,看不到士兵,船坞和附近停船的棚子被遗弃了。

他伸手下去拉克里斯,但克里斯已经爬出了船舷,手里拿着枪。没时间系缆绳,只能任由小船漂走,他们纵身冲向停船棚。他们身后,更多的小艇正在靠拢船坞:都是重夺自由镇的部队。

这间船库就是他和克里斯当初修造独木舟的那间,他们驾着那些小舟探索了大赤道河。在原木墙后趴下的时候,卡洛斯根本顾不上寻思其中的讽刺味道,他花了点儿时间评估他们的形势,同时等着其他人跟上来。在南边,他们能听到航天发射场方向传来零星的枪声。

"是蓝色纵队。"克里斯低声道,"克拉克的人应该不会有太大麻烦。那边就几个卫队人员，一些监察官……他们会轻松搞定的。"

卡洛斯点了点头。他更关心自由镇北面发生的事情。红色纵队的一部分人在上游半英里的地方分开，打算从相反的两个方向同时进攻定居点。幸运的话，从南北两面同时突袭，足以将联盟卫队的注意力从溪边转移开，让他这支小队有机会渗透到仅仅几百英尺外的镇子中心。

"你准备好了？"在河上漂流了这大半天，让他感觉头晕目眩，他伸手揉了揉腿上抽筋的地方。

"我们有选择的余地吗？"克里斯回头看着他，"我是说，如果你想打个盹儿，那就去，我们会……"

"我没事。"听到身后有动静，卡洛斯回头一看，只见影影绰绰的一队人向他们靠过来了，久经风雨的木板在他们的脚下吱吱作响，熊星淡蓝色的光芒给他们的脸抹上一层淡淡的晕光。玛丽是头一个到他们跟前的，她的卡宾枪就抱在胸前。她看着他的眼睛，点了下头。人都齐了。该行动了。

卡洛斯一抬手，无声地指了指棚子两侧，然后手掌一抬，又一压，示意一半人走这边，另一半走那边，身子压低。没有人问他是什么意思，或者谁该走哪边，他们在过去的一个月里，已经把行动的这个阶段演练过很多次了，每个人都牢牢记着克里斯手绘的那张定居点地图。于是，六七个瑞吉尔·肯特成员跟在克里斯身后，玛丽和另外五人跟着卡洛斯。

一条窄窄的土路带着他们穿过灌木丛和高草丛，来到了社区会堂后面。这时候，他们听到北方也传来了枪声，蓝色纵队显然已经跟联盟卫队交了火。透过谷仓和近处房屋之间的空隙，他看到主街对面的营房里钻出来不少卫队人员，朝着航天发射场和自由镇北面两个方向跑去。

新佛罗里达争夺战打响了。尽管卡洛斯很想加入战斗，可他最关心的还是自己的首要任务。他抬起手,让大家停下来,然后蹲下身透过马唐草丛向外看着。社区会堂的窗户里亮着灯光,显然有人在里边。太好了,女统领可能已经躲在里面了,由于他这一队的首要目标就是抓捕她,那就让克里斯的队伍去拿下联盟卫队的营房吧。

有旋翼机螺旋桨的轰鸣声。卡洛斯环顾四周,只见航天发射场那边升起飞行器的灯光。又见地面上蹿出一道火光,紧跟着,旋翼机爆炸了。它坠落到地面的时候,他听到远处传来了胜利的欢呼声。枪声再起,只是更加稀稀落落。蓝色纵队已经解决了一架旋翼机,现在航天发射场的人也加入了战斗,跟联盟卫队和监察官打了起来,那些人已经作威作福太久了。

卡洛斯带着他的人,尽可能压低身子,靠近了会堂。他们距离入口不到四十英尺的时候,两名士兵从房子前面绕了过来。尽管两边的人已经全面交火,可他们仍然守在会堂跟前,显然是有重要人物在里面,卡洛斯一点都不怀疑里面会是谁。

卡洛斯转过身,找到蹲在身边的玛丽。他指了指那些士兵,玛丽点了点头,她知道要做什么。她单膝跪地,把步枪抵在肩上,仔细瞄准那些卫队士兵。一声枪响,一人倒地,另一个几乎都还没注意到同伴已经倒地,就被紧接而来的第二枪撂倒了。卡洛斯尽量不去注意妹妹脸上的笑容。必须这么干,而她是神枪手。尽管如此,他对她杀人之后的那种快乐还是有点害怕。等这一切结束……

以后再操心这个吧。卡洛斯跳起来蹿出了高草丛,跑向会堂前门台阶。距离就剩十几英尺了,门突然打开,又一个士兵出现在门廊上。看到卡洛斯,士兵端起步枪就开火了。子弹呼啸着飞过卡洛斯的左耳,他立刻蹲下,瞄准,射击。士兵倒下了,身体正好抵住了半开着的门。

卡洛斯冲上台阶,端着步枪冲进门里。灯光让他的眼睛一晃,刚从夜晚的冷风中进到屋里,一股热气让他感到一阵气闷,不过他现在看到有几个人就站在几英尺外。

一个博学者，穿着黑袍子，默不作声地站在背景里。一位宇航联军的军官，半躲藏在掀翻的桌子后面。一个中年女人，穿着件褪色的紫色长袍，她的右手向前伸着，握着一支手枪……

"不要开枪！"李大喝一声。

卡洛斯的表情原本是无比坚定，此时变得一脸困惑，显然，李是他在这里最不想看到的人。可他的步枪始终对着女统领，食指一直扣着扳机。

卡洛斯问："什么……你怎么……"身后又有几个瑞吉尔·肯特的人冲进来了。看到李，他们也停住了脚步，不过没有人放低枪口。

"我回头再告诉你。"李谨慎地让自己的声音保持平静，"现在，我想让你和其他所有人镇静下来。"这可不容易——这栋建筑外面，他们能听见枪声不断——但他最不想做的事情就是让谈判被一枪终结。他的目光掠过卡洛斯，看向站在门前的两个人。"出去，守在门口，确保没有人进来。"

他们犹豫了一下。卡洛斯说："照做。"他们不情愿地从原路退了出去，让门开着。"舰长……"

"现在别说话。"李的注意力又回到了路易莎·埃尔南德斯身上。她的手枪还瞄着他，保镖冲出去的时候她就把枪掏出来了。这个距离，她不会打偏的。"我相信我们正在讨论投降事宜。"

"你早就计划好这一切了。"她的声音颤抖着，几乎都压不住怒火了，"打着休战的旗号，你到这里和平谈判，同时知道你的人正在准备进攻……"

"直到几小时前，我才有这想法。卡洛斯并不清楚我要做什么，对吧，卡洛斯？"

年轻人摇了摇头，但她没有理会。

"仍然有条道路来和平解决，女统领。没有理由让你的人死去更多……而且相信我，你的部队人数不占优势了。"李说道。

她的左嘴角一挑，露出讥讽的笑容。"现在是不占，"她说着，枪仍然指着他，"但不会太久。噢，你可能会控制形势，但我能让洛佩兹堡在一个小时之内增援这里。"

李看向巴蒂斯特，他正从被自己踢翻的桌子后面站起身来，无声地站在一旁。他可以算是大结局的目击者。"舰长？"

"女统领……"巴蒂斯特清了清喉咙，"……女士，我极为痛心地汇报此事，洛佩兹堡已经被摧毁。李舰长在我们抵达这里之前才刚刚告知我。"

她的眼睛瞪圆了："怎么……你不可能知道这个！你怎么会相信他的话……"

"是真的。"博学者赫尔第一次开口了，"在您……嗯，进行谈判的时候……我接入了'精神号'通信系统。十六分钟前，一种未知的力量击中了锤头岛，清除了我们在那儿的基地……"

"那种力量就是'亚拉巴马号'。"李插话进来，"我离开之前，预设了它的导航系统，让它脱离轨道，坠落在洛佩兹堡。我赌了一把，进入大气层的时候，即便飞船最前端的部分解体了，发动机的核聚变反应装置也能挺到撞击地面。"

"他做之前给了我们正式的警告。"巴蒂斯特绕过桌子，"他到这里之后，告诉了我他都做了什么。这让我有机会联系洛佩兹堡，下令紧急撤离所有人员。我在我们……"

"谢谢，舰长。做得好。"埃尔南德斯又看向赫尔，"部队撤离了吗？"

"基地被毁之前只有一架太空穿梭机能升空。从我搜集到的情况来看，上面带着八十八名幸存者。他们现在正前往'精神号'。"

李听到这话，面露痛苦之色。他看着巴蒂斯特说道："我很抱歉，舰长。我本希望你们能救下更多。"

"我相信你确有此意。"埃尔南德斯冷冷地说着,"巴蒂斯特舰长,联系太空穿梭机,告诉它改变航线。让它在这里着陆,行动目标是……"

"不,女士。我拒绝。"

她吃惊地瞪着他:"你说什么?"

巴蒂斯特摆出正规的军姿:双脚分开,双手扣在背后,身子挺直,下巴微扬。"这是我的判断,"他继续说着,直视着前方,"这次任务的目的……本来是,在这个星球建立自给自足的移民地……却因为个人的欲望被忽视了……"

"让那些士兵到这里着陆!"

"结束了,女统领。"李轻声说着,可他平静的声音里所蕴含的力量,要比她愤怒的嘶吼强大得多,"巴蒂斯特舰长知道真相,我猜测博学者也知道。你无法征服一片不愿被征服的土地,最多也就是能占据它很短一段时间。古罗马人就明白这一点,纳粹德国也是,美利坚联合……那些想要自由的人会维持自由,不惜任何代价,哪怕是付出生命。"

埃尔南德斯的手枪一直指着他。突然之间,她似乎浑身一哆嗦,仿佛这个女人原本一直将傲慢当作盔甲,现在她发现自己只剩下了血肉之躯。手枪在她的手中不住地颤抖着,李想起了上一次他盯着枪口的情景,那是很多年前,在"亚拉巴马号"上。

"你到底想要什么?"她问着,几乎是在耳语。

"从土狼星撤离所有联盟卫队的部队。放弃一切西半球联盟宣称的所有权。'精神号'返回地球的时候,带上所有希望回去的人……"

"当然。"她的手一垂,就像是举枪举得太累了。她的目光呆滞,流露出失去一切希望的挫败感。"土狼星是你的了。你赢了。"

李陷入了沉默。流放了这么些年,反击了这么些年,这一刻终于到来了:一次平静的投降,就在他曾经帮助建造的地方。与他同名的那个人是在阿波马托克斯的法院投降的,他麾下被击败的部队就在法院外面;今晚,随着远处战斗的最后几声枪响消失,他自己的战争也即将拉上大幕。

他从女统领跟前转过身来,看到卡洛斯就在旁边。这个年轻人已经松了口气,放下了枪。这是一个好的开始。"告诉你的人停止……"

"罗伯特!"

身后传来枪响,然后有什么东西砸进了他的后背:三颗子弹打进了他的脊柱、他的肺、他的心脏。他的大脑几乎都没有时间感觉到疼痛,肌肉就已经失去了控制,身体往前一扑,双手捂住了莫名变得潮湿的胸口。他面朝下栽倒在地板上,无法再思考,无法再移动。

身边的枪声和叫喊声对他来说犹如沉闷的咆哮,有一只手抓住了他。他翻过身躺在了地上,看到卡洛斯向下看着他,他的视线渐渐化作了一条没有光亮的隧道。他听到有东西撞击的声音,一开始是连续不断的大声喊叫,然后越来越慢。卡洛斯正向他说着什么——舰长,你能听到我吗?——但他几乎无法领会话里的意思。

疼痛之下,有一种温暖怀抱的感觉,他感到自己坠落了进去。可在他休息之前还有件事必须要说……

他开口了,希望卡洛斯能听到。随即黑暗笼罩了他。

新佛罗里达,航天发射场 / 26:14

在联盟的太空穿梭机着陆灯刺目的光照下,长长的一排尸体躺在地上,每一具都裹在黑色的塑料袋里。两名卫队人员抬起他们牺牲的战友,每次抬一个,把他们抬上坡道,上面有其他士兵把他们用货网固定在甲板上。一共二十二具尸体,包括女统领,卡洛斯说不清哪具是她的,他也不愿去问。

"我很抱歉这样收场。"他静静地说着,小心地不让自己的声音打破这片安静。"我知道这听起来很可怕,但如果有任何其他的方式……"

"你不必道歉。"巴蒂斯特站在他身边,看着死者被抬走。夜里很冷,他把双手揣在别人给他的军大衣的衣兜里。"实际上,我不希望听到你的道歉。这些人是恪尽职守牺牲的。评判对错不是你的事情。"

卡洛斯不知道该如何作答。他自己就杀了其中一人,实际上,那时候,他这么做对于解放自己的家园已经没什么太大影响了。明天的某个时间,他将不得不埋葬自己的十二位瑞吉尔·肯特队员,还有航天发射场和自由镇的七位移民,他们为了自由放弃了自己的生命。

还有一位的死,对于他而言是最为沉重的。

"但你是对的。"巴蒂斯特垂头看着地面,"可能……应该有另一条路。这颗星球属于你们,我们没有权利从你们手中拿走。"他抬起头看着卡洛斯,"如果有任何人需要道歉,那……"

"谢谢你,也许你是对的。但现在你说的任何话都只会是一种羞辱。"

巴蒂斯特什么都没说,只是点了点头,然后转过脸去。着陆场周围有一圈武装人员,卡洛斯看到联盟卫队的士兵正走上其他的太空穿梭机。他们的枪被缴了,他们代表着曾经占据新佛罗里达的、被打败的残余力量。他们中间还有几十个平民,其中有几个忠于联盟的人,不过大部分都是那些已经在土狼星待够了的人。明天早晨,最后一架太空穿梭机起飞之前,还会有不少人加入他们,不过巴蒂斯特已经向他保证,"精神号"有足够的生物停滞腔给每一个想返回地球的人使用。

"还会有更多的人来吗?"卡洛斯问道,"我是说,联盟还会派更多的飞船到这儿吗?"

"我不知道。"巴蒂斯特耸耸肩,"我的飞船是舰队的最后一艘……相信我，建造它们很贵。不过那是差不多五十年前，我不知道那之后发生了什么。我所知道的就是，要么可能有更多的在路上……要么就根本没有了。"

"但博学者赫尔在路上会一直醒着，对吗？"卡洛斯几分钟前看到他登上了太空穿梭机。

巴蒂斯特点点头。

"那就告诉他，向任何往这边来的飞船发送信息。告诉他们……"卡洛斯深吸一口气，"告诉他们，这是我们的家园。我们想要自由，我们将为了保住它而进行战斗。告诉他们，舰长。"

巴蒂斯塔没应声。他的视线再一次落在了那些牺牲的卫队士兵身上。"我相信你。"最后，他用低低的声音说道，"我会传达这些话的，不过再告诉我一件事。"

"什么？"

"现在你们要做什么？"巴蒂斯塔转过头直视着他的眼睛，"你们赢得了你们的自由，那现在要用它做什么呢？"

卡洛斯迎着他的目光，眼睛一眨不眨："我们将要做我们一直以来全力去做的事情——我们要生存下去。"

好半天，两个男人默默无声地注视着彼此。然后巴蒂斯特伸出手来，卡洛斯握住了。

"祝你们好运。"巴蒂斯特说道，"我希望你们找到了你们一直寻找的东西。"

然后他转身，加入了行进的行列中。这队伍中有死者，有生者，一同上了太空穿梭机，它将会带着他们返回"精神号"，最终返回地球。在未来的几天里，卡洛斯会因为未曾就巴蒂斯特做出的选择去感谢他而后悔，或者因为没有意识到他最后的话呼应着很久以前他对李说过的一些话。

巴蒂斯特消失在飞船里之后，卡洛斯看着最后几个联盟卫队士兵登上坡道。坡道慢慢抬起,舱口闭上了。起飞的喷射流点火时,他退了出去。人群中爆发出一片热烈的欢呼声,太空穿梭机缓缓起飞,有几个人还朝着天空开了几枪。

卡洛斯只感到筋疲力尽,就好像整个世界的重量都落在了他的肩头一样。

土狼星自由了。可罗伯特·李最后的话萦绕在他心头,回荡在他的脑海中:这是你们的……这是你们的……这是你们的……

- 8 -
勇敢者的家园

夏末,一个明媚的午后,那只怪物从东峡河里钻了出来。

这是温暖而清新的一天,仿佛这个世界的季节并没有变幻,又即将迎来一个春天。那只怪物并没有意识到这些变化,过去的十个月里,他只能在囚禁他的那片幽深地域里承受着黑暗与寒冷。经历了那么多苦难之后,他终于逃脱了出来。现在他再一次现身,再一次看到了天空。

这个生物蹒跚着从水中爬出,他有着人类一样的形体,人类一样的思维,然而他并非人类。陶瓷合金造就的身躯曾经被打磨得锃光瓦亮,如今却黯淡无光、严重腐蚀,如骨架般的肢体关节嘎吱作响,还有水草缠绕在上边,乌黑的淤泥胶结在爪子一般的脚上,这双脚陷进了河岸粗糙的砂石里。他的右腿在去年秋天被近距离枪击,现在靠一根沉水的木头支撑着,用长长的水草一圈一圈紧紧勒在腿上。即便这样,他也必须依靠一根浸透了水的树枝支撑着才能站直,他把这根树枝做成了能凑合用的腋杖。那颗骷髅一样的脑袋上,只剩下右眼还闪着红光,左眼在他奋力攀爬一处水下悬崖时摔碎了,当时他摔了下去,面部撞到一块尖利的岩石，从此成了独眼龙。

他足足十个月都沉在水底。土狼星的十个月，按着地球公历，那就是两年半的时间。他花了这么长时间才找到一条路，让自己从水下的坟墓里逃出来。水下一百英尺深，只有头顶微弱的亮光。他深陷在狭窄的深谷里，沿着谷底爬行在沙土和烂泥中间，拖着自己的断腿，挣扎着爬过淤泥和腐烂的死鱼，直到他最终找到一处能攀爬的斜坡。甚至到了那个时候，他和水面也还隔着七十英尺的距离。跨越河底是一段漫长的跋涉，最后他终于到了浅水区，他做到了。他别无选择，只能生存下去，死亡是他难以触及的礼物。

他在遍布岩石的河滩上站了很久，水从他身上淌落，他只能靠着那根木头站直身子，他已经把这根木头当成了最好的朋友。阳光微弱地照射在他那只残存的眼睛里，没有了立体视觉，每一件东西似乎都是平坦的，一维的。

转过身，他第一次看清楚自己身在何处：东分水岭雄伟的石灰岩峭壁就耸立在他头顶，半英里之外，一座宏伟的木桥横跨在水道上，连接着新佛罗里达和远方对岸的中央大陆。他记得这座桥，他看着它建起来，又目睹了破坏行动让它的中段桥身坍塌。现在这座桥修复了，没错，他能模模糊糊辨识出桥上有移动的影子。

看到大桥重新完好无缺，他感到一阵狂喜。这说明他不在的时候，女统领还在坚持着。等他回到自由镇，她肯定会把那些企图谋害博学者的人捉拿归案。她不会让他们逍遥法外……

"这边！它在这边呢！"

一个孩子的喊声从身后传来，他回头去看，只见两个小小的身影朝他跑了过来：两个男孩，带着鱼竿。他踉踉跄跄地从水里走到岸上，抬起空着的那只手。

一个男孩停住了，脸上露出恐惧。另一个慢了下来，但继续往前走，好奇心胜过了害怕。

"你是谁?"那个男孩问道。

"博……博……博学……"他的声码器里满是沙子,只能发出粗糙的噪音。男孩满心好奇地盯着他,直到他调整好了音调和音量,再次尝试。"博学……博学者,曼纽尔·卡斯特罗。我……"

"你怎么了?"男孩盯着他的断腿,"你看上去像堆垃圾!"

他很不习惯受到如此无礼的对待,特别还是这么小的孩子,然而能看到一张面孔、能听到一个声音就已经很好了。"我被一些反抗分子抓住了。他们俘虏了我,然后在上游几英里的地方把我扔下木筏。他们想要杀死我,但如你所见……"

一块石头砸到他脑袋一侧。

卡斯特罗感受不到疼痛,可他的视觉模糊了一下。他转头看去,只见另一个孩子正挥臂朝他扔石头呢。"博学者!汤玛斯,赶紧走开!它是博学者!"

"别那么干!"他喊起来,"以女统领的权威,我命令你住手!"

"你认识女统领?"汤玛斯盯着他。

"当然,女统领埃尔南德斯!"另一个男孩又朝他扔了块石头,但没打中,落在了他身后的水里。"住手!告诉我,你是谁!"

"我是汤玛斯·康萨克,我正在俘虏你。"然后汤玛斯一脚把支撑着他的拐杖踢飞了。

卡斯特罗栽倒在地,两个孩子继续攻击他。他伸出左臂挡在脸上,护住了仅存的那只眼睛,任凭他们对他拳打脚踢、向他砸石头。等孩子们累了,他们拖着他的胳膊在河滩上走。他对他们的力气真是印象深刻,只有憎恨才能让这么小的孩子有这么大的劲头儿。一时之间,他以为他们是想把他丢回水道里——真那样可就谢天谢地了——但他们拖着他去往大桥的方向。

然而,最令人感到侮辱的事情来了,汤玛斯拉开了裤襻,随着一阵恶毒的笑声,朝他撒起了尿。

就在这一刻，博学者曼纽尔·卡斯特罗，这位前任的新佛罗里达副总督，这才意识到，在他不在的日子里，很多事情都已经变了。

首次着陆日前夜，自由镇忙忙碌碌地准备着欢庆活动。

卡洛斯从镇子里走过，他看到人们在木屋之间拉起了彩旗，窗户上串起了彩灯。农庄会堂的前门外，小商小贩和手艺人搭起了帐篷，先到的人已经把货品摆在了凳子和桌子上：手工缝制的衣服、猫皮靴子和手套、炊具和餐具，为生活在新边疆的人们减轻劳动量的各种设备，有简单的也有复杂的，还有手工雕刻的儿童玩具。茸牛载着从中央大陆定居点来的游客慢腾腾地走在主街上，监察官们指引着他们去往牲口棚存放自己的牲口，而这些牲口的主人就会找朋友暂时借住一下，或是去航天发射场的寄宿处。

卡洛斯双目所见的每一个地方，都悬挂着土狼星联邦的新旗帜，要么是挂在旗杆上，要么就挂在门廊上，甚至画在一些房子的赝桦墙上，这些房子是最近才沿着街道两边建起来的。尽管他心情忧郁，可这也让他有了很大的满足感。在他作为镇长出席的所有公共会议中，大家对《自由协定》条款的措辞进行着漫长的讨论，旗帜设计方案的争论也一样令人恼火，直到冯达·凯莱做出了让步——大熊星座，置于红、白、蓝三条水平条纹之上——这才让各方满意。现在，这面名为"北斗星"的旗帜已经被正式采用了，每一个人都对此引以为豪，至少不像森林营地代表团提出的方案那么耸人听闻：一头嗥叫的土狼，下面是一句口号："不要惹我！"

土狼星06年这个漫长而寒冷的夏季就要过去了，每一个人都准备好了迎接一场欢庆，然而此时此刻卡洛斯心里想着的并不是这事儿。他没有留意那些彩旗和装饰，只是朝着那些喊他名字的人点点头、招招手，然后一路走向街道尽头那栋没有窗户的小木屋。首次着陆日的事儿可以等等，在他加入欢庆之前，还有些家事需要处理。

总监察官正在外面等着他。"她在里边。"卡洛斯走向门口的时候，克里斯抬起了一只手,并开口道,"那个,等一下……"

"等什么?"卡洛斯绕过他继续走,但克里斯一迈步挡住了他,"克里斯,你的人把她抓了多少次了?两次?三次?"

"是第四次……但事情比之前更严重。"克里斯压低声音,"这一次她让人进了医务室。"

卡洛斯停住脚,盯着他。这不是玛丽第一次被"蓝衬衫"抓起来监禁了,有三次是他妹妹被控告在公共场所醉酒,最后一次她还面临被控诉攻击和殴打别人,起因是她搅进了一场争吵。"怎么回事?"卡洛斯问。

"拉尔斯跟她在一起。"克里斯悄声说着,"他们跟森林营地的一帮人打架。为了什么而打,我也不知道,但拉尔斯先动的手。"

"所以就是打了一场架。"

"比那更糟。目击者说她打碎瓶子,刺伤了一个人的脸。温迪刚打来电话说她不得不在那人右眼下缝了十针。"克里斯顿了顿,"抱歉,伙计,但这是用致命武器进行人身伤害。这次我不能睁一眼闭一眼。"

卡洛斯点了点头。头两次犯事儿,他也就是让克里斯把她关了一夜。第三次,他利用自己的镇长地位说服诸位执法官对她宽大处理,执法官们很不情愿地只判处逮捕她,并做四个星期的公共服务,这是《土狼星法》最低程度的刑罚了。

"好的,我明白。"克里斯是对的,这一次,她太离谱了。卡洛斯伸手拢了拢头发,努力让自己镇定下来。"拉尔斯跟她在一起?"克里斯点点头,"请让我跟他们谈谈。"

跟移民地建立第一年建造的其他房屋一样,监禁室最近也扩建了。最初的原木小屋——真是够讽刺的,克里斯自己很久以前就因为几件事被关进去过——如今成了他的办公室,新建的部分是用卵石混凝土建的,作为郡监狱。打开结实的黑檀木门,克里斯领着卡洛斯穿过一条狭窄的走廊，两边是石头砌的单间，用铁条栅栏隔着，在走廊的尽头，他看到了妹妹。

"一英里外就听见你来了。"玛丽躺在小小的铺位上，一条胳膊搭在额头上，"你说话应该小点声。"她说着，指了指头顶那个小小的窗户，"我能从那儿听到你。"

"如果你的耳朵那么灵，那你就知道我们在说什么。"

"我只是说我听到你的声音了。"玛丽叹了口气，"好吧，行啦，我很抱歉。我保证以后不会再那么干了。现在你能让我把鞋拿回来吗？我脚很冷。"

"还有我的。"她对面的单间里传来拉尔斯·汤普森的声音，他坐在自己的铺上，捏着一团浸透了血的纱布堵着鼻子，"见鬼，你觉得就因为我揍了某个伐木工，我就要杀了自己吗？"

"看起来像是那个伐木工把自己揍了几拳。"卡洛斯说话的时候，拉尔斯用轻蔑的目光与他对视。他从来都不喜欢拉尔斯，尽管他是瑞吉尔·肯特的一员，尤其当他成了妹妹的男朋友之后就更不喜欢了。拉尔斯以前也麻烦不断，可他的叔叔是克拉克·汤普森，新佛罗里达战役中蓝色纵队的领导者，现在是移民地议会的成员。像玛丽一样，他也有着家庭影响力的庇护。

"我知道是你挑起来的。"卡洛斯抱着双臂，靠在他单间的栅栏上，"想跟我说说为什么吗？"

拉尔斯什么都没说。"他是在为我们辩护。"玛丽开口说，双手枕在了脑后，"那家伙宣称说，如果不是有鲍勃·李……"

"罗伯特·李。"卡洛斯讨厌有人叫舰长的昵称，李活着的时候就不喜欢，特别是他的熟人这样叫他。

"随便啦……如果不是有他，无论如何都拿不下联盟。我们人数占劣势，武器占劣势……"

"他说得很对。"拉尔斯开始反驳，但卡洛斯瞪了他一眼让他住口,"继续。你们说什么?"

"一件又一件事呗,而且……行啦!我就问他,我们跨越东峡河的时候他在哪儿?他说他在照料他的老婆孩子!"玛丽说。

"我们找的都是志愿者,不是强制征募。"卡洛斯说。她开始争辩,但他抬起手,"所以你俩决定要维护瑞吉尔·肯特的荣誉。是这样吗?"

"见鬼,是啊!"拉尔斯站起来,冲到栅栏跟前。卡洛斯看到他衣服前襟上满是干了的血迹,有多少是他自己的?有多少是别人的?没法知道。"是你的话会怎么办?"

"噢,我说不准。"卡洛斯耸耸肩,"问问他有没有家人的照片?给他买杯酒?为李舰长干杯?"他没有理会拉尔斯,盯着玛丽,"做什么都行,除了用碎瓶子刺伤别人的脸。我知道温迪得给他缝不少针。我都不知道他见到老婆孩子的时候该怎么跟他们解释,你下手这么狠他能再见到他们都很幸运了。"

"我没想着要伤害他。"她的声音很小,"就是给他挂个花。"

他真想挖苦她几句。可他盯着她看了半天,又一次思考着一个问题:在她妹妹身上到底发生了什么。他跟冈田邦子医生讨论过,以她医务长的能力来分析分析,尽管心理学并非她的专业。她的观点是,玛丽被某种个人心理失调折磨着。她长大了,都能参加游击战了。在本该进入青春期的时候,她却在学习如何用大威力步枪射击人。更可怕的是,她甚至能在自己的战斗任务中得到乐趣,她这样子,就算不是反社会分子,缺乏自责之心也会把她推向反社会人格的边缘。

或者,也许她和拉尔斯还不懂得,在大反击结束之后他们该干点什么。联盟卫队的幸存者已经离去很久了,土狼星联邦处于和平时期。其他人都放下枪,拿起了锤头和钉子。甚至拉尔斯的弟弟,曾经也嗜血成性的加斯,如今也在帮着人们建造温室,为了人们的生计而操劳。但也许就是有那么几个人,还没准备好停止战斗,因为他们只会干那些事情。

然而卡洛斯无法再容忍这类行为了。"我不知道我该拿你怎么办。"他说道,"但如果你自己认为能让这事儿过去,那你……"

他的通信器这时候响了起来。他很想不理会,可还是从腰带上把它取下来,放到耳边。"镇长办公室。"他应答着,尽量不理会拉尔斯的窃笑。

"卡洛斯,我是空中医疗队的杰米。"应该是杰米·霍琦,在自由镇的空中医疗队里担任旋翼机的飞行员,"我们刚刚从桥镇接来一个人,正从空中送他过来。十分钟后在航天发射场降落。"

卡洛斯喘了口气,他转身离开玛丽的单间。"杰米,能等等吗?我正在……"

"你也许想过来的。是曼纽尔·卡斯特罗……我们找到他了。"

卡洛斯拿着电话的手一颤,他赶紧握住电话,没让它掉在地上。这曾是这个世界上他最不想再见到的人……

"我明白了。"他悄声说着,"别让其他任何人知道。"

"当然。他的情况很糟。我们已经提前通知了医务所,他们正派急救车过来跟我们碰头。"

"我过去跟你碰头。"卡洛斯切断通话,然后转向克里斯,"有急事儿。把他们关在这儿,直到提审。我会通知执法官说我们需要……"

"卡洛斯!"玛丽跳下床,冲到栅栏跟前,"我是你妹妹!你不能……"

"抱歉,孩子,但你和你的男朋友过界了。"他勉强直视着她的眼睛,"我什么都做不了。"

"你是镇长!你能……回来!"

但他已经走出去了,尽量不去听她的喊叫,任凭喊声越来越响,变成了愤怒的尖叫,一直跟随着他。甚至当他走出牢房,关上门,耳边仍然能听到她对他破口大骂的声音。

曼纽尔·卡斯特罗一动不动地躺在航天发射场医务所急救室的检查台上，他那副机器人的身躯摆在这个拯救人类血肉之躯的地方很不协调。然而，温迪在他的脑袋下面支了一个枕头，还给他的身子盖上了一张被单，卡洛斯发现她在博学者旁边，双手插在工作服口袋里。

"桥镇的两个小孩子在大桥附近发现了他。"她说，"显然他刚刚从深水里爬出来。孩子们打他的时候，被几个大人发现了。他们制止了孩子，然后呼叫了空中医疗队。"

"他被两个孩子打了？"卡洛斯感觉这简直难以置信。

"喔，主要是他情况很糟，毕竟在水里泡了那么久。"她耸耸肩，"两个孩子据说是新来的移民，所以他们对大反击以后见到的第一个博学者简直是恨之入骨。我记得其中一个的名字，汤玛斯·康萨克，'精神号'送来的……"

"没关系。"这事儿没必要深究，他不会让孩子们受罚的。人人都对联盟充满怨恨，甚至是孩子。"他怎么样？"卡洛斯看着卡斯特罗，从他走进来以后，博学者就没动过，"他说过什么吗？"

"我们把他送到这儿以后，他什么都没说过。"温迪轻轻拉开被单，"右腿断了……他在上面绑了一根木棍辅助自己站立……还有左眼也碎了。我们应该能修好腿，但眼睛可能没法换了。"她摇了摇头，"我在说什么？这超出我的能力了。他需要一名机械师，而不是医生。"

"无所谓啦，我很高兴再次见到你，温迪。"卡斯特罗那种低沉的电子声从他的格栅嘴里传了出来，把他们吓了一跳，温迪放下被单，不由自主地退后几步。"你是温迪·冈瑟，对吧？我最后一次见你已经是很多年前了。"

"是……是的，没错。"她有点结巴，尽力让自己镇定下来，"我很意外你认出我了。"卡洛斯不明白刚才卡斯特罗为什么一直保持沉默,也许是要估摸一下形势。

"你长大了一点,可你的声音还是一样的。"卡斯特罗的声音听起来很脆弱,在水下的十个月里声码器损坏了。他微微转过头,那只眼睛看向卡洛斯,"但你,我不认识。你又是谁?"

"卡洛斯·蒙特罗,镇长……"

"噢,我的天……瑞吉尔·肯特本人。"格栅里一阵嗡嗡声,可能是一阵笑声,"你都不知道我等着见你等了多久,蒙特罗先生。女统领为了找到你简直心神不宁。现在你却成了……你刚说什么?你是镇长?"

"自由镇的镇长。也是航天发射场的镇长,现在都是李郡的一部分。"

"李郡。你现在是它的领导者……选出来的,我想是。"卡斯特罗点点头,"那么有理由认为,罗伯特·李已经离我们而去了吧?"

"是的,他走了。他……"卡洛斯停住了话头,"你已经离开很长时间了,博学者卡斯特罗。现在的事情有些不同。"

"我看也是。你知道,我还是副总督的时候,我真的没想过,一个小孩子居然敢朝着我撒尿。"又是一阵怪异的嗡嗡声,"我想,路易莎·埃尔南德斯也不再是移民地总督了,那一定有……我们是不是应该说,政府有了变动?"

"没错。"现在没必要着急告诉他女统领的死讯,他应当以合适的方式了解这些事情,"我们从没想着能再见到你。据报告说,你在汤普森渡口战役的行动中失踪了。"

"在行动中失踪,我猜这是一种关于我消失的说法,我想是。谁这么说的?我能问问吗?"

"嗯……"卡洛斯不得不好好想想,"克拉克·汤普森。他和他的侄子说,他们想抓捕你,但你从现场逃走了,在那之后就再没见过你。"

"汤普森说的？是吗？"博学者转过头望向天花板，"这是对真实情况的歪曲和掩饰。我猜他不想承认在水道中间把我扔下了他的木筏。你知道吗？足足过了三个星期，他用来把我的手捆在身后的绳子才松开一点，让我能把双手挣脱出来。我这算是具机械身体，卡洛斯——或者我该叫你瑞吉尔？——但三个星期都躺在一百英尺的水下，那可是很长的一段时间。"

卡洛斯感到脸上一热，而温迪的眼中露出了恐惧。"他从没跟我们说过，"他平静地说着，"他只是说你……跑了。"

"每一次战争都有着各自的暴行，蒙特罗镇长，胜利者总是有着修订历史的自由。这次的冲突为什么就应该有任何的不同呢？"博学者微微一转头，看着刷着白涂料的黑檀木墙壁，一排排赝桦做的橱柜里放着手术器械。"很棒的医院，冈瑟医生。你们的人把我带到这里，让我有机会看到这个。新建的，是吧？"

"去年夏天建的。博学者卡斯特罗……"

"请叫我曼尼就行。我们在'辉煌命运号'见面的时候，我就让你这么叫了。"他停了停，"那是土狼星历03年加百列月18日，拉斐尔日。今天是土狼星历06年乌列尔月46日，卡麦尔日。我的内置计时器功能正常，我的长期记忆也很好，这是帮助我保持心理正常的为数不多的东西之一。"

卡洛斯点点头。他不得不想到，尽管外形完全不一样，可这具机械身体里却有着一个人类的思维。这种事情，克拉克·汤普森和他那两个孩子很容易忘记。"博学者卡斯特罗……曼尼……有很多事情都变了，西半球联盟不再控制新佛罗里达。实际上，最后一艘联盟的星际飞船在五个半月之前离开了，带走了残存的卫队士兵。从那以后，土狼星经历了严酷的气候变化，因为中央大陆的火山喷发了。我们能在严寒中活下来，只是因为我们建起了温室……"

"这一切真是太迷人了。镇长先生，我肯定自己会很乐于在适当的时候了解其余的情况。但现在，我只对一件事感兴趣。"

卡斯特罗把被单拉到一边，然后用手臂撑起身子。他转过身，让温迪帮着他坐在检查台上。他行动能力还可以，要不是那条伤腿，他随时都能走掉。

"如你所说，"他继续道，"已经过去十个月了。我落进东峡河的时候还是移民地副总督，出来的时候跛着腿还被两个小屁孩儿摆布。如果联盟不再在这里了，那显然我所处的时间和地点就都不对了。所以唯一要紧的问题就是：你打算怎么处置我？"

温迪什么都没说。卡洛斯摇了摇头。"我不能跟你说。"他最后说道，"事实上，我也不知道。"

从镇子外面的旷野上传来一声爆响，然后一枚小小的火箭升入夜空，尾迹画出一条弧线高高掠过自由镇上空。几秒钟后，它爆炸了，一团红色的火焰飞溅出无数火花掠过熊星浅蓝色的球面。

聚集在街道上的人群高声喝彩，然后看着另一枚紧随其后飞上天空。卡洛斯努力回想着上一次看焰火的情形，随着他的回忆，一股强烈的怀念与遗憾之情突然涌上心头，无比的刺痛。2070年7月4日，那年夏天他和家人被行政长官羁押。那是他在地球上的最后一夜，那是一辈子以前了……

"你不喜欢这个吗？"温迪就坐在他身旁，在他们家的门廊上。不远处，苏珊和几个朋友在后院里玩。首次着陆日是明天，但组委会决定把焰火表演提前一晚进行。着陆日当天将会有手工品市场、垒球比赛、茸牛赛、土狼星管乐队的音乐会。那天晚上会在农庄会堂举行一场盛大的宴会，就像地球上的独立日一样，只是这一次不会有异见知识分子被大规模逮捕。

"谁说我不喜欢？"卡洛斯伸手从他俩中间的小桌上拿过啤酒罐，往自己的杯子里倒了一些，"我觉得这真是太好了。"

"那你为什么皱眉？"温迪从他手中接过罐子，给自己也倒了点儿，"你在想玛丽，是吗？"

其实，他没有……至少刚刚没有。真怪，他意识到自己的思绪更多是想着曼纽尔·卡斯特罗，想着他在今天下午早些时候说过的话。玛丽和拉尔斯肯定会因为他们今天干的事情受到严惩：至少蹲六个月的号子，外加公共服务项目艰苦的工作，比如道路建设、铺设污水管道、挖排污沟，都是那些又脏又累没人想干的活儿。这对他俩来说不算过分，至少从长远看是如此。自从联盟卫队被驱逐，克里斯彻底整编监察官队伍之后，犯罪行为已经变得很少了，于是镇民都记得谁是坏人，都干过什么。自由镇的有些人是被所有人都惦记和防备，他们住在贫民窟的时候就是恶霸、流氓，这些人几乎普遍地不受信任、不被喜欢。所以，甚至在玛丽和拉尔斯服刑后，回到社区还是会受到排斥……卡洛斯能预见到，那样的态度只会让他们比以前变本加厉。

即便这样，总还是有机会让他们最终被重新接纳，就像他自己多年前那样，就像他独自一人探险大赤道河之后那样。另一方面，曼纽尔·卡斯特罗永远不会成为社区的一员。这家伙无法改变自己，不过，他就是个活生生的例子，提醒着每一个人，联盟对土狼星的野心。航天发射场的帐篷和棚屋都没了，取而代之的是成排的木头房子，是在春夏两季修建的，但曾经住在那里的人都不会忘记，博学者卡斯特罗曾经是女统领的亲信。

过去的这几个月他们干得很好，甚至比任何人预期的都要好。联盟最后一艘太空穿梭机离开后两天，他们安葬了亡者的遗体——包括李舰长，然后在农庄会堂举行了一个特别委员会会议，为新佛罗里达和中央大陆的定居点制定生存计划。每个人都知道时间是关键，邦斯泰尔火山的喷发意味着土狼星北半球会经历至少四到六个月的寒冷期，随之而来的是农作物减产。所以重中之重就是修建温室，由于新佛罗里达的木材奇缺，于是会议决定必须尽一切所能重建加西亚峡谷大桥。等它建好之后……

卡洛斯看着又一枚焰火在空中绽放。那之后，一切都步入正轨了。大桥很快被修复好了，让伐木队伍能跨过东峡河进入中央大陆茂密的雨林。黑檀木、糙皮树，还有赝桦被砍倒之后，由茸牛拖到森林营地和桥镇的木材场，在那里把它们刨成木板，用来建造巨大的温室和牲口棚。现在战争结束了，任何应急任务都不缺人手，一连几星期，空气中都充斥着敲钉子的声音，半个橄榄球场大小的建筑矗立在了曾经是贫民窟营地的地方。

义军镇和新波士顿得到了木材，作为交换，派了人来参加劳动。尽管临时政府发出公开邀请，让中央大陆的移民返回新佛罗里达，可很多人更喜欢留在他们那里。只有幽林谷无人问津，就是当初邦斯泰尔火山脚下的那个小镇，如今已然深埋在火山灰下。

温室建造起来之后，剩余的木材就用于修建新的房屋。土狼星联邦就这样建立起来了。随着气味腌臜的公共茅房被推倒，铺设起污水管道和化粪系统，社会集体主义被民主取而代之，个人的权利有《自由协定》的章程作保障。

这是一个漫长而艰辛的夏天，天空总是乌沉沉的，穆里尔月的一些日子冷得都下雪了，溪流岸边都结上了冰，不过没有人冻死在帐篷里。每一个人都不得不勒紧腰带，但没有人因此饿死。尽管有不少抱怨，可没有人拿起枪冲进农庄会堂，在那里，自由镇新当选的镇长只要是醒着，每个钟头都在拼命想办法，要让这几千人活下来。

终于，天空开始变得清澈，白昼又开始暖和了。这样的日子没持续多久——短暂的温暖日子之后，没过几星期就迎来了秋分——他们会度过又一个冬季。没错，也许他们会比以前的冬季过得更好。

又一枚焰火升天，人群随之欢呼起来。卡洛斯对这一切视而不见，焰火的轰鸣声和人们的叫喊声他都充耳不闻。"抱歉，"他说着，从摇椅上站起来，"就是想活动活动我的腿。"

"好的。"温迪看着他走下门廊,也没有理会在不远处玩游戏的孩子们。她已经习惯他长久的沉默了,"不用急。"

他们已经前进了这么远啊。干净的街道,道路两边不再有垃圾。温暖的房子,最初的原木屋仍然保留着,他和温迪是为数不多仍然住在这里的人之一。航天发射场外长长的一排风力涡轮发电机给每一个人提供了电力。新的医务所,为所有人提供免费医疗。校舍就要建起来了。然而……

这是你们的……

罗伯特·李最后的话再一次萦绕在他心里。他也许是接过了李的位子,可他永远都没法填补他留下的阴影。他举起了火炬,但如果无法用它散播光明,那又有什么用?

噢,他的人会存活下去,那很好。现在云层已经开始消散,在又一个漫长的冬季降临之前,他们有希望能度过一段短暂的作物生长季。但仅仅生存是不够的,对吧?如果他们在这个世界上的存在——没错,这是他们来土狼星的首要原因——有着某些意义,那必然不只是有房子住、有饭吃。即便是最野蛮的独裁者也能保证做到这些,但自由必然意味着更多的东西。

与此同时,他的妹妹坐在监狱的单间里,对面是她的男友,这两个不满现状的人,一天到晚没别的事儿做,只知道打架。对于他们来说,自由又意味着什么?还有曼纽尔·卡斯特罗,曾经以为他已经死了,如今又死而复生,却发现他在这个世界上茕茕孑立,没有存身之地。对他来说自由又有什么意义?

很久以前,卡洛斯渴望自由。一条独木舟、一支步枪、一口锅、一顶帐篷……就是他需要的一切。三个月的时间独自一人在大赤道河上探险,远及子午圈群岛。到了今天,再没有人像他曾经那样探索过土狼星,战争阻止了这种探索。土狼星还有一整个的世界在等着……

附近的某处传来演奏的声音，一支节奏轻快的乐曲，还有十几支笛子在和声。阿莱格拉·迪塞尔维奥，她的乐队正在为音乐会排练。克里斯的母亲会跟他们一起表演，在阿莱格拉的指导下，茜茜已经成了一名熟练的乐手，看到她今天的样子，谁都不会相信她曾经与世隔绝，住在航天发射场的边缘地带。实际上，她后来有很多时间都跟本杰明·哈兰在一起。这挺有意义的，两个人到土狼星之后都遭受过丧失爱人的痛苦，两个人都看到过人类灵魂的黑暗面。而大大出乎卡洛斯意料的是上个月，阿莱格拉居然搬去跟克里斯同居了。她的岁数都够给他当妈妈了，但年龄的差异显然对他俩来说不是什么问题。说到底，克里斯是她到土狼星以后第一个对她表现出善意的人，这个世界上，这种友善经久弥香。

就这样，克里斯把自己母亲最好的朋友变成了他的爱人，而茜茜本人也找到了一个能替代克里斯父亲的人。奇怪的关系，但……卡洛斯想到这儿笑了。新的家庭替代了失去的家庭。在新边疆，心灵寻找着自己的归宿。

乐曲渐渐凌乱，停了一会儿，然后又开始了。这一次是《士兵的快乐》，一首美国内战时期的老歌。李舰长的先祖肯定是率领着他的部队哼着这首歌去打仗的，那是好几百年前的事了。那时候，美国还是一片新边疆，就像现在的土狼星。

卡洛斯灵机一动，停下了脚步。他有一个疯狂的想法，很可能是不负责任的……

但也许呢，只是也许……

克拉克·汤普森和卡洛斯在车棚外面碰了头，就在沙溪的船棚附近。汤普森的眼圈发黑，显然昨天晚上没睡好，卡洛斯知道他一定很晚才睡，一直在跟他的妻子和小侄子讨论镇长的提议。

"他们正等在里面呢。"汤普森走近的时候，卡洛斯说道，"几分钟前,克里斯带着他们从监牢过来了。我还没跟他们提这事儿。"他顿了顿,"是你的决定,你知道的。你也能随时叫停。"

"我明白。"汤普森不仅是拉尔斯的合法监护人,也是移民地议会的成员,他只需要说句话就能否决这事儿,"在告诉你我的决定之前,我先问你件事。你真的认为这么做是正确的?"

卡洛斯没有立刻回答。相反,他盯着黎明第一缕琥珀色的曙光,刚刚从东方迸发出来。他想起自己独自一人出发时,坐在自己亲手打造的那条小小的独木舟里,踏上了一段漫长的旅行,最终游遍了几乎半个星球。那天的清晨跟今天别无二致。

"我没法……我不知道。"他得跟克拉克说实话,"如果你问我,是不是认为这么做更明智,那我就得问问你,是否觉得这比让他们在监牢里待到明年春天更明智。"

"至少那样他们很安全,我们知道他们在哪儿。"

"也许是,但我不相信关他们几个月就能解决一切问题。他们出来之后会比之前更莽撞,我们会再次面对同样的问题。而选我提出的方案,他们也许能成长一点……我们也可以了解到一些东西。"

汤普森点点头:"这也是我在考虑的问题。当然了,风险很大。"

"他们习惯于冒险,也许这就是问题所在。他们在边缘状态生活太久了,应付不来和平、宁静的日子。我们并不是在要求他们去做一些他们没法……"

"确实是,但……"汤普森看着地面,挪动着脚,"……你知道,我不由自主就会想,这当中是不是有我的过错。我总是让那孩子在艰难中磨炼成长。见鬼,是我让他把卡斯特罗丢下木筏的。我不知道他会……变成现在这个样子。"

卡洛斯咬着嘴唇,他想着自己的妹妹又是如何变成这样的。本来就不应该允许玛丽拿枪的,当时她还太小了。"我俩都不知道。我们陷入了自己都不知道该如何掌控的事情当中。我们得到了我们想要的,现如今我们付出了代价。"

"是呀，没错……"汤普森耸了耸肩，"你说执法官们会赞成我们的做法吗？"

"我昨晚跟他们说了，就在我顺路跟你和莫莉谈过之后。他们说，如果你同意，那对他们来说也是可以接受的。"

汤普森好半天什么都没说，最后他抬起头，说道："很好，镇长先生，我同意。"

卡洛斯长出一口气："谢谢你，先生。你想不想跟我进来……"

他坚定地摇了摇头："不了，我不想让拉尔斯用他的借口来说服我原谅他。也许我回避不见对他更好。"

老人的眼角闪出一道泪花。卡洛斯明白，这个决定对他来说很艰难，可他不会承认。"我理解。"卡洛斯轻轻地说，"我会让你知道结果的。"

汤普森点了点头，然后，没再说什么，转身走了，走向他的家。卡洛斯看着他离开，然后推开门走了进去。

车棚是木匠行会在联盟占领时期修建的，这是一栋大型的谷仓式建筑，里边停放着卫队离开后留下的大部分地面交通工具：各种型号的掠行艇，几辆气垫摩托，一架拆散的旋翼机的机身，是专门用来拆零件的。已经有人开了灯，在房间的前面，拉尔斯和玛丽坐在板条箱上，克里斯和其他监察官站在一旁看守，他们腰带上的枪套打开了，里边插着眩晕枪。

"站起来。"卡洛斯说着，关上了身后的门，"我们有事情要说。"

"等我们吃过早饭再谈。"玛丽盯着他，就像是耍脾气的小孩子，赖着不愿意从坐着的地方挪开，"你应该喂我们吃的，知道吗？"

"我叔叔在外面？我听到他的声音了。"拉尔斯抬起头，放开了声音，"嗨！克拉克叔叔！进来，让这位法西斯分子给我们弄吃的来！"

"你叔叔不想跟你说话。"卡洛斯的声音保持着平静，"说实在的，他在回避你。"他直视着玛丽,"我对你也一样。"

"你说什么……"她张大了嘴巴。

"闭嘴。"

"啊,少来。我们一直没吃东西,自从……"

"我说了,闭嘴!"

他的喊声在周围停放的那些机器上发出了回声。玛丽浑身一哆嗦,拉尔斯脸上的蔑视也消失了。"这不是早餐会。"卡洛斯继续说着,迈步走近了些,"没有咖啡和饼干给你们俩,而且在我们办完事之前,不许有人离开这栋房子。我想我告诉你们了,让你们站起来……照做,马上!"

玛丽站了起来,她的腿在发抖。拉尔斯一动不动,卡洛斯瞥了一眼克里斯。总监察官迈步上前,从腰间抽出眩晕枪。拉尔斯的余光看到了枪,赶紧从箱子上站了起来,可他的嘴并没闲着。"太了不起了,镇长先生。在偏僻的地方,没有人围观,看不到执法官。还有两个'蓝衬衫'干脏活儿。"他瞅着玛丽,"我告诉过你,他满脑子只剩下权力了。"

玛丽这时胆怯了。"卡洛斯,"她嘟囔着,心生恐惧,嘴巴直颤,"我是你妹妹。你不能让他们这么干。这是不对的。"

恍惚之间,卡洛斯又看到了那个小姑娘。当他们的父亲忙着工作的时候,她就缠着自己给她讲睡前故事。但她现在是成年人了——二十岁——却几乎变成了一个他不认识的人。他不得不这么做,这是为她好。

"不管你们认为我要干什么,你们都错了。"卡洛斯放低声音,"没有人打算收拾你们。你们将会毫发无伤地走出这里。就你们昨天把那个可怜的家伙伤得那么重,要按我说可不该这么处理。"

"好吧,等我们见到执法官……"拉尔斯开口了。

"你们见不到执法官。你们不会有开庭日期——或者说如果你们坚持要的话,也行。但我跟他们已经见过了,他们对我说,如果他们发现你们有罪,你们就将在牢里度过六个月。"他更加严厉地盯着拉尔斯,"土狼星的六个月,克里斯会确保你和玛丽尽可能远地关在不同的单间里。你们唯一能看到天空的时间就是他们让你们出来打扫化粪池和挖排水沟的时候,在隆冬季节,那活儿可是难以忍受的。"

"你会这么做的,对吧?"玛丽的眼神变得冰冷。

"你说对了。我个人倒是很想尽我所能地让你们过过苦日子。"他看着克里斯,"你也愿意让我这么干吧?"

"噢,没错。"克里斯冲着他们露出最冷酷的笑容,"我倒是有不少脏活累活留给你们干呢。而且我经常忘记关灯或是换被单,那挺有意思的。"

"另一方面,"卡洛斯继续说着,"还有另外一个选择……有些事情倒是很适合你们俩这样的硬骨头。"

卡洛斯从他们身边走过,走到停放在旁边的一艘联盟卫队巡逻队的掠行艇跟前。"你们以前见过这种机器。玛丽,我记得你曾经帮我鉴别过……犰狳 AC-IIb 型,就跟我们在屠羊溪缴获的那艘一样。"

"是啊,甚至我还有机会操作了一下来着。"她瞥了一眼掠行艇,"让我猜猜,你想让我们打扫它。"

"不,我想让你们接管它。"

她盯着他,问道:"你想让我们……什么?"

"你听到我说的了。我想让你和拉尔斯接管它。"卡洛斯拍了拍装甲船身,"开着它从这里离开,去探险,走得远远的。我们会给你们配备一个月的口粮、两支步枪、弹药、医疗包、睡袋、帐篷、灯具……任何你们所需的生存必需品,甚至还有卫星电话,能让你们汇报情况。联盟在轨道上留下了一个通信卫星网,所以我们能保持联系。"

"我不……我不……"玛丽迷惑地摇着头,"我是说……"

"你在玩什么把戏?"拉尔斯惊讶地盯着掠行艇,"我是说,你肯定不会就这样……把我们放走了,还没有什么条件。"

"噢,条件一样都少不了。"卡洛斯靠在掠行艇上,伸出一根手指,"首先,你们不能待在新佛罗里达或是去中央大陆。如果你们被我们的侦察队发现,或是尝试进入任何定居点,那你们就会被逮捕,送回这里。你们要在外面待满六个月,然后,就能以自由之身回家。"

"但你只给了我们一个月口粮……"

"那我猜,你们就得靠着土地生存了。不过你们在瑞吉尔·肯特小队待了不少时间……你们知道怎么打猎、捕鱼。"卡洛斯又伸出一根手指,"第二,每隔四十八小时,你们就要用无线电向我做个人汇报。告诉我你们在哪儿……更重要的是,你们都看到了什么。就算只有沼泽、草地或是另一座山,我也不在乎,我就想知道你们在外边都发现了什么。"

"你想让我们……"玛丽冲着某个想象出来的方向挥了挥手,"……去探险,到处漫游,寻找新东西。"

"没错。我们在这里的五年间,还没有人跨越西峡河去看看大达科他岛都有什么,或是往北去瞅瞅梅德西尔瓦尼亚,或是看看北部大河。战争让我们脱不开身,所以你们要成为我们的侦察兵。接下来的六个月里,你们要去探险,可以把这当作是你们的刑期,为土狼星联邦服务。"

"啊!就我和她!"拉尔斯朝着玛丽露出邪气的笑容,"噢,我想我们能沿着……"

"不,不只是你们。我想你们需要一位有责任心的成年人来做熟练的指导。"从掠行艇跟前走开,卡洛斯转向车棚后面。"曼尼?你加入我们怎么样?"

博学者从掠行艇的阴影中显出身来,他一直藏在那边。虽然左腿迈步还是微微有些跛,但在几位机械师的努力下,他几乎完全恢复了运动功能,一只眼还是瞎的,可身体已经被清理干净了,他又披上了那件被克拉克·汤普森拿走的黑袍子。

"我十分乐意。"他的左眼闪着光,转头看着拉尔斯,"我相信我们已经见过了。谢谢你让我开心地游了一次泳,我十分享受。"

"啊!"拉尔斯往后一退,"我才不跟这个……这个……"

"是的,你得去。"卡洛斯说道,"不仅如此,我还希望你们对待他要有应有的尊重,到最后要是他没跟你们一起回来的话……"

"我向你保证,镇长先生,这趟旅行我会活下来的。"卡斯特罗跛着脚朝拉尔斯走去,从袍子里伸出一只爪子,"我们有很多话要聊呢,汤普森先生。或者我可以叫你拉尔斯?我的朋友都叫我曼尼。"

玛丽转向卡洛斯:"我们没得选,对吧?"

"当然。"卡洛斯抚着她的肩膀,"过来。"

他带着她离开其他人,旁边的"蓝衬衫"想要跟上来,但他摇了摇头。

"这是你的成长之路。"看到他们周围没人了,他低声说着,"你正在获得自由,随之而来的是应有的责任。咱们的父母决定到这里来的时候,也面临同样的选择。这也是我在很多年前的选择。现在轮到你了。"

"我……我不!"她的眼角湿润了,"我不知道怎么办。我不知道要去哪儿。"

"没人知道。"他柔声说着,"我们不得不在前进的时候去搞清楚。"他抱了抱她,轻轻吻了吻她的脸蛋,"现在这是你的世界。去发现它……然后安全地回来。"

然后,他不想再给自己重新考虑的机会,便放开了她。卡洛斯转过身,背对着妹妹走了,没有回头看,一直走出去并关上了门。

清晨降临在自由镇,凉爽而平静,暖暖的微风从南方吹来。公鸡在围栏里打鸣,引得犬吠连连,公山羊也跟着叫唤起来。他能闻到上千个厨房里飘出的早餐香气,听到人们起床做家务活儿的响动。土狼星新的一天开始了。

卡洛斯·蒙特罗把双手插进兜里,迈步朝着镇子里走去,准备看看今天又有什么事情等着他,就在这片自由的土地上,就在这个勇敢者的家园。

鸣　谢

我由衷地感谢我的编辑金杰·布坎南和我的文学经纪人玛莎·米勒德。

感谢加德纳·多佐伊斯和希拉·威廉姆斯，他们在《阿西莫夫科幻杂志》上首先连载了这部小说的早期版本；感谢朱迪丝·克莱恩-迪尔、罗恩·米勒以及霍雷斯·"艾斯"·马崎特，他们提供了许多支持和建议。

我还要感谢我的妻子琳达，她让我再一次步入异域荒野旅行的时候保持着理智。

2001年10月至2003年4月
马萨诸塞州威特利